CHIPINXIAN
SHANG
DE
ZHUIQIU

赤贫线上的追求

王文讲 著

江西高校出版社

图书在版编目(CIP)数据

赤贫线上的追求 / 王文讲著. —南昌：江西高校出版社,2014.9
ISBN 978-7-5493-2814-7

Ⅰ.①赤… Ⅱ.①王… Ⅲ.①长篇小说—中国—当代
Ⅳ.①I247.5

中国版本图书馆 CIP 数据核字(2014)第 225075 号

责任编辑	邱建国　李目宏
文字编辑	傅宝珍
装帧设计	邓家珏　王　方
排版制作	邓娟娟
出版发行	江西高校出版社
社　　址	江西省南昌市洪都北大道 96 号
邮政编码	330046
总编室电话	(0791)88504319
编辑部电话	(0791)88595397
销售电话	(0791)88517295
网　　址	www.juacp.com
印　　刷	南昌市光华印刷有限责任公司
经　　销	全国新华书店
开　　本	700mm×1000mm　1/16
印　　张	28.5
字　　数	400 千
版　　次	2014 年 10 月第 1 版第 1 次印刷
书　　号	ISBN 978-7-5493-2814-7
定　　价	45.00 元

赣版权登字-07-2014-514

自 序

我是一个不幸者，然而，我又是一个幸运儿。

我出生在一个普通的农民家庭。父亲是一位启蒙先生，教了一辈子的书。母亲是附近一个没落的破产地主家的唯一的女儿，她是一位贤惠善良、知书达理的女性。母亲在她三十三岁时就丢下我们兄妹四人与世长辞了！母亲的过早谢世，给我们一家人带来了巨大的不幸和痛苦。

在念完了初中后，我回乡当了民办老师。后来在我老师的关怀下，我在农村民办小学一边教书，一边自学完了高中除外语以外所有的课程。由于家庭经济条件差，我没能参加升学考试，后来在我父亲的帮助下参加了函授学习，通过结业考试，我拿到了省师范学院数学系专科结业文凭。

我没有固定的职业，也没有固定的收入。当过民办教师，炼过钢铁，开过车，做过会计，做过木工，也当过手工业社的主任，可谓是人生百味我都尝了个够。生活就在这样的曲折而又艰辛中过了一年又一年。

我生有五子一女。当我的第一个孩子出生以后，我的妻子就默默地奉献着她的全部精力。在培养子女方面，她与我同心协力而从无怨言；对我的父母，她孝敬有加。在此，我要感谢上苍给了我这样一位好妻子，我祝愿她健康长寿！

我们的子女都很争气。在那“半载不知鱼肉味”的日子里，孩子们都能顽强地求学，我们从他们的身上看到了希望。

本书创作始于 1989 年，以后我无论走到哪里，书稿都是随身带着的只要安顿下来，我就开始写作。其间曾三易其稿，最后于 2004 年春节在上海完成初稿。

由于我的文化水平较低，字写得太草很难认，有时候甚至自己都认不出来，因此我不敢将稿子直接送出版社审阅。我想，等我拥有一台自己的电脑后慢慢打出来再给出版社，这样编辑起来也轻松多了。

2007 年，我的三儿子王建宝和儿媳妇吴金芳给我买了一台联想笔记本电脑，还配备了汉王笔，这样我可以用手直接书写，方便极了。在此，我要感谢我的儿子和儿媳，他们省吃俭用为我圆了一回出书梦。我觉得自己虽然经历了那么多坎坷，但我是一位很幸运的老人。

我的这本书能得以面世，可以说我的一家人都在以不同的方式支持着我。特别是我的妻子，在我写书稿的十几年的时间里，我基本上什么事情也没有做，家中的一切大小事情都是她一人扛着。我太对不起她了！我想，我的书能与广大读者见面也算是对她的一种慰藉吧。

我的水平有限，这样一部处女作呈现在广大读者面前，我真感到十分惭愧，但是我已经尽力了。

王文讲

2014 年春

目录

MULU

第一章

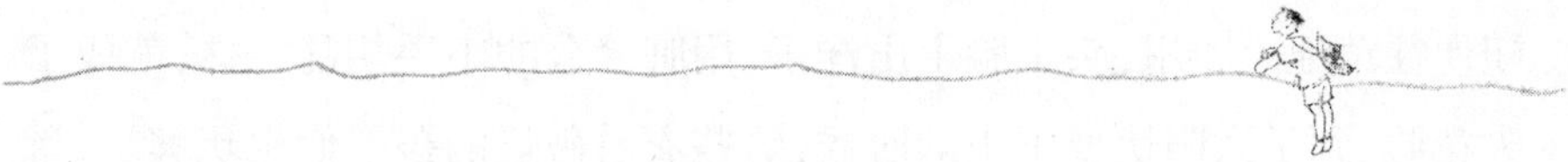

杨鼎盛的心愿

1

“开战啰！开战啰！”

“嗬！嗬！嗬！嗬！”

一大早，白云河边就响起了孩子们清脆嘹亮的童声。孩子们向往已久的冬季来临了。

白云河是条无名的小河，它全长还不到十公里，只有在乡村的地图上才能见到它。多少年来，它静静地流淌着，从未间断。冬天它的水很浅，放牛娃们光着脚可以涉水过河，要是在枯水季节，最窄的地方大人们可以一跃而过。

这个季节，孩子们是最快乐的。杨河、洪坪两个村的放牛娃们经常在一块儿互相窜来窜去做着各种游戏，玩得最多的是打娃娃仗。他们互相扮演着“交战”双方的角色，胜败方的角色也相互转换，有时还有“伤亡”。他们虽然都穿着打满各种颜色补丁的衣服，可他们的脸上却有着最天真烂漫的笑容。每逢冬天枯水季节，杨河村与洪坪村的孩子们可以尽情地在白云河两岸的草地上一边放牛一边玩耍。这时候，地里的庄稼收割了，禾茬像鞋刷，脚踩上去有点弹性，而两边的草地就不一样了，草还没有完全枯萎，密密厚厚地在地上铺了一层，人踩上去像是踩在地毯上，柔柔的很舒服。牛们则都很规矩地在各自的地盘上慢悠悠地吃着半鲜半枯的草。

这一大片原野，就是孩子们的欢乐园。他们在这里尽情喊叫着，手里拿着一些树枝、土块，跑着、跳着、追逐着、厮打着。玩热了，他们把破棉袄随便往草地上一甩，头上脸上出汗了，用脏兮兮的小手胡乱一抹，就成了大花脸。到了太阳快要下山的时候，这些衣着破烂的孩子们也玩够了，玩累了，牛们也吃得肚皮胀鼓鼓的。随着一声口哨响，孩子们捡起衣服，爬上了自家的牛背，口里唱着那些无名的儿歌，兴高采烈地返回村里。

在这十几个放牛娃的最后面，有一个穿着泥黄色土布衣服的男孩，骑在一头大黄牛的背上。他一手拿着牛鞭，一手拉着牛绳，腰杆挺得直直的，昂着头，两眼紧紧地盯着前方。这孩子看上去还不到十岁，细小的身材，一双大眼睛显得非常机灵，牙齿雪白，嘴唇有点倔强地上翘，蓬乱的头发任风吹着。

这个孩子是白云河东岸杨河村杨先生的长子杨世达，是这些放牛娃中年纪最小的一个，也是孩子们中间唯一识得些字的人。

杨世达的父亲杨鼎盛是这一带远近有名的启蒙先生。他自二十岁那年从乡学毕业以后就一直从事启蒙教学工作。每年正月元宵节后，附近一些村的族长们几乎都要到他家里去请他到本村来教书。然而他教得最多的地方是陈家村。陈家村是杨世达的外婆家，他们一家几口就长年累月地住在陈家。杨世达的童年生活基本上是在外婆家度过的。

每年散了热学（暑假）或是散了冬学（寒假），杨先生一家人总要回到杨河村去住上一段时间，帮助家里干点农活。这时候杨世达最高兴的就是同本村的放牛娃们一起去放牛。

这天他们又与洪坪村的小伙伴们打了一“仗”。杨河村的孩子们又打胜了，还抓了两个“俘虏”来。后来这两个“俘虏”都被第三方保了回去。每年冬季的枯水季节，白云河两岸的“战事”几乎从未间断过。

“妈！妈！”离家门口还有好远的路，杨世达就在牛背上大声地喊着。

到了自家的门口，他在牛栏里拴好了牛，然后兴冲冲地跑到妈妈跟前说：“妈，今天我们杨河人又打了一个大胜仗，还抓了洪坪村两个人来了。”

杨世达一边说一边用手做着打枪的样子，小手指头差点碰到妈妈的脸上去了。

杨世达的妈妈叫陈艳，三十上下年纪。嘴唇有点向上翘，脸色红润，是一位健康的女性。她穿着一身老棉布衣裳，一条青色棉布裤子，脚下是自己做的暖鞋，一双大脚惹人注意。她在那里用毛笔写着什么东西，听到儿子的叫喊声，她站起身来放下手中的毛笔走下座位，伸开双手高兴地抱起了放牛归来的儿子亲了又亲。他们母子乐了一阵之后，陈艳放下儿子很严肃地对儿子说：“达子，你的功夫今天练得怎么样啊？”

“早上在家的院子里练了一会儿。”达子回答。

“等会你还得练一次，功夫是要经常练的，古人说‘字要写，拳要打’就是这个道理。不过我们练功的目的是防身健体，这一点你千万要记住，切记千万不可轻易伤人！”几乎每一次教儿子练功前陈艳都要这样严肃而又认真地对儿子重复一遍这样的话。

杨先生是一个教书匠，他的父亲是白云河附近方圆几十里有名的“反手棍”，且老人的跌打外科在附近也小有名气。杨先生自幼随父练了一些基本功夫，可以说是集文、武、医于一身，虽说他练的都是一些无门无派的散手功夫，可他的功底子还是可以的。

杨世达稍晓世事以后，杨先生夫妇就教他习文、练武。这些功夫练起来不受什么套路的限制，可基本动作要领还是有的。陈艳的九节鞭是受名师指点的，她能在黑灯瞎火中准确地用鞭子打灭一个一个香火头。

达子家住的是一幢才做了几年的新五柱屋，是他出世那年他父亲亲手建造的，也快有十年了。墙是土坯子砖砌的，里面除了几块板壁和一些破旧的桌椅板凳之类的普通家具,其他什么也没有了。达子经常在院子里一角的一块青石板上练功,他练功的时候两腿往下一蹲,两手朝前伸直,手背朝上,十指平伸,眼望前方,做着深呼吸,站在那里一动也不动。

这时,陈艳总是坐在大门口一边看书一边看着这个练功的小男孩,有时还要指点几下——几乎天天都是这样。她虽然出身于一个没落的地主家庭,但她身上根本就找不出半点富家小姐的影子。她和杨先生结婚以后一直过着和普通农村人一样的生活。

陈家是一个古老的小村庄。新中国成立前只有五六十户人家,住着陈、黄两大姓氏,由于陈姓人口较多所以这里就叫陈家村。村里人几乎都是以种田为业,只有一个叫“土子坯”的人在家里开了一个小小的糕点作坊。这作坊虽然不大,可却是村里所有的孩子们向往的地方。因为那里有好吃的糕点、果子等。杨世达在陈家时是这家小作坊的常客。

杨世达的外公陈振南是一个杀猪的屠户。他生得人高马大,一头三百斤重的猪,他一个人就可以宰杀。他的妻子是一个盲人,替他生了几个儿女,可不幸,除了陈艳外都夭折了。陈艳是他们唯一的命根子,他们家人口少,产业多,老夫妇俩视女儿为掌上明珠,好的给她吃,贵的给她穿,供她上学,还专门请了一位高手为她传授武功。后来瞎子女人死了,陈艳又出了嫁,家里就只有他一个老人了。

老人对外孙自然是疼爱有加。陈振南的家与土子坯的家互为邻居。土子坯是认识这位小顾客的。每当一个月下来,土子坯就拿着账本找陈振南结账。杨世达兄妹们吃的糕点与土子坯家吃的肉账相抵,长短互相找清,下个月又重新开始。

2

1949 年正月。

刚过元宵节,人们开始做新一年的打算。

杨河村的手艺人在正月初六、初八就开始到人家里去做工了,也有些特别早的大年初四就开了张。他们都想图个吉利,因为大年初四意味着四季平安,四季发财。每年正月开工这一天,师傅们都要在家里放一封爆竹,以示吉庆;在自己的工具上贴些红纸条,习惯上叫披红挂彩;有的还请人在那些红纸条上写上字。不过大多数人没有写字,因为这些手艺人几乎没有识得字的,他们的工账都是用柴炭在自家的墙壁上画圈圈记的;至于东家的名字,他们就用只有自己才认得的符号来记了。

正月十六日,杨先生家里来了好几个客人。他们都是附近一些村子的族长们,有几个与杨先生还沾亲带故。他们今天不约而同来此,都有一个共同的目的——请杨先生到他们村里去教书,或是将自己的子女送到杨先生跟前来念书。

陈艳忙里忙外。家里来了那么多客人,都是来请先生的,又是附近的一些头面人物,不能怠慢。

堂前的交谈在十分客气的氛围中进行。

“敬民兄,你的心意我杨某人领了,在此我深表谢意!至于在下到宝宅去启蒙,我杨某人今天是实难从命,还望见谅!”杨鼎盛从座位上站起身来很恭敬地对徐敬民先生说。

“贤弟莫非有难言之处?但望贤弟不要见外,请一吐为快。为兄虽不才,将鼎力相助!”徐敬民先生很诚恳地对杨鼎盛说。

“不不不!敬民兄,愚弟想了很久,今年终于下了决心,不再出村去教书,我要在家里办学。”

“为什么？”还没等杨鼎盛说完，徐敬民迫不及待地打断了他的话。

“事情也很简单，本村尚有十几个苦孩子，他们家都穷得叮当响，冬天打赤脚，夏天光屁股，他们家里有时连饭都没有吃，哪里有钱念书？我决定白天教几个学生，还有附近几个村也有几个学生过来念书，这样凑凑拢也有十几个学生。我就开一个日班，白天教这些小娃娃，晚上让村里一些放牛娃和那些年纪稍大一点的孩子都来上夜学。上夜学的只要他们自己愿来，我分文钱不收，还贴摹本或是纸、笔、墨之类的东西。我想教他们识字，而且还要让他们学会打算盘，这个主意我已与我娘和我的内人都商量过了，她们都表示赞成和支持。还望敬民兄和在座的各位理解与包涵！”杨鼎盛诚恳地对在座的客人们说。

杨鼎盛的一席话说得在座的人都有些感动，他们都向杨先生投来敬佩的目光。他们心里在说：“好你个杨鼎盛，你这样做，那你一家人只好去喝西北风了！”

徐敬民理解杨鼎盛的心情，也深知他的良苦用心。他听了杨先生的陈述之后，慢慢地站起身来，在堂前踱着步子，一边听大家的议论，一边考虑杨先生刚才说过的话。

堂前没有人说话，整个大堂都显得很安静。徐敬民转过脸来对在座的各位先生说：“诸位，你们都听到杨老弟说的话吗？我认为他的选择不但是对的，而且还非常难能可贵呀。我看我们大家也就不要再难为他了，啊！”

徐敬民短短的几句话就替杨先生解了围。

徐敬民四十刚出头的年纪，是附近方圆几十里有名望的开明绅士，他是徐家村人，离杨河村也只有近一公里的路程。1948年冬，徐敬民曾保护过一位做地下工作的革命干部，新中国成立后人民政府对他及其家人实施了保护政策。

今天，杨先生正式接受了几个穷亲戚的孩子到他这里来念书。这些孩子来这里念书几乎全是免费的。

午饭后，大家还聊了好长一段时间，到太阳快要下山的时候他们才各自回去。

3

转眼就到了正月二十日。

这天，杨世达一家人除了小妹静珠以外，所有的人都起了一个大早。杨世达拿着扫帚将堂前打扫得干干净净，陈艳将香几抹得一尘不染，杨先生将八仙桌移到香几前面的正中央摆好。

杨先生休息了一会后，拿来红纸裁好，找来毛笔、砚池、香墨等用品。他磨好墨，就在红纸上写字。他在红纸的正中写上“诚奉孔夫子圣人之神位”，在两边写上小些的字“三千弟子”“七十二贤人”。写好之后，他又拿来梯子将孔圣人的神位贴在东边的位置上。他走下楼梯，站在地上仔细地端详了一会儿，生怕将孔圣人的神位贴歪了。

早饭过后，太阳也爬得老高，好几个孩子陆续来了，他们的后面还跟了几个中年男子，这是他们的家长。虽说是新春正月，但他们个个都衣衫破旧，有的还光着脚板。这些家长每个人的肩上都驮着一张旧桌子，各种造型的都有，马鞍桌、一字桌、小长条桌等等，还有几张是用几块旧木板钉起来的。

不一会儿工夫，本村的十几个孩子都到齐了。临近中午，外村杨先生的几个亲友也用土车推了桌子、凳子，带着孩子来了。

杨世达坐在靠东边的一张半新旧的马鞍桌上。他与杨先生既是父子又是师生。杨先生授课对所有孩子都是一样的，并没有偏爱，只是杨世达的课程比别的孩子多了一个内容，他开始念医书。这些医书念起来真不顺口，比那些“之、乎、者、也”要难得多。尽管医书难念难懂可还得艰难地念下去，为他以后打算行医打下基础。

杨先生教学忙不过来,杨世达的功夫只得靠陈艳来指导。

经过一个冬学的练功,杨世达的基本功在妈妈的精心指点下有了新的进展,他开始向妈妈学习九节鞭。可无论陈艳怎么讲解、示范,他始终不得要领。看来他不是练这门功夫的料,没办法,妈妈只好给他传授一些强身健体的基本硬功。

这个学期杨先生共收了包括自己的儿子杨世达在内二十一个学生,其中只有十四个学生每人每年交两担谷给杨先生做学俸。杨先生一家六口人,上有七十多岁的老母亲,还有一个寡居的二嫂,他们就靠这么一点点学俸过日子。虽说陈艳妯娌俩还经营了几块湖田荒地,收种季节还得请几个短工来帮忙,但一年下来也收不了多少东西。杨先生一家人的生活是非常的清苦。

今天是正月二十一日,孩子们吃了早饭就到学堂里来了。人到齐了,杨先生叫他们都到孔圣人的神位前叩拜。

一些去年的老生念着去年的老旧书,一些今年入学的新生,杨先生就发给他们一人一本用毛边纸钉起来的描红摹本。杨先生还为几个特别贫困的孩子发了毛笔、砚台和墨,接着就教他们描红写毛笔字。有几个比较小一点的学生,杨先生就手把手地教他们描红。

杨世达仍然是念他的《药性赋》。

夜学也开学了。入学的学生共有十二个人,这些学生年龄都偏大,他们中间小的有十五六岁,大的都快二十岁了。他们都是本村年轻的伢子,有的还是家中的主要劳动力。这些大孩子从小就跟着自己的父母放牛、打柴、种地,一年忙到头,却常常连自己的肚子都填不饱,哪里还有钱来念书呀。

这些孩子们听说杨先生今年不出门去教书,而是留在家里教蒙学,连徐敬民都请不动他,心里都在暗暗地高兴。后来又听到杨先生对他们的父母说要叫他们都来上夜学,除了他们自己用的笔墨、纸张、灯油之外,先生不收他们一分钱的学俸。

这下可乐坏了这些年轻人。他们早就想念书,就是苦于没钱,进不了学堂,家里又请不起先生,念不成书。现在不花钱就有书念,这可是天上掉馅饼的好事。他们都是比较懂事的孩子,有些已是大人,在有太阳的暖天,他们就到白云河里去捕鱼捞虾,尔后将这些鱼虾拿到外边去卖,将卖鱼虾得来的钱去买自己上夜学需要的东西。

这天夜里,杨河村有史以来的第一所夜学开学了。

杨先生给他们十二个人每人发了一本《百家姓》,教他们读"赵钱孙李,周吴郑王,冯陈褚卫,蒋沈韩杨"。杨先生教书有独特的理念,他不光是教他们认识几个字,更重要的是教他们如何堂堂正正地做人。他还有一个精密的教学计划:认字和写字同时进行;写字和珠算交替进行;师生之间一个月至少有两个夜晚坐在一起进行面对面的讨论、交流,以此倾听学生们的意见和要求。

农历四月下旬的一天夜里,杨先生给学生讲完课以后,很认真地对这十二个学生说:"从明晚起你们都不要来念书了。"

孩子们听先生这样说几乎都发呆了,他们在想:

我们在什么地方得罪了先生?

是因为我们没有交学俸?

难道在某些方面我们使先生犯难?

难道……

正在他们做着各种各样的猜测时,只听先生大声地说:"现在地里的麦子已经黄了,豌豆也要拔了,布谷鸟老早就叫开了,你们都是大孩子,你们放学十天,帮助家里收麦子、拔豌豆。不过你们每人每天务必抽空写二十个大字,十天之后一起带来交给我批阅。"

"啊,原来是这样!"

学生们都松了一口气,沉默了一会儿之后,有个年龄大的学生站起来说:"先生,我们不愿意放学,我们刚刚学熟几个字就要放学十天,那我们不就将这些学到的字又还给先生了吗?至于家里收麦子、拔豌豆那都是白天做的事，我们会赶早摸黑地做，争取每天多干一些农活，晚上我们还是照样来念书，这样我们生产、念书两不误。先生，您就答应了我们吧！”

孩子们你一言我一语争先恐后地发言，让杨先生陷入了沉思。他一双手交叉着放在背后在堂前来回慢慢地踱着步子，他的思绪回到了几年前他的一个私塾的同学身边去了。

4

这位同学叫李启发，是青坪山李家村人。他家弟兄四个，他排行老三，大家就叫他“三花子”。他的大哥二哥长年累月都在外边给地主打长工，那时候老四还未出生，父亲帮人家做零工，一家人勉强艰难度日。

一天下午，三花子的大哥、二哥都从外边回来了。晚上他们一家人坐在松明子火篓旁边一边烤火一边拉家常。

“娘，我想今年下工后拿到了工钱，买丘田让阿爸在家里种，省得阿爸到外面去给人家打零工。”老大对娘说。

“是啊！我们年年总是累死累活地替别人种田，阿爸已种了大半辈子田，可就是没有我们自己的田地。每年收的东西都往别人家里挑，一年到头也只能得到那么一丁点工钱，我们的血和汗都流进了那些地主老财的腰包，这也太不公平了！假如我们有了自己的田地，自己种、自己收，那该有多好啊！”老二非常激动地说。

“是倒是，你们说的都不差，我又何尝不想有块自己的田地呀。可我们穷成这个样子，有时连锅都揭不开，你娘只好带着三花子到外边去讨饭，我靠打点短工来混口饭吃，你们两个在外一年辛苦到头又有几个钱拿回来啊？”阿爸一边吧着黄烟杆一边无可奈何地说。

“田是我们穷人日思夜想的宝贝，你们没听说过吗？那些念过书的人都说‘富’字还要‘田’字打底呢，我们就因为没有自己的田地，所以我们就穷得这样叮当响！你们兄弟俩倒是说得轻巧，口口声声说要买田、买田！我们难道还不想买田吗？可我们连饭都没有吃，哪里还有钱来买田呀。”娘一边给三花子补衣服一边满脸愁云地说。

“阿爸，娘，我都跟哥哥商量好了，今年年下我们下工回来有十二担谷的工钱，加上去年我们还有几担谷存在那里，这样我们就有十五六担谷了，除了过年我们一家人吃用，我想买块田是不成问题的。”老二非常认真地对阿爸和娘说道。

“是啊，弟弟说得对，我们苦就苦一点吧，反正我们都苦惯了，今年我们只要把田买到手，明年我们就能吃上自己田里收的粮食了。我看长痛不如短痛，我们一家人还是咬咬牙再从牙缝里挤一挤，我想一切困难都是暂时的，我们一家人合力挺一挺不就过来了吗？”老大想说服自己的爸妈。

三花子的爸妈又何尝不想圆自己的田园美梦，可是像他们这样穷的人家，他们的好梦能成真吗？听了两个孩子的话之后，他们也就不再说什么了。于是，三花子家要买田的事就算是定下来了。

可是，买田置地哪里是那么容易的事。土地大部分在地主老财手里，他们只想买你的地，不可能会把地卖给你；而大多数穷人家根本就没有地，有那么一亩两亩地的少数人家，也只够养家糊口，没有多余的可卖。所以，穷人家买田置地就更难了。

几天以后一个大霜冻的早上，太阳还没有出来，田埂上、房屋上、茅棚上、山上、树上到处都是一片白，像是昨天晚上下了一场小雪似的。

这个寒冷的早上，三花子母子俩缩着身子，弓着背，踏着霜冻正在路上走着，准备到前面一个村里去讨早饭吃。这时，他们后面一个年轻人一边跑一边喊，朝他们追了过来：“大婶，大婶，你们等等，我有话跟你说呀！”

母子二人停住脚步回过头来，母亲一眼就认出了来人是本村的二赖子李二。她一见到李二就有些恶心,转头招呼三花子继续往前赶路。

这时李二又在大声地叫着:“大婶,大婶,您等等我,有要紧的事说呀!”

“你还能有什么好事跟我说呀?”三花子的母亲无奈地对李二说。由于寒冷,她的身子有些不由自主地抖动着。

“哎,大婶啊,是这样的,听说你们家要买田,是真的吗?”李二嬉皮笑脸地说。

“买田怎么样,不买田又怎么样?我家买田不买田跟你又有什么关系呀?”三花子的母亲沉下脸来说道,然后招呼三花子继续朝前赶路。

李二紧走几步跑到前面,摊开双手拦住他们母子俩,笑着对他们说:“大婶,别把我当外人啦。听说两个老弟今年在外面打长工也挣到些谷子,下工回来想买一丘田让大叔种,这真是男子汉的志气呀,买田置地男儿志!我这个当哥的一听到这个消息真是高兴死了。昨天我听说李都督家里要把那东垅的‘年饭丘’卖掉,这可真是一块好田啊!刚好一亩,水旱无忧。那可是李都督家的‘年饭丘’啊!大婶,要是你们家能买下那块田,真是万福啊。”

“你胡说什么,你说李都督家要卖那块‘年饭丘’,这不是天大的笑话吗?再者我也没那么多钱,也更没有那个胆量去买他家里的田。你行行好吧,不要再拦着我们了,让我们到前村去讨点粥来暖暖身子吧。”三花子的母亲有气无力地对李二说。

李二看看此事三言两语也难说清楚,再说站在这个一片白霜的荒郊野外,自己也冻得难受,只好顺水推舟对他们说:“行行,我们晚上再慢慢地谈一下好吗?”说完就赶紧往回走了。

晚上回到家里,母亲将讨来的一些饭菜在一口破锅里热了热,分作两份,每份还不到半碗,娘儿俩就这样又算吃了一餐。

刚放下饭碗,三花子就靠在母亲身边的凳子上睡着了。因为丈夫到外村去打零工还没回来,三花子的母亲给三花子盖上一件破衣服以后就一边收拾碗筷，一边等着丈夫回来。

忽然，柴门开了，门口走进来一个人，三花子的母亲借着松明子的火光一看，来者不是丈夫，而是早上在村东头的田埂上拦住她母子的李二。

李二今夜来访的目的她已知道，她讨厌他但也不愿意得罪他，何况李二还是她的一个远房侄儿。她并不招呼李二，只看了他一眼。李二却像是到了自己的家里一样，找了一个劈柴的木墩在地炉的一边坐了下来，紧接着又往地炉里添了几块柴，还用树枝拨了拨，随后又往铁篓子里加了几根松明子。不一会儿，那添上去的松明子烧着了，整个屋里光亮了许多，同时也增添了几分暖气。

"李二，早上你说李都督家要卖东垅的那块'年饭丘'，这到底是怎么一回事啊？"三花子的母亲一边用抹布擦着手上的水一边问李二。

"大婶，到底是怎么一回事我可说不清，不过李都督家里要卖那块'年饭丘'的消息是千真万确的，村里许多人都知道这回事，可就是没人敢沾这个边。我可以向你保证这事绝对不会有假！"李二肯定地说。

"你听没听说那块田要卖多少担谷啊？"三花子的母亲试探着问李二。

"听村里人说好像只要十担谷就可以买下来吧。不过具体的事我也说不清楚。"李二又用树枝拨了拨地炉里的火，漫不经心地说道。

"十担谷就能买到一块这么好的田，世上哪有这等好事啊！"

这时，虚掩的柴门又开了，是三花子的阿爸回来了。看他的神情气色，今天他像是很开心，嘴里还哼着无名小调。他来到地炉边，找了一段木柴放在地上坐了下来，一边抽着黄烟，一边听妻子讲李二带来的消息。

三花子的阿爸磕掉烟斗里的烟灰，又装上满满一斗烟丝，点着火边抽烟边问李二："李都督家要卖那块'年饭丘'是真的吗？要知道这块田是他自己的养老田啊，他怎么舍得卖呀！并且价钱还不高，只要十担谷就行了？"

"叔叔，这可是真的呀！村里人都是这么说的呀。我看叔叔还是赶紧将那块田买下来吧。”看李二那样子，有点迫不及待。

“亏你说的，人家李都督是我们村里翻手为云覆手为雨远近有名的头面人物。我一个穷光蛋怎么敢找上门去向他买田。”刚听到消息时有点惊喜的三花子阿爸，这时又显得非常胆怯。

“这事我还真没想过。要不这样吧，如果叔叔真的想买那块田的话，明天我托人去试探一下再作计较，你看如何？”李二说完，一双大眼睛紧紧地盯着三花子的阿爸。

“这样也好。李都督我们村里人都惹不起呀！你可千万要小心，别惹来麻烦呀。”三花子的阿爸很担心地对李二说。

李都督是谁呢？他的名字叫李术魁，李都督是他的外号。他是一个远近有名的绅士，也是本村的一位土皇帝。他虽然识字不多，却也能念上几句“子曰”之类的“之乎者也”。他不知从哪里得到了三花子家里想买田的消息，就在外边放出风去，说是要把他家东垅里的那块“年饭丘”卖掉。他是真要卖田还是另有他图可能只有他自己清楚，而三花子家里想买田的事倒是千真万确的。

通过李二从中撮合，他们两家的田地买卖很快就谈妥了。这天晚上请来了中介人在李术魁家里立字据。

这个村识字的人不多，还是李术魁叫人到附近张家村请了一位五十多岁的老先生来为买卖两家执笔立字据。照本地的规矩，对那执笔立字据的人，买卖双方都要给点润笔金。

三花子全家都是老实巴交的种田人，他们根本就不晓得那么多。

李术魁很看重这件事。这天晚上他办了一桌丰盛的酒席，请张先生坐了上首，还请了附近几个有名望的头面人物来作陪。饭后李术魁又把张先生请入内室，悄悄塞给他一个红纸包，里面包了四块大洋。两人心照不宣，张先生什么也没说就将红包塞进了自己的棉衣口袋里。接着李术魁又附在张先生的耳边说了几句话，只见张先生笑着连连点着头。不一会儿，两人从内室出来了。

桌上的碗筷早已收拾完毕,又摆上了茶水、瓜子、果品之类的东西。他们正在闲谈时,李二领着三花子的父亲来了。李术魁站起身来打招呼,并向张先生他们介绍说:"这位是李二,是屋下的一个叔伯兄弟;这位是买主常春大叔。"

张先生也站起身来,弓着腰,双手合十笑着对李常春也就是三花子的阿爸说:"恭喜你哦,发财发富、买田置地!"

"多谢先生劳神,托先生的洪福了!"李常春站在那里双手抱拳向张先生施礼致谢。他两手空空,没带润笔金的红包,不然这个时候出手是最好的机会。

寒暄了一阵之后马上就进入了正题。张先生毕竟是个有经验的老先生,很快就将字据写好了。买卖双方都签了字、画了押。中介人、证人、执笔人都先后签上了自己的名字,同时也画了押。字据一式两份,买卖双方各执一份。

李常春长得人高马大,体格健壮,古铜色的脸上堆满了平时少有的笑容。他和李二一道从李术魁家里出来,一路上高高兴兴地聊着天,心里头那高兴的劲无法形容。他左手拿着那份字据,觉得那比十担谷的分量还要重。他把那份字据握得很紧,生怕被别人抢去了一样放在内衣口袋里而不敢松手。

李常春到家了,妻子还没睡,正坐在地炉边借着松明子的亮光做针线活。

"回来了。"妻子轻声地招呼着。

"嗯。"李常春简短地回答着,在地炉边找了个地方坐下来。

"买好了?"

"嗯,买好了,立了字据,明年栽田时那'年饭丘'就是我李常春家里的田啦!"

"啊,我们也有了自己的田啦!我们的梦成真啦!"

他们几乎都跳了起来,几乎是在地炉边拥抱起来。

乐了一阵之后他们又都坐了下来,李常春小心翼翼地从自己的贴身衣袋里摸出那份买田的字据,双手捧着交给妻子,叫妻子找一块红布包好,并由妻子放在她自己的贴身衣袋里长期保管,不能离身。

这一夜他们几乎高兴得睡不着觉。

第二天早饭后李二过来了,他昨天夜里答应今天上午来帮常春叔将那买田的十担谷送到李术魁家里去。

李术魁今天一反常态,非常热情地招呼他们,并破例留他们在家里吃午饭。他笑嘻嘻地对李常春说:"常春叔,我那块'年饭丘'在我们村里算是数一数二的好田,那可是我自己的养老田啊。这是大叔您要买,要是别人出二十担谷我还不肯卖呢!好了,好了,自家人嘛,吃亏就吃点亏吧。不过大叔啊,你可千万要种好那块田啊!"

转眼过了春节,新的一年开始了。

惊蛰匆匆过去,春分接着来了。

一年之计在于春。农事渐渐地忙了,农民们都在为栽田做准备。

这天吃过早饭,早春的天气还有些冷,人们还是照样地忙着。李常春肩上扛着犁,手里牵着牛,兴冲冲地到东垅里去耕那块去年腊月从李术魁那里买来的"年饭丘"。那是一块好田,是全家人今后生活的希望。李常春套好犁下了田,可是一行还没耕到头,就听见有人朝他大声地叫喊道:

"喂!常春叔,你耕错了田啦,那是我家的'年饭丘',是我的养老田啊!你怎么能随便耕我的田呢?"

李常春连忙喝住牛,看清了朝他大声叫喊的正是李术魁。李术魁跑得上气不接下气,站在田埂上一边喘着粗气,一边用手指着李常春说:"你疯了吗?亏你这么大年纪,这是我家的田你不清楚吗?"

"我当然清楚啊!这块田原先是你的,去年腊月二十六日晚上你已经将这块田卖给我了,并当场言定今年惊蛰边交田给我栽。去年腊月二十七日我和李二两人就把买田的十担谷送到你家去了,还在你家吃了中饭。才过了两个来月的工夫,难道你就忘了?"李常春站在田里平和地对李术魁说。

“你胡说!我是卖田地的人家吗?再说我真的要卖田卖地我也不至将我养老的‘年饭丘’卖给你呀,我还没糊涂到这个地步吧。常春叔,我看你呀真是糊涂了!”李术魁还是站在田埂上指手画脚地对李常春说。

“术魁,你莫乱说呀!我的确是买下了这块田,而且还有当天晚上张先生为我们写的字据。俗话说:‘一笔划得江山断’!老弟呀,你怎么这么不讲理呀,难道白纸黑字你也敢不认账吗?”李常春显得十分愤怒!

“我哪里写了卖田的字据给你呀?分明是你胡说!我手上可没有什么字据啊,你要是有就拿出来念给大家听听吧!”李术魁带着一脸的奸笑。

“好!夜里众人到堂,我拿出字据来叫人念给大家听听。到那时你怎么说呀?”李长春非常自信地说。

“如果你真拿得出我卖田的字据来,我上门去打爆竹给你赔礼!”李术魁也信誓旦旦地说。

“好,就这样一言为定!晚上见面再说。”李常春一边说一边解牛扛犁,准备回家。

“好,常春叔,我们晚上见。”李术魁说完又发出一阵奸笑,随后扬长而去。

晚上,李术魁家里挤满了人,他们大多数都是来看热闹的。

只见三花子的母亲手里拿着一个旧大红布包,走到桌子前非常小心地将红布包放在桌面上,双手小心翼翼地将红布包当着众人的面打开了,从里面拿出一张写满了毛笔字的皱巴巴的纸,拿在手上。

张先生也来了,他是李术魁特意叫人去请来的。

三花子的母亲双手将这重似千斤的字纸捧到张先生的面前一字一句地对张先生说:“张先生,这字据是去年腊月二十六日晚上你在李术魁家里为我们两家写的买田字据,我们家没人识得字,我一直是当作圣旨一样带在身边保管,难得今晚上你来了,就请你照上面写的念给大家听听吧,我求你了。”

张先生歪着头、斜着眼，懒洋洋地伸出一只手将那张纸接过，接着他用眼睛看看李术魁。

李术魁朝他点了点头，然后很傲慢地说："张先生，你就照上面写的念给大家听听吧。不然，我李某不好做人呐。"李术魁像是很委屈似的。

张先生从座椅上站了起来，喝了一口茶，清了一下嗓子，高声地对众人说："诸位，请静一静，我来将这张纸上写的念给大家听听。"

张先生稍停了一下后又装模作样地咳了两声，然后高声念道："窦娥冤……"

还没等他把一句念完，人们就议论开了。

"这是什么字据？这不是一本《窦娥冤》的脚本吗？"

"这完全是一本戏呀，根本就不是什么买卖字据啊！"

"哈哈哈，笑话，天大的笑话！怎么把个戏本拿出来当买卖字据呀？"

"是呀，这到底是怎么一回事呀？"

"常春哥也真是，连个戏本与买卖字据也分不清！"

"老兄，莫这么说呀，你还不知道他不识字吗？"

"不识字就不知道拿给别人去看看？"

"亏你说的，我们村又有几个识得字的人啊？"

……

人们在七嘴八舌地议论着，尽管有些人知道这其中的缘由，可又有谁敢说一句公道话？就连那牵线搭桥的李二今天也不见了人影。

李常春夫妇见事情弄成这个样子顿时就气晕了。妻子一口鲜红的血喷在他的裤腿上，他气得两手冰凉，两眼发直，浑身发抖，竭尽全力用双手扶住差点倒下去的妻子。

李常春心里清楚了，他被人耍了！他败得很惨，他的买田美梦完全破灭了！

他从张先生手里要回那张本为字据的字纸，依旧用那块旧红布包好，紧紧地握在手里。他恨恨地向李术魁和张先生瞪了一眼，背起晕倒的妻子就往家里走。

李常春背着妻子回到家，将妻子放到床上。然后又将老大、老二叫到他的身边，拿出了那张假田地买卖字据，一双萝卜干似的手不住地颤抖着，眼泪一行行地往下掉。他们一家人都不识字，眼巴巴望着这张捉弄他们一家命运的字纸，只能打掉牙往肚里吞。《窦娥冤》这出戏那些走村串巷的戏班子来村里演过好几回了，大家都听熟了。窦娥被冤，可我们是睁着眼睛被人家戏弄，拿个戏本当字据，还巴巴地给人家送谷去，不冤吗？

父子三人愤怒地骂了一通，骂设计坑害他们的李术魁，也骂那个帮忙害人的张先生。他们骂完了，却找不到任何挽救的办法。

三花子被他们的高声说话声吵醒了。他母亲也慢慢地回过神来，下了床慢慢地走到地炉边，在丈夫的身边坐了下来，说："你们父子也不要再争了，反正这亏我们是吃定了。现在的问题是今后我们一家人怎么过？"

大家又是一阵沉默。

"我看我们也不要太难过了。事情已经发生了，我们的日子也还得过啊。大不了也只是丢了那十担谷罢了！我想，只要老天爷保佑我们大家手脚强健，挣回那十担谷也还有可能吧。现在的问题是我们一家人没有一个识字的，我们家祖宗几代人都没念过书，一村人识得字的也没几个。今天的亏就是吃在我们都不识字上，今后我们要想不再吃这样的亏，我们家要有人识得字才行！我看我们一家人再吃几年苦，把三花子送出去念书，你们看如何？"李常春经过一番认真思考之后以坚定的口气对家里人说。

"是呀，我们要送一个人去念书才好啊。老大、老二年纪都大了，我看还是让三花子去念书吧，你们两个当哥哥的就得准备多吃点苦才行啊，将来我们家也有人能识字写字，就再也不会受人家捉弄了。"母亲慢慢而又轻声细语地说。

"是呀，我们家要是有个人能识字真好。送三花子去念书我同意！"老大先表了态。

“我也赞成！”老二也表示支持。

一家人的意见很快就统一了。

李常春一家人经受了这次打击之后，反而给逼醒了！他们做出了最明智的决策。李常春兴奋地说：“三花子念书的事就这样定了，明天我们就去请先生。”

三花子听说家里要送他去念书，简直不相信自己的耳朵。他一下子坐了起来，歪着头对娘说：“娘，要送我去念书是真的吗？”

“嗯，是真的。儿子呀，你可要争气呀！”母亲轻轻地对三花子说。

“阿爸，送我去念书家里有钱吗？”三花子问阿爸。

“钱，我们家是没有的，不过你的两个哥哥去帮人打长工，我照样去打零工，你娘还是去讨饭，我们一家人勒紧裤腰带，咬紧牙关，一定要送你去念书！”李常春虎目含泪，将三花子抱在手上。

这一夜李常春一家人都没有睡。受了这么大的打击，受了这么大的委屈，又做出了一个重大的决定，他们能睡得着吗？

天亮了，初春的早晨还比较冷。

三花子在灶下帮母亲烧火。母亲在为一家人做早饭，锅里煮着大麦米粥。

李常春今天一大早就出去找先生了。在快要吃早饭的时候他兴高采烈地回来了。他告诉家人，今天早上在上首梅家村找到了一位启蒙先生，同意接受三花子到他的学堂里去念书。

早饭后，母亲为三花子准备了一番。其实也并没有什么准备，衣服还是原来的衣服，脚上仍是光着脚。她拿了那个旧红布包塞到儿子的手里，然后和丈夫一道带着儿子到梅家村去拜见先生。

梅家村离李家村还不到两华里路，三花子跟着母亲讨饭时，这条路他们母子俩几乎天天都要走一个来回。对这条路，三花子就是闭着眼睛也能走来走去。

不一会儿工夫他们三个人就到了学堂里。他们见过先生以后并教三花子给先生行了大礼。先生忙起身两手扶起了三花子并招呼他们三个人都坐下。

先生姓徐,叫徐济汉,本地人,五十多岁年纪。虽说是四月天气,他还是穿着一件蓝布长衫,外面套着一件黑缎子马夹,脚下穿一双老棉布缝的白袜子,外穿一双自家做的布鞋。徐先生看上去很瘦但挺有精神,是一位很有修养的先生。

徐先生一只手拉起了三花子,把他拉到身边,一只手指着他手里的红布包问:"孩子,你手里拿着什么东西呀?"

"先生,是今天动身时,我娘给我的一个红布包。"三花子轻声地回答。

"那里面包的是什么东西呀?"先生又问。

"我不知道。不过里面的东西我猜非常重要,因为我娘从去年腊月二十六日晚上起,就一直把这红布包带在身上,从未离过身。"三花子很认真地对先生说。

"可以给我看看吗?"先生问三花子。

三花子没有马上回答,朝他母亲看了看。

这时三花子的母亲也发现儿子仍然紧紧地握着那个红布包,她点了点头,轻声对儿子说:"给先生看吧!是让你带来给先生看的。"

徐先生接过红布包,放在桌上打开一看,里面是一张写满了毛笔字的毛边纸。他瞧了瞧,原来那上面写着一折《窦娥冤》的戏文。这到底是怎么一回事?他一时摸不着头脑,就问李常春夫妇:"怎么?你们将一折《窦娥冤》的戏文竟然看得如此重要,这是为何啊?"

经徐先生这么一问,李常春夫妇竟大声地哭了起来!

三花子也不知道发生了什么事,他一会儿看看阿爸,一会儿又瞧瞧母亲,然后用一双期待的眼睛望着先生。

李常春停住了哭,用破衣衫揩干了自己的眼泪,对先生说:"先生!事情是这样的……"

李常春一边擦着眼泪，一边将这件事的经过详详细细地讲给徐先生听。

“这就是张先生为我们写的田地买卖字据。我白白地丢了十担谷不说，还叫我们里外不好做人。徐先生，我们穷人家在这个世界上怎么这样受人欺负啊！”

徐先生听了李常春的诉说以后，睁大了双眼站起身来口里大声地骂道：“张继兴啊张继兴，你这个没心肝的东西！人家叫你执笔写字据你怎么能这样捉弄人家，你太缺德了！”

徐先生说完，重重地一拳打在书案上。过了一会儿，他将三花子搂到自己的怀里，并将那红布包依旧包好，对李常春夫妇说：“贤弟，你这孩子我收下了，念书的一切费用由我包下。这红布包暂时由我代为收存，等孩子长大了我再还给他。不知贤弟夫妻还有什么意见？”

“多谢先生的关照。假如老天有眼，我们穷人也有出头之日时，我李常春夫妻就是变牛做马也要报答老先生！”

李常春夫妇站起身来给先生深深地鞠了一躬。

从此以后，三花子有了自己的名字李启发。在徐先生的精心教诲下，他进步很快。一晃几年就过去了，李启发由一个九岁的娃娃长成了一个少年，他现在要到外地去念书，徐先生为其准备好了费用……

5

外面传来一阵狗叫声，打断了杨先生的思绪，他慢慢地回过神来看看这十几个青少年，他们都是本村穷苦农民的孩子。他弄不清楚他们为什么这么穷，为什么又对念书那么感兴趣？是啊，几千年来中国的农民都没有什么文化，都是文盲半文盲。没有文化，没有知识，农民们就只能被人压迫、剥削，被人愚弄。面前的这些青少年是一些多好的后生仔呀，可以说是我们杨河村的希望。

“好吧,你们说的都有道理,放学的事就不提啦。从明天晚上起能来上学的就来上学,万一不能来的就在家里帮大人做点事也不要紧。大家同意吗?”杨先生以商量的口气对这些孩子们说。

“同意,同意,我们都同意!”这些孩子们都高兴极了。他们又写了一会儿字,然后回去睡觉了。

第二天的夜学,这十二个孩子一个也不少,全都来了。

《百家姓》读完了,就开始读《四言杂字》和《五言杂字》。这些书没有买,都是陈艳一手抄写的手抄本。

转眼就到了 1949 年农历十月。

杨河村这一带已经解放了,各地都成立了农民协会。那些以前还是当牛做马的穷人,现在也都扬眉吐气了。

反霸斗争开始了。

杨先生这段日子比较忙。这天晚上他没睡,和妻子陈艳两人在家里赶制小旗。第二天乡农民协会要在祠堂里召开斗争大会,斗争对象就是恶霸地主李术魁。这可是多少年来的一件振奋人心的大事。

白天,杨先生从店里买来好多红红绿绿的纸,又在家里找了许多小柴杆、小竹枝,截成一尺多长的小旗杆。晚上他和陈艳两个人一个裁纸、一个写字。他们在那些三角形的小彩旗上写了许多标语口号:“打倒国民党反动派!”“打倒恶霸地主李术魁!”“中国共产党万岁!”“中华人民共和国万岁!”“毛主席万岁!”他们还写了许多贴在墙头、树上的标语口号。就这样他们忙了整整一个通宵。

今天人们都起来得特别的早。

太阳似乎也比往日要早一点出来了,天空一片蔚蓝,几朵云彩在天上飘动着。村子里、路口边都是欢笑的人们,和以前相比,他们简直像换了个人似的,他们虽然还是穿着那些破旧衣衫、破旧鞋袜,可个个都显得精神抖擞、神气十足。大家从来没有这样快乐过,也从来没这样开心过。

杨世达和他的小伙伴们一大早就来到村后面的那棵大枫树下。几个孩子在那里胡乱地敲打着锣鼓，他们每个人手里都拿着一面红红绿绿的三角形小旗在大枫树周围追逐玩耍。阳光穿过树枝，花斑点点地洒在地上，照在孩子们的身上。孩子们虽然还是穿着破旧衣裳，可很干净整洁，他们个个朝气蓬勃、精神饱满。

不一会儿工夫，杨河村这个只有二十来户人家的小村庄里的人，除了那些实在走不动路的老太太和那些吃奶的小娃娃外，全都集中到这棵大枫树下来了。大枫树下的空地上几乎成了彩旗的世界。解放了的人们个个脸上露出了过去少有的笑容。

李术魁跪在台左边的一个角落里。他吓得全身发抖，一双三角眼时不时地瞧瞧台下的人群，时而又偷偷地朝台上两边看看。当他发现这些在台上坐的人群中有李常春一家人时，他几乎瘫倒在台板上。

在一阵排山倒海般的口号声中，土改工作队徐队长宣布斗争会开始。

李常春从八仙凳上站了起来，一步一步向李术魁走过去，两道愤怒的目光射向李术魁。他用右手向空中一举，大声地说："我要控诉李术魁的罪行！揭发他的罪恶勾当！"

李启发今天也在台上，他现在是荷西乡政府的文书。昔日讨饭的三花子，今天已长成一位英俊的小伙子。他双手扶着他的母亲，一步一步朝台中的桌子走去。母亲的脸上挂满了泪水，并沿着她脸上的皱纹，犹如大雨过后溪水顺着山坡上的沟沟一样倾泻下来。她全身抖得厉害，不知是激动还是伤心。

李启发也怒目圆睁。他清楚地记得那个不眠之夜，从那一夜起他的命运发生了根本的变化。他的两位哥哥硬是用打长工挣来的钱送他念书，母亲带着弟弟讨饭，阿爸还是帮人打短工，一家人咬紧牙关熬到今天。他更不会忘记为他启蒙的徐老先生，要不是他老人家鼎力相助，他的学业恐怕不会有那么顺利，他也不会有今天的地位。前几天他还专程去看了一下老师。他清楚地知道,是李术魁害了他们一家,是李术魁害了许多的穷苦农民,甚至弄得有些人家破人亡。

母亲从她的贴身衣袋里摸出了她一直保存的那个旧红布包。这里面有李术魁害他们一家人的铁证。母亲用手背揩了揩脸上的泪水,朗声地对他说:“三花子啊,你把这个给大家念念吧。这是李术魁害我们的铁证!就是这张字纸,让我们白白送了十担谷给他!”

三花子哭了,哭得很伤心,泪水蒙住了他的双眼,他看不清那上面的毛笔字,无法念下去。他们三个人哭得抱作一团。

这时台下鸦雀无声,几乎所有的人都用愤怒的目光盯着台上的李术魁。只见李术魁像木头人一样跪在那里,耷拉着头,连大气也不敢出。

过了一会儿,土改工作队的徐队长从李启发的手里接过那张字纸,他代李启发念了起来:“窦娥冤……”

人们都知道李常春买地被骗这回事,但详细经过不清楚。李常春用衫袖揩干了脸上的泪水,站到台中央,大声地将那年他家买李术魁“年饭丘”的经过从头到尾对大家说了一遍。最后他说:“我们父子三个长年累月面朝黄土背朝天,辛辛苦苦地帮地主打了几年的长工,好不容易积下的十担谷就这样一夜工夫被李术魁占了去!乡亲们,我们穷人穷就穷在没有文化这一点上。我们不识字,没有文化就要受人欺侮,我们这些‘睁眼瞎’可怜啊!”

台下的人群蜂拥到台前,恨不得把李术魁吃了才解心头之恨。人们愤怒了,人群沸腾了,口号声响彻了云天!

“打倒恶霸李术魁!”

“打倒国民党反动派!”

“中国共产党万岁!”

“毛主席万岁!”

斗争大会一直进行到太阳快要落山的时候才结束。

6

土地改革、反霸斗争已基本告一段落。

转眼就到了年下,家家户户都在准备迎接新的一年的到来。

杨先生从农会里放假回来了,他在家里还是忙个不停。今年他似乎比往年还要忙一些,他买了好多红纸来,他要为杨河村二十几户人家每家每户写几副春联。他一连写了好几天,到腊月三十日他抱着那些写好的对联挨家挨户送去,有些人家他还要帮着贴好。当他送完这些对联回到家里时已是下午三四点钟了。他歇了一会儿开始动手为自己家里贴春联。

杨先生自己家的上堂正中挂着毛泽东主席和朱德总司令的画像,两边贴上大红纸写的对联:“听毛主席话,跟共产党走”,上面的横批是:“毛主席万岁”。大门边的上联是:“翻身不忘共产党”,下联是:“幸福感谢毛主席”,横批是:“喜迎新春”。

杨河村的人们过了一个有史以来最欢天喜地的春节。这一切都使杨先生兴奋不已。

土改结束了,土改工作队的牛队长这天和杨鼎盛谈了好多事。过几天他要到别的地方去搞土改。

“杨鼎盛同志，现在我们荷东乡的土地改革、反霸斗争都已基本结束,接下来的工作是组织、领导农民发展生产,改善生活。你对今后的工作有什么意见和要求？”牛队长对杨鼎盛说。

“牛队长,我们在一块工作了几个月,互相都很了解。我只是惦记着我的学生,希望能尽快地回到他们身边去。我要去教他们念书、写字、算数,还要教他们唱《东方红》《没有共产党就没有新中国》,让他们将来能更好地为新社会服务,这就是我的要求和愿望。”杨鼎盛不假思索地回答牛队长。

“哦，我真不知道你想得如此周到。看来你是不愿意留在乡里工作了。原先我还以为荷东乡的乡主任非你莫属,这样看来我们还得另外物色一个合适的人选。”牛队长抽着烟,慢慢地与杨先生交谈。

“留在乡里工作也是为大家办事,回村教书也还是为大家办事,这个也没什么太大的区别吧。牛队长,我看我还是回到我的学生中去,他们非常需要我,我也特别喜欢他们,我觉得我回村教书还更合适。”杨先生用恳求的目光看着牛队长。

“好啊,既然你很想念孩子们,想去教他们读书识字,这又何尝不是一件大好事！中国几千年来农民大众就是因为不识字、没有文化而受人压迫、受人剥削。你能投身新中国的教育事业,这也是党的工作的一个重要组成部分。今天晚上我们开个会,让大家对你的工作安排进行讨论,然后再作决定。”

第二天决定就下来了,经乡政府研究,同意杨鼎盛本人的意见,让他继续去教书。不过现在不是让他回杨河村去教书,而是让他在乡里筹建荷东小学。

这是杨鼎盛做出的第二次重要抉择,和第一次的一样,这个抉择不仅决定了自己的命运,还决定了儿子的命运。

新组建起来的荷东小学共有八个老师。校长是从外地调来的,姓殷,大家都叫他殷校长。杨鼎盛担任教导主任,负责教学和筹建工作。八个教师中有几个是新中国成立前在县城高中毕业的，他们的父辈是地主、富农。土改、反霸斗争以后,人民政府把他们和他们的父辈区别开来,让他们参加政府中一些有益的工作。

1950年“五一”节后的一天,经过一段时间的筹建工作,设在徐家村的荷东小学正式开学了,校址就设在徐家祠堂内。学校一共有六个班,三百多个学生,这些学生中年纪大的有十七八岁,小的只有六七岁。杨河村的二十一个学生,还有那些原来上夜学的十二个大龄孩子也都来了。

经过一个多月的摸索,荷东小学基本走上正轨。一年级两个班,都是一些从未进过学堂门的娃娃;二年级也有两个班,这是原来在各村私塾里念过书的学生,他们多少都有点基础;三四年级一个班,是一些曾经念过几年私塾的学生;五六年级目前还没有,再加上一个大龄学生的速成班。

杨世达被编在四年级这个班。这是一个由三四年级混合编成的一个复式班,有三十几个学生。科任老师是一位去年从县城高中毕业回来的高中毕业生,叫徐培剑,是荷东乡徐家村人,也是荷东小学的秀才。

徐培剑的家庭成分不大好,土改时曾被划为地主。他高中毕业回来后,人民政府还是安排了他的工作,现在又让他到荷东小学去教书。他瘦高的个子,经常穿着一身黑色的中山装,说话轻声细语,叫人一看就知道他是一位有学问的人。他教学认真,工作负责,老师和同学们都很喜欢他。

徐培剑由于新参加教学工作,缺少教学经验,他总是向杨老师请教,他的教学经验也在逐步增加。

杨世达的成绩属中上游。他原来跟着阿爸只是识字、读书、写字,有时念医书,对算术却不大懂,甚至连十个阿拉伯数字也不认得。徐老师认为他偏文科。事实并不是这样,而是他以前接受的是旧式教育。

今天徐老师和杨老师又坐到一块儿来了。他们谈了一些当前学校和学生的情况,谈到了学生的算术成绩普遍差的事。

“杨老师,杨世达的算术成绩老是上不去,这也并不是他一个人的事,这些班几乎每个学生都是这样,语文和其他的课程都比较好,就是算术不行。你看这个有什么办法吗?”徐培剑老师像小学生一样向杨老师请教。

“这个问题和我们这些教私塾启蒙的人有关。以前我们教书都是以识字、写字为主,整个学期都是念一本书。至于算术嘛,连我这个当老师的也不太懂,因此这些学生的算术就更差了。”杨老师一边批阅学生的作业，一边回答徐老师的话。

“问题我看还不只这些。我光是教他们认识十个阿拉伯数字都费了好大的劲，这事真难办。”徐老师一边说一边抽出几本学生的算术作业本送到杨老师的面前让他看。

学生的算术成绩普遍偏低，这是一个不容忽视的现实。除一二年级以外，从三年级一直到速成班，学生们都不太懂算术。一二年级因为是从头开始，他们几乎与那些高年级的学生在算术方面并驾齐驱了。

杨老师作为一位负责全校教学工作的教导主任，深知这里面的内在原因。全校八个老师中，除了三个年轻老师有高中学历外，其余的包括殷校长在内都是私塾出身的旧知识分子，他们念的书都是一些“子曰”之类的“之乎者也”，至于算术、历史、地理、自然之类的课程，他们甚至连听都没听过。经过这次与徐老师的谈话之后，杨老师得出了这样一个结论：要想提高学生的算术成绩，首先必须提高教师本身的算术水平。他把这个想法与徐老师商量了一下，两个人的认识是一致的。

又是一个星期六。今天荷东小学召开辅导会，参加会议的有荷东小学和各个村小的老师。会上，殷校长总结了前一阶段本辅导区的教学工作，特别是从各位老师的汇报中可以看出算术课是让人感到头痛的事，他根据前几天与杨老师等人商量的意见，提出要解决这个算术教学的问题首先是要大家都来学算术。然后他又请杨老师作了具体安排。

“我们大家都认为算术课教学是目前比较难的事，学生接受难，老师教得也难。问题在哪里呢？我们大多数都是新中国成立前的蒙学先生，大家都没念多少书，对于现在课程的算术、历史、地理、自然这些内容，我们这些念私塾的人都觉得很陌生，同时也觉得很新鲜。特别是算术这门课程，我们还是刚刚学会十个阿拉伯数字，这样就要我们去教学生能不难吗？现在我们要想克服这个困难，把算术课教好，唯一的办法就是我们自己先去当学生，然后再去当先生。但是我们又不能停下来不上课而一心去学算术,因此我们只能是一边教书,一边学习。经殷校长同意,我们所有在座的教师每个星期都集中学习几次,我们请徐培剑老师为我们大家上算术课,学了之后我们再回去教学生,来个现买现卖。这样我们大家比较辛苦,可是我们再去上算术课就不会像以前那么吃力了,而且学生们学起来也要轻松多了。大家认为如何?”

杨老师的话音刚落,大家都异口同声地说:“只要徐老师肯教我们学算术,这可是我们求之不得的事。”

殷校长最后说:“各位老师,从现在起,我们每个星期集中学习两次算术,具体内容由徐老师安排,具体时间由杨老师来安排,我希望大家都要努力呀!”

几个星期后,荷东辅导区管辖的老师们集中学算术取得了一定的进展,现在他们都能教一百以内的加、减、乘、除了。

由于教师水平的提高,学生的算术成绩也上去了。

那些速成班的学生,也学到了一定的算术知识。他们这些青年人是以学习时事、政治、识字、写字为主。

杨世达比以前更忙了。他现在是五年级的学生,仍然比别的学生要多两门功课。他除了照常练习武术基本功外,还得天天读医书。他不但念了很多医书,认识了不少草药,还学会了开药方,在这些学生中他也算得上是个土郎中。

杨世达:我想读书

1

转眼到了 1953 年的农历四月。有了土地的农民到了这个季节都非常忙。农谚说“四月八，乱头发”，这个季节是农民一年中比较忙的季节。麦子黄了，蚕豆老了，油菜要收割，秧苗要移栽。繁忙的农事也给农村带来了一片生机。

白云河边的水面也渐渐开阔了，河两岸孩子们的“战火”这时候也平息了。

杨世达和他的小伙伴们这时都在荷东小学各个年级念书。他现在是五年级的学生，各科成绩都很好，下半年就要升六年级。他已经是一个十二三岁的大孩子了，除了各科课程之外，他照样还要念医书，每天早上要练功。

杨世达已经住到学校里了。他现在练功全靠自己，只是在星期六或星期天回到家时，妈妈问及他练功的事，他才拉开架式练给妈妈看，然后由陈艳逐一指点纠正。他的功夫虽未练到火候，可他运用中医伤科方面的知识治疗一些小伤小病还是管用的。有一回打篮球，一位同学不小心摔倒，左手腕脱臼，幸好杨世达在场，他当即用熟练的手法给这位同学做了复位，后又给这位同学用了几服草药，没几天这位同学的伤就基本好了。

一天午饭后，杨世达的叔叔突然来到学校，在杨鼎盛住的宿舍里还没来得及坐下，就急匆匆地对杨鼎盛说：“三哥，嫂子病得好厉害，叫你们回去一趟啊！”

一听小弟的话，杨鼎盛从座位上站了起来，急切地问道：“你嫂子是什么时候病的？她得了什么病？厉害吗？”

“昨天下午嫂子从外边回来，她说有点头晕眼花，在回家的路上还摔了几跤，昨天晚上又烧得好厉害，我们几乎一夜都没有睡。”

“今天好些吗？”杨鼎盛急切地追问。

“今天一大早，我们帮孩子们穿了衣服，嫂子说她不能起床，我们招呼孩子们吃了早饭。只有世强还要吃奶，他在床上没起来和他娘一起睡。嫂子要我来叫你们回去一趟。”

杨世达听说妈妈病了,眼泪就不住地往下掉。这个从不喜欢哭的孩子今天一听说妈妈病了就哭得厉害。他一边擦眼泪一边收拾自己的书本和衣物,并低声地对叔叔说:“叔叔,我马上同你一道回家,你等我一下啊。”

杨世达三步并作两步来到班主任苏老师的房间,把妈妈生病的情况简单地向苏老师说了,并提出请假回家去看望妈妈。苏老师满口答应了,并对他说:“你回去看看吧,你妈妈也够辛苦的,你们父子都住在学校,一个教书,一个念书,她一个女人家在家照顾三个不懂事的孩子,而且还有一个吃奶的娃娃,你妈妈也真不容易呀!”

杨世达拖着沉重的脚步从苏老师的房里走出来回到自己的房间。这时他阿爸也从殷校长那边回来了,一时间三个人什么话都没说,在那里默默地收拾东西。

杨世达的心里非常焦急,恨不能生出翅膀飞回杨河村,飞到妈妈的身边。

三个人一路小跑地回到家,来不及放下手中的东西就一起进房来到陈艳的床前。

杨世达站在床前俯下身子,用手在妈妈的脸上摸了摸,烧得有些烫人,他知道妈妈这回病得不轻啊!他扑在妈妈的怀里,眼泪刷刷地往下掉,哽咽着喊了一声:“妈……”,就再也说不出话来了。

杨世达抬起满是泪水的脸,只见妈妈的脸色蜡黄、嘴唇灰白,而妈妈放在他头上的一双无力的手又是那样的冰凉,与她那滚烫的脸似乎不是同一个人的体温。他发现妈妈的皮肤黄了,眼球也黄了,他捧着妈妈的手仔细地看了看,不觉大吃一惊,妈妈的指甲都黄了!他是懂点医学的,他很快判断,妈妈患的是急性黄胆型肝炎。可这时的农村,普遍缺医少药,得了急性黄胆型肝炎实属不治之症。中药虽也能治黄胆,治慢性的还有些效果,可这急性的就不好办了。杨世达的心都凉了!

叔叔和婶娘都是住在自己家里。几个小孩都由婶娘照应。

杨鼎盛从房里走了出来,他脸上阴沉得可怕。他是懂医学的人,他对陈艳的病的诊断和杨世达的判断完全一样。在这样缺医少药的年代，他就是有再高明的医术也无力回天。他叫儿子拿来了纸和笔，开了三剂“逍遥散”，还加进了龙胆草和一些养阴药，这是“逍遥散”与“龙胆泻肝汤”通过加减重新组合而成的。

开好药方以后，杨鼎盛又回到房里去安慰了陈艳几句，就到街上买药去了。

杨幼盛一家三口一直住在堂兄家里，方便他们相互之间好有个照应。后来杨鼎盛到荷东小学教书，家里有些事还得幼盛他们来帮忙。现在陈艳病了而且还病得不轻，他们夫妻更加忙了。他们不但要照顾病人，还要照顾几个小孩，还有一个吃奶的侄儿更需要人来照顾。达子回来了，他已是一个十二三岁的少年，他已可以帮叔叔婶娘做点事，做家务、带弟妹、替妈妈煎药、倒水，也忙得不可开交。

从这时候起，杨世达就没法去念书了。

过了两三天，吃了几服中药以后，陈艳的病情并不见好转，杨鼎盛急坏了。他一方面为陈艳的病情焦急万分，他上有七十多岁的老丈人陈振南，下有还未断奶的小儿子世强，他想如果陈艳有个什么三长两短，老丈人怎么过？这个吃奶的娃娃怎么过？另一方面他更惦记着学校里的工作。他已三四天没到学校去了，虽然已向校长请了假，可他的心还在学校。他还担心达子的学习。达子已是五年级的学生，现在他也在家里帮忙服侍妈妈，照顾弟妹，没法念书，他的学业多少是要受影响的。怎么办，怎么办？一连串的问号让他不知所措。

又过了两天，杨鼎盛又修改了一下药方抓了几服药，可陈艳的病情不但没有好转还加重了，黄胆一点也没退。杨鼎盛已乱了分寸，他不知怎么办才好。他除了自己精心组方、换药之外，还请来了附近有名的老中医进行会诊，结果都无济于事，眼看陈艳的病情在一天天地恶化，他心里十分明白后果是什么。这天，他又把幼盛叫来，含着眼泪对他说：“幼盛，看来你嫂子好不起来了……”

话刚出口,杨鼎盛就哭得什么也说不出了。由于怕陈艳知道了增加她的痛苦,他只好强忍着,擦干了自己的眼泪接着又说:"你到外边去打听一下什么地方有寿料买,看来要为你嫂子准备后事了。"

杨幼盛一听也哭了起来。

杨幼盛清楚地记得,他当年从国民党的军队里开小差逃出来,回到家里后,是堂哥堂嫂帮助他成家立业,要是换个人家,只怕亲生的哥嫂也难做到这一步。他也知道嫂子的病确实不轻,哥哥是附近有名的中医,这个病连哥哥都没办法,那后果自然也就可怕了。

这时候的达子已没有了欢乐,他整天忙忙碌碌,一会儿在堂前招呼弟妹,一会儿又跑到妈妈的身边替妈妈端茶倒水,或是扶着妈妈起来解大小便,听着妈妈的叮嘱。杨世达简直成了另外一个人。

农历四月十八日凌晨四点多钟,陈艳去世了,丢下了三个儿子一个女儿,最小的儿子杨世强还不满三岁,她自己也只有三十三岁。

这事犹如晴天霹雳,几乎将杨鼎盛击倒。前年他七十多岁的老母谢世,去年二嫂与世长辞,现在爱妻又英年早逝,丢下四个还未成年的孩子、一个七十多岁的老丈人,他怎么办?今后的路怎么走?他被困在一片迷茫之中。

妈妈死了,杨世达的悲苦难以言表。他哭不出来了,眼泪早就哭干了,声音也嘶哑了,他整日无精打采地带着弟弟妹妹漫无目的地东走走西瞧瞧,走累了,想妈了,他们兄妹四个就抱在一块痛哭一场。

安葬了妻子之后,杨鼎盛的精神几乎崩溃了。三年来他接二连三地失去了三位亲人,无论从哪个角度来看他都难以接受这样的打击。这次爱妻暴病身亡,他肝肠寸断,欲哭无泪,欲说无声。眼下摆在他面前的是一团乱麻,家里老人孩子的照料、学校学生的课业,他怎么也理不出个头绪来。

一天夜里,杨鼎盛把幼盛夫妻和杨世达叫到跟前,四个人坐在昏暗的油灯下,个个都双眉紧锁,整个堂前沉默得空气都要凝固一样。没有人说话,大家都默默地坐着。

这样过了好一阵之后,杨鼎盛说话了,他要对这个不幸的家庭今后的出路作出安排。

“幼盛,现在你嫂子已经走了,”他刚开口说话,眼泪就像断了线的珠子一样往下掉,他掏出手帕擦了擦眼泪,尽量克制自己,然后又继续说,“现在我不能再留在家里了,我离不开学校,离不开我的学生,我要到学校去教书。可是家里这么一个烂摊子又不知该怎么收拾,达子又还小,他自己都是需要大人来照顾的孩子,要他来管好两个弟弟和一个妹妹恐怕不可能。”

杨鼎盛又说不下去了。他看看幼盛,又看看弟媳,再回过头来看看儿子,他的心几乎要碎了。他现在正是处于抉择的关口上,他可以不要那份工作,回家来料理这个多灾多难的家,可是,他一离开,学生们怎么办,谁来接他的课?这是几十个学生啊!但他自己去学校教书,达子就无法再去念书了。他心里充满着矛盾,让达子失学他也于心不忍,怎么办?怎么办?他茫然不知所措。他很想听听幼盛夫妻的意见,也想听听稍懂世事的儿子的想法。他明白一个人在作出这样选择的时候,是多么痛苦和为难。

杨鼎盛不得不面对摆在他面前的残酷的现实。

沉默,沉默,又是很久的沉默。他们四个人谁也不说话,谁也不知说什么。

幼盛的房里传来一阵揪心的小孩的哭声,是世强醒了。

自从陈艳死后,世强白天由大哥世达带着玩,晚上由婶娘带着睡。听到世强的哭声,婶娘三步并作两步跑进房将他抱了起来。他一个劲地哭喊着:“妈妈!妈妈……”杨鼎盛心如刀绞,幼盛夫妻见状也流下了伤心的泪水。杨世达哭着走到三弟身边,他牵着世强那干树枝似的小手,用一只手轻轻地拍着他的背,一心想哄住他,可是无论他怎么样世强还是哭闹个不停!所有的人都伤心落泪,后来没法,还是杨世达喂了一个鸡蛋给他吃才哄住了他。

杨世强在婶娘的怀里吃着鸡蛋,不一会儿工夫又睡着了,瘦削的脸上还挂着泪水。

屋子里又是沉默,长时间的沉默。空气沉闷,昏暗的油灯将他们的脸色都映成蜡黄色。

“哥,”经过一番思考之后杨幼盛轻声地对杨鼎盛说,“我看这样吧,你还是到学校去教你的书,家里的事由我们来管,大不了也只是我们累一点吧。”

“是啊,哥,你还是去教书吧,工作不能丢啊!这几个孩子让我来带好啦。”弟媳也非常诚恳地说。

“可你们自己也有田地,也有孩子呀!一下子增加这么重的负担,你们忙得过来吗?”杨鼎盛非常担心地说。

“哥,这个不要紧的,我们的孩子大了,她可以自己走动、玩耍、吃饭。再说田地里的工夫也没什么,大不了只是累点,那也不要紧,那是短时间的,你不必为我们担心好了。”幼盛还是要哥哥回到学校里去。

“唉……”杨鼎盛深深地叹了一口气!

说来说去他们的话题还是照旧。他们现正处在万难之中,他们希望有个神仙能来化解他们目前所面临的难题,可能吗?

2

杨世达又挑了一下灯芯,煤油灯一下子亮了许多。虽说已是夜深人静,他们四个人仍然没有一丝睡意。他们谁也睡不着。

喔喔喔……

鸡已叫了两遍。他们四个人相互对视了一阵之后,眼看天色也不早了,杨鼎盛最后还是把牙关一咬,做出了他有生以来第一次违心的决定:“幼盛,我看这样吧,我把静珠带到学校去,让她也开始念书。这样我也好照顾她的生活，同时也减轻一点你们的负担。另外，达子这学期就不去念书了，让他留在家里帮你们带好两个弟弟，这样你们也可以有些时间去管管田地里的事。这也不是长久之计，待后让我慢慢来想办法。我想老天爷总不会有绝人之路吧！”

听了父亲的安排，达子心里咯噔一下，但他一声不吭，他明白，叫他停学在家带弟弟，阿爸也实在是出于无奈。可是他从内心来讲是不愿意停学的，可是又有什么办法？妈妈死了，丢下他们兄妹四个，他念不成书还是小事，要是影响了阿爸的工作那可是大事，一家人的生活都成问题。他不能说什么，阿爸的决定是对的，然而也是无奈的。

第二天早饭后，杨鼎盛带着达子和静珠到荷东小学来了。达子是来收拾自己的东西的。他们一进房间，手上的东西都还没放下，就来了一群人，殷校长来了，徐培剑老师也来了，杨老师教的那个速成班的学生全来了，还有其他班的学生也来了不少。他们把房门口围得水泄不通。他们都不说话，只是静静地站在那里向杨老师投去同情和惋惜的目光。

上课铃又响了，学生们回教室去上课了。有课的老师也都先后走了，只有殷校长和徐培剑老师还没走，他们都在杨老师的床上坐着。

“杨老师你怎么不在家里多待几天啊？你教的课程我已安排了几位老师替你代上，你带的那个大班我替你带了，一切都正常。”殷校长向杨老师介绍学校当前的工作。

“现在你家里还有几个小孩没人照料，你打算怎么办？”殷校长又关切地问杨老师。

听到殷校长又提到他的家事，杨老师又想起了刚刚去世的妻子，他无法自控，眼泪情不自禁地往下掉。

沉默了一会以后，杨老师强忍悲痛，给自己倒了一杯开水，把他的决定和安排告诉了殷校长。殷校长和徐老师听了之后，既为之感动，又爱莫能助。

到了吃午饭的时候，殷校长和徐老师也都走了，只剩下他们父子三人。杨世达到厨房去打来了饭菜,今天他们是第一次在学校食堂里吃菜,以前都是吃从自己家里带来的腌菜炒豆干,是妈妈亲手做的菜,现在妈妈不在了,再没有人替他们做腌菜炒豆干了。他们三个人一点儿胃口都没有,胡乱吃了一点。静珠也有七岁了,她也知道妈妈已经死了,再也见不到妈妈了。有时她也哭着想妈妈,每当他们当中有一个人喊妈妈的时候,他们兄妹四个就会抱作一团大哭一场。

杨世达从厨房洗碗回来以后,阿爸叫他去请苏老师来一下。杨老师招呼苏老师坐下后, 就对苏老师谈了杨世达暂时停学在家带弟弟的事。苏老师是五年级的班主任, 开始他无论如何都不同意杨世达停学回家,后经杨老师再三恳求,无奈之下才答应了杨老师的请求。苏老师又转过脸来对杨世达说:“杨世达,你现在停学,我是在没有办法的情况下才答应的。你也不小了,有空在家里也还要念念书,写写字,要是有什么问题解答不出来,你就到学校来问我或者写出来让同学带给我也可以,你千万别荒了自己的学业呀!”

苏老师走后,杨世达开始收拾自己的东西。当他在箱底翻出一双新布鞋时,捧在手上反复看了很久。这是妈妈生病以前给他做的,让他到学校穿,可他舍不得穿,一直放在箱子底下。如今妈妈死了,这双鞋成了永久的纪念。他双手捧着鞋捂在胸前,眼泪情不自禁地涌了出来,心里哭着说:“妈妈!您再也不能给我们做新鞋了。”

杨世达双手捧着那双新鞋,脸上挂满了泪珠。静珠走过来看见哥哥捧着一双新布鞋在掉眼泪,便扯着哥哥的衣服问道:“哥,你在看什么呀?哥,你别哭呀!哥,我好想妈妈呀!”静珠也哭了。

达子一手拿着一只鞋,双手将妹妹抱了起来,他什么话也说不出来,兄妹二人又大哭了一场!

杨鼎盛听到两个孩子的哭声忙回过神来, 他发现儿子手上的新鞋,触景生情,也无声地哭了。

杨世达将妹妹放在地上,继续收拾东西。他把东西拣齐了之后蹲下来对妹妹说:“哥要回家了,你跟阿爸在学校好好念书,千万要听阿爸的话呀。我有空就到学校来看你和阿爸。听话呀,千万别哭!”

静珠也很懂事,她也不哭了,她知道哥哥现在念不成书,他要回家去带两个小弟弟。她一边用自己的小手替哥哥擦眼泪,一边也替自己擦眼泪。她无声地向哥哥点了点头,什么话也说不出来。

达子放下妹妹,站起身来走到阿爸的身边,看到阿爸还在掉眼泪,他轻声地对阿爸说:“阿爸,时候不早了,我要回家了。”

杨鼎盛回过神来,紧紧地拉着儿子的手,凝视了很久很久。

3

杨世达失学了。

今年的端午节又快到了。家家户户都在准备包粽子,做发粑。农村土地改革后,广大农民翻了身,生活比以前要好多了,家家户户都在为过一个愉快的端午节而忙碌着。孩子们更是乐不可支,他们的妈妈替他们都准备了好看的蛋袋。这是这一带的风俗,每到端午节,孩子们都会在颈脖上挂一个五颜六色的蛋袋。蛋袋是用各种颜色的真丝线编织而成的。蛋袋的颜色、花样有好多,下面还有一个带小须须的彩色小坠子,袋口用一根较粗的红丝线穿着,像是一个小小的网袋。大人们将鸡蛋鸭蛋鹅蛋煮熟,染上一点红色,用蛋袋装着挂在小孩的脖子上,好看又好玩。

要是在往年,妈妈总要给达子他们兄妹一人编一个各种颜色的蛋袋,尽管达子已是一个大孩子,去年端午节时妈妈还给他编了一个彩色的蛋袋,里面装了两个红鸡蛋挂在他的脖子上。挂上蛋袋,他神气十足,心中有一种说不出来的幸福感。

今年的端午节,杨世达再也得不到妈妈给他编的蛋袋了,他心中的那种说不出来的幸福感永远消失了,他长长地叹了一口气。

又是一个星期天,静珠跟着阿爸回来了。杨世达兄妹四人又一起到外边去玩,小弟弟世强年小体弱,走不了几步就要摔跤,还要大哥驮着他走。达子背上驮着三弟,手上牵着二弟,妹妹在身边跟着走。他们兄妹四人朝一个非常熟悉的地方走去。

他们来到一处山嘴前,这里有一座新坟,他们在这座新坟前停了下来。杨世达放开二弟,又把三弟从背上放下来,他们都知道,这座新坟里面埋的正是他们的妈妈!

达子在附近的草丛里采了一些叫不出名字的野花扎成四束,将这四束小野花一字儿排开,插在妈妈的坟头上。

杨世达再也无法控制住自己了,他伤心地哭了起来。静珠看见哥哥哭了,她也哭了起来,她知道妈妈死了,而且是埋在这新坟底下,他们兄妹四个再也见不到妈妈了。

世堂见哥哥和姐姐都哭了,也情不自禁地哭了起来。世强从地上爬起来走到大哥身边,他瞧瞧大哥又看看姐姐,再望望二哥,心里弄不明白为什么他们三个人都在哭?他还不知什么世事,也跟着大哭起来。

杨世强年纪最小,他哭的声音特别大,他一个劲地喊"妈妈",声音是那样的凄惨,那样的令人揪心,杨世达听了心如刀绞一样的痛,哭得更伤心了。他把弟弟妹妹抱在一起,兄妹四个抱成一团,哭在一起。就这样哭啊,哭啊,也不知哭了多久,他们四个人竟然相互抱着,一块歪倒在坟前睡着了。

这时,杨世达看见妈妈从很远的地方向他们走来了。妈妈还是那样年轻,她上穿蓝士林竹布便衣褂,下穿黑色粗布裤。妈妈喊着他们的名字向他们走来,很快妈妈就到了他们的身边。妈妈从他的怀里抱起了三弟,爱怜地吻着三弟。二弟也从他的背上翻身下来转身又爬到妈妈的背上去了。妹妹也醒了,她看见三弟在妈妈的怀里,她又哭了,她哭着问妈妈:"妈妈,这些天您到哪里去了?妈,我们好想您呀!妈!您不要走,我们不让您走,妈!"

达子和世堂都争着和妈妈说话，世强一个劲地亲着妈妈，他们都快一个月没见到妈妈，今天在这里突然见到久别的妈妈，他们都高兴得不得了！心里都有好多话要对妈妈讲，都有好多苦要向妈妈诉。他们都沉浸在无比幸福之中……

“达子，达子……”

突然一个嘶哑的声音从很远的地方传来，这声音越来越近，杨世达感觉突然有人扯了一下他的衣服，他被惊醒了。他睁开挂满泪水的双眼一看，只见阿爸眼含泪水蹲在他们身边，三弟已到了阿爸的手里。此时他们四个人都醒了。

杨鼎盛的心此时已经碎了。他哭不出声音，也流不出眼泪。他全身无力，费了好大的劲才慢慢地从地上站起来。他全身发抖，两眼直直地盯着面前的这座新坟，像个木偶一样。

如今摆在他面前的现实是：四个不懂世事的孩子，一座新坟。

4

端午节后，天气渐渐地热了起来。农事也更加忙了。

杨世达自停学回家后，他根本没法看一页书，也没写过一个字。每当看到他的同学去上学时，他就自然而然地想起了死去的妈妈。他现在又黑又瘦，本来他是一个很健康活泼的少年，由于失去了妈妈，又担负着沉重的家务负担，他从未好好休息过，他有些支持不住了。特别是现在已到了热天，他白天洗衣、做饭、带弟弟，晚上还要为弟弟打扇，一来扇风纳凉，二来驱赶蚊子，好让弟弟睡个安稳觉。他从没好好地睡过一个晚上。

杨世达支撑不下去了，他太累了，几次在烧饭时晕倒在锅台旁。唉，没妈的孩子像根草，这话一点也不错，现在他才真正领会到了其中的味道了。

又是一个星期六。

杨幼盛夫妻天还没亮就起来做早饭,吃了饭就到地里去割豆。早上天凉做工人会舒服一些,而且还可以多干一点,中午可以早点休息,可以避开烈日和高温。

杨世达起来后帮堂妹和三弟穿好衣服,兄妹几个胡乱地吃了一点饭就出去玩。可是还没到中午世强就吵闹着肚子饿了,他们除了一日三餐以外就没什么东西可吃了。杨世达洗完衣服就开始烧午饭。这一带中午都是用早上捞起来的半熟饭胚用竹做的甑皮放在锅里蒸着吃,这样省柴又省时。

杨世达见三弟饿得哭个不停,他就开始蒸饭。然而他毕竟还是个孩子,加上这些天来他也实在累了,他放好甑皮把饭胚倒在甑皮上竟忘了在锅里放水。他烧着了火以后就到屋背后的菜园里去弄菜。

今天是星期六,下午学校没有课,老师和学生下午都要回家。上午的课一上完,杨鼎盛就带着静珠赶回家。家离学校不远,还不到两里路,他惦记着家里的几个孩子,心里急,脚步快,不一会儿工夫就到了。可还没进屋就闻到一股焦臭味,他还以为是谁家又烧了什么东西。当他进得屋来才知道这股焦臭味竟是从自家的厨房冒出来的。他来不及放下手中的东西就急忙赶到厨房一看,顿时惊呆了:整个厨房黑烟滚滚,焦臭难闻。他揭开锅盖一看,锅里是黑糊糊的一堆,锅盖都烧黑了,锅内还在冒火星,情况十分危险!幸好灶里没有硬柴,只烧了一把茅草,灶里已没有明火,他才松了一口气。

锅里的饭烧焦了,竹甑皮烧成了一堆黑色的竹片炭。

饭,吃不成了。

杨鼎盛眼里含着泪水来到堂前,坐在一把木椅子上发呆。

杨世达满头大汗地从外面跑了回来,他在塘里洗菜时才记起他蒸饭时忘了在锅内加水,菜还没洗完就急忙往家里跑。这时他们父子五人都待在堂前,谁也不说话。

世强虽年幼无知,似乎也明白了什么,他呆呆地站在那里一动也不动,只是傻傻地看着阿爸和哥哥姐姐们。

杨鼎盛又重新开始为一家人做午饭。

前些日子,杨世达兄妹四人在妈妈的坟前哭着睡着了;今天又将饭给烧焦了,幸好没惹起火来,这也算是不幸中的万幸吧。可是这两件事都刺痛了杨鼎盛的心,他整整愁了一下午没有出门,而是在家里苦苦地思考着。他思前想后,总觉得自己身边少了什么。他的几个不懂世事的孩子需要有人来照顾,他的家需要有人来料理。他目前的处境最难,他心挂三头:一是他的学校和学生;二是他的七十多岁的老丈人;三是自己的孩子和这个家。他是一个刚入不惑之年的人,今后的路还很长,今后的事还很多,像目前这样下去,他今后的路怎么走,他今后的事如何做?他脑子里一片空白,心乱如麻。

杨鼎盛又面临着一次艰难的、也是痛苦的选择。他实在没有办法了。

晚饭后杨鼎盛又把幼盛夫妻叫到跟前,他将今天的事和前几天发生在陈艳坟前的事一一对他们说了。最后他用商量的口气对他们说:

“事情已到了这个地步,你们看我该怎么办?”

屋子里一片沉默。昏暗的油灯淡黄色的火苗在随风左右摇摆不定,他们相互之间都无法看清对方脸上的表情。

四个孩子有三个已经在竹床上睡了。达子还没睡,他一边听着大人们说话,一边用扇子替弟妹们赶蚊子。他伤心极了,今天蒸饭时他忘了放水,结果烧了饭和甑皮,惹得阿爸哭了一场,伤心了一下午。

屋里一片寂静,满堂忧伤。

婶娘从灶下到了堂前,她看到这场面心里也不是滋味。

“现在我已被这个家弄得不知东西南北了。特别是孩子没人照料,达子又念不成书,我在学校也难安下心来教书,虽然静珠我已带在身边,可家里还有两个小的也还要有人来照管才行。达子让他长期休学在家恐怕也不是个办法。我们总不能老是这样下去啊，总还得想法子过日子才是。”杨鼎盛轻声地对弟弟和弟媳说。

杨幼盛接连长叹了几声，他摇摇头什么也没有说出来。他们几个相互对视，谁也不开口说话。

这时婶娘开口了：“哥，你还是四十出头的人，嫂子走了，丢下几个孩子没人来照管，也实在是个问题，长期这样拖下去，我担心要不了多久你也会被拖垮的。到那时不但孩子没顾到，连自己都累垮了。哥，我这个做弟媳的不会说话，我看如果有合适的你还是找个伴，这样你也可以安下心来去教你的书，达子也可以去念他的书，堂子和强子在家也有人关照，静珠留在家里还是你仍旧戴在身边念书都行，这样大家不都轻松了吗？”

幼盛也用同样的口气劝着哥哥。

杨鼎盛一听弟弟和弟媳都劝他再娶，一时也乱了方寸。自陈艳死后，他就不想再娶了，可是眼前这残酷的现实又逼得他不得不改变主意。弟弟夫妻说的不是没有道理，只是讨亲也不是件轻而易举的事。

思索良久，他对幼盛夫妻说：“讨亲有好处也有坏处。后娘都没几个真好的，弄不好还是一个大气包。我不敢草草行事，也不想当两头烧火中间出烟的出气筒。这事实在难，何况我还有四个小孩，女人都不愿当后娘，恐怕人家一听要她来当四个孩子的后娘不被吓跑了才怪呢！我看这事还是从长计议为好。”

杨世达也听懂了大人们说的话，叔叔和婶娘是叫阿爸讨个后妈来照顾这个家，照顾两个弟弟，他和妹妹还是去念书。听了这些话他心里非常难过，他宁愿不去念书也不愿阿爸讨个后妈来。他万分的无奈！他清楚地知道这一天迟早是会到来的，后妈进了门，这灾难就会降到他们兄妹头上，多可怕呀。

杨世达再也不敢往下想了，他轻轻地摇动手中的扇子，没有一点睡意。

杨鼎盛从凳子上站了起来，他在堂前中间走来走去。他走到竹床边俯下身子看了看孩子们那睡熟了的脸,又看看达子打着赤膊,手拿麦秆扇为弟妹扇风、赶蚊子。他又抬起头来看看幼盛夫妻俩,说:“我看这样吧,现在离暑假还有二十多天,这二十多天内我是讨不成亲的。家里又急需有个人来招呼,达子又还小,马上又要割禾,你们也实在忙不过来,我看还是叫瑞姐来家帮我照顾一下这些孩子。你们看行吗?”

“是呀,瑞姐人倒是没说的,可她就是眼睛不大好,要照顾这几个孩子恐怕也不那么容易。”弟媳低声地说

达子听说要接瑞姑来帮忙带弟弟,高兴极了。他知道瑞姑的眼睛不大好,这也不要紧,有个姑妈来帮忙也算是当前最好的办法。他心里非常赞成,但始终不吭一声,还是坐在那里听着大人们的对话。他觉得现在凉了许多,站起身来放下手中的扇子,将弟弟和妹妹一个一个地抱到床上去睡。

三个大人还在商量这个不幸的家庭当前的头等大事,可他们绞尽脑汁也想不出一个比较合适的办法来。好久没人说话,屋子里显得异常的沉静。

最后还是杨鼎盛自己下了决心,作出了暂时的决定。他说:“我看暂且叫瑞姐来帮忙招呼一段时间吧,虽说她眼睛不大方便,但她还可以用嘴来指点达子做事啊。这样,达子做事就不会出问题了。明天我就去接瑞姐。”

瑞姐叫瑞花,才五十出头的年纪,是杨鼎盛的第三个姐姐。她年轻时长得很漂亮,苗条的身材,乌黑的头发,两根不很长的辫子抛在脑后特别惹人注目。由于家境贫寒,她总是穿着一身粗布衣服,可还是有种自然美。她十八岁时嫁到徐家村,十九岁生了一个儿子。后因抗日战争暴发,丈夫被抓去当了兵,没多久就死在了战场上,瑞姐带着还不满三岁的儿子过着和讨饭人一样的生活。可是一个年轻又漂亮的寡妇是不容易单独过下去的,瑞姐经常受到一些流氓地痞的骚扰,母子二人难得过上安静的日子。她也曾逃回娘家来住过几个月,可这几个月连娘家也不得安宁,

她实在没法过下去,但为了自己的儿子,她又不得不顽强地活下去。她哭干了眼泪,眼睛就是这时候哭坏的。她也曾想到死,死对她来说或许是一种永远的解脱,可对儿子是一种残忍!她求生不能,求死不得,在万般无奈的情况下,她把儿子送到娘家由弟弟鼎盛抚养,她自己到附近一个庵里去做了尼姑。

新中国成立后,瑞姐的儿子徐义勋已长大成人,和广大穷人一样翻了身,从杨河村回到了徐家村。

徐义勋在外婆家也跟着教书的舅舅念了几年书,在同龄人中也算得是一个知书识字的人。他能写会算,后来舅舅杨鼎盛还送他去学了剃头的手艺。

徐义勋长大成人以后,杨鼎盛帮他娶了老婆成了家,他们的日子过得也还可以,只是娘仍住在尼姑庵里不肯回来,他们都很伤心。徐义勋夫妇也曾到尼姑庵里去接过几回,都无法把娘接回家。每去一次母子总要痛哭一场,他们不忍心看到娘哭,去的次数也少了些。

杨鼎盛来到尼姑庵里,把自己家里近来发生的事向姐姐诉说了一遍,瑞姐听了只是一个劲地擦眼睛,她没有了泪水,她的泪水早已流干了。现在听到弟弟诉说侄儿在家的情况,她不觉又想起了那死去的陈艳。她本想痛哭一场,可她哭不出声,她的声音嘶哑了。她摸进自己的房间,摸索着拣了几件换洗单衣,又来到儿子家与儿子媳妇吩咐了几句,就跟着弟弟回到了杨河村。

瑞姐来了以后,杨鼎盛的心情慢慢地平静了下来,尽管如此,可他总是觉得哪里不对劲。他非常担心达子的学习。达子有一两个月没来念书,再拖下去恐怕学习就没法赶上了。苏老师为达子念书的事找过他好几次,苏老师也担心达子升不了级,这会耽误达子一年的时间。

杨鼎盛自然知道这件事的重要性。达子念书的事他比谁都着急,达子在家里多耽误一天,他的学业就多受一些影响,可是眼下又找不到更好的办法,他感到十分无奈。

期末考试的日期越来越近。杨世达心急如焚,他为自己不能参加这次期末考试而伤心,他非常想参加这次考试。

这天早晨杨世达起得很早,他做好了早饭,自己胡乱地吃了一点,趁着弟弟还没睡醒,他跟瑞姑打了个招呼就一路小跑到学校去了。

杨世达先去了苏老师的房间。从苏老师的房间出来,他又来到阿爸的房间,把苏老师的意见跟阿爸说了。

苏老师希望他能来参加这次期末考试,不然下半年要升六年级就难了。苏老师还说如果他要参加这次考试,最好要到学校来复习一个星期,这样对他的考试会好一些,因为他耽误了近半个学期没来上课。杨鼎盛听了儿子的话,心里非常难过,不让儿子来参加考试吧,又怕影响他升上六年级;让他来参加考试吧,即使升级,在目前的情况下也还是没法来念书,因为家里少不了他帮忙。

经过一番认真的思考之后,杨鼎盛决定,不管下半年达子能不能来念书,期末考试还是让他来参加。

杨世达经过一个多星期的复习,加上苏老师单独给他辅导功课,进步很快。他两个多月没来学校上课,加上家里又有许多家务杂事,使他在各个方面都经历了一次艰难的磨炼。他不仅学会了烧饭、炒菜,还学会了一些女孩子做的事:弟弟妹妹的纽扣掉了,他也会用针线给他们钉起来;衣服破了,他也会补,虽说他补得不是那么好,可总比那咧着口子好些吧。

杨鼎盛看到儿子过早地成熟,过早地进入生活,失去了母爱,失去了少年的欢乐,他心痛极了,可眼前的现实他无法回避,只能硬着头皮去承受。

期末考试结束了。达子的各科成绩也并不比别的同学差,他同样可以升上六年级。可是这六年级他能不能念成,他们父子都还没什么把握。他们还是处在彷徨无奈之中。

学校放了暑假。农村开始割禾。

杨世达和其他的孩子一样,在家里也要参加割禾。阿爸回来了,他除了割禾以外,还要与瑞姐一起照顾孩子,还要晒谷,也够他累的了。

这天上午,杨鼎盛的二姐细花回来了。她自陈艳死后也一直在为小弟的这个家担心。她最近一段时间很少回来,因为她每次回来看到几个侄儿侄女可怜的样子,都要陪上一些眼泪,都要伤感一回。今天她突然回来,杨鼎盛和瑞姐都感到有些惊喜,估计她一定是有事而来的,不然的话,这个时候农村正是大忙季节,她哪里还有工夫回娘家呀。

二姐喝了几口茶后,就把来意对小弟说了,她是来给弟弟说亲的。

原来附近一个村庄有个女人今年正月死了丈夫,她没有儿子,只有四个女儿,且都已出嫁。这个女人比杨鼎盛大两岁,无挂无牵,想找个伴。

杨鼎盛听了二姐的话以后,坐在二姐的对面一个劲地抽黄烟,一句话也不说,面部表情非常严肃。他没有忘记陈艳。往事与眼前的残酷现实交织在一起,他无法割断往日的情怀,也无法逃避眼前的现实。他痛苦,他无奈,他一个刚满四十岁的男子汉几乎被眼前的现实折磨得抬不起头来。孩子到了上学的年龄要念书,小的需要有人来照顾。他是一位公办教师,拿的是国家的薪水,他不能丢了这份工作,更不能丢下他的学生,也不能让自己的孩子失学。他,真的难住了。

达子背着两个两三尺长的大竹筒回来了,他是回来打水喝的。杨世达在水缸里打了满满的两竹筒水,他自己也喝了个够。他提着竹筒来到堂前对阿爸说:"阿爸,叔叔叫你准备好囤谷的地方,我们等下就要收工回来。"

杨鼎盛回过神来,将堂前的一边用扫帚扫干净,再在地上放一面晒筐,作为囤谷的地方。

杨鼎盛坐下来又重新考虑刚才二姐说的话。他不但要考虑家里的事,他还要考虑老丈人陈振南的事。老丈人今年七十多岁,他现在再娶一个女人到家里来,老人能接受这个现实吗?他想与老人商量这个事,听听老人的意见。

5

一年一度繁忙而又紧张的大收季节过去了。立秋已过,天气也渐渐地凉了。转眼又到了农历七月十五日,这是一个“鬼节”,已出嫁的女人如果她们的父母死了的话,每年的这一天她们都要回娘家到父母坟前去烧纸包。这个习俗在白云河一带非常作兴。这一天下午,各处的坟上都能看得见烧纸包的青烟,听得见断断续续的爆竹声。

七月十五日下午,杨鼎盛带着四个孩子,来到陈艳的坟前。他蹲在那里,用手拔掉了坟前新长出来的野草,用树枝在坟前扫干净了一小块地,他从托盘里拿出三牲祭品摆在坟前, 然后在坟前的空地上倒了三杯酒,点燃了香烛,又在近前的地方摆上四个大纸包用火柴点着。等纸包烧完后,杨世达招呼弟弟妹妹一起跪下,兄妹四人一起向坟底下的妈妈磕头。

杨鼎盛放了一挂爆竹。他看着四个孩子跪在那里,心如刀绞,眼泪不住地往下掉。祭礼完毕,他叫达子兄妹都起来,他自己弯下腰去,从每一样祭品中拿一些放在坟前的空地上,然后将剩下的祭品收进托盘,带着四个孩子,拖着沉重的脚步回到家里。

时间过得飞快,又到了快要开学的时候。

这几天瑞姐生了一场病,她不能照料孩子,还要杨世达父子来照顾她。这个家实在逼得他晕头转向,自己要教书,孩子要念书,家务要料理,他一个人就是有三头六臂也不可能将这些事一起办好。经过长时间的思考之后,他有些明白了,瑞姐来帮忙也只能是暂时的权宜之计,她的眼睛不便,要是到了冬天情况可能还会更糟,因此他得赶紧想办法才行。除了娶一个女人到家以外他也别无选择了。在瑞姐的病好了之后,他咬紧牙关到二姐家里去了。

1953年农历八月十八日，杨鼎盛终于狠下心娶了那位比他大两岁的女人。他做了一件有生以来不愿办而又不得不办的事。

杨鼎盛新娶的女人姓石，叫灵芝，是附近石家村的人。他们一切从简，只是进门时放了一挂爆竹。客人也不多，二姐当然是要来的。

几天以后，杨世达送瑞姑回家了。

眼看又要开学了，杨世达下半年又可以到学校去念书，他心里又高兴，又难过。高兴的是他可以念书，他是多么想念书啊，自从妈妈死了以后，他只到学校来上了一个星期的复习课，参加了几天的期末考试，照样升上了六年级。他难过的是他和妹妹去念书，家里还有两个小弟弟跟着后妈过日子，他有些不放心，也不敢多想。他送瑞姑到家后，姑妈煮了几个鸡蛋用旧布片包着，叫他带回家给弟弟妹妹们吃。

杨世达拿着鸡蛋回到家里，他把弟弟和妹妹叫到自己身边，拿出姑妈家带来的鸡蛋剥给他们吃。后来又带着他们到外边去玩了一会儿，就回来替他们洗澡、换衣，招呼他们吃晚饭。

新学期开始了。

经过一个漫长的暑假，家务事的折磨让杨世达瘦了许多，但精力还好。本来他个子就高，现在似乎又长高了好多。妹妹静珠正式在一年级念书，他已升上六年级，班主任还是苏老师。

开学以后接连几个星期，杨世达都没回过家。他要在学校接受苏老师给他补课。他的成绩基本上赶上了全班同学。苏老师放心了，杨老师如释重负，杨世达更是喜出望外，他高兴极了。

转眼一年过去了，新的一年又开始了。

根据工作需要，杨鼎盛今年不再在荷东小学教书，而是到离家较远的赵家村小去任教。原来在赵家村小教书的徐圣堂老师是一个中学毕业生，他参加了教师进修班的脱产学习，那里便缺了一个老师。区领导就与殷校长商量，让杨老师去赵家村小接替徐圣堂的工作，这里由徐培剑老师接替他的教导主任的工作。开学后杨老师就带着女儿静珠到赵家村去教书了。

杨世达还是在荷东小学上六年级,但这个星期他没来学校上课。苏老师非常着急,他不知道是什么原因又使杨世达停学,决定到杨河村去作一次家访。

苏老师是在星期天上午到杨河村来的。他进了杨世达的家,看见杨世达在家带弟弟玩。杨老师今天也在家里,他也在为达子又一次被停学在家而伤脑筋。苏老师开门见山地问杨世达,这个星期为什么不去念书?杨世达就把家里近来的情况向苏老师说了。

原来他家里的大米不多了。上回他叔叔给他送去的是三十斤粟米,他拿到食堂去称,管伙食的老师不肯收,说学校只收大米,不收粟米。他没办法,不能饿着肚子念书,所以就没去学校。

苏老师听了杨世达的话以后,长长地叹了一口气。然后他问杨老师这个问题怎么办。杨老师也真难住了。他知道家里大米是有的,虽然不多,但供达子一个人在学校吃的还是有的,可石灵芝就是不肯给,他为这事伤心极了。他不能眼看着儿子又一次失学,但又束手无策。他不好马上发作,只是对苏老师说:“苏老师,孩子念书的事,我会想尽一切办法来解决,无论如何也不能让达子中途再失学。”

看到这种情况,苏老师也不好再说什么。他起身离开了杨世达的家,到另外几个学生家里去家访了。

苏老师的来访,本来让杨世达的心里充满了希望,但他看到苏老师就这样走了,他想哭。等苏老师走了以后,杨世达轻声地对阿爸说:“阿爸,我想去一趟龙溪,明天回来,好吗?”

杨世达最小的姑妈叫杨幼花,出嫁到龙溪,是杨鼎盛唯一的一个妹妹。姑爹张火拐是一个仗义疏财的种田人。

杨世达要到龙溪去是想将自己又一次停学的事告诉姑爹和姑妈,希望能得到他们的帮助。

达子到姑妈家去之后, 杨鼎盛一直在考虑他今后的路怎么走下去。

在这青黄不接的时候,家家的大米都很紧张,特别是那些有孩子在学校念书的人家也和自己家里一样紧得要命。可他又反过来一想,石灵芝也有她的一些理由,家里还有两个小的,让他们经常吃粟米也怕受不了。这时候借都没有借路,怎么办?

将近中午,杨世达从龙溪回来了,他的姑爹张火拐送他一同来了。世堂告诉大哥,阿爸叫他到赵家村小去一下。

早上杨鼎盛带着女儿静珠来到赵家村小,他们放下手中的东西就去做早饭。那个年代各村小里的老师都是自己动手做饭吃。米从家里带来,油也从家里带来,甚至连菜都要从家里带来,只有柴和水不从家里带,然而柴有时还要自己掏钱来买。他们的生活艰辛到什么程度是可想而知了。

张火拐是杨鼎盛唯一的妹夫,生得人高马大,头发雪白,无论春夏秋冬他都是光着头,要是隔了些时候没剃头,那满头的白发茬子有一种说不出来的自然美。可能是由于他喜欢喝酒的原因吧,他的脸总是通红的。他是一个孤儿,父亲早年参加红军,不幸被土匪杀害。他十岁就帮人放牛,后来又替地主家打长工。他不识字,人挺机灵。解放后土改时当过农会主席,因为没有文化,后来他主动要求回来了。他生有两个男孩,一个女孩,当时孩子都还小,还未进学校念书。他们一家五口日子过得还可以。今天他送达子回来只有一个目的:要达子继续上学。如果让他停学在家,即使明年又复学至少要耽误他一年时间。他一路盘算着,不一会儿他们俩就到了赵家村小。

杨鼎盛正在准备午饭,看到妹夫带着达子从外面走了进来,他心里已明白了几分。他招呼妹夫坐下,倒了一杯开水给他,随后就叫达子到村东头的代销店里去打了一斤白酒来。一会儿工夫,饭也熟了,菜很简单。平时,他们父女俩用一只生铁鼎罐来做饭。这是家家户户都用的炊具。

今天真个是饭香、菜少、酒醇。家里带来的腌菜干,一盘青辣椒,从一个小竹筒里倒出一小碗盐水炒黄豆，加上房东送来一碗青菜，他们四个人就这样简简单单地吃着、喝着、聊着。

“哥，我看达子念书的事还是按我的意见办吧。你别考虑太多，就让达子到龙溪小学去念书吧，一切开支由我来负担，昨晚上我与幼花都商量好了。”张火拐用饭碗喝着酒，对杨鼎盛说。

杨鼎盛拿着烟杆慢条斯理地抽自种的生烟，他知道妹夫和妹妹都是很重义气的人。新中国成立前妹夫和妹妹处境艰难，他总是鼎力相助。这些天来他冥思苦想，怎么也想不出个好办法来解决达子念书的问题。假如他跑回家硬要将家里仅有的一点点大米送到学校去，石灵芝肯定要与他大吵一场，弄不好这个女人就此跑了，那么这个家不是又要回到上半年的情景中去吗？这个后果比达子失学还要严重，况且家里还有两个小孩，让他们天天吃粟米怕是也不大好吧。这些天想着这些问题，他差不多天天失眠。他不知道有多少次问自己：我该怎么办？我该怎么办？假如他能把陈艳请回来，无论叫他怎么做他都会去做的。然而这是不可能的，人死不能复生。

杨鼎盛正处在茫然不知所措的时候，妹夫和妹妹向他伸出了援助之手，他们要带达子到龙溪小学去念书，他还能说什么呢？他清楚地知道从此达子不会再失学了，可以顺利地念完小学，或许还可以考上县城的中学。另一方面，他与石灵芝之间的矛盾也会缓和一些，只要留住了石灵芝，这个家总算可以支撑下去，他也就可以慢慢地安静下来。

“妹夫啊，看来达子念书的事也只好全靠你们了。”杨鼎盛轻声地对张火拐说。

他们也无需再说什么了。杨鼎盛长长地叹了一口气，一个令杨鼎盛头痛的问题也就这样给解决了，他觉得一下子轻松了许多。

从此以后，杨世达离开了杨河村，再也没在白云河边打过“娃娃仗”了。他告别了他的小伙伴，来到了一个他既熟悉又陌生的环境里。

6

杨世达在龙溪小学读完了高小，拿到了毕业证书，参加了县里的统一招生考试，以全县总分第六名的高分被县城中学录取了。

杨世达自到龙溪去念书后，很少回过家。清明节他回来了一趟，是姑妈带他回来给妈妈上坟的。端午节他跟别人一起到陈家去看了一下外公。他从外地参加统考回来也未回过杨河村。这个学期阿爸也利用星期天到龙溪来看过他几回。阿爸每次来总少不了要伤感一回，然后给他几毛钱或是块把钱。别看钱少，可当时钱很值钱，一般来讲，一个人一天的伙食开支只要一毛多钱就够了，有两三块钱，一个人可以吃一个月的伙食。杨世达的这些零用钱除了买学习用品之外，其余就不敢乱花了。他知道家里非常困难，阿爸一个月的工资还不到三十块钱，一家六口人吃、喝、用都是这点钱，所以显得比较紧张。

杨世达到外地参加考试来回八十多里路，他不敢坐车，硬是靠两条腿走去走回的。他去的时候姑妈给他煎了些荞麦饼子，还有几个熟鸡蛋，路上就吃这些东西。回来时没什么可带，实在饿了就买点很少有人吃的"大蒜饼"充饥，口干了就喝几口田沟里的水。

杨世达自接到录取通知书后既高兴又难过。高兴的是自己虽然几度失学，现在居然还考上了县城的中学，这可是阿爸想去而没有去成的地方啊，现在他就要去了。但他又难过，他想，要是有妈妈在，她多高兴啊！一些破了的衣服妈妈会给他补好，掉了的纽扣妈妈会替他钉好，被子会替他洗得干干净净，妈妈还会替他赶做新布鞋。妈妈生前做的那双新布鞋，现在他人长大了，脚也长长了，没法穿了，但他舍不得给弟弟穿，无论走到哪里，那双妈妈生前亲手做的新布鞋总是带在身边，他想妈妈的时候就拿出来看看。唉！要是有妈妈在该有多好啊！

快要开学了。

姑妈在替达子准备一些用的东西,好让他带到县城中学去用。她把他的衣服洗的洗、补的补。姑爹为他做了一身单衣,上衣是白竹布做的衬衫,下面是一条深蓝色的西裤。姑妈还替他做了两双新布鞋。

在这段日子里,杨鼎盛也在为儿子到县城中学去念书作准备。最难办的是钱。他一个月也只有那么二十几块钱工资,要维持一家人的生活已相当难了,还有老丈人的事他必须全管。老人家现在年纪大了,杀猪卖肉的生意再也做不成了,没做什么事,便什么收入也没有,完全是靠吃老本来维持的。现在达子考上了县城中学,马上就要开学,别的都好办,就是钱把他难住了。这几天他几乎到所有的亲友家里都去走了一回,有的借给他三块五块,有的一分钱也拿不出。好不容易才借到三十几块钱,但这点钱远远不够达子开学的费用。他想到殷校长那里去预支半个月工资,加上手头上原有的几块钱,这样也有近五十块钱。他按照入学通知书上的要求估算了一下,这些钱光报名入学基本上就用光了,至于吃饭的事等以后慢慢想法子解决。

达子考上了中学,对杨鼎盛来说是一件令人兴奋的大好事。他这辈子没能到县城去念书是因家里太穷了。现在经过土改,如今又搞起了互助组,生活比新中国成立前好过多了,穷人的孩子也有机会到县城中学去念书,可是也还得有点钱才行,起码一条,自己吃饭的钱要有啊。他叫石灵芝把家里那床最好的被单拆下来洗干净,又挑了一床最好的棉絮,还有一只小木盆,这些都让达子带到学校去用。他还叫石灵芝用白棉布缝了一只口袋,白云河一带的人出门总要背一只这样的口袋,人们图吉利,给这袋子取名叫"乾坤袋"。这袋子是给达子用来装衣服、学习用品和一些日用品的。与杨世达同时录取的几个,除杨河村还有一个以外,其余的都是附近几个村里的。陈家村的两个也都是达子童年时代在陈家的小伙伴,后来又一块在荷东小学念书,只因杨世达后来因没有大米吃而被迫转学到龙溪小学念书,才使他们分开了一段时间。现在他们又要到同一个学校去念书了,他非常高兴!

张火拐夫妇这些天来都在为达子到县城念书作着各种各样的准备。他们清楚地知道,旧社会要是有谁家的孩子能到县城去念书,那就是中了秀才啦。如今秀才中到自己的侄儿头上来了,他们能不高兴吗?他两夫妻一字不识,能盼到自己家里有个知书达理的人多好啊!他们不仅为达子准备了衣服、鞋子,还准备了达子在路上吃的东西。想到达子到了学校以后,要是晚上饿了吃什么?于是他们又为达子磨了一小袋芝麻粉,在当时这种芝麻粉是高档食品了。

杨幼花看见哥哥兴冲冲地来了,心里明白哥哥是来接达子的,后天他们就要启程了。他们兄妹说了一下各自为达子做的准备,杨鼎盛听了非常满意。

达子看到阿爸来了,他当然知道阿爸来的目的。他拿出了姑爹替他做的一身衣服,姑妈替他做的两双新布鞋。当杨鼎盛看到新布鞋时,有些伤感,他赶忙用手帕擦了擦自己的眼睛,赶紧将衣服和鞋子包好放在桌子上。

吃罢午饭,姑妈叫达子收拾好自己的东西,跟阿爸一起回杨河村去。临动身时,姑爹给了达子十块钱,这在当时可是一个大数目了。

这天是 1954 年 8 月的最后一天。杨世达和他同时被录取的六个同学一同启程到县城中学去念书。

六位父亲用三辆独轮车推着行李,加上六个同学共十二个人,浩浩荡荡,一路步行向县城的方向走去。

出这么远的门,走这么长的路,对他们来讲都是头一回。这些贫苦的农民一辈子也没到过县城,只有杨鼎盛参加工作以后,经常到县里来开会、学习或者办事。他们一路上说笑着,推着土车赶路。

下午,他们到了离县城还有三十多里路的湖塘街。这里是一个农村小集镇,说是街也不大像街,只是两排门对门的各式各样的又小又低矮的民房，中间一条比较宽的大路，也有零零星星的几家店铺，就称其为街了。来往的行人本来就稀少，这一下子来了十二个人，街上似乎一下子热闹了许多。这街上最大的店铺就是供销合作社。街上也有卖吃食的，可是他们谁都不想买，因为他们都舍不得花钱。

他们不约而同地放慢了脚步，一边走路，一边观看两边的街景和来往的人们。当他们走到街口的一家店门口时，不知是谁提出来："我们歇歇脚再走吧。"

他们十二个人就在这家店门口的廊檐下坐了下来。他们一边休息，一边吃东西，向东家讨了些开水喝了，又继续朝前赶路。

他们一路上有说有笑，不知道什么叫累，也不知道今天到底走了多少路。他们的儿子进县城来念书，是他们的祖宗想都不敢想的事，如今轮到自己的头上来了，他们这些在旧社会当牛做马的人能有今天，他们能不高兴吗？

在太阳还没下山的时候，十二个人一路欢声笑语，不知不觉进入了县城。

"哇！这么长的街呀！"

"哇！这么多的店呀！"

"哟！真有好多人呐！这些人也不知是从哪儿冒出来的。"

……

他们这些人除了杨老师以外，谁都没见过这么大的世面，也从没见过这么长的街道，一条接一条的，更没见过这么多的店铺，一家接一家的，他们心里都有一种说不出来的新鲜好奇。

太阳快要下山了，他们要找个过夜的地方。

他们一连找了几家住店，人家看见他们一大群十多个人，还有三乘土车，而且都是一些土得无法再土的样子，店老板都不愿意接待他们，要么说住不下，要么说已经住满了，想法子把他们这伙人打发走。

他们再往前走了一段路，杨鼎盛看看已经到了农民招待所的门口，他叫大家停下来,等他到里面去看看。不一会儿,他从里面出来了,对大家说:“已经与里面讲好了,还有地方住。”

安顿下来后,他们在房里坐了一会儿,就去逛街了。

夜幕已降临。街上的电灯泡泛出昏黄的亮光,新中国成立后经人民政府整修一新的街道显得十分干净整洁。他们在街上走来走去,对满街五光十色、琳琅满目的商品,大家也只能一饱眼福。他们走在大街上又高兴、又新奇。他们在这条街上看看,又到那条街上瞧瞧,好不开心。他们想:我们买不起东西,到店里去看看也是高兴的。

来到一家饮食店的门口,大家才想起来到现在还没吃晚饭。也许是条件反射吧,他们都觉得饿了,要吃点东西才好。他们进了店,看到里面摆着各种各样的食品。他们每看一样都摇着头,叹着气。他们不是嫌这些东西不好,而是叹自己口袋里的钱太少了。他们从这家饮食店走了出来,朝另外一条街走去。

这是一条老街。房子是高矮不一,参差不齐的老房子,各种式样的都有。街道很窄,连一辆大卡车都难过去。路面是用长条形的麻石条铺就的,呈拱背形,有些地方的麻石条也没有了,留下一个不深的坑。

街上的路灯比那条街上更暗淡,只能是让行人看得见走路,来往的人群也没有那条街上多,店铺也少得多,都是一些小店,都准备打烊了。他们在一家卖副食品的小店前停住了,更觉得饿,于是每个人在那里买了两个大蒜饼子吃了。夜已深了,街上的行人越来越少,他们调转头来往回走。

当他们快到住的地方时,大部分的店堂都已关门,街上的行人几乎没有了,有几个卖吃食的小摊点还点着马灯在招待所门口继续营业,他们大都是卖馄饨和水酒。他们十二个人在一个卖水酒的摊子前站住了。或许是那吃下去的两个大蒜饼子已没什么作用了,肚子仍然有些饿,有人提议再喝一碗水酒。今天走了一整天的路,又到大街上来逛了这么久,晚上没吃饭,每个人只吃了两个大蒜饼子。当然,他们心里谁都明白,自己身边带的这些为数不多的钱是用来供儿子念书用的，并不是用来吃喝的，但肚子饿了，大家也难得一起进城，高兴啊，喝就喝一碗吧，反正才一毛钱四碗，不很贵。他们十二个人代表着六个家庭，每家花了五分钱，买了两碗水酒。喝完之后，大家各自回自己的房间去睡了。

杨世达父子在床上翻来覆去睡不着。

杨世达睡在床上，心里想：这一年多来他几乎每天都在愁苦中度过。自从到了龙溪姑妈家后，才基本上得到安宁。现在睡在离家很远很远的县城里，他又想起了妈妈。妈妈给他做的那双新布鞋，早已穿不下了，他还是用块旧布片包了放在箱子底下，时常拿出来看看，放在脸上亲亲。他又想起了姑爹和姑妈，他脚下现在穿的是姑妈给他做的新布鞋。他似乎看到妈妈在朝他笑，而且连眼泪都笑出来了。妈妈多高兴啊！可是妈妈已经死了一年多了。有妈妈在真好。

他又想起了姑爹和姑妈。他被迫停学，是姑爹亲自来接他到龙溪小学去念完高小的。

杨世达自从到龙溪后就很少回家。他儿时的一些小伙伴，现在都已成了青少年了。他原先在白云河边打过“仗”的一些“小战友”，都已长大成人了。他又想起了弟弟和妹妹，他特别想念三弟世强。他最小又最犟，而且身体又不大好，经常拉稀屎。为拉稀屎三弟不知挨了后妈多少打，不知饿过多少次夜饭。他每次回家，三弟总要向他诉说一遍。如今他要长期在外，一个学期也难得回一次家。三弟挨打、挨饿之后，他又向谁哭诉呢？

近年来阿爸似乎老了许多，还有外公更加老了。他七十多岁，行动不便，全靠一个远房的舅妈关照。弟弟妹妹又都年幼无知，他们也不知道什么时候去看一下外公……

他几乎什么都想到了，越想越睡不着。尽管他睡不着，但还是尽力克制自己，不发出任何声响，他不能影响别人睡眠。他清楚地知道，能来这里念书是多么不易呀。想着想着他也不知不觉地进入了梦境。是的，尽管他是那样的早熟，然而他毕竟还是一个十五岁的孩子啊。

杨鼎盛这一夜也久久不能入睡。他是一名教师,在农村也可以说是一个知识分子。他今天能送自己的儿子进县城念书,这是他自己年轻时想来而始终未能来成的地方。新中国成立前他上过乡学,也是因为家里穷,阿爸死得早,是妈妈把他拉扯大的。他念书也是两个哥哥供的。无论他怎么努力,成绩再好,可家里拿不出钱来,他还是进不了县城的中学。如今他的儿子做到了,还有许多穷人家里的孩子也做到了,进县城上中学不再是那些有钱人的专利,这对于一个教师来讲能不高兴吗?

第二天,十二个人都起得很早。早饭后,一行十二人又推着三乘土车朝学校的方向走去。

杨鼎盛在前面带路,不需要逢人就问路了。在大街上走了一段时间以后,他们看到前面临湖边有一个高大的门楼,门楼上插着许多各种颜色的彩旗,门楼上还挂着一幅巨大的横幅,上面写着"欢迎新同学",右边挂着一块木牌子,上面写着"省立某某中学"。这就是县城中学,是孩子们今后念书的地方。

进了学校,他们在一块空地上停了下来,迎面走过来几个戴红袖章的年轻人,只见袖章上写着:"欢迎新同学",一看就知道他们是一些自动组织起来接待新生的老同学。在这些老同学的帮助下,他们很快找到了自己的教室和班主任老师。接着他们到报名处报了名,办了相关的入学手续,然后又到班主任那里注册,最后到总务处交了两个月的伙食费,共计十三块钱。

第二天,杨鼎盛他们六位家长推着三乘土车又一路步行回家了。

就这样,杨世达艰难而又漫长的中学生活开始了。

7

自从进了县城中学以后,杨世达忧伤的心情稍微平静了一些。他不再念医书了,因为没人指教,念也无济于事;功夫练得也相对少些,只是早晚无人的时候他才赶紧练几手,生怕被别人看见了。

他们同来的六个同学分别分在一年级六个班里,他在一班。他们六个人天天都在一块,也并不感到陌生、寂寞。他们都是第一次离开家庭,第一次离开父母,第一次进县城念书,可以说这里的一切对他们来说都是第一次。他们周围的一切对他们来说是那样的新鲜,又是那样的好奇。

中秋节,学校总务处给每个同学发了两个月饼。中秋节的晚上,大家都聚在操场上观赏天上的明月,感受地面的凉风。同他们过去在家里一样,他们手里捧着月饼,口里默默地念着:“月亮娘娘下来吃月饼啊,月亮娘娘下来吃月饼啊。”

杨世达的心早已飞到家中。他想:今年过中秋节弟弟、妹妹有月饼吃吗?有麻片糖吃吗?开学时阿爸把家里仅有的一点钱全给了我,他们怎么过啊?老外公过得还好吗?姑爹、姑妈他们过得还好吗?瑞姑的眼睛现在怎么样了?小弟弟的病好了吗?不知他又挨了后妈多少次打?他那小屁股是不是又被那狠心的后妈打得青一块,紫一块的?……他几乎想到了家中的一切。他无心赏月,也无意感受清风带来的凉爽,更吃不下学校发给他的月饼。唉!要是弟妹们在身边多好啊。他跟同学们一起玩了一阵之后,就一个人悄悄地回到教室里去了。

教室里灯光暗淡,只能勉强看得见书上的字。他从自己的书包里拿出笔和作业本,从旧练习本上撕下两页没有写字的纸,开始给阿爸写信。离家这么久他没给家里写过信,也没收到过阿爸的来信,他好想家,更想家中的亲人。

为了节省几分钱邮票,杨世达把给龙溪姑爹、姑妈的信一同放在给阿爸的一个信封内,一块儿寄去。这样他不但省了几分钱邮票,还省了一个信封。

从开学的第二个星期开始,学校里的寄膳生开始吃大锅饭。学校按班编成八个学生一席,每席选出一个席长,每席分一个大木桶。早晨吃稀饭,中午和晚上吃干饭。开始时由席长分饭、分菜,每人一份,有时也有分少了的时候，这少的一份自然是席长的。后来他们认为分饭不文明，而且也很麻烦，等分完饭，席长又是最后一个吃饭，不是少了饭，就是没了菜。于是他们这些一年级的同学就向那些二三年级和高中的同学学习，由个人自觉盛饭、夹菜，这样可以省了许多事。他们的伙食并不好，早晨一般都是一些咸菜和腌菜干，中午只是青菜、萝卜、豆腐，晚上和中午差不多。一个星期也只能吃到一次肉，那是每个星期五的中午，有时是一大盆米粉蒸肉，有时是豆泡烧肉，间或也有红烧肉。鱼一个星期有两次，星期三和星期六中午，一般都是一些不大的鱼，很便宜，几分钱一斤。遇到大节日，学校也加餐，也还是鱼和肉，只是花样要多一些。

学校的伙食很便宜，不是按人头规定每个月每人吃多少，而是每个月底总务处将这一个月内所吃的东西加起来按实际用膳的人数来平均摊派，是多少就是多少。一般一个月每人平均四五块钱就够了，最多也不会超过六块钱。他们吃的青菜基本上不要买，每个班都有一小块菜地，一个星期有两节劳动课，学生们都到菜地里去劳动。他们收获的菜都作价交到食堂，到学期结束时算一个平衡账，少的要补钱，多的要进款。那些进款各班都不会分掉，而是留在各班的生活委员手里，做班务使用。班里也有班费，每个学期每人交五角钱班费，这些钱由班长统一管理使用。用得最多的是外出参观或包场看电影，看一场包场的电影每人只要五分钱就够了。

转眼又到了冬天。

前几天还下了一场大雪，现在天气虽然晴了，但怪冷的。学校门口的湖面上都结了冰块，差不多有两三公分厚。这么冷的天气，杨世达还是穿着一身很单薄的衣服。他几乎把从家里带来的衣服都穿在身上了，脚下是姑妈替他做的布鞋，旧了，有些地方都穿破了，他光着脚，没有袜子穿。他每天早晨起得比别人早，天气太冷了，只有早点起来练练功，才是他最好的取暖方法。

杨世达和往常一样，背着书包来到一棵大树下，他把书包挂在树枝上,就在树下的一块空地上拉开架势打了几路散手拳,身上渐渐地热了起来。他收住了架势,脱掉了外衣,又开始了基本功的练习。他在那里站着马步桩,一动也不动。两手平伸向前,腰往下蹲,眼望前方,气沉丹田,双目微闭,全身都在暗暗用力,尽力使内力通遍全身各个部位。他感到有一股暖气先到达两手掌心,而后就是直冲百会穴,再流遍全身各部位,最后到达涌泉穴。他闭着眼,几乎到了忘我的境界。

不知什么时候,远处的一块大石头上坐着一位女同学。她在屁股下垫了一张旧报纸,手上戴着红色手套,还拿着一本书,好像是在那里看书,其实她是在看杨世达的表演。杨世达根本就没发现有人在偷看他练功。这时起床铃响了,他收住架势,穿好衣服,取下书包,准备到教室里去。突然,他听到后面有人叫他:"杨世达,你等等。"

杨世达转头向后望去,原来这位女生不是别人,正是本班的同学李青梅。他与她不仅同班还同桌。杨世达比她大一岁,她今年十四岁。他和她有一个共同点,那就是他们的父亲都是老师。

李青梅的父亲李景华是他们的政治老师,是一名共产党员。母亲在县城规模最大的小学教语文。李青梅是他们唯一的女儿。

李青梅虽然比杨世达小一岁,她的个头却与杨世达差不多高。

他们俩一路上慢慢地走着,有时也抬起头来看对方一眼。他们就这样默默地走着,走到教室里。

接连几天都是这样。

杨世达天天早晨到那块空地上练功取暖,李青梅天天早晨到那块大石头上坐着看书或是看杨世达练功。时间长了,他们也都习惯了。他们偶尔也说些话,可是他们在心理上都保持着一定的距离。

一个星期六的早上,杨世达和李青梅一同往教室里走的时候,李青梅轻声地告诉他,她的父亲叫她下午带他到她家里去。杨世达觉得有些为难,他用试探的口气问她:"青梅,李老师为什么叫我到你家里去呢?"

"我怎么知道?或许有什么事吧。管他呢,叫你去你就去吧。你没到过我家,认不到路,所以我爸叫我带你一同去。”李青梅很自然地对杨世达说。

“有什么事不可以叫我到他的办公室里去谈啊, 为什么要叫我到你们家里去呢?你看我这么一副样子到你们家里去合适吗?”杨世达有点无奈地对李青梅说。

“这有什么合适不合适的。一个学生到老师家里去是一件很平常的事啊。”李青梅很轻松地对杨世达说。

“可我一个乡下人,这么一个土里土气的样子,和你们在一块,你不觉得别扭吗? ”杨世达有点自卑,他非常认真地对李青梅说。

“这算个什么事?我们家原来也在乡下,乡下又怎么样?我们也是近几年才搬到城里来的,我们家原来也很穷。我看你别乱想了,好吗?”李青梅非常天真地对杨世达说。

星期六下午,学校不上课。午饭后,杨世达由李青梅带路,到李青梅家里去了。他们一路说笑,不一会儿他们来到一栋又小又低矮的房屋前。李青梅娇声娇气地喊着:“妈,我带了一位客人来了。”

屋里一位近四十岁的女人闻声出来,站在大门口的廊檐下。她上下打量着站在女儿身边的杨世达。李青梅赶紧走到母亲的身边,一边招呼杨世达进屋,一边对母亲说:

“妈,这是我同班、同桌的同学,他叫杨世达,是爸爸叫我带他到家里来的。爸爸下午学校还有些事,他可能回来得迟一些,叫我带他先来。”

李青梅一边放下书包,一边招呼杨世达坐下。

杨世达很有礼貌地叫了一声“师娘”之后,就在一条小凳上坐下了。

李青梅倒了一杯开水送到杨世达的手上,接着她找来一条小长凳在杨世达的对面坐了下来。她开始问杨世达家中的情况,她问了很多,几乎什么都问,杨世达都一一作了回答。当她问到他妈妈是做什么工作时,他好久没有回答。他想:我妈妈不但没有工作,而且已经死了快两年了。后来他还是如实地告诉了她。

李青梅的母亲到厨房里去准备晚饭了。

他们两个在堂前海阔天空地聊天时,李景华老师回来了。

李景华老师原来是一个区里的干部, 他是在农村搞基层工作的,对农村的情况比较了解。他的妻子原来也是在农村里教村小,后来县教育局将他调到这所中学来当政治教员,他们一家人才进了县城。

由于李老师也是从农村来的,对农民的生活非常了解。近来青梅把杨世达早晨一个人躲在一边练功取暖的事告诉了他以后,他认为杨世达家里一定有什么情况,所以他叫李青梅约了杨世达到他家里来谈谈。

李景华老师四十上下的年纪,高高的个子略显消瘦,头发有些花白,与他的年龄不大相称,但梳理得很整齐,淡淡的双眉下一双会说话的大眼睛显得特别有神。他说起话来很文静。他详细地问了杨世达家里的情况,比他原来想象的还要糟糕。但亏得这个孩子还坚强、能吃苦,就是在这样极度艰难的情况下,也从未听到过杨世达向老师和学校提过特别的要求,而且,他的各科成绩一直都是全年级的前三名。

唉,真不容易呀。李老师一边抽烟,一边连声叹气。天色也不早了,师娘要留杨世达吃了晚饭再到学校去。开始杨世达不肯, 后来李老师说:"你还是在这里随便吃点东西再走吧。今天是星期六,炊事员有一部分人也休假,等你走到学校,炊事员都下了班,你吃什么呀!"

听李老师这么一说,杨世达也就留了下来。

晚饭后,师生二人还谈了好长一段时间,杨世达才起身回校。李青梅一直将他送到离学校不远的一条大街口才转身回家。

第二天是星期天。星期天对杨世达来说是比较忙碌的一天。他除了洗衣服,洗被子之外,就是补衣服、钉纽扣,要不就是坐在太阳下一边晒太阳,一边看书。

他看书有个老地方,就是操场东边的那块大石头边。每天早上他就在附近练功,李青梅上个星期就是在这里看他练功的。这个地方只有李青梅知道,别的同学知道的很少。

下午他又坐在这块石头上看书。突然一只手在他肩上轻轻地拍了一下,他连忙转过脸来,只见李青梅的手放在他肩上,另一只手里提着一包东西。她对他笑了笑,然后说:“鬼东西,我就知道你准在这里看书。”

李青梅的手从杨世达的肩上抽了回来,然后将手中的大包递给他说:“这是我父亲叫我带给你的。”

“带给我的?”杨世达觉得有点突然。

“嗯,怎么啦?不高兴吗?”李青梅笑着问他。这时她觉得自己的脸上有点像是喝了酒一样发烫,心跳速度也似乎快了几倍。她也说不清是什么原因,反正她从来也没有过这样的感觉。她有些不大自然了。

“不,不!我连里面装的是什么东西都不知道,怎么会不喜欢呢?”杨世达连忙笑着说。

“其实这里面也没什么好东西。我父亲看你在这么冷的天还是穿着单裤,棉衣里也没什么棉花,脚上又没穿袜子,鞋子又旧又破。昨天晚上你走后,爸爸就叫我妈将家里的衣服清理了一下,拣了几件衣服给你送来。妈妈叫我替你买了两双袜子,你看看这袜子买得合适不合适?要是合脚你就将就着穿吧。大冬天的,你也怪可怜的。”

李青梅说完将包和袜子一同放到杨世达的手上。杨世达着实推让了一番,但最后还是收下了。他也觉得有些不好意思。

第二天一大早还是和往常一样,杨世达还是到那老地方练功取暖,李青梅也老早就坐在那块大石头上看书。她发现杨世达还是打着赤脚,穿着旧鞋。她昨天给他的衣服、袜子,今天他一样也没穿在身上。她不等他收住架势就走了过去,一把扯住他的手轻声地问道:“昨天我拿来的衣服你不喜欢吗?”

“喜欢,喜欢!我从来都没穿过这么好的衣服,怎么会不喜欢呢?”杨世达连连说。

“喜欢那你为什么不穿?”李青梅有点生气的样子。

“青梅,我不是不穿,而是舍不得穿。再者我突然穿那么好的衣服也怕同学笑话我呀。”杨世达向李青梅解释道。

“这有什么大不了的事。一个老师给一个挨冻的穷学生几件旧衣服也值得笑话吗?你只管穿吧。要是真有人笑话你,不要理他们就是。”李青梅很天真地说。

“那新袜子也没穿?是大了还是小了?”李青梅又问。

“我长这么大从来也没穿过袜子。那两双新袜不是大小的问题,是我自己舍不得穿,想留到过年的时候穿。”杨世达笑着对李青梅解释。

“哎,你也真是!这么个大冷天,你还说要把袜子留到过年穿。我看你赶快穿上,千万莫把脚冻坏了。”李青梅既同情他的艰难处境,又恨他呆板固执。

早饭后,同学们都陆续来到教室。杨世达一进教室,同学们都向他投来惊奇的目光,因为他往日穿的那些破旧的棉布粗衣不见了,而是穿着一身半新旧的蓝卡其布中山装,脚上穿着一双酱色长筒棉纱袜。除了那双又破又旧的布鞋外,他几乎从上到下都换了装。李青梅坐在他旁边,不时用眼睛偷偷地瞧瞧,当发现杨世达还是穿着那双又旧又破的布鞋时,她心里又打起了“小九九”。

8

今天班主任李松涛老师召开了班会。他在会上讲了这个学期本班的情况,又讲了有关寒假里的一些具体事情。最后他宣布了校务会议几项与本班学生有关的决议,需要申请助学金的学生都要填写一份助学金申请表,让他们在寒假里带回家,经当地人民政府签署意见后,带回学校审批。再就是本学期贫困生减免书钱、学费的事。本班本学期享受减免书钱、学费的同学只有杨世达一人,还有四个同学只减学费,不减书钱。李老师还说减免下来的书钱、学费，同学们可以到总务处去领回现金，也可以存在总务处抵明年的伙食费。

期末考试很快就结束了，同学们都准备回家。和杨世达他们同来的六个同学，有几个决定坐汽车回去，还有几个走路回家的。寒假走的路与开学时来的不是同一条路。冬天湖里枯水，可以抄近路，比来校时要近二十多里路。

杨世达当然是步行回家。这有两个原因。一是可以省下一块多钱的车票，二是要路过龙溪，可以顺便去看一下日夜思念的姑妈和姑爹。半年来没见过姑爹、姑妈，他实在很想念他们。于是他们约好七八个同学在放假的当天一早启程，这样可以赶到龙溪吃中饭。

他们在凌晨三点多钟就动身了。

天亮以后，他们来到一个农村小镇。这个镇很大，镇上的人还没起来，只有几家小作坊开了门。他们在一家豆腐作坊门口停了下来，休息一下再走。他们向老板借了几条板凳，吃着动身前在街上买的大蒜饼子，向店主要了几碗开水喝。喝了开水身子暖和多了。

张火拐夫妇在一个星期前就接到了达子的信，这次是直接从邮局寄来的。他们收到信后，找了一位本地老师给他们念了，从信中知道达子这两天要回来，要走龙溪过。他们高兴极了，又忙着给达子准备一些好吃的东西。

“姑妈。”门外传来一个挺熟悉的声音。

“姑妈！姑爹！”门外又传来一声叫唤。

杨幼花听到叫喊，连忙从房里走了出来。她一边走，一边用围裙擦着手上的水。她看见大门口走进来一位少年，就是她日夜惦记着的侄儿达子。

杨世达的双手紧紧拉着姑妈的双手，对姑妈凝视了好久。他含着泪水，但尽力克制没让眼泪流下来。他放开姑妈的手，把背上的棉布袋子放在桌子上，就跟姑妈一起到厨房里去了。

姑妈在锅台上做午饭。杨世达在厨房里一边帮姑妈烧火,一边向姑妈介绍这个学期他在学校里的情况,他特别提到了李景华老师对他的关照。他告诉姑妈,自己身上的衣服,脚下的球鞋、袜子都是李老师给的。

“是啊,天下好人还是多啊!”姑妈听了达子的介绍,自言自语地说道。

一会儿工夫午饭就做好了。姑爹没有回家,还有三个表弟表妹,他们五人一起吃午饭。姑妈今天特地烧了一条鲫鱼,这条约一斤重的大鲫鱼,是姑爹在一个月前就买来养到现在的,说要等达子回来烧给他吃的。

晚上姑爹回来了。他听说达子来了,又到街上去买了些猪肉和豆腐。姑妈还煮了几个鸡蛋。姑爹照例是要喝酒的。他们三人边吃边聊,一直聊到很晚。

第二天上午,杨世达回到了自己的家。

他一进门,小弟就从婶娘那边跑了过来。他忙从袋子里取出两个大蒜饼子塞到世强的手里。他发现强子也长大了一点,但还是面黄肌瘦,营养不良。他没看到妹妹和二弟,也没看到阿爸和后妈。婶娘告诉他,阿爸他们都到陈家去了,外公病得好厉害。

达子听说外公病得好厉害,阿爸他们都到陈家去了,不由得急了,他跟婶娘打了招呼,驮了三弟就往陈家跑去。

杨世达驮着世强一口气跑到陈家。外公的房内挤满了人。阿爸他们都在,远房舅舅、舅妈他们也在,还有外公的几个侄孙侄孙女也都来了。他挤到外公的床前,趴在外公的床沿看到外公脸色蜡白,嘴唇没一点血色,头发几乎全白了。他连叫了几声外公,外公只是用眼睛看了看他,嘴唇似乎微微动了几下,已经说不出话来。

达子再也无法控制自己,他大声地哭了出来。

下午三点多钟,陈振南老人吐完了最后一口气,与世长辞了。

杨鼎盛将老丈人的后事料理完,一家人才回到杨河村。到家后,石灵芝就忙着收拾灶下锅台上的东西,准备做晚饭。

达子又从布袋子里取出大蒜饼子，分给弟妹们吃。阿爸坐在堂前抽烟，他好像又在想着什么心事。为了安葬老丈人，他又欠了几十元的债。眼下将要过年，又要办年货，过了年达子又要到县城去念书，这些都要有钱才行。他双眉紧锁，慢慢地抽着烟，心里在计划着以后的日子怎么过。

晚上，杨世达向阿爸谈了这个学期他的学习情况，特别提到了李景华老师一家对他的关心和照顾，还提了申请助学金的事，并将带回来的助学金申请表给了阿爸。

寒假里，杨世达很少出门，一心在家里做寒假作业。他回来后就将李老师给他的衣服换了下来，穿上了姑爹、姑妈给他做的新棉袄。他觉得这新棉袄现在穿在身上显得有些大。这是姑妈的意思，她认为他的身体在一年年长高、长大，而棉衣又是一年两年穿不破的，她有意叫裁缝将棉袄做大些，好在明年后年穿起来更合身。

春节转眼就过去了。这些日子，杨鼎盛整日都在外面东奔西跑，他要为达子开学到处去借钱。去年为安葬老丈人借的钱虽还没还清，但今年达子开学总要带点钱去。他七拼八凑也只借到十几块钱。他算了一下，虽然钱太少，但加上去年减免的书钱、学费，达子在学校也可以支撑两三个月，等以后自己领了工资再逐月寄去也还是可以的。他慢慢地缓过一口气来。

元宵节过后，杨世达和他的同学们又一路步行回到了学校。

开学后不久，学校困难学生助学金的评审工作结束了。杨世达由于家庭特别贫困，享受乙等助学金。他们班里还有几个丙等的，学校减免了他们的书钱、学费。

杨世达这个学期不再需要家里寄钱来了。他每月有五块钱的助学金，加上去年存在总务处的书钱、学费，他这个学期基本上可以过得去。

由于有了助学金，杨世达在学校里的生活也有了保障，他身边或多或少也还有点零用钱，他的学习也比较安心了。如果要买书或学习用品，他也不再犯愁了。以往他总是向李青梅借文具用。

五四青年节快到了。

各班都在准备文艺节目,一个班至少要准备一两个节目。杨世达和李青梅都被选中,同台演出话剧《乡下叔叔》。由于他们配合得好,杨世达演的那个乡下叔叔演得很成功,他们都获得了演出二等奖。

喜讯接着传来。4月下旬的一个星期六上午,学校团委贴出喜报,杨世达、李青梅和同班的四位同学,经学校团委批准,加入了中国共青团。

下午,新团员入团宣誓大会结束,李青梅约杨世达到她家里去。

李景华老师夫妇看到女儿的数学成绩在杨世达的帮助下提高了不少,今天他们又一起加入了共青团,格外开心。杨世达在李青梅家吃了晚饭,饭后他们还聊了很久,到很晚他才回校。在他动身前李老师送了几本书给他,大都是有关政治一类的书,还有一本是苏联小说《钢铁是怎样炼成的》。他叮嘱杨世达一定要将那本小说读完,最好多读几遍。

由于学生人数不断增加,杨鼎盛所在的赵家村小压力重重。现在教室不够了,课桌、凳子也不够,尤其是老师本来就少,现在又增加了不少的新生,原来还不到四十个学生,现在差不多七十个学生,几乎翻了一番,而老师却没有增加。现在一个老师的工作量,相当于原来两个人的,杨老师也实在是太累了。

不仅学生增加了,而且还开办了夜校,老师们的负担更加重了。附近的几个农业社和手工业社要求培训财会人员,每个社选送一至两人到荷东小学来学财会知识和珠算。徐培剑老师教他们财会知识,杨鼎盛老师教他们的珠算。经过四十多天的艰苦努力,参加学习的十八个青年农民基本能胜任财务工作了。杨老师和徐老师虽然很累,他们的心里还是非常高兴的。

暑假又开始了,杨世达又回到了杨河村。

杨世达现在已是一个小青年,暑假里,除了做作业和复习功课外,也要到社里去挣点工分。他清楚地知道,自己多挣点工分,家里就多一点收入,阿爸的负担就减轻了一点。一个暑假四五十天时间,他至少也能挣下两百多分，年终社里统一分红，也可以多分得一点谷子。

静珠已是一个十岁的小姑娘，暑假里她每天也要打两篮猪草。二弟和三弟自个儿玩耍，有时他们也跟阿爸到外边去串串门。

杨世达接到李青梅的信后，决定提前一个星期赶到学校去。这时学校还未正式开学，食堂不供饭，他打算到了县城后就住在李青梅家里。

这天杨鼎盛起了个早，他为达子做好了早饭。杨世达吃了早饭，把行李背上，这时阿爸塞给他一个大纸包，外面还有点湿热的感觉，这是阿爸为他准备的途中伙食——油煎荞麦饼。白云河一带的人出远门，一般都要带上一大包这样的荞麦饼，这样路上就不会饿肚子。

杨世达悄悄地离开了家，拖着沉重的脚步朝县城走去，他今天又要步行一百多里。太阳快要落山的时候，杨世达赶到了县城。当他走到李青梅的家门口时，李青梅正在廊檐下和她的父母聊天。看见杨世达来了，李青梅站了起来，大大方方地走过去，接过了他手中的提包。李景华老师关切地对杨世达说："现在学校还没开学，食堂、寝室都未搞好，你暂时就住在这里，等开学了你再到学校去住。"

"好，谢谢老师的关照。"杨世达非常高兴。

李老师的安排杨世达早就知道，李青梅在信中告诉了他。

"爸，达子哥还要给我辅导数学呢！是我写信叫他提前来的。"李青梅有点不好意思地对她爸说。

"我知道，我早就知道啦。还有一个星期的时间，你可要抓紧时间复习，不许你贪玩。"李老师笑着对女儿说。

一个星期很快就过去了。在杨世达的辅导下，李青梅的数学又有了进步。

学校正式开学了，新学年又开始了。

这学期杨鼎盛老师不在赵家村小教书，他调到李家村小去了。李家村离杨河村要远一些，村子也要大一些，学生也要多一些。学校今年开了两个班，还有一位年轻的老师，两班复式教学，一到四年级的学生都有。

一二年级编一个班,三四年级编一个班,每班都有四五十个学生。两个老师要教好这近百名学生,还要自己动手做饭吃。

静珠也跟阿爸到李家村小来念书了。她现在是四年级的学生,她的各科成绩都很好。由于从小失去了亲娘,她比别的同龄女孩要显得成熟多了。她每天都要帮阿爸做些家务,洗碗、洗菜几乎是她每天的必修课。

开学快一个月,转眼又到了国庆节。今年的中秋节与国庆节几乎是同时。

中秋节过后天气渐渐变冷了,人们都穿上了秋季的服装。杨世达的衣服并无明显的四季之分。天冷了他就加一件,热了就脱一件;再冷了就没衣服加了,就穿上大棉袄;再热就得打赤膊,穿短裤衩,年年如此。为了节省每一分钱,他从不讲究衣着打扮,夏天连鞋子也不穿,光着脚到教室去上课,有几次差点被老师赶了出来。

一天上午上第三节课时,传达室里的老汪来到杨世达的教室门口,跟正在上物理课的张老师说:"传达室来了一位中年男子找杨世达,叫他出去一下。"

张老师走到杨世达身边低声地对他说:"校门口来了一个人找你,快跟老汪去看看吧,要是没什么事就赶快回来听课。"

杨世达跟着老汪快步来到传达室一看,来的是他的阿爸。杨世达走到阿爸面前,高兴得拉着阿爸的双手,口里连声叫着:"阿爸!阿爸!"

阿爸告诉儿子,他昨天坐早班车来县城办公事,今天上午把公事办好了才抽空到学校来看他,下午他还要赶回去。他问了达子近来的情况,告诉他家里没有多大变化;他给世强做了检查,是得了小儿疳积,吃了几服中药后就慢慢好了。

这次阿爸还带来了一个大喜讯,通过工资改革,阿爸的工资连升了两级,并补发了几百块钱。他为达子做了一件蓝卡其布学生装上衣、一条米色卡其布裤,还买了一双白球鞋。阿爸临走时还拿了些钱给他。这些新衣裤、新鞋,对杨世达来说是第一次。

第二个寒假又来了。

前几天下了一场大雪,天气虽然晴了,还是比较冷。

杨世达身上穿着前年姑妈替他做的棉袄,外面套上阿爸送来的蓝卡其学生装,下面穿着那条米色卡其裤,白球鞋他还没有穿,因为路上还有很厚的雪,有些地方还有很深的烂泥,他怕弄脏了白球鞋,舍不得穿。他想要一双白球鞋想了好几年,由于缺钱,一点点钱他总要留着买学习用品,不敢乱花。自从阿爸送来了白球鞋以后,他下雨天从未穿过,只有在重大节日时才穿一下,等节日一过他就脱下来洗干净、晒干,然后用报纸包了又包,放在箱子底下。

头天晚上,杨世达在李青梅家里玩了很久。今天他要和同学们一路步行回家,因为雪下得大,班车不能开。他们一行共有四个人,其中还有一位女同学。他们都是一些穷人家的孩子,都不愿坐车回去,都想省下一点钱来买学习用品。

一大早他们四个人就上了路。

太阳还没有出来,地上冻得硬邦邦的,人走在上面嚓嚓作响,路边的冰梭子都有一两寸高。早晨九点多钟的时候,他们来到一个小镇。太阳已升得老高,地上的雪开始融化。

杨世达他们从学校动身到这个小镇,已经走了四十多里路。早晨由于路面冻硬了,虽然冷一点,走起来还是比较轻松,现在太阳升得老高,路面开始解冻,路面上淌着水,脚下很滑,一不小心就会跌倒。

快到中午的时候,他们四个人来到一个叫王家渡的渡口。冬天是枯水季节,水面很窄,还不到两百米宽,但水深得不见底,是一个比较危险的渡口,所以大家叫它“亡家渡”。当地有句顺口溜:“走尽天下路,难过亡家渡”。

雪天的天气说变就变。太阳被一片乌云遮住了,天空成了一片灰色,还有几朵乌云,紧接着又刮起了很大的西北风,水面上的波浪很高。小渡船在水面上蹿上蹿下,有时落入浪底,岸上的人只能看到摆渡人手中的竹竿;有时船又被抛上浪尖,岸上的人和船上的人都提心吊胆。人们的心情都十分紧张,大家谁也不说一句话,耳边只有呼啸的风声和水浪拍打两岸和船体的声音。

杨世达他们四个人正在船上,他们都屏住呼吸,谁也不敢乱动一下。张桂香是女生,她坐在杨世达的身边。船到了河中央,风大浪高,大家都很害怕。张桂香怕得不敢睁开眼睛,她把行李丢在船舱内,一双手紧紧地扯着杨世达的衣服,将头紧贴着杨世达的身体。

老渡工虽年已花甲,但身体健壮,头戴着斗笠,身穿蓑衣,脚下是草鞋。他一双手紧握着竹竿,思想高度集中,眼睛紧紧地盯住每一个朝船体打来的浪头,一双脚像是用生铁铸在了船上那样稳如泰山。他的腰杆挺得很直,手上的竹竿一会儿左,一会儿右,驾着船艰难地朝对岸驶去。虽说不到两百米宽的水面,老渡工在风浪中几乎搏斗了近一个小时。小船总算靠了岸,人们松了一口气。

当杨世达他们准备下船时,才发现双脚都移不动。由于天气太冷,几乎每个人的双脚都被冻得与船舱粘住了。张桂香冻得牙齿咯咯地响,头也在无节奏地摆动,浑身发抖。

杨世达运足内力将自己的脚与船舱分开,再从船舱中捡起张桂香的行李包,背在自己身上,然后找来一根系船用的木桩轻轻地替张桂香他们敲开脚下的冰块,使他们的脚都与船舱脱离。张桂香慢慢地从船舱里站起来,杨世达扶她下了船。

四个人的衣服都被水打湿了,但不管怎么样,现在总算上了岸,脱了险。大家都长长地嘘了一口气,真是万幸。

到了龙溪之后,杨世达将张桂香送回家,他放下了她的行李坐都没坐一下就走了。他急于要去看他的姑爹、姑妈,好几个月没见到他们,他实在好想念他们。

到了姑妈家,他刚放下行李,姑妈就打来了一盆热水,叫他洗洗脸,泡泡脚,将打湿的衣服鞋袜全换下来。姑妈又为他提来一个坐烘炉,叫他坐上去暖暖身子。随后姑妈又为他煮了一大碗热气腾腾的面条，上面还有两个鸡蛋。现在他是又累又饿，他吃过面条没等姑爹回来就上床睡着了。

第二天中午，杨世达又回到了自己的家乡杨河村。他一进门就看见弟弟、妹妹全在家里。他来不及放下肩上的行李，就蹲下去将世强抱了起来。世强由于吃了药，疳积病治好了，消化也正常了，现在他的身体比杨世达去上学时好了许多，尖屁股上也长了些肉，再也不是以前那样皮包骨头。静珠和世堂在地面上用树枝写字，做算术题。看到大哥回来了，他们丢掉手上的树枝，围在大哥身边，这个那个地问个不停。

杨世达解下行李，取出几个熟鸡蛋，这是姑妈煮了让他带在路上吃的，他舍不得吃。他给静珠和世堂一人一个，然后他拿了一个剥给世强吃。

杨世达兄妹四个吃鸡蛋正吃得有味时，阿爸从学校回来了。他进门看见孩子们说说笑笑在吃鸡蛋，也特别高兴。阿爸从世堂手中接过一只还没剥完的鸡蛋，帮他剥完壳，将剥了壳的蛋放在他手上，叫他慢慢地吃。

石灵芝从菜园里回来了。她手里提着几棵水菜，还有几根大蒜叶，准备做午饭。她见达子回来了，四个人围在一起吃鸡蛋，杨鼎盛也在孩子们中间，她只是用眼睛瞧了一下，一声不吭就径直走到厨房里去了。后母和他们的关系还是紧张的，杨鼎盛夹在中间成了出气筒。

时间过得飞快，下半年世强也要上学，他的身体比以前好了许多，静珠升入六年级，杨世达升入初三，他们都要进入一个新的学习阶段。

9

1957 年下半年,席卷全国的反右派斗争开始了。

全国各地都在搞大鸣、大放、大字报、大辩论。一些高等院校及一些县城中学也开展了这样的运动。

杨世达的学校也在学生中开展了“插红旗、拔白旗”运动。他和李青梅都是共青团员,他们除了照常上课外,还要参加学校组织的有关活动。

这天下午,学校团委给杨世达送来一个通知,是团县委的。县里决定近期召开共青团第三次全县代表大会。经团县委研究决定,借调杨世达到大会秘书处工作。

上完了下午最后一节课以后,杨世达将全班团员召集到一块,将班上的工作安排了一下,叫李青梅代理他的班长职务。第二天早饭后他就到团县委学校少年工作部报到去了。

农村各个小学的老师也都参加了这次整风运动的学习。在大鸣、大放之后,紧接着开展了轰轰烈烈的大辩论。在各种各样的言论中,人们开始小心翼翼地识别哪些言论是香花,哪些言论是毒草。有的老师被划为“右派分子”。荷东小学的徐培剑老师,由于家庭成分不好,他又在大鸣、大放当中讲了一些过激的话,被打成“右派分子”。杨鼎盛也因为多讲了几句话,差点被划成“右派分子”。

冬季,县委又集中全县各乡村小学教师到县城参加整风学习。在学习班上,那些被打成“右派分子”的老师,每个人的胸前都挂着一块硬纸壳做的牌子,牌子的正中间画一个圆圈,里面写上一个很大的“右”字。有的单位还将这些人的胸前和背后都挂着个“右”字;有的将圆圈改为心形,四周涂上黑色,中间显出一个黑底白字的“右”字,以表示“右派分子”的心都是黑的。人们在绞尽脑汁想出各种花样,似乎是对“右派分子”丑化得越尖酸刻薄,就越显得他是最革命的。

杨鼎盛、徐培剑同时参加了县里的学习。他们一个是“危险分子”,一个是“右派分子”。

一个星期六下午,天上下着鹅毛大雪。杨世达吃过中饭后就到县委党校去,他阿爸在那里参加全县教师整风学习,几个月都没见到过阿爸,他早就想去看看。他来到党校大院,看见许多人分成两边站在雪地里。这些人的胸前都挂着一个写有“右”字的硬纸壳牌子。走廊上也站着好多人在那里观看,有一个人胸前挂着一个口哨,好像是篮球场上的裁判一样,他一边吹着口哨,一边指手画脚地说着什么。那些“右派分子”都很听话,听从他的指挥行动。

他们之间的一场雪仗打响了,每个人都抓着地上的雪狠狠地朝对方打去……

杨世达的心里很不是滋味。他在走廊的一个不显眼的角落里找到了杨鼎盛。他轻声地叫了一声:“阿爸!”

听到叫声,杨鼎盛回过头来。他表情冷漠,目光呆滞。他万万也没有想到达子会在这个时候来看他,他自己也说不清是兴奋还是悲哀。他望着慢慢向他走来的儿子,嘴唇动了几下,可什么也没说出来。

风很大。院子里那些人打来打去的雪球,脱手后就成了雪花,在风的作用下到处飞舞,站在走廊上的人们也弄得一身雪花。在场的每个人表情都很严肃,除了口哨声和那个“裁判”的叫喊声外,这里几百余人几乎听不到有人说话的声音。

大约过了近两个小时的光景,一阵口哨声打断了杨鼎盛父子的对话。站在雪地上的“右派分子”,每个人的手里都还抓着一把雪。只听号令一下,雪仗又开始了。两边的“右派分子”互相向对方投去一排排的“雪弹”,那个吹口哨的“裁判”在起劲地喊着:

“加油!加油!”

“快点!快点!”

天上落下来的雪花被风吹得从屋顶上飘落下来,和“右派分子”打来打去的雪花混在一块,对面几乎看不见人。这时,雪地上一个“右派分子”

倒下了，只见他脸色苍白，嘴唇发紫，呼吸急促，手脚冰凉。人们停止了雪仗，向那个倒下去的右派分子身边走去。

杨世达父子也从走廊里朝这边走了过来，殷校长也过来了。杨世达分开众人，挤到近前一看，他再也无法控制住自己，一股脑冲到那倒在雪地上的“右派分子”身边，高声地喊叫着：“徐老师，徐老师！我是您的学生达子呀！您醒醒，您醒醒呀！”

杨世达哭了。此时他管不了那么多了，管他什么右派左派的，右派也是人，救人要紧，何况还是自己的小学老师，又是阿爸的同事。他蹲下去，将徐培剑老师扶了起来，将他的头放在自己的左腿上，他深深地吸了一口气，运足了自己的内力，为徐老师做急救处理。他知道徐老师由于身体虚弱，受不了这刺骨寒风的侵袭，此时处于休克状态。在他为徐老师送去一点功力的热能之后，徐老师才慢慢地睁开了自己的双眼。这时有几个“右派分子”走过来将徐老师抬到他自己的床位上去了。

杨世达也跟着进去了。为了划清界限，避免受牵连，杨鼎盛没有进去。殷校长是负责人也跟着进去了。在床上，杨世达为徐老师做了一些推拿方面的功夫，后来倒了一杯开水给徐老师喝了。经这样处理后，徐老师慢慢地醒过来了。他完全清醒后，两眼紧紧地盯着杨世达，始终未对杨世达说一句话。杨世达当然知道其中的原因，他安慰了徐老师几句也离开了房间。

杨世达在另一间房子里找着了阿爸。

“达子，你冷吗？”阿爸轻轻地问他。

“不冷。”杨世达简单而又机械地回答。

“你早点回学校去吧。”阿爸显得万分的无奈。

达子似乎还不想马上离开这里。

“达子，你以后尽量少来这里，最好是不要来！”阿爸的口气有些生硬。

“为什么？”杨世达有点不理解，反问道。

“还能为什么？多一事不如少一事啊。”阿爸的口气还是生硬得很。

杨世达无奈地一个人离开了县委党校回自己的学校去了。

第二天又是星期天。天空还是阴沉沉的，鹅毛大雪还在下。杨世达下身还是穿两条单裤，上面虽然穿了棉袄，但是是饿肚棉袄，里面除了衬衣，就再也没有别的衣服可穿，所以他还是比较冷的。

吃过早饭后，本来他想坐在被子里看书，可是一想起昨天在县委党校看见那些“右派分子”在打雪仗、徐培剑老师昏倒在雪地里的场景，无论如何也静不下心来看书，他在心里问着一连串的为什么？

他们的老师被打成“右派”，他的阿爸叫他今后不要再到党校去找他们，为什么，为什么，这到底是为什么？想到这里他再也无法待下去了。

杨世达翻身下床，他穿上了去年李青梅送给他的马口套鞋，又向同学借了一把伞，顶着狂风大雪到李青梅家里去了。

今天是星期天，李景华老师一家人都在家，他们三个人坐在厅中间一张小方桌边。火盆里生了炭火，屋子里暖烘烘的。

“这么个大雪天，你也跑出来了？”李景华老师一边抽烟一边问杨世达。

“是呀，老师，不知道为什么，我在学校里实在待不住，因为近日来有些事我弄不懂，猜不透，实在憋得好难过，我想来问问老师。”杨世达很认真地对李老师说。

“我看你呀，八成是‘踏雪寻梅’来了。可这里无梅可寻啊！哈哈哈……”李青梅开玩笑说。

“别开玩笑了。就是‘踏雪寻梅’，你看这不是寻着了吗？看你呀，我都快憋死了，你还开得起玩笑来。不说了，我们还是说正经的吧。”杨世达半开玩笑半认真地对李青梅说。

“是呀，你们不要开玩笑了。还是让杨世达把他肚子里的问题都摆出来吧。当前的形势是十分复杂的，每个人都要面对，都要思考。你们都是青年，关心天下大事，也是一件好事。杨世达把你所想到的、看到的问题讲一下，好吗？”李老师态度很严肃地对杨世达说。

杨世达就把昨天下午在县委党校发生的事情和他自己的一些想法都一五一十地向李老师说了。李老师是共产党员，是他的政治老师，他希望在李老师这里找到答案。

“对于这些问题，你们目前还不懂，将来你们会懂的。目前你们这些年轻人的主要任务是努力学习，掌握科学知识，将来走上社会，能更好地发挥自己的聪明才智，为人民服务。现在你们在政治上少花点时间去过问，在学习上多花点时间。将来走上社会，再倒过来，在政治上多花点时间去过问。但你们千万不要忘记，无论何时何地，学习是不能丢的，只不过是分个主次罢了。”

李老师又抽了一口烟，他停了停，接着又说道：“解放这么多年来，我们在各个方面都取得了很好的成绩。‘三反’、‘五反’斗争的胜利，抗美援朝的胜利，农业和手工业合作化的实现，在城市对资本主义工商业的社会主义改造的顺利实行，我们在这些方面都取得了可喜的成绩。可是目前社会上一股‘右派’势力，假借帮助共产党整风之机，向共产党发起攻击。这些人企图搞垮共产党，这是我们坚决反对的！因此目前的反‘右派’斗争就是共产党组织和领导广大人民群众向右派势力的反击。在大鸣、大放期间，‘右派分子’散布了许多破坏共产党领导的言论，这些言论对于当前的各项工作都是极不利的，因此我们党有必要组织一次强有力的反击。你们都是共青团员，你们应该始终站在共产党一边，要坚决拥护党的路线、方针、政策。你们也要与‘右派’势力作坚决的斗争！”

“李老师，昨天我离开县委党校时，我阿爸叫我以后不要再到那里去看他。我阿爸又不是‘右派分子’，为什么我不能去看他？那里还有几位我小学时的科任老师，还有我小学时的校长，他们都不是‘右派’，为什么我不能去看他们？”

“这里有一个很重要的问题要说明一下。一个政党也和一个人一样，也不会是十全十美的。人有时也会做错事，工作中也会犯这样那样的错误。人是有错误和缺点的，有时还是比较严重的。任何一个政党，特别是执政党，也和人一样，有时也会犯错误，也会有缺点。这次共产党整风就是要整掉共产党内的不正之风，使我们党成为更完善、更纯洁、更有战斗力的执政党，更进一步团结全国各族人民，更好地领导全国人民进行社会主义建设。共产党是一个光荣、正确而又伟大的党，她号召各民主党派、各人民团体和无党派民主爱国人士给她提意见，帮助她整掉自己的不正之风。这些意见是来自方方面面的，绝大多数的意见和批评是坦诚的、是善意的、是好的和比较好的。他们都是真心实意、善意地向我们党提意见、提批评，是真心善意帮助共产党克服自己的缺点，改正自己的错误。这些人是绝对的多数，占百分之九十以上。只有极少数人是别有用心的，这些人的出发点不是真心实意来帮助共产党整风，而是蓄意想搞垮共产党，这些人就是那些'右派分子'。别看他们人数不多，可他们都是有点名气的人。我们对待这些人要取谨慎的态度，尽管他们散布了许多不利于共产党领导的言论，我们仍然要教育他们，改造他们，争取让他们回过头来，接受共产党的领导，好好地为社会主义建设服务，为广大人民大众服务，让他们在共产党的领导下，彻底改造自己的世界观，为我们的社会主义建设服务。你们这些学生，目前也不要过多去考虑这些事，你们要好好念书。所以你阿爸叫你以后不要再到党校去找他们，是叫你不要分散了自己的精力，叫你要集中精力去完成自己的学业。我看这点你应该明白。”

几个人又谈了一些其他方面的事，有社会上的，有学校里的，有关于老师的，也有关于学生的，既谈到城市，也谈到农村。一个上午就这样过去了。

吃过午饭，杨世达又帮李青梅解了几道数学题，到下午四点钟他才回学校去。

10

1958 年 7 月，杨世达初中毕业了。由于家庭经济条件太差，全家六口人全靠阿爸每月三十三元钱工资生活，还要供四个孩子念书，他要是继续升学，就会加重阿爸的负担，同时还会影响弟妹们继续念书。于是，他决定不参加中考。就他平时的成绩来看，他考高中是有把握的。

为什么不能升学？杨世达痛苦地纠结了好几天。班上四五十个同学，除了李青梅外，没有任何一个同学知道他的心事。

毕业考试后的一天下午，李青梅塞给杨世达一张电影票，并说在双号入口处等他。

杨世达按时到了电影院。他在双号入口处很快地就见到了李青梅。这时离开映还有一二十分钟，由于天气太热，他们俩没有马上入场，而是到电影院门口马路边的一盏路灯下，两个人蹲在那里谈了起来。

"达子，我们都毕业了，你为什么不报考？"李青梅明知故问。

"青梅，我难道是真的不想考吗？别人不了解我，难道你也不了解我吗？我们同学三年，我你之间亲如兄妹，你的父母也没把我当外人看，我从内心里感激你们一家人对我的关心与照顾。现在我想升学，可是我家里的经济条件不允许我升学。我兄妹四个，我是老大，两个弟弟一个妹妹，他们都要念书，妹妹小学毕业，也要升中学，三弟马上就要上二年级。我们全家六个人，全靠我阿爸每月三十三元钱工资生活。假如我要继续升学，你想想看，我阿爸肩上的压力有多大，他一个人负担得起吗？"杨世达一边低声地对李青梅说，一边用一根树枝在地上胡乱地画着。

"唉，真难啊。达子，我们同学三年，马上就要各奔东西了。我也不知道该怎么办？我父亲叫我考师范，可是我又不想教书，我想考别的学校，不过报考志愿还是填了师范，我不希望被师范录取。你也真是的，为什么不试一试呢？考取了以后，念得成念不成再说吧。我看你还是去考一下，这对你或许会有些好处的。”李青梅有些伤感地对杨世达说。

“不，我不考了。报名要花几块钱，这是冤枉花的。我也同你一样不想念师范，虽说念师范有吃饭的钱，我还是不想当老师。我是有把握能考取的，但考取了又能怎么样？还不是给自己增加一份失落感，还会给我阿爸带来一些忧伤。所以我决定回到农村去，那里有我的发展空间，有我生活的小天地。青梅，你认为这样行吗？”

“不行。放了假你不能马上就回去，我不让你走。你把东西都搬到我家里去，等我考完了以后，我同你一块到乡下去，好吗？”李青梅的脸都有些红了。

杨世达对李青梅的决定没有马上回答。沉默了片刻之后，他从地上站了起来，将李青梅也从地上拉了起来。

“我们进去吧，快开映了。”李青梅轻声地对他说。

今晚放映的是越剧电影《梁山伯与祝英台》。杨世达和李青梅每人手里一包瓜子。他们嗑着瓜子，默默无声地看完了电影。

从电影院出来，他们朝李青梅家里走去。

“青梅，你的意见我只能同意一半。那就是放假后我搬到你家里去住，等你统考结束了我再回去，这样对你也许有点帮助。说句心里话，同学三年，我们之间的感情是深厚的，在某种程度上已超出了一般同学之间的感情，超出了兄妹之间的亲情，超出了朋友之间的友情。你的父母对我的关怀和教育，我只有感激，无法报答。你的父亲是我们的政治老师，他有意资助我升学，可是在目前的情况下我无法接受你父母的一片心意。你们一家人是我精神上的支柱，这是我同意留下来等你考完了之后再走的理由。至于你说考完之后同我一道到乡下去，这事我可不敢答应，因为我们都是快二十岁的青年，一男一女这样待在一块，恐怕有点不合适。农村不比县城，由于世俗的偏见，人们会在我们的背后说长道短的。说句心里话，我又何尝不想你到我家里去看看。我看这事还是以后再说吧。我们毕业了，要分手了，我相信我们今后见面的机会是很多的，你说是这样吗？”杨世达的脸上写满了无奈和忧伤，他几乎要哭了。

李青梅停住了脚步。她没有马上回答杨世达的话，而是将头朝背光的地方转了过去，一只手撑在身边的一根电线杆上，一只手从裤袋里掏出手帕，低着头擦眼泪。

杨世达走到她的背后，一双发抖的手轻轻地搭在她的双肩上，将她扳过身来。两人四目相对，泪眼对泪眼。他感到非常内疚，却又万分无奈。他后悔不该对她说这些，他感到对不起她。他伤心，他自责。可他又是一个性格外向的人，心里的话不说出来他会憋死的。可他却不知道，他刚才的一席话伤了一颗少女的心！他非常后悔，用了许多话来安慰李青梅，她的气才慢慢地消了一点。她抬起头来，杨世达用自己的手帕替她擦去挂在腮边的泪水。

她轻声地对他说：“达子，你知道我为什么这样伤感吗？我并不是说你说的没有道理，而是我实在不想离开你。假如一放暑假你就走了，那我真的没法考好。你不在我身边，我没有了精神寄托，在这样的情况下我能考好吗？即使我考取了，升学了，我又能念好书吗？我想我们最好不要分开，或许是永远、永远都不要分开！我想，你还是和我一同参加统考吧。没钱不要紧，我叫我父母给你。我想，为了帮助你参加统考，我的父母会尽力而为的，不管我们今后的关系怎么发展，这一点你还不明白吗？不管你今后念得成念不成，我想你还是去考一下，好吗？”

李青梅的一席话，让杨世达陷入了沉思。他没有马上回答她的话。

沉默，无奈，包围着两颗沉重忧伤的心。

夜已很深。街上的行人稀少，在暗淡的路灯下，李青梅和杨世达靠得很近。他们艰难地移动着沉重的脚步，朝李青梅家里走去。

全县各中小学校放假的时间尽管不大一致，可前后也相差不了几天。杨鼎盛的学校也放假了。本来放暑假后他可以在家里好好地休息，可是他被乡里调去搞宣传工作，中心是宣传“大跃进”。全国各地都在积极筹建人民公社,都在大放“粮食卫星”,粮食亩产竟然达到几千斤,有的地方甚至亩产超万斤!

这些搞宣传的共有十几个人,在乡政府统一组织下,到各地的“卫星”田里去参观、采访,回来后写成材料,定期出黑板报,印发各种“号外”刊物与简报,造声势,扩大影响,同时大力宣传“一大二公”的人民公社的优越性。

杨鼎盛的性格生来就是一是一、二是二的书呆子,现在要他去宣传那些不实际的东西,他实在是有口难言。在反“右派”斗争中,杨鼎盛是“危险分子”,差点被打成“右派”,为此他也吃了不少的苦头。现在他凡事小心翼翼,谨慎有余。

前几天,杨鼎盛又接到达子的来信。信中告诉他两件事:第一是他决定不参加统考,回乡找工作,万一找不到工作,就去当社员;第二是他要等李青梅统考完了后才能回家,因为李青梅一家人都在留他,他也只好留下来。

自接到儿子的信后,杨鼎盛茶饭不思。他自责啊!达子的命真苦!从小失去了亲妈,几度失学,好不容易念到初中毕业,由于自己这个阿爸无能,没钱供他升学,使他又一次失学,自己是个不称职的父亲呀!杨鼎盛内心里自责了千万遍,可眼前残酷的现实,他又毫无办法。

一个星期六的晚上,杨鼎盛从宣传队回来了。晚饭后亲侄子杨世昌来了,他是杨河村初级农业社的社长,听说达子很快就要回来,想和叔父商量,将堂弟杨世达留在本村农业社里当会计。杨世达是村里第一个回乡的中学生,在老百姓的眼里,他是一个秀才。

杨鼎盛对这事并不热情,他不想达子到农业社去当会计。他认为当会计跟钱打交道,若有一点半点的差错,那多不好啊。可他又不好明说,只是含糊地对侄子说:“这事等达子回家以后再说吧。”

升学考试结束以后,杨世达在李青梅家里住了几天。他本来想等发榜以后才回家,可是他急于要找工作,不能再在这里耽搁了。

这天上午他和李青梅一同来到护城圩堤上散步。两人走得很慢,靠得很紧。来到一棵大树下,他们停住了脚步,在树荫下的草地上坐了下来。杨世达顺手在附近扯了一根很长的野草放在嘴里咬着,一只手搭在李青梅的肩上,轻声地说:"青梅,现在考试结束了,我相信你考得很好。我希望你能顺利录取,继续深造,将来更好地服务社会,服务人民。"

李青梅忙转过脸去。她在地上捡了一粒小石子,用力向河中抛去。她两眼盯着杨世达,将头紧靠在他的手臂上。她仰起脸来万分无奈地对他说:"你以为这些天来我好受吗? 你以为我一心在做着升学的梦吗? 这两个多星期以来,我每天都在考虑我们今后的事。在你的帮助下,我录取是不会有什么问题的。问题是你不能同我一块去念书,我有强烈的失落感,你知道吗?虽然今后我们可以互相通信,假期里也可以互相来往,但都无法排解我心中的苦闷。你是一个成绩优良的高材生,由于家庭经济困难,你无法升学,但你又固执,不肯接受别人的援助,就这样无声无息、无助无奈地去乡下当农民,当社员,我实在想不通。当然,我并不是反对你回乡务农。我是想你应该继续深造,将来大学毕业了,可以更好地为人民做更多有益的事,这不比现在去务农要好得多吗? "

"是啊,青梅,你是知道的,我要是参加统考,录取是不会有问题的。可这要有经济基础。我阿爸一个月也只有三十三块钱的工资,我们全家六口,还有两个弟弟和一个妹妹,他们都要念书,总不能让我一个人只管自己升学念书,而让他们停学吧?你家里虽然比我家里好一点,但你的父母要供你上学也不是那么容易的。日久天长,你家也难呐! 青梅,如果我们一同升学,这对我阿爸是喜忧参半的。我担心阿爸在重重压力下,会来个'丢卒保车'——在万般无奈的情势下,将弟妹中的一个或者两个停学,将全部资金和精力都集中到我身上来,这样我的升学之路不是铺在弟妹的身上吗? 我不能以牺牲他们受教育的权利为代价,只管追求我一个人的前途。假如真是这样,你说我的精神压力有多大? 在这样的情况下,我能念好书吗?再者,我回去以后,多少会给阿爸减轻一点压力。万一我找不到工作，就到生产队里去劳动，挣工分，我自己养活自己还是可以的，这样，弟弟妹妹也不至于失学。青梅，我的决定是在这样的基础上作出来的。再者，我也不想拖累你们。这些年来，你们一家人对我的关心和照顾还少吗？”

听到这里，李青梅深深地叹了一口气，说：“看来这都是命运的安排了。我什么办法都没有了，也只好听从命运的安排吧！”

李青梅低着头，双手玩着自己的小辫子。

“青梅，你也不必太悲观了！在中国这块古老的土地上，现在是新社会，我想人人都会安居乐业的。我毕业后回到家乡去也不是一件坏事。虽然我放弃了升学的机会，这是为了不使我的弟弟妹妹失学，为了减轻阿爸的负担，这是我在漫长的人生路上第一次付出的代价！我不会为我这样的选择后悔的。”杨世达很平静地对李青梅说。

“唉！”李青梅又叹了一口气，接着说：“我也拿你没有办法。不论何时你都是有理由的。现在我得用两句古诗来作为我们的分别留言。”

“两句什么诗？快念出来让我听听。”杨世达迫不及待地说。

“我念给你听，‘妙景一日看不尽，天缘有份再来游’。回去吧！世上没有不散的筵席，看来我们还是要各奔东西了，我也毫无办法，只好一切随缘了。”李青梅一边叹气，一边低声地对杨世达说。

两人拖着沉重的脚步，默默地朝李青梅家里走去。

下午，杨世达叫李青梅帮他收拾行李，他想明天回乡下去，李青梅却说：“你明天怎么能回去啊？连车票都没买好，明天早晨临时去买票，恐怕不大容易。今天已来不及了，明天上午我陪你去买票，后天早晨我送你回去，行吗？”李青梅显得烦躁不安，却又万分无奈。

“早一天或晚一天到家倒碍不了什么事。不过我不想坐车回去，我准备走路回去，这样可以省下一块多钱车票。这一块多钱对我来说也不是一个小数字，我可以用这点钱来买好多学习用品或买书。青梅，你说呢？”杨世达坦然地对李青梅说道。

“达子呀，你不要再哄我了。这车票我替你买吧！前几天我爸爸给了我二十块钱，叫我在你回去的时候替你买一身新衣服，剩下的让你带回去买点文具或书籍。我们明天上午到汽车站去买票，回来时顺便在街上替你买点衣物。这样行吗？”李青梅十分天真地对杨世达说。

“青梅，你不要再说了。我怎么好意思又花你家的钱呢。你们一家人三年来对我的关怀我是今生难忘的，我十分感激你们一家人。请你们再不要为我操劳了，不然我真不知道怎么办才好啊！”

两人一边说话一边收拾东西。杨世达的行李非常简单，一床旧棉被，外面是土棉布染的蓝底白花“龙凤边”被套，有几处还打了补丁；几件换洗衣服。棉衣在放假时托张桂香坐车带到龙溪去了。他的行李最多的是书，除了课本和一些资料外，还有一大纸箱各种各样的书。李景华老师送了好多书给他。在李老师送书给他时，他并不推让，而是双手紧紧地接住。这样，他的行李少说也有百来斤。

在这么个大热天，挑这么重的行李，步行一百多里路，是非常艰苦的。李景华老师夫妇无论如何也不肯让这个孩子吃这么大的苦。李青梅暗暗地伤心，她坚决反对杨世达步行回家，她怕他在路上热坏、累倒，可她又说服不了他。终于，她哭了，而且哭得很伤心！

李老师开口说话了，他说：“杨世达，我看这样吧，假如你硬不肯坐车回去，那就让青梅送你回去，她在路上也可以挑一阵行李，给你换换肩，你也轻松一点。再者这么个大热天，有个人做伴也有个照应，你看怎么样？”

“不！不！不！李老师，这怎么行呢？再说青梅是一个城里姑娘，她能吃得了这个苦吗？天气又热，路又长，让青梅送我回去，这怎么行啊！”杨世达急得不知如何是好。

“杨世达！”李青梅几乎要发火了，她怒气冲冲地对杨世达说：“就你们乡下人能吃苦？我们城里人都是烂泥做的，是这样吗？叫你坐车回去你不肯，我父亲叫我送你回去你又不肯，我问你，这到底是为什么？啊！你说呀?”

“不为什么。这点小事我一个人完全可以对付得了,又何必连累你来吃这个苦呢?你们一家人待我一片真情实意,我说一声谢谢还来不及呢!我们同学三年,别人不理解我,难道你也不理解我吗?我也是有血有肉的人,你们一家人待我的情义,我一辈子也忘不了!你还是让我按原计划行事吧,我走路回家是绝对不会有问题的。”杨世达心平气和而又固执地对李青梅说。

李景华老师很喜欢这个从农村来的穷学生。在他看来,这个穷人家的孩子将来会有点出息。青梅和杨世达亲近,他从来都不干涉。在儿女私情上他们之间从来也没有出现过什么非正常的现象,更没有什么越轨的行动,这就更使李老师夫妇喜欢这个来自农村的青年。

杨世达与李青梅为坐车还是步行回家争吵斗嘴,他又不让她送他回家,可这事总得有个结局,总不能让他们不欢而散。李老师点燃了一支香烟,朝自己的房间走去。在房间里他俯下身子对在桌边看书的妻子轻声地说了几句,不一会儿他的妻子就起身朝门外走了。

李青梅和杨世达在房间里整理书籍和行李,他们谁也不吭声,像是在赌气,整个房间的空气似乎要凝固了。在这即将分别的时候,他们心中都有一种说不出来的感觉。就李青梅来说,要是杨世达和她一起升学,将来一起参加工作,也许他俩会结婚,生儿育女,她想他们的小家庭是会非常幸福的。那该是多么好的憧憬啊!现在杨世达要回乡下去,她要升学,今后他俩一个在农村,一个在城市,将来的情况怎么样谁能知道?她自己也说不清楚。

杨世达也有同感。他认为他们两人的家庭条件相差得太远了,一个在县城,一个在乡下,城乡之间的差别又是那么大,这种差别恐怕短期内是无法改变的。从经济条件来说,两人的家里相差得更远了,她的父母都有工作,都有固定工资,两个人的工资供她一个人念书,太宽裕了;而他有兄妹四个,还有一个后妈,只靠阿爸每月三十三块钱工资来维持生活,还要供四个孩子念书，谈何容易呀。想到这些，他的情绪低落了下来，在心里说："不可能，不可能！我们不是一条道上跑的车，将来不会有什么结果的。假如我将来与她结合，岂不是害了她一辈子，让她一辈子跟着我受苦、受累。不行，不行！我绝不能伤害她，他是我的妹妹！"

第二天早晨，天还没亮，李青梅的母亲就做好了早饭。她叫醒了李青梅，叫她穿好衣服再去叫杨世达。这时杨世达已经醒了，他见李青梅进来，忙穿衣下床。他没有说什么，只是随口说："青梅，你真早啊。"

"不早啦，快去洗脸吃早饭吧，吃了饭我送你到车站去，不然怕赶不上早班车。"李青梅轻声说。

"怎么？你送我到车站去赶车？票都没有买怎么上车啊？"杨世达摸不着头脑，感到有些突然。

"你放心吧！我妈妈昨天下午托她的一位同事在票房里弄了一张票，是今天早晨六点半的车。现在是五点多钟，我们要吃饭，还要走好一阵路，抓紧时间，不然怕来不及了。"李青梅低声地对杨世达说。

杨世达听到这里，也就不好再说什么。如果他再要坚持步行，叫李青梅去退票，那不但伤害了李青梅一颗纯洁的少女之心，也会辜负了她父母的一片真情。这时的他也只好随李青梅的安排去做了。

他们动身去车站。李老师夫妇把他送到大街上，这时，李老师从自己的上衣口袋里取出一支"金星牌"赤金笔尖自来水笔送给杨世达。杨世达不肯要，后来还是李青梅发了火，他才用双手接受了李老师送给他的珍贵礼物。他把行李包放在地上，向李老师深深地鞠了一躬，然后转身同李青梅一道去车站了。

他们来到车站，看看墙上的挂钟，离开车还有几分钟。杨世达上车后，李青梅走到车窗前，红着脸交给他一封信，信封上一个字也没有，她再三叮嘱他，到家后才能拆看这封信。杨世达收好信，紧紧地拉着她的手，两人四目相对，什么也没说，千言万语，此时尽在不言中。

司机按响了喇叭，汽车启动了，车子开始慢慢向前移动。李青梅紧跟了几步,他们松开了双手,汽车在加速,李青梅还在跟着车跑。杨世达伸手在窗口频频摆动,无言中向同学、好友、妹妹李青梅告别!

汽车出站了。

李青梅还是站在那里望着远行的汽车。她看见杨世达还在车内向她招手……

车走远了,最后消失了。李青梅调转头,慢慢地走回家。

结束了,杨世达的读书生涯到此结束了。同时结束的,还有他和同学李青梅纯洁朦胧青涩的初恋。

这样的结果,他无法控制,因为,他家实在是太穷了。

想当个乡村教师

1

转眼已到了1958年8月下旬。

昨天杨鼎盛也从公社宣传队回来了,还带回来一份公社文教干事给他开的介绍信,是介绍杨世达到汪村去教书。

汪村是一个偏远的小村,离杨河村有七八里路,是由三个小自然村组成的一个生产小队。三个自然村中汪村最大,有近二十户人家,三个自然村共有五十来户人家。这里地处偏僻,村民又住得分散,学生人数不多,只有二十几个人,编成一二两个年级,三年级都到荷西完小去念书,要是动员所有适龄儿童全部入学也只有四十几个学生。

快到中午的时候,杨世达挑着行李满头大汗地来到了汪村。他找到了生产队长汪金魁,放下行李后从口袋里掏出公社的介绍信双手递给汪队长汪金魁。汪队长接过介绍信连看都没看一眼就往桌子上一放,并用一只茶杯压住。

汪金魁是土改时期的老党员、老干部。他四十开外的年纪，中等个子，为人厚道，心直口快，办事公道，工作踏实。从互助组合作化运动开始，他都是这三个自然村的领导人，群众对他非常信任。他和杨世昌一样，是一个不识字的大老粗，连自己的名字都不会写，他又怎能看得懂公文呢?

杨世达很快就意识到这一点，汪队长和大哥杨世昌是一样的人，也是一位苦大仇深的贫苦农民。在旧社会这些当牛做马的人又怎能念得起书？他们谈了一些村小的情况，中午，杨世达就在汪队长家吃午饭。

下午，汪队长带着杨世达到这三个自然村有学生的人家去走了一遍，还到十几个新生家里去作了一番动员，叫他们第二天上午到汪村小学去报名。回到汪村后，汪队长又带杨世达到学校里去收拾了一下。

这是一栋民房，房子比较大，除了正房、正厅外，还有一个很大的抱堂，光是这个抱堂就可以住一户人家。汪村的小学一直都是设在这幢房子里。虽说是一所学校，其实也并没什么财产。一块黑板，一张旧三斗办公桌，两条凳子，一盏煤油灯，一只竹壳热水瓶，两只白瓷茶杯，其中一只茶杯的盖子都没有了，还有一口小耳锅，一个铁锅铲，一个用铁丝捆绑起来的泥炉子，这些都是老师的所用之物。

杨世达在西边的正房里安顿好了自己的床铺，又把整个屋子打扫了一遍，将厨房用具和生活用品都洗干净了。

9 月 2 号上午，汪、吴、王三个村的学生都先后来到汪村小学报名了，有些新生还有家长陪着来报名。汪村小学上半年共有二十六名学生，一年级十二名，二年级十四名，其中有十名二年级学生升上三年级转入荷西完小去念书，还有四名留级生；一年级有九名学生升上二年级，这样二年级本学期十三名学生。一年级今年到底有多少学生，要等报名结束后才能知道。

杨世达坐在那张旧三斗办公桌边的凳子上，对前来报名的学生逐个登记，收书钱与学费。一些学生没交齐钱，他先把钱收下来也同样照实收钱数开了收据，并在收据的背后用笔记下了欠款的数目。还有些学生两手空空，一分钱也没带来，这些孩子都是赤脚赤膊，只穿了一条破旧的短裤，颜色各异，五花八门，不是挂须摆柳，就是补丁叠补丁。还有几个新生是系着破肚兜来的。这些没带钱来的孩子，家长都向杨世达讲出了种种原因，并承诺了还钱的时间。杨世达也是一个穷苦家庭过来的人，他深深地知道一个穷学生的苦衷，内心非常同情这些穷学生，决定拿出自己第一个月的工资来替这些穷学生交书钱、学费，让这些孩子都能安心念书。

晚饭后，杨世达到汪队长家汇报今天学生报名的情况。二年级这个学期应入学的学生十三名，今天来报名的有十一名，还有两名未来报名；一年级除三名留级生外，新生报名人数只有八名，总共报名十一名。全校已报名学生是二十二名，比上学期少四名学生。

为了让所有适龄儿童入学，杨世达请求汪队长再去动员一下，至于书钱学费的事，可以暂缓一下，先来学校念书，钱以后再说。

听了杨世达的汇报，汪队长思索了一会儿后说："杨老师，我看这样吧，今天晚上队里召开社员大会，我在会上再动员一下，你也在会上发发言，动员家长们把自己适龄的子女都送到学校来念书，这样或许还会增加几个学生来报名。实在没人来，我也没办法。主要是我们这里太穷了，大家都想念书而又念不起书，集体拿不出钱来，有什么办法。"

经过晚上的动员大会，第二天上午，学校又来了几位农民，汪、吴、王三村的都有。他们有的带着孩子一同来了，是到学校来报名的。他们的孩子大多数都超过了入学年龄好几岁，由于家庭贫困而未能及时入学。通过昨天晚上的会议，特别是听了杨世达的发言以后，他们都深受感动，他们都知道没有文化将来是跟不上形势的，将来种田也要有文化。没有文化开不动各种农机具；没有文化看不懂各种化肥、农药的说明书，不知怎么用，弄不好还会坏事的。他们的认识提高了，送子女念书的积极性也提高了。

到了晚上，杨世达把今天报名的人数统计了一下，今天又有十二名学生来报了名，其中两名二年级的留级生也来报了名。这个学期汪村小学共有学生三十四名，比上学期增加了八名学生，其中一年级二十一名，二年级十三名。除个别适龄儿童未来报名，基本上都来了。杨世达将这些情况告诉了汪队长，他听了非常高兴，杨世达更加高兴。

2

1958年是一个不寻常的年份。

在中国的大地上，继农业合作化以后，紧接着又实现了人民公社化。社会主义建设时期的“总路线、大跃进、人民公社”成为当时三面鲜艳的红旗。下半年又发动了全民大炼钢铁运动，小土高炉遍地开花，小钢铁厂星罗棋布。成千上万的青壮年农民都上山找矿石，进厂炼钢铁。县里成立了钢铁指挥部。全县中小学都停了课，教师和青年学生都投入到大炼钢铁的洪流中。

开学还不到一个月，杨世达就接到上面的通知，叫他到公社钢铁厂去报到，参加大炼钢铁。

这天上午，杨世达来到公社钢铁指挥部报到。一位办公人员马上拿来花名册查找，他在运输连里找到了杨世达的名字，随即给他开了介绍信，让他到运输连去报到。

在那一日千里的大跃进年代，农村基层单位都实行准军事化管理，采取班、排、连、营、团的建制。

运输连的连长何庆祥接待了他，并带他到办公室将介绍信交给了文书。后来连长又带他到车库，走到一台“克特—35”型的拖拉机前对他说：“杨世达同志，经连党支部决定，从今天起你就是这台车的机车长。具体任务是搞木炭运输。这台车共有两个人,另一个是上面派来的拖拉机手。这里是军事化管制,一切都按命令行事。你明白吗?”

“是!我明白!”杨世达大声地回答。

“好,今天没任务,晚饭后到连部来开会,安排明天的任务。”何连长交代。

杨世达朝住处走去。要他来开拖拉机,他非常高兴。因为在县城中学念书时,他在一个农场上内燃机课的时候就学会了开拖拉机,后来还到农场机耕队去实习了几次,这次安排他运木炭应该是不会有问题的。钢铁厂是从他的档案上发现他会开拖拉机的。在那个年代,农村能开拖拉机的人是很少的,于是领导决定调他来搞运输。

杨世达很快就找到了和他同车的拖拉机手。不见还罢,一见面杨世达就愣住了,原来这位拖拉机手是一位年轻的女驾驶员。她二十五六岁的年纪,见了杨世达就主动走过来打招呼,并笑着说:“欢迎机车长的到来!愿意服从机车长的调遣。”

杨世达很快回过神来,伸出右手握住了对方伸来的右手。他长这么大,除了李青梅外,还从没与一个年轻女人握过手,像是触电一样,他的脸一下子就红了。他万万没想到组织上会做出这样的安排。两人松开了手,来到一张方桌边坐了下来。他对她说:“大姐,我不知道这样称呼你合适不合适?我能和你在一起开车真感到高兴。我只是一个刚刚毕业回来的中学生,还希望你今后多多指教。”

这位女拖拉机手是某国营农场的拖拉机驾驶员,叫黄素芹,也是一个回乡的中学毕业生。她非常喜欢开拖拉机,在学校念书时就非常崇拜新中国第一个女拖拉机手梁军。中学毕业后,她没参加升学考试,在她的再三要求下来到农场机耕队学开拖拉机。在机耕队她工作积极肯干,到农场的第二年就加入了共青团,现在她是一名光荣的共产党员。她一见到杨世达就从心里喜欢他,加上刚才他对她说的一段话使她对这位比她小几岁的机车长更加佩服了。她笑着对他说:“小杨,说句实在话,我也只是比你早开几年车罢了。这样吧，我们今后互相学习，取长补短。我年龄比你大，这个大姐我是当定了，哈哈！”

两人相视而笑。

第二天上午，杨世达他们开始执行运输任务。白天到木炭厂运木炭，来回一百多里。木炭要上山挑下来，装车，运回来还要卸车，一天运一趟，时间比较紧。晚上到附近的采矿场去拉铁矿石，来回也有二十多里路，每班车拉两趟。杨世达找到黄大姐商量，黄素芹提出，他们同车作业，她开重车，杨世达开空车；白天路上车多，重车都由她开，晚上路上的车少就让杨世达多开。

按照黄素芹的安排，第二天上午八点钟他们同到车库，由杨世达将拖拉机开出来，她坐在杨世达的身边，两眼紧紧地盯着杨世达手中的方向盘，口里发出指令：“减速，换挡，加油……”

黄素芹像是师傅带徒弟一样指导杨世达开车。看了一阵后，她感到轻松多了，他的车开得相当平稳，各项操作几乎与她发出的指令相吻合。

晚饭后，杨世达、黄素芹又上了拖拉机。这次他们换了一个位子，由黄素芹开车，杨世达坐在旁边看她开车。黄大姐真不愧是一位有经验的驾驶员，技术娴熟，操作灵活，杨世达看得入了神。十里路外的采矿场很快就到了。他们停好车，那些负责装车的民工就动手向车斗内装矿石，由于人多，车斗很快就装满了。

两趟任务，他们很快就完成了。

拖拉机停进车库后，他们来到何连长的办公室，交了木炭和铁矿石的入库单。

何连长很满意，笑着说：“你们两位辛苦了！”

“没什么，这是组织上分下来的任务，不折不扣地完成是应该的。”黄素芹一边用袖子擦着额头上的汗水，一边笑着对何连长说。

“黄大姐的车开得比我好，我要拜大姐为师了，就是不知道她肯不肯收我这个徒弟。”杨世达笑着说。

杨世达来钢铁厂已近两个月，在黄素芹的指导下，他现在已是一个熟练的拖拉机手。这天早饭后，他一个人开着车到五六十里外的木炭厂去运木炭，他刚把车开进木炭厂，一些烧炭的农民就从炭窑里扒出刚闭窑不久的还很烫手的木炭往车斗上装，一会儿工夫就装了满满的一车木炭。为了抢时间、争速度，杨世达马上启动车子开走了。当他开到一处山边，下一处陡坡时，由于木炭还未完全熄火，火星在风的作用下很快就将木炭烧着了！车正下坡，速度快，车上的火越来越大，发出“呼呼”的声响！杨世达回头一看，顿时慌了手脚，他刹住车，可是这附近都是山地，一口水也找不到。

车停了，火势也小了一点，可木炭还在继续燃烧。杨世达急坏了，没有水就没法将火扑灭！怎么办？为了保住这辆车，他启动车子拼命地继续向前开去，想借风力把火吹灭。可是车越开得快，火也越烧越大。他知道要到前面小镇的桥边才有水，只要有了水，火就可以扑灭。可是现在由于天旱，河水很浅，如果一桶一桶提水上来灭火，那无济于事；如果将车开到河中去，弄不好就是车翻人亡。

杨世达已没有了选择的余地。车斗上的火越烧越大，火苗越蹿越高，靠右边的车斗都着火了！他来不及考虑许多，把牙关一咬，将车往马路右边的河里开下去。这里是下陡坡，高低不平，越往下泥土越软，有些还是烂泥，非常危险。他用低挡位、小油门向河边开去。由于他采取了果断措施，借助车身往下行走的惯性，等车的前轮刚靠水，他就将车刹住了。杨世达关好油门，拉紧手刹后，跳下车，从车上取下提水桶，站在河里拼命地向车斗上泼水。他不知道从哪儿来的一股劲，火很快被扑灭了，可他身上一根干纱也没有了，连头发都在往下滴水，脸上沾满了从车斗上溅下来的木炭灰。他来到河里借着河水一照，不由得开心地笑了，他的脸简直成了戏台上的大花脸！他就着河水胡乱地洗了一下。他实在累极了，步履艰难地一步一步走上马路，在路边的一棵小树下的一块石头上坐下来。他想歇会儿，可还没坐几分钟又想到那一车的木炭。他起身走到车边，看看木炭上的火是否全部扑灭了。他试图将车开上马路回钢铁厂去,可试了好多次车子都无法起步,车轮还越陷越深。

杨世达又吃力地走上马路,在树下那块大石头上坐下来休息。

已到了吃午饭的时候,路上来往的车辆也渐渐少了。一般的车是帮不上忙的,唯一能帮上忙的只能是履带式的拖拉机,可这时他又到哪里去找这种履带式的拖拉机呢?

正当杨世达无计可施的时候,来了一辆"东方红"54型履带式拖拉机。他从小树下的石头上站了起来,在草地上捡起那湿透的汗衫拿在手里举得老高,向朝他开来的"东方红"使劲地摇晃,示意对方停车。

"东方红"在他面前停下了,司机从窗口伸出头来问他:"你有什么事吗?"

"师傅,我是白云公社钢铁厂运输连的。上午到木炭厂去运木炭,不料木炭还未完全熄火,在途中烧起来了,连车斗都烧着了。没办法我将车开下了河,现在火是扑灭了,可现在我怎么样都没办法把车开上路,请你帮忙拉上来好吗?"杨世达将他的情况向"东方红"的司机说了一遍。

司机打开了车门,下了车,他看了看杨世达,见他只穿一条短裤,还是湿的,上面沾满了污垢,上身打着赤膊,手里拿着一件灰斑斑的汗衫也是湿的。他又看了看陷在河滩上的那辆拖拉机,还有车斗上的那些被浇湿的木炭。

"师傅,你贵姓?"杨世达接着问那位司机。

"啊,我姓勤,勤劳的勤。当兵转业分配到这个农场来的。""东方红"司机勤师傅说,"我看这样吧,河滩上的沙泥又湿又松软,如果要将车斗和车头同时拉上来,恐怕不容易,只有把车头和车斗分开来拉,这样又轻快又较为安全。"

"勤师傅,谢谢你了!你说怎么办好就怎么办吧,只要能把我的车拖上路来就行。"杨世达万分感激地对勤师傅说。按勤师傅的办法,他们分两次将杨世达开的拖拉机从河里拖了上来。

两人在那棵小树下休息了一会，然后各自开车走了。对杨世达来说，这是一次有惊无险的经历。

转眼就到了11月中旬。

黄素芹接到农场来的通知，被抽调到各钢铁厂协作的人员，圆满完成了任务，都要回农场去。

这天上午，公社大炼钢铁指挥部在运输连召开欢送大会。十几辆各种型号的拖拉机，车头前都戴着一朵用大红绸布做的大红花，每个来协作的拖拉机手都发了一条白毛巾，毛巾上印着鲜红的“协作纪念”，落款是“白云公社钢铁厂赠”。运输连的何连长在欢送会上致欢送词。在一片欢呼声、鞭炮声和锣鼓声中，十几辆拖拉机先后开出了会场。

杨世达坐在黄素芹的车上，一直送她上了大马路才依依不舍地下车回来。

3

元旦过后，钢铁元帅下了马。

杨世达又回到了汪村，回到了他时常想念的学生当中，准备开始他的教学生活。他了解了一下这几个月来孩子们在家里的一些情况，自他被抽调去炼钢铁后，学生们没有念过一句书，没写过一个字。大一点的学生帮大人们干农活，那些小的就帮忙带小孩，女孩子就打猪草。杨世达赶紧通知各家长，明天让孩子们到学校来上课。

孩子们又可以来学校念书了！

第二天，所有学生全到学校来了。

暑假过后，杨世达被调到荷西完小教书。但没过两个月，国庆节后，他又被调到水利工地上去了，又一次离开了他的学生和他的讲台。这一次他一直干到民工们都回家过年，才回到杨河村家里。

《农村人民公社工作条例》(草案)下达以后，县委组织了学习、宣传、贯彻这个中央文件。因为文件共有六十条，广大社员就叫它“六十条”。通过学习“六十条”，大家逐渐认识到以前的“大跃进”“大炼钢铁”的行动都违背了客观规律，浪费了巨大的人力、物力和财力，毁坏了大片森林，使生态环境遭到了严重破坏。

人们在沉痛反思的同时，迎来了六十年代第一个春天。

经过一年多轰轰烈烈的群众运动，杨世达比以前安定了许多。他不用再去搞运输，也不用再去搞水利施工，而是安下心来教他的书。这时的他也在进行着反思！

杨世达从县城中学毕业回乡后，原来打算一边教书，一边自学高中的课程。在他回乡还不到一个月，李青梅就给他寄来了高中一年级各科的课本，以后又依次给他寄来了高二和高三的全套课本和学习资料。可当他踌躇满志地到汪村去教书的时候，还不到一个月就被公社抽调到钢铁厂去搞运输。从运输连回到学校，他想沉下心来教书，可没过两个月又被调到水利工程指挥部去搞测量。水利工程结束，杨世达又回到汪村，后又被调到荷西完小教书。这些年来他没有好好地教过一个完整学期的书，几乎每年下半年都是在水利工地上度过的。

时间很快到了1961年。

杨世达比以前更成熟了。虽然工作流动性大，可他自学高中的课程从未间断过。这些年来，他自学完了高中的所有课程，参加了省师范学院函授部数学系学习，通过考试，他拿到了数学系专科结业文凭。他本想在教师这个岗位上认真地干下去，可是他万万没有想到，一纸调令完全改变了他一生的前途和命运。

清明节后的一天上午，上完了第三节课，荷西完小的石校长来到杨世达的房间，叫他到他的办公室来商量事情。

到了石校长的办公室，他一眼就看到了公社文教干事张希仁坐在石校长的床沿上，手里端着白瓷茶杯在喝开水，看来他也是刚到。张干事见他们进来，站起身同他们打招呼，说："杨世达老师，县委决定在云雀湖建立县办国营农场，全县各地都要从人力、物力方面给予大力支持。经公社党委研究，决定将你调往云雀湖去支援那里的社会主义建设，4 月 15 号前到总场报到，从明天起你就可以回家作准备。在动身前你还要到公社办公室去拿介绍信和你的档案，到团委去转组织关系。希望你按时报到，在那里干出好成绩来，为社会主义建设贡献一份力量。你还有什么要求吗？"

"张干事，这是上级的安排，我还能有什么意见。不过我想问你：我到那里去还可以教书吗？"杨世达显得有些无奈。

"这个不一定，反正场党委会安排你的工作，都是革命工作嘛，干什么都一样，都可以干出成绩来。"

张干事的话实在有点官话套话，令杨世达感到无奈。

午饭后，杨世达一个人回到自己的房间。他不明白，为什么组织上对他做出这样的安排。他原本以为可以在教育战线上干一辈子的。他阿爸是教师，李青梅也马上就要师范毕业了，目前她在一个国营农场实习，前些时候还来信告诉他，她师范毕业后，要求组织上将她分配到白云公社来教书，她还想和杨世达在一起。但看看眼前的现实，他的教师梦就要破灭了，他觉得他的前途、理想都蒙上了厚厚的一层阴影。可是他又无法改变眼前的现实，这使他感到失望，无助。

星期六上午，杨世达给他的学生上完最后一节课。他没意识到，这也是他永别三尺讲台的最后一节课！下课前，他把上级将他调往云雀湖农场的事告诉了学生们。他在简短的讲话中要求学生们好好学习，积极向上，希望他们将来都成为社会主义建设的有用人才。他最后说了一声："同学们再见！"同学们也齐声喊了一声："老师，再见！"

杨世达拿着粉笔盒，夹着教科书回到了自己的房间。他坐下来用手帕轻轻地擦着那尚未掉下来的眼泪！

晚上回到家,阿爸也回来了。杨世达见阿爸回来了,迎上去接下阿爸手里的那个没了拉链的黑色手提包,轻声地叫了一声:“阿爸,您回来了。”

杨鼎盛坐下缓了口气,从黑提包里取出黄烟杆,打开生满锈的铁烟盒,在烟斗内装上黄色的烟丝,就着桌上的灯火抽了起来,烟雾从他的嘴里吐出来。

杨鼎盛一边抽烟一边对杨世达说:“达儿,听说你调到云雀湖去了?你对这个调动有什么想法吗?”

“阿爸,像我们这样的普通百姓之家,对于上面的安排能有什么想法?”杨世达低声而又十分无奈地答道。

“你没有什么想法也得有个认识呀。我看你呀,弄不好今后再也别想教书了,这是我最担心的事!”杨鼎盛还是不断地抽烟,他的脸上也写满了无奈。

“担心又有什么用?”杨世达站起身来,在屋子里来回慢慢地走动。接着他又说道:“阿爸,你看我不也教了两三年书吗?但我实际教书的时间还没有一半,我的大部分时间都用在了别的地方。今天要我到这个工地施工,明天又要我到那个指挥部去接受新任务。这三年来,我名为教师,实际上我是一个名副其实的应急队员,哪里需要就叫我到哪里去,都是上级的指示或是上级的决定。现在看来教书这碗饭我是吃不成了,这次的调动,将要改变我这一生的命运。唉!”

“是啊,这是上级组织的决定,我们无法改变。一个人的衣食饭碗或许真是前世注定了的。不过无论干什么工作,只要是上级组织叫我们干的,我们都要尽力去做好。”

父子俩坐在昏黄的煤油灯下继续谈。夜已深,初夏的夜晚还是有点凉,他们各加了一件衣服。他们没有时钟更没有手表,凭感觉,此时大概到了下半夜。由于明天还有很多的事要做,杨鼎盛也感到有些睡意,于是说:“时间不早啦,明天早晨我还要赶到学校去,我们睡吧。”

“阿爸，我明天在家里收拾一下，后天上午就去云雀湖农场报到。”

杨世达的命运在这里拐了一个弯。他由此进入了艰难人生旅程的漫漫长路。

第二章

我想有个温暖的家

1

时间在悄悄地过去，不知不觉中秋佳节到了。每年的中秋节与国庆节前后总相差不到几天。这些天来，杨世达忙得不亦乐乎，因为他和余春敏要结婚了。

余春敏和杨世达一样，初中毕业，回乡以后便到生产队里去做工挣工分，很少顾及家中的事。她养了一头猪，还有几只鸡，家里的日子过得还热火。

和余春敏的相识，是杨世达到东方红人民公社先锋大队当会计的时候。

去年早稻快要收割的时候，杨世达离开了云雀湖农场机耕队，在李启发的安排下来到东方红人民公社先锋大队这个边远的山区。他在滨湖地区出生，又在滨湖地区长大，现在来到这个山区，这里的一切对他来说都是陌生的。除了李启发之外，他在这里没有一个熟人，而李启发现在是区长，不可能一天到晚陪着他。这里的山，这里的水，这里的人，这里的一切他都觉得新鲜而又陌生。无事的时候他自己问自己："我该怎为生。

按理说,拜师要请拜师酒,至少也要送一份厚礼。但杨世达没有钱,别说请酒、厚礼,他连置办一点薄礼的钱都没有。实在没法,他只好两手空空地来拜师学艺了。

余师傅为人很爽快。为杨世达来做学徒的事,李区长、徐社长跟他商量过几次,他爽快地答应了。师徒见面,他也没说什么客套话,而是与杨世达拉家常,攀乡亲,显得特别亲热。师徒的名分,就这样确定了。

时间过得真快,转眼又到了冬季,天渐渐地冷下来。这时,杨世达跟着师傅,还有很多手工业社的师傅被抽调到水库工地上参加修水库。

这天晚上杨世达请假回了家。他这段日子虽说人在工地上,可他的心却时刻都在惦记着家里那挺着大肚子的妻子余春敏。他多么想回家去看看,陪陪怀孕的妻子。妻子的产期按推算大约在元旦前后,他要准备婴儿的衣服、产妇的食品、临床的药物等。

他和余春敏都沉浸在对幸福的向往之中。

思源水库大坝也在一天天增高。

工地上的人们精神振奋,斗志昂扬。晚上,工地上的松明子火把把大坝照得如同白昼。在这深冬的季节,有些后生仔还打着赤膊挑土,在大坝上来回飞奔。人们都忘记了苦和累,他们只有一个信念,力争大坝提前建成,力争明年实现水稻双季化。

这天夜里,杨世达干完一天的活后,已是午夜一点多钟。他拖着沉重的脚步回到指挥部,轻声地叫醒了徐社长,向他请假,要回家去看看他的大肚子妻子。他怕余春敏临时要生小孩,晚上家里无人照顾。

到了家,他叫开了门,余春敏挺着大肚子开了门。杨世达进屋关好门,从余春敏手里接过煤油灯,扶着她慢慢地回房间。

“从昨天开始,肚子里的小东西就不大安分,怕是要出来了。”余春敏坐在床沿上红着脸喜滋滋地说。她把头紧贴在杨世达的胸脯上,仰起那带着红晕的脸。

“真的?让我来听听!”杨世达高兴得像个小孩子。他俯下身子,用耳朵贴近她的肚皮听了一阵,然后笑着对余春敏说:“看来快要生了,从明天起我每天晚上收工后都赶回来。明天我再与徐社长商量,看他能不能批我几天假回来照顾你。”

余春敏非常理解杨世达,她知道他现在很忙,也很累。前些日子达子告诉她,为她生小孩的事他已向徐社长请了假,但工地人手紧,他无法离开,只能晚上回来看看,不能成天照顾她,只好把岳母请过来照顾一段时间。

这天夜里,杨世达收工后已经是午夜一点多钟,他急急忙忙地赶回了家。丈母娘开了门,只见屋里灯火通明,有几个女人在忙这忙那。村里的接生员也请来了。他进房一看,只见余春敏躺在床上,口里发出一阵阵呻吟声。他走到床前俯下身子,余春敏一把抓住了他的手,轻轻地对他说:

“达子,怎么现在才回来呀?孩子要出来了,我有点怕。”

杨世达轻声地安慰了妻子几句后,又转身对丈母娘交代了几句,就冒着刺骨的寒风往外跑了。

杨世达一口气又跑回了工地医务室,叫醒了曾医生。曾医生看到杨世达急匆匆的样子,已经明白了三分,她轻声地问:“老婆要生小孩了?”

“是的!没想到这么快就要生了。”

“好,我把接生用的药品、器械等全带上,马上就走!”曾医生一边说一边穿衣服。

杨世达和曾医生冒着刺骨的寒风一路小跑赶到了曲庄,已是凌晨三点多钟。杨世达领着曾医生进了房。

曾医生开始检查,她用听诊器在余春敏的肚皮上这里听听,那里听听,说:“胎位正常。”

曾医生发现余春敏的体力有些不支,便问:“她今晚吃了东西没有?”

余春敏母亲说:“吃是吃了些东西,可是全都呕吐出来了。”

曾医生从药箱里取出大注射器,又拿出一盒葡萄糖注射液、一盒 VC 注射液,给余春敏注射。

约摸过了一个小时,产妇肚子痛得更厉害,她一声声地叫唤着,这是分娩前的疼痛。现场的气氛越来越紧张。杨世达守护在余春敏身边,一会儿用毛巾替她擦擦额头上的汗水,一会儿又在她肚皮上抚摸。

曾医生做好了接生的准备,胎儿已经露顶了。

余春敏咬着牙,两只拳头握得紧紧的,额头上豆大的汗珠直往下流。杨世达双手护着她的头,她咬紧牙关一声不吭地暗暗使劲。

曾医生聚精会神地注视着慢慢露出来的胎儿,不一会儿工夫,只听她大声笑着说:“出来了,出来了!是个男孩!”

一个湿淋淋的胎儿产下来了,在场的人们都松了一口气。可这个小东西躺在那里不哭也不动。曾医生不慌不忙,将婴儿倒提起来,用手指顶住婴儿的肛门,接着在小东西的屁股上轻轻地拍打了几下,只听“哇”的一声,小东西终于发出了第一声啼哭!人们一下子忘掉了一夜的辛劳,每个人的脸上都挂着幸福的笑容。

整个屋子里的人欢快地忙碌着。

曾医生将孩子身上洗净,给孩子断了脐带,打了破伤风预防针,然后穿衣打包,她将孩子抱在手里看了好一阵才送到余春敏身边。

杨世达从箱子里拿出早已准备好的一千响寸金鞭炮,噼噼啪啪地在大门口放响。他高兴得跳起来,一个人在那笑得合不拢嘴,乐得像个小孩子一样。

他现在是爸爸了!

2

第二天刚好是星期六,杨鼎盛回到家,听说余春敏生了个儿子,他高兴得不得了,急忙赶来探望。

杨鼎盛衔着烟杆,在考虑为自己的孙子取个名字。他教了一辈子的书,也曾替别人起过不少的名字,现在要为自己的孙子起名字了,他既高兴又有些犯难。经过了一番思考之后,他放下手中的黄烟杆,从房间里取来红纸、毛笔、砚池,提起笔来在红纸上写着:

世达长子:名明杰,字大成。

杨鼎盛放下手中的毛笔,抬起头来叫道:“达子,你看这名字怎么样?”

“阿爸起的名字都是好的,就这么定了。”杨世达高兴极了。

他走到余春敏床前,从被窝里抱起小宝宝在他的小脸上亲了一下,从衣袋里取出一张红纸帖,笑着对余春敏说:“这是阿爸为儿子起的名字,你看起得好不好?”

“既是阿爸起的名字还有什么可说的。阿爸一世为人师表,受人尊敬,我们做儿媳的更要尊敬他老人家才是呀。这名字起得好,我喜欢!”余春敏说。

小明杰满七天的时候,杨鼎盛同石灵芝还有几个至亲共有六个人前来贺喜。他们进门自然是放爆竹,送贺礼,然后坐下来喝茶、抽烟、谈笑、叙家常。几个女人则到房里去将小宝宝抱了出来。杨鼎盛忙放下黄烟杆,站起身来轻轻地从石灵芝手中接过小孙子,他眯着眼,歪着头,嘴都笑得快合不拢了。他对小孙子左看看,右瞧瞧,越看越喜欢,越瞧越开心,一个劲地对着小孙子笑!这时候石灵芝又从杨鼎盛手里将小宝宝夺了过去,嘴里笑着抱怨他:“看一会儿就罢了,等会儿孩子着凉了你就着急了。”

石灵芝又将小宝宝送到余春敏的身边去了。

杨世达在家忙了十来天。这天，徐社长派人来通知杨世达，叫他回工地去，因为工期紧，人手少。杨世达当天就到云岗去买了些营养食品，还买了些日用品，把家里的事也安排了一下，第二天早晨就赶到思源水库工地上去了。

3

这年早稻刚插完秧不久，广播里就天天高喊，“文化大革命”来了。

对农民们来说，“文化大革命”的风暴没有城里那么猛烈，但也感到一种无形的压力。比如，往年拜年，大家道一声“恭喜发财”，那是很平常的，但现在是大忌，如果有人不小心说了一句“恭喜发财”的话被什么“头头”或是“积极分子”听见了，轻则当场挨骂，重则大会挨批。“发财”是资本主义的残余思想，在那“灭资兴无”的年代里，谁敢想发财呀，谁发财谁倒霉，越穷越革命，谁穷谁光荣。

杨世达有一个远房叔叔在杨河村，他在家里偷偷地养了一头母猪，靠卖仔猪赚得几十块钱。后来被生产队长知道了，生产队长向大队打了报告，大队又向公社打报告，公社来了几个人，说是来替他割资本主义尾巴的。生产队长把他叫去，公社来的人开始对他一顿严厉的训斥，后来又强行要他交出那些卖仔猪的“非法所得”，同时还要他将母猪送到生产队养猪场去公养。

生了孩子后，人多了，杨世达的住房就显得小了，特别是厨房，简直太逼仄，一个大锅台几乎占去了三分之二的空间，两个人在里面就难打转身，加上现在又有小孩进进出出，显得更拥挤了。再者，这厨房是和猪栏在一起，中间又没墙，只用些木棍棒隔开，冬天还要好一点，一到夏天，那猪栏的臭气叫人实在受不了！屋子里又潮湿又黑暗，小孩子总是摔得鼻青脸肿,哭哭啼啼。

住的房间也不行。地是泥地,房间里又湿又暗,与猪栏也只一板之隔,猪的嚎叫、鸡的啼鸣,加上苍蝇蚊子的吵闹,房间里就像一个嘈杂肮脏的垃圾场。后来他自己在房间里铺了地板,睡的地方似乎比原来要好点,可那些猪、鸡还有那令人讨厌的苍蝇蚊子的吵闹,却无法驱散。在这样恶劣的环境里长久生活,对小孩子的成长发育也不利。

春节后,杨世达与余春敏商量,想做一幢小小的房子安身,一家人图个自在。他们决定向生产队申请砍树筹建房屋。他们还商定这事由余春敏的继父去操办。

余春敏七岁时就死了父亲,她是祖母一手带大的。她的继父叫余良坤,是一个极为古板地地道道的老实农民,虽说只有五十多岁,却显得有点苍老。

杨世达建房砍树的申请,生产队、大队批准了。他请了几个人费了几天工夫,砍了一大堆松树、杂树,堆在自家大门口。

现在最大的问题是宅基地。一些本村土生土长的社员做房子,要是自家没有宅基地,要求生产队解决都很难,何况杨世达还是个外来户,要想在这里搞到一块地基做房子谈何容易。

去年本村一个外来户想做房子,为宅基地一事面条都吃了一大箩,结果还是没能解决。本地的风俗是,想批宅基地要请全村人吃面。在一个寒冷的晚上,那户人家又叫拢了全村社员,一家一个。以往他从来也没叫过杨世达,因为他也不是本地人,在处理宅基地这件事上他是没有发言权的。不知为什么这次杨世达也被叫了去。那些先到的人们围着桌子喝茶、抽烟、吃花生、聊天,反正是免费的,大家乐得边吃边聊。东家又来分发筷子,几个妇女用大锅盖托着一碗碗面条送来了,每个人的脸上都露出满足的笑容。

面条吃完了,花生也吃了,烟盒已经空了,这天还没聊完。这时候东家又来挨个儿敬烟,整个屋里走了个团团转,最后东家站在屋子中间,笑容满面地对大家又重复了一遍请求解决宅基地的事。接下来便是生产队余队长讲话，他叫大家发表意见。但接下来整个屋子里似乎连空气都凝固了，一点声音也没有，只有剥花生、咀嚼花生的声响。大家都不吭声，屋里静悄悄的。

半个多小时过去了，还是没人说一句话。屋子里灯光昏暗，烟雾弥漫。余队长说话了："看来大家都不说，今天这地基又无法解决，我看大家还是回去好好地考虑一下吧。天气冷，夜已深，明天大家还要劳动，我看今晚上就算了，以后有机会再来议。散会。"

听队长这么一说，东家又冷了半截。他走到队长面前摊开双手带着无奈的笑容说："队长啊，你也要体谅体谅我的难处啊。到今天已经吃了八次面了！还不成，到底还要我请几次呀？"

"我哪晓得还要搞几次呀。大家都不说话，我又有什么办法。这个事又不能我一个人说了算。"余队长不耐烦地说。

在场的社员都站在屋里，手里提着烘炉准备回家，有几个性急的早已到了大门口。

这时从一个很暗的角落里传来一个很大的声音："请等等，我耽误一点大家的时间。东家刚才说为了批宅基地请大家吃了八次面都没结果，难道大家不是来解决问题的？前几次我没来，我知道我也是个外来户，我要建房，宅基地同样也要请大家来帮忙解决。"只见杨世达从角落里站起来，继续说道，"今天，是东家请我来的。我来了就要说话。现在我问大家几个问题：你们对于这户人家在曲庄建房是同意还是反对？同意的有多少？反对的有多少？我们通过举手表决，来个少数服从多数。"

大家都说："住在一方，打在一方，怎么不同意呢？要是不同意我们也不会坐到一块来呀，难道真个是为吃一碗面条来的？"

杨世达从暗处走到光处来了，他接着又说："好！大家既然同意这外来户在曲庄建房，请问这房子是建在地上还是吊在半空中？是建在地上就要建在宅基地上，总不能叫他一家建到山坡上去吧？"

“当然是建在宅基地上,哪有叫他一家在山坡上建房的道理?”大家都纷纷说。

“大家都同意他在曲庄村建房,又同意给他宅基地,那为什么三番五次都解决不好呢?请大家说说问题出在哪里?阻力又在何方?俗话说:‘千里不带柴，万里不带水。’总不能叫他从老家带块地到这里来建房啊!”

大家又重新坐下来,东家又是赔着笑脸一个一个地敬烟。

屋里寂静无声,场面又一度冷落下来。

杨世达又开口说话了。他大声说:“我认为建房户先要把自己的菜园、自留地拿出来让那些提供宅基地的人挑选,首先东家要有个主见,把具体的地方讲出来,这样大家讨论也有个目标。”

经过一段时间的沉默之后,东家说出了自己的打算。

原来这户人家老早就相中了村中的一块空地,地上长满了一尺多高的野草。这块地是生产队余队长家里的,他早就听说这户外来户想在他这块地上建房,由于这外来户的成分不大好,一直没敢开这个口。余队长是生产队的一把手,他在曲庄村拥有绝对权力,他不开口,所以每次讨论宅基地的事都无果而终。

杨世达力主解决问题,他要东家将自己的自留地、菜园拿出来,由对方挑选,并在面积上适当放宽一点。最后余队长终于勉强答应了。

为这家外来户解决宅基地后，杨世达对他自己的宅基地担心起来。他的宅基地能解决吗?他曾试探过几次,找了好多人,也找了好多地方,都没结果。事情就这样搁置下来了。

曲庄村的人都在回避一个现实,大家都惹不起这个余队长。

上海“一月革命”的风暴很快蔓延到农村了。

云岗区被“造反派”夺了权,区委一班人靠边站了。

东方红人民公社被“造反派”夺了权,公社领导一班人靠边站了。

各大队的权力也被“造反派”夺了,大队一班人都回了家。

这时候的杨世达却特别的清闲自在。人们都在闹革命、夺权,他是一个农村的普通木工,在这大闹革命的时候,农村木工除了替生产队修农具外,社员私人家里是不会有人请师傅做工的。

“不革命就是反革命! 中间派是没有出路的!”

因为杨世达家庭出身是下中农,但因为他外婆家是地主成分,他妈妈陈艳是地主子女,他是地主子女生的,所以也是地主子女。由于他的复杂关系,那些“造反派”们也不敢对他随便干预,只是不许他参加闹革命。他阿爸也离开了伴随他一辈子的三尺讲台,被下放到生产队一边劳动,一边接受贫下中农的“再教育”。

整日待在家里无所事事,生活显得枯燥乏味,杨世达学会了钓石鸡。石鸡是栖息在山上的蛤蟆。这一带的石鸡多,大的一只有半斤来重,而且味道鲜美,营养价值很高。他几乎每天都要去钓些石鸡来改善家里的生活,一次可以钓到好几斤。这年月肉蛋紧缺,多吃些石鸡补充点蛋白质,对大人小孩的身体都有好处。

反正无事可做,杨世达就叫了几个同行来帮他做房子。他考虑房子迟早是要做的,虽说地基还未落实,但趁着空闲将房子的框架做好,等以后落实了地基就树起来,要省许多事。他请了三个人来帮忙,他自已也忙碌起来。

下午,曲庄村来了一支二三十人组成的造反队伍。他们打着红旗,敲锣打鼓,一路高呼革命口号来到村东边的晒谷场上。他们找到余队长向他交代了今天的任务。造反派司令吴吉保站在场地中央大声地对手下的造反派说:“今天我们来的目的,是查封狗地主的外孙杨世达的房屋木料。大家去将那些木头全部集中封存起来,决不能让这种人有好日子过! ”

经余队长的动员,社员们也陆续来了。杨世达正在搬动一根大的木头,吴吉保走过去狠狠一脚将那根木头踩下去。杨世达怒目圆睁,一言不发地盯视他。只听到吴吉保大声地说:“杨世达,你倒想得美呀,你还想过什么好日子,没门!”

“吴吉保,你的嘴放干净一点好不好!在共产党的领导下我就是要过上好日子。你说我想过好日子没门?你这话什么意思?”杨世达也顾不了许多,双目怒视着吴吉保。

吴吉保是县城下放到先锋大队里的一个城镇居民。下放前他是城里的一个无业游民,家里穷得叮当响,只念了几年小学,自己又没什么本事,文化程度又低,重活、累活、肮脏活不愿干,技术活又干不了。为了糊口,他在县城一家煤球场送煤球,可他嫌累又怕脏,三天打鱼,两天晒网,一个月下来只能填饱自己的肚子。好在他是光棍一个,四十多岁还打着单身。不过他也有他的长处,那就是善于投机钻营,吹牛拍马。

面对杨世达的责问,吴吉保一时答不上话来。为了给自己壮胆助威,他命令造反派队伍大声高呼革命口号。

杨世达毫无惧色,他进一步追问道:“吴司令,请问你,无产阶级革命的最终目的是什么?”

“无产阶级革命的最终目的是实现共产主义!”吴吉保机械地答道。

“什么是共产主义?”杨世达又问。

“共产主义社会没有人剥削人,没有人压迫人;大家各尽所能,按需分配。”吴吉保洋洋得意,对答如流。

“那好,请问那时候还有过不上好日子的人吗?”杨世达慢慢地问道。

“没有。”吴吉保轻松地回答。

“你这个大司令刚才说的话全是出尔反尔!”杨世达严肃地对吴吉保说。

“我讲错了什么?我就是讲错了也轮不到你这个狗地主的外孙来说话呀。”吴吉保不屑一顾地说。

“我还要问你,刚才你不是说我永远也别想好日子过。请你这位大司令将这句话给我解释清楚!”

“……”吴吉保站在那里呆若木鸡,半天都说不出话来。

那些搬木头的造反派也不搬了,他们都站在那里看吴司令与杨世达二人的唇枪舌战。

“说呀,大司令!为什么不说呀?不知道怎么说是吧?那么我来说吧。按照你的逻辑,我永远是一个过着苦难生活的人,只要有过着苦难生活的人,共产主义就永远不能实现,是这样吗?”杨世达一字一句地对吴吉保说。

“不是。”吴吉保像是泄了气的皮球一样,低声而又无奈地说。

“不是,又是什么?你这大司令总得讲出点理由来说服人啊。连你这大司令都不讲理,那老百姓又怎么知道这世界上还有没有理?这世界上还要不要理?”杨世达还是咬住不放,紧追不舍。

吴吉保恼羞成怒,恶狠狠地宣布:“把杨世达的所有木料全部没收归公,把这些木料搬走!”

造反派们听吴吉保这么一说,都站起来准备去搬木头。这时杨世达大吼一声:“慢着!”

只见杨世达快步走到吴吉保的面前,用手指着他的鼻子尖说:“我是贫下中农,你凭什么没收我的财产?请问,你到底是造谁的反?革谁的命?”

“这木头是从我们山上砍的,我们不同意你做房子。就是大队不没收,我们生产队也要没收!”余队长终于按捺不住,跳出来帮吴吉保。

“好,这些木头是曲庄村山上砍的,但是我已经过本村全体社员签字同意,并经过大队审批的,现在你又提出来要没收这些木头,这到底是为什么?”杨世达问余队长。

余春敏的继父也来了。他问明了情况以后,大声地对这些人说:“这些木头是我到一家一户签字盖章同意砍的,后又经大队审批了的,并盖了大队的公章,是合法的。现在要没收这些木头也得经过全体社员大会决定,不能由队长一个人说了算。我看这些木头不会飞走,晚上召开社员大会,由大家来决定没收不没收。”

听了余大伯这一段话后，吴司令、余队长像是抓住了一根救命稻草，他俩异口同声地说：“好吧，让社员大会来决定。”

吴司令招呼他的队伍呼着口号走了。

曲庄村的社员们也渐渐地散开走了。

第二天，杨世达家里三个木工照样在做工，那些木头一根也没搬走。杨世达的房子照样做。

昨晚上的社员大会根本就没几个人到会，不管余队长怎么叫开会，社员们就是不肯参加，因为大家都明白这是怎么回事。社员大会没开成，余队长显得十分狼狈，这事也就不了了之。

盖房的事一直拖了几年，杨世达的宅基地终于解决了。他觉得不能再拖下去了，就找来师傅，叫了几个帮工，花了十几天，把房子盖起来了。

按照习俗，上梁是盖房的一个重要而隆重的程序。杨世达备了酒席、放了鞭炮，师傅和帮工在梁上给大家扔了包子。

房子终于盖好了，尽管还显得简陋：新屋后面是土砖墙，房间之间的隔板是些杂木板拼起来的，围墙的竹篱笆是余春敏上山砍竹子自己编的。

搬进新房住的第一个晚上，杨世达和余春敏躺在床上，看着崭新的房间，闻着木板的芳香，心醉了。虽说造反派和余队长再三刁难，地基批得小，木头后来不让他再砍，房子做得比计划要少两间，但这好歹是自己的房啊，有自己的房，家才像个家。

没过几天安生日子

1

“怎么还不回来呀？四十多天啦！”余春敏从厨房里出来，挪动着沉重的脚步，用手抚摸着自己的肚子，身体有点向后仰，慢慢地向大门口走去。

明杰、明阳兄弟俩正在大门口的小方桌上吃早饭，看见妈妈来了，明杰放下手中的筷子走到妈妈的身边，牵着妈妈慢慢地走近小方桌。明阳端来凳子让妈妈坐下，明杰给妈妈盛来一碗粥，并拿来一双筷子，余春敏这才慢慢地吃着早饭。她一边吃饭一边对明杰说："杰儿，吃了饭快去叫你外婆过来，我支撑不下去了。"

"爹爹怎么还不回来呀？"明杰问妈妈。

"你爹爹出差已经四十多天啦，早就应该回来了。要是你爹在家就好了。"余春敏伤感地说。

杨世达离家四十多天了，余春敏带着两个不很懂事的孩子在家，特别是现在她又快要生了，她多么想杨世达在自己的身边。前两胎分娩的时候是如此，现在又是这样，杨世达为什么偏偏在这个时候出门？而且一去就是三四十天，时间也太长了，而且去办的事又不是他分内的事。他是一个普通职工，一个普通老百姓，又不是什么党员，也不是什么干部，可上面总是要他去干一些与自己身份不相干的事，真叫人难以理解，无法接受。可是，在那年头又有谁能把握住自己的命运？

命运啊，为何每个人都要受命运的折磨？为何每个人都要受命运的捉弄？

余春敏坐在大门口的小方桌边，紧锁双眉，满脸悲伤。她想睡一会儿，她实在是太辛苦了。一个多月来那些无头无脑的繁重家务忙得她透不过气来，有时候不得已也叫明杰来帮帮忙，可孩子毕竟还小，也干不了什么事，那也是不得已而为之呀。有些重大的事还是妈妈过来帮忙，可老人也有她自己的家呀，他们也要吃饭呀，一天两天不要紧，日子长了就难办了。再者老人一个人要做两家的家务事也实在不易。

唉，日子总还得一天一天地过呀。

"到床上去睡吧。"明杰拉着他的外婆来了。老人将余春敏扶起来，她们朝屋内走去。

“他本来早就该回来了,四十多天啦。”余春敏躺在床上自言自语地说。她多么希望杨世达在自己的身边,肚子现在又隐隐作痛,凭经验她知道又要分娩了。

“要是他回来了多好啊。唉,命苦啊!”余春敏眼含泪水念叨着。

县里搞撤区并社,杨世达原来的东方红公社现在并到云岗公社了,杨世达也就到云岗手工业社来了。这天,手工业社的小会议室里正在召开一个会议,由公社武装部程部长主持,参加人员有云岗手工业社周主任、胡会计、杨世达、曹保管。杨世达和曹保管跑了四十多天,外调王恒清的历史问题,今天应该作出正式结论。

会议已进行了三个多小时,他们听了杨世达和曹保管两人的汇报后,分析了前几次外调得来的材料,经过多方证明:关于王恒清与国民党芦山区党部的事纯属无中生有,是有人故意陷害打击一个普通群众。

王恒清在新中国成立前后都做石匠,抗日战争时期贩运棉花是为了生活。他是一个手艺人,在旧社会属于最底层的人,是受压迫、受剥削的人,能会是国民党区党部的官员吗?要回答这些问题,需要证据。杨世达他们这次查找到的最直接证据,是国民党芦山区党部的原始档案上面并没有王恒清的名字。

程部长用火柴点燃了一支香烟,深深地吸了一口,然后吐出一口白色的烟雾。

“我看这次外调得来的材料,很能说明问题。王恒清的历史反革命完全可以排除。现在应该给他作一个正确的结论,还他以清白,这是我们的责任。一年多来的批斗、游街、打骂、关押,他的精神、肉体都受到了严重的打击和伤害。我们要向全体职工宣布:解放王恒清同志,恢复他的合法权利。大家看看还有什么意见?”周主任作了决定性的发言。

“大家的意见基本上统一了。我们也应该实事求是地给王恒清的历史问题作一个正确的结论。由云岗手工业社根据今天的会议精神,对王恒清的历史问题的结论写出书面报告，报公社党委审批。”程部长在会上作了总结。王恒清的案子到此算是画上了一个圆满的句号。

杨世达匆匆回到离开了四十多天的家。家里又是一派繁忙的景象。余春敏又要生小孩了。

由于是第三胎，一切都非常顺利。下午四点多钟从房内传出婴儿的啼哭声。杨世达夫妇又添了一个胖小子。在场的人们都松了一口气。

杨世达忙得无所适从。他连忙拿出这次出差从外地带回来的香烟，放在桌子上让人们随便抽取。他一会儿跑到床前听着余春敏的吩咐，一会儿招呼明杰、明阳两个小孩子不要乱跑。他心花怒放，已是三个小男孩的爸爸了，他有点手足无措，不知道忙什么好。

杨世达在家里着实忙碌了好几天。他这次出差四十多天，终于在孩子出生前赶到了家。他想，这或许是上苍的有意安排，他忙了四十多天挽救了一个人的命运，自己得到了增添一个儿子的回报。这样一想，他心里感到一阵欣慰。好了，现在总算忙过去了，可以在附近做些零工来维持生活，早晚也可以在家里照顾一下孩子和妻子。

自己的家，多么温馨啊！

2

这样的日子还没过上几天，杨世达又接到一个新的任务，打破了他的好梦。

这几天，杨世达在家里整修那些生了锈的工具，又到附近的社员家里去做了几天户工。那些人家都非常穷，今年做的工也不知道要到猴年马月才能收得到工钱。杨世达却不管这么多，他认为越是困难的人越需要帮助。他坚信“穷无种，富无根”，人不会永远地穷的。

杨世达在外做户工难收到工钱，他想在厂里做些产品，挣些现金。他手中没什么现金，他拿的是固定工资，工资低，加上长期出差在外，开支大，超支了一些钱。大儿子明杰念书经常要钱买本子、买铅笔之类的用品，有时候实在拿不出钱来，余春敏只好拿几个鸡蛋到店里去换铅笔和作业本。他们一家人的生活越来越艰难了。

这天是云岗手工业社一月一次的例会，所有职工都要参加。

散会后职工都回去了。周主任又把杨世达叫到他的办公室开门见山地说："东港爱民水库马上要动工兴建，整个东港林场几乎都要搬迁。为了搞好移民搬迁工作，各机关单位都要抽调一至两名干部去移民领导小组工作，由公社程部长负责。程部长直接点名要你到移民领导小组去工作。你回去好好准备一下，后天到公社民工团报到。"

杨世达回到家里，把自己又要离开家的事告诉了余春敏。在那史无前例的年代里，人们都不敢有什么私心杂念，不敢与领导对抗。只要是革命需要，你就没有选择的余地。"理解的要执行，不理解的在执行中加强理解"，这就是当时的道理。余春敏也没了主意，她叹了一口气，忧伤地说："我们能有什么办法，像我们这样的手艺人家，还不是让人牵着鼻子转。唉，我们无能啊！"

这一夜他们没有睡好，在床上翻来覆去，只知道一声声地叹气，想不出什么办法来。

东港爱民水库在 1971 年秋收后开工了。

这个工程在当时是全县最大的水利工程，几乎集中了全县的农业劳动力。随着水库大坝工程的开始，大规模的移民搬迁工作也在有条不紊地进行。

杨世达他们移民领导小组的工作人员这段时间是非常忙的。他们要对所有的移民逐家逐户进行登记，特别是房屋要分户建立档案，房屋规模、新旧程度、装修状况、厨房畜舍、土墙石墙、木板壁等等，东西南北方位都要详细记录清楚，不能有半点马虎。同时还要对每户的房屋作出符合当时物价的估价。

经公社研究决定,一些原来经过审批砍伐的木料凭原来的审批手续办理出口外运,随同户主的原旧屋料一同运到指定的移民点,在重建时不再供给木材,如后来确实少了,经核实再补足。关于老人的寿料问题也做出了统一规定:凡六十岁以上的老人经审定确无寿料的,每人给一副寿料木材,但要凭审批手续办理外运出口。

这么繁重的任务对于仅有五人的移民领导小组来讲,无论如何也难在最短的时间内办完一千多户、五六千人移民登记的事。后来经过公社党委同意,他们吸收当地基层干部和社员组成五个小组,每组由一名移民领导小组成员担任组长,这样原来五个人干的事,现在是二十五个人来干,他们的工作进度快多了。第一阶段的登记摸底工作很快就结束了。

移民领导小组第一阶段工作结束以后,紧接着就是大规模的拆迁。这要投入大量的人力、财力、物力,这个任务光靠云岗一个公社来做是难以完成的。程部长将移民工作进展情况向张部长作了汇报,张部长召开了各民工团负责人开会,对大规模的移民搬迁工作做了周密的部署,对拆屋、搬运、重建,全县十几个公社都分了工,云岗公社负责搞重建。这样一来,将任务分解到十几个公社,进度就快多了。杨世达他们五个人被分散在各个移民点上来回工作。他们每个星期在公社民工团碰一次头,互相通报情况,汇报进度,处理问题。

移民领导小组的拆迁工作已经结束,杨世达这个应急队员又该归原队了。他又回到了他的木工车间,他又干起了他的本行——木工。

没想到的是,这木工也没干几天。

云岗手工业社的生产一直徘徊不前,产值连年下降,产品滞销,原料短缺。头头们只知道天天闹革命,天天抓阶级斗争。职工们都放下手中的工具,被安排上街游行,喊革命口号。生产无人管,财务无人抓,车间静悄悄,整个厂区一派混乱现象。原来手工业社在银行有十几万元的存款,现在不但没有存款,反而还欠上了几万元的债。

手工业社由周主任主持全面工作,他是手工业系统中的元老。看到往日红火的手工业社如今成了这样一副烂摊子,他心痛极了。他想着手整顿。

周主任召开了党支部扩大会议,让党员、干部都动员起来。接着又召开了全社领导干部会议,着重讨论了如何尽快地把生产搞上去,迅速改变当前的贫困面貌,叫大家出谋献策,并要求大家深入到群众中去听取广大职工的意见。

几天以后,周主任又召开了一次碰头会。在会上听取了大家从职工中收集来的各种意见。紧接着就召开全体职工大会。在会上经过大家的反复讨论,大家一致认为当前的建筑行业是比较吃香的行业。会上决定抽调精干力量组建云岗建筑工程队。这样就成了“一社两队”,一社就是云岗手工业社,两队就是农业队和建筑工程队。原云岗手工业社十四名石工全部转入建工队,后又经严格筛选,十二名木工也转入建工队。建工队队长由云岗手工业社胡会计担任。杨世达也被选入建工队,他不是单纯做木工,同时还要负责建工队里的工程预算、结算、报账等工作。

公社的决定下来了。在杨世达的名字后面还注明:不脱产,误工记工补贴。当周主任在全体职工大会上宣布公社决定后,杨世达向周主任提出,他不愿意再搞什么“不脱产、误工记工补贴”的工作,他想一心一意做一名木工,他不想再去当那样的“应急队员”了。周主任说:“这是公社党委决定的,我个人不好更改,你还是先做着吧。”

木工又做不成了,杨世达实在有些想不通,他很不理解,想做点实在的手艺活为什么这么难。十几年前,他从一个县办农场调到云岗区,由于他不愿意开车,区里就安排他到大队去当会计。后来在一次全区三级干部会上因实事求是报粮食库存而引起上面反感。他想,当一个基层干部不容易,当好一个实事求是的基层干部就更难了。说真话,办实事反而还招惹麻烦。他明白,像他这样不识时务又不看上级的脸色办事的人,要想端稳这个铁饭碗是万万不可能的。那年代谁会吹牛拍马屁,谁就会红得发紫。杨世达不谙此道,他干不下去了,只好辞职回家。他选择去学木工,指望靠手艺赚钱养家糊口，没几年就来了“文化大革命”。后来撤区并社，他被调到公社林业产品加工厂作木工，不到半年，他又被调到云岗手工业社，公社武装部程部长又点名要他去办王恒清的专案。移民工作开始了，又被调去搞移民工作。在移民领导小组他不分日夜地工作，连到大坝工地上去看一下年老的阿爸都非常难。

十几年来，杨世达就是这样被拨来调去。他知道这样对他不好，可他认为上面叫他去干的总是正事，人干点正事，总不会有错吧？他在这样的思想指导下，当了十几年的“应急队员”。可就在这样的不知不觉中，他美好的青春年华慢慢地流逝了。他初来云岗时是一个二十出头的年轻小伙子，如今一晃，他已步入不惑之年了。

第三章

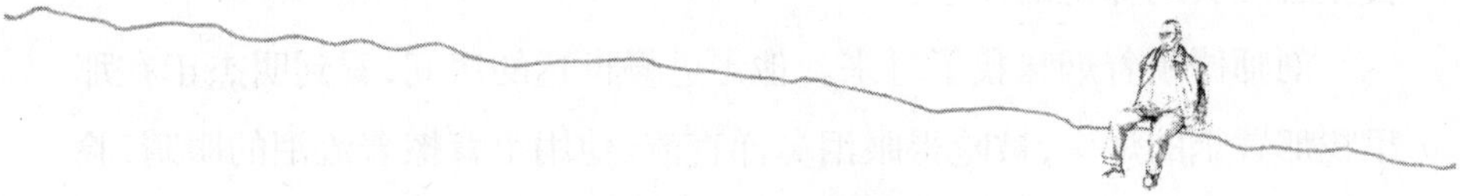

儿子们的饭钱柴钱衣钱

1

杨世达入住新居以后又生了一个儿子。他在云岗工作，余春敏一个人在家里照顾四个小孩，实在不易，他就把大儿子明杰带到云岗中心小学来念书。由于家庭负担重交不起柴钱，他就带着儿子在云岗手工业社食堂里吃饭。那时只有一两个人的孩子在那里吃饭，人们不太注意。后来慢慢的有五六个在云岗念书的职工子女也来食堂吃饭，问题就出来了。炊事员提出来要加工资，因为吃饭的人增加了，他的工作量也加重了；食堂管理员提出要照学校的标准收取搭膳费。而职工对这两种意见都反对，因为大家觉得收取搭膳费职工得不到什么好处，这些钱还不是让那些干部们吃了喝了；增加炊事员的工资也不好，因为大家也没涨工资，这个头一开就难收场。于是，学生在云岗手工业社搭伙食吃饭的事就成了问题。

一个寒冷的冬天早晨，由于云岗手工业社不肯让杨明杰等几个孩子在食堂里吃饭，而且连洗脸水都不让打。小明杰只好用小提桶从十几米深的井里提了半桶水上来。他清楚地知道，食堂里连洗脸水都不让打，吃饭就更别想了。他没办法。爸爸的房里有米,是从家里带来的。他从床底下把火盆拉了出来,用废纸引着了家里带来烤火的火煤。他把刷牙用的搪瓷缸拿来,抓了几把米放在里面用水洗了洗,然后加上水放在火盆上焖饭。他坐在木椅子上,一边看书,一边烤火。火慢慢旺起来,火盆里原来没烧完的柴头、树枝,现在烧着了,呛人的煤烟慢慢地扩散出来,引起了食堂管理员刘师傅的注意。

刘师傅顺着烟味找了过来。他走进杨世达的房间,看到明杰正在那里找那冒烟的烟头,被呛得眼泪鼻涕直流。他用手背擦着流泪的眼睛,脸上还留下几点黑色的泪痕。刘师傅走到他身边,他才抬起头来叫了一声:“刘师傅。”

刘师傅瞪着一双大眼,大声地吼道:“小鬼,你在搞什么!”

“我在焖饭吃啊。”

“喂!我问你,是你吃饭要紧还是大家的安全要紧?”刘师傅不容分说,用脚将火盆中的搪瓷缸一踢,缸里的米和水全打翻在火盆里,顿时,火盆里冲起一股水烟气,搪瓷缸里面还没完全熟透的饭全撒了。

杨明杰哭了。

刘师傅走了以后,杨明杰望着那些冒着烟还没有完全焖熟的白米饭,哭得更伤心了。

早饭吃不成了。杨明杰找了几块砖头将火盆的火熄灭了,背上书包,饿着肚子向学校走去。

第一节是语文课。老师叫方吉忠,也是班主任。在快要下课时,他发现杨明杰今天上课时思想不集中,烦躁不安,脸上有些苍白,嘴唇有些发青,腮帮上好像还有泪痕。

下课了。方老师走到杨明杰的身边,用手牵着明杰的一只小手,顿时觉得有点惊讶:这孩子今天是怎么啦?两手冰凉!他把明杰带到自己的办公室,细细地询问。杨明杰只知道一个劲地哭。方老师知道他一定受了很大的委屈,当他知道他还没吃早饭时,方老师拉开了抽屉,从里面拿出两个馒头,倒了一杯开水,叫杨明杰吃了。后来杨明杰就把今天早晨发生的事从头到尾对方老师说了。方老师听了后深深地叹了一口气,他自言自语地说:“唉,念书难呐,没钱念书更难。”

中午,方老师留杨明杰在学校吃饭,杨明杰不肯,他用米在供销社饮食店换了几个馒头当午饭。下午上完了最后一节课,他向方老师请了假,他要回家去把今天早晨发生的事告诉他的妈妈余春敏。

已是万家灯火的时候。余春敏早已招呼孩子们吃过晚饭,由于天气寒冷,她让三个孩子都到床上去睡觉,她一个人在灶下收拾碗筷,喂猪吃食。这时门外传来几声喊叫:“妈!妈……”她听出来是明杰的声音。她知道今天是星期五,他不是星期六才会跟他爹一同回来吗?只见明杰背着一个用旧衣服改做的书包快步向她扑了过来,只叫了一声:“妈……”就泣不成声了。她掏出手帕先替儿子擦泪水,后替自己擦眼泪。她轻声地问明杰:“杰儿,学校出什么事啦?怎么这么晚还回来呀?”

“妈……呜……”明杰心中充满了委屈,还没开口又大声地哭了起来。

“别哭啦,到底发生了什么事?快讲给我听听,好吗?”余春敏又一次替儿子擦泪水。

杨明杰一边哭,一边断断续续地向妈妈讲述着今天早晨的事。

余春敏听完儿子的诉说之后,也默默地掉眼泪。穷人难啊!她知道他们今后的路更艰难,更困苦,可有什么办法呢?他们别无选择。

余春敏安慰了一番儿子后,自己也擦干了泪水,转身又到厨房将饭菜重新热了热端到房里来,叫明杰慢慢地吃。这孩子今天的确饿了。她的心碎了。

明杰吃饭的时候,睡在床上的孩子们也醒了。他们听不懂妈妈和大哥的对话,可是从妈妈和大哥脸上的泪水可以知道大哥受了很大的委屈,不然大哥是不会哭的。

余春敏看到几个孩子都醒了,就叫他们披起衣服来坐在被窝里。她说："孩子啊，你们的爹爹是个普通的手艺人，我们家是一个普通的百姓家，没什么能力来为你们做点什么，你们将来都只有靠自己的努力来谋求出路。你们从小就要用心去读书，学本领，我们只有用自己的真才实学在社会上求得一席之地，才可生存立命。至于拉关系、走后门之类的事，对我们这样一个普通百姓家来说是没门的。你们只有努力念书，奋发向上才是你们将来的谋生之道。除此之外我们别无选择。"

余春敏又对明杰说道："刘师傅那样做，我们也不能全怪他。你还是个小孩，你爹又不在跟前，万一不小心引起火来怎么办？我们不要去记恨人家，他只是过分了一点。事情已经过去了，过去的事就让它过去吧。你们只有抛开一切烦恼，静下心来读书，才是你们的正经事。将来你们一定要有所作为才能过上好日子，让你们的下一代不再为念书交不起柴钱而挨饿受欺，我和你爹也就心满意足了。"

第二天是星期六。晚上杨世达从工地上回来了，明杰将头天早晨发生的事全告诉了他。杨世达听后只是一个劲地叹气。他心里感到很内疚和自责，他认为自己太没能耐，儿子在学校念书，自己连一个月三块钱的柴钱都交不起，弄得儿子受欺，自己受气，他感到自己没尽到一个做父亲的责任，他对不起自己的孩子。他把明杰抱在手里深沉地对他说："好孩子，你无论如何也要努力念书啊，像我们这样的人家只有念好书才会有出路。"

杨世达的眼泪几乎要掉下来。

星期天杨世达又将明杰带到云岗去了。他在学校安排好明杰吃饭的事后又上工地去了。

杨明杰小学毕业后顺利地进入云岗中学念书。明阳下半年也要到云岗中心小学来念书，他是小学四年级的学生。明山在村小里念二年级。三个孩子上学，在那时学校收费虽不多，可是开学时三个孩子的报名费和日常开销要花掉杨世达近一个月的工资。好在柴钱按学校规定可以分两次交付，要不然杨世达一个月的工资还不够三个孩子开学的费用。

杨世达家的生活越来越紧张了。

明阳入学后，余春敏照样要到生产队里去参加集体劳动。每天虽说只有三四分工分，按当时的价值一天也只能挣两三角钱，一年到头也只有那么几十块钱，虽说起不了大作用，但你得去挣呀，要不年终分红时，你就会短些口粮钱。

曹保管由于工作需要，经公社决定调到云岗手工业社所属的农业队去了，这个保管员的位子暂时空缺，公社一时又找不到合适的人选。新调来云岗手工业社兼职的尹书记，原来是云岗区委主管文教卫生的区委副书记，周主任还是当他的主任，尹书记兼党支部书记。

新来的尹书记与周主任商量保管员人选的事。他们议来议去，最后还是想到了杨世达。他们都认为杨世达可以胜任这个工作，可他是一名普通职工，而保管员是一个干部编制。杨世达从一个普通职工一下子提升为一个手工业社的管理干部，公社人事部门不可能通得过。后来尹书记与公社主管人事的党委副书记商量了一下，决定暂时让杨世达"以工代干"去接任云岗手工业社的保管员。由于他是普通职工，这次工作变动公社没有下达书面调令，而是公社党委与尹书记、周主任沟通了一下就成了。

杨世达又一次收起了自己的工具，他不知道这是第几次，但希望这是最后一次。他始终弄不懂，上级对他为什么这样反反复复提起放下、放下又提起，这到底是为了什么？除了老天，可能没有人说得清楚。

2

日子在紧张拮据中一天天挨过去，为了几个孩子上学的各种费用，杨世达一家勒紧裤带，左借右欠，总算没让孩子们辍学。

"四人帮"被打倒了，"文化大革命"结束了，全国又恢复了高考。刚好杨明杰高中毕业,参加了 1978 年的升学考试。那时中学只要读四年,上学时间缩短了三分之一。

杨明杰的录取通知书来了,他被本地区一所师范学校录取,而且就在本县的分校就读,学制也只有两年。

杨明杰考上了师范,全家高兴得不得了。开学前,杨世达在家里办了三桌酒席,主要是酬谢中小学老师,还有当地的有关领导。家里很穷,没钱大办酒席,但再穷,酒席还是要办的,这是这里的风俗。杨明杰不仅是杨家第一个师范生,还是村里第一个中专生,很荣耀的事。穷有穷的办法。杨世达听说老家白云一带的泥鳅、石鸡便宜,一块钱可以买到三四斤泥鳅、两三斤石鸡,心里顿时有了主意。

当时正是盛夏季节,骄阳似火。这天,天还没亮,杨世达就骑自行车到白云老家去了。他很快就买了泥鳅和石鸡。第二天天还没亮,他又骑自行车回到了曲庄。

请酒那天,杨世达家宴上的主打菜就是泥鳅和石鸡。他还用平时积累下来的一点点肉票买了几斤肉。可是后来却出乎他的意料之外,那些既要票面又要人面才能买到的计划物资猪肉,客人们却很少下筷,而那些不值钱的泥鳅、石鸡竟一扫而光。他也不知道客人们是体谅他家里穷,不吃他家的猪肉,还是这些不值钱的泥鳅、石鸡更适合大家的口味。他计较不了那么多,酒席办过了,客人也高兴,完成了一件大事,他心里踏实了。

开学的日子到了。这天,杨世达带着杨明杰来到县城的学校,一个上午就办完了各种手续。下午没有事,杨世达就带着明杰到老同学李青梅家里去了。这么多年没见面,不知道她的情况,他想见见她。

一见到李青梅,杨世达十分诧异:昔日青春活泼的李青梅不见了,青春在她身上已是荡然无存。她只有四十出头的年纪,正处在人生的壮年时期,然而现在的她头发已经花白,眼角上有了很深的鱼尾纹,水晶般的大眼睛也失去了往日的光彩。最让人吃惊的是她瘦得厉害,几乎只剩下一副骨头架子。她看上去很虚弱,脸色灰暗,似乎是大病了一场。她还在新华书店工作,但现在很少上班。她身边有一个比明杰大两岁的女孩,高中毕业,没考上大学,现在一个机关里搞收发文件的工作。李青梅见老同学今天突然来访真是又惊又喜,见杨世达带着一个青年男孩,她已明白了八九分。她非常热情地招呼着杨世达父子。

“达子哥!”她还是那样称呼他。她指着明杰问道:“这是你的儿子?”

“是的。”杨世达一边喝茶,一边回答。接着又问她:“青梅,小英子呢?”

“到她外婆那里去了。”李青梅有气无力地说,接着又问,“达子哥,你儿子在哪个学校念书啊?”

“在师范学校念书,今年录取的。这次我是送他来上学的。”杨世达慢慢说道。

“哦,好啊,将来又是一位教师。这是我们父母的职业呀。我师范毕业后,没有去教书。现在我父亲退休了,我家里又没人去顶编,好可惜啊。”李青梅开始比较高兴,现在又有些伤感。她又问明杰:“孩子,你叫什么名字呀?”

“阿姨,我叫杨明杰。”杨明杰高兴地答道。

“好啦,你爸爸明天要回去,今后你有什么事就到这里来找我好了。星期六星期天,学校不上课,你到这里来玩玩,也可以叫你姐姐带你到处走走,好吗?”李青梅说得那么自然,那么亲切。二十多年前杨世达在县城中学念书的时候,每逢星期六星期天就到她家里来玩,辅导她的数学的情景又一幕幕地在她脑海里浮现。

“好的,我会常来看阿姨和姐姐的。”

杨世达坐在那里,一边听一边不住地点头。他的记忆也似乎飞回到那“恰同学少年”的时代去了。看看时候不早了,他起身要走,李青梅叫住了他。她转身回到房间,过一会儿就出来了,把一本书给了明杰,说是送给他的礼物,她又给了杨世达一张折得很讲究的字条,叫他回到招待所去看。

杨世达父子回到招待所。杨明杰打开那本用旧报纸包的书,里面是一本《钢铁是怎样炼成的》。杨世达展开字条一看,他差点晕倒了!只见上面写着一行娟秀的钢笔字:

"达子哥,我已身患绝症,据医生讲我患的是子宫癌,恐怕我活不长了! 青梅。"

杨世达长长地叹了一口气,心里说:"啊,原来是这样,难怪她身体这么差,精神那么坏。命运啊,为何这样来折磨她? "

这一夜杨世达失眠了,思绪又把他带回到二十多年前……

第二天上午,杨世达本想再去看望李青梅,但转念一想,不行,现在去看她,会勾起她对往事的回忆,会给她带来更多的失落与痛苦。想到这些,杨世达还是改变了主意,等下回来县城时再去看她。他要好好地开导她,让她重新扬起生活的风帆。

3

杨世达已好久没回家了。二儿子明阳在云岗中学念书,没了米吃;三儿子明山在云岗中心小学念书,缺了柴钱;大儿子明杰来信说:冬天快到了,需要买冬衣。这些都是要钱的。可他哪里有那么多钱来对付这些事。

一天晚上,他办完了公事摸黑回家去。。他骑在自行车上,借着朦胧的月光慢慢地前行。深秋天气,晚上有点冷。他上身穿了件卫生衣,下身穿一条单裤,他的双手觉得有点冷,冷风吹来脸上都有刺痛感。他加快了车速,好让身体感觉温暖一些。可是车速越快,迎面来的冷风越大,越骑越冷,连鼻涕也流出来了,老长一串挂在鼻子下。好在云岗到曲庄也只有个把小时的路程,他到家已是半夜。

余春敏和孩子们都睡了。他叫开了门,走进屋内,顿时觉得家里比外面要暖和多了。杨世达放好自行车,余春敏在一个烘炉里抄了抄,里面还有点余火,她将烘炉递给他,叫他烤火。杨世达和余春敏商量孩子们念书的事。

“冬天快到了,孩子们的冬衣都很少。明杰与明阳比较大,没有旧衣服捡,明山与明举还可以捡他两个哥哥的衣服,明星不要加什么衣服,他最小,可以捡来穿的衣服多。眼下各方面的开支都需要钱,我一个月也只有那四十几块钱工资,我们收入少,开支大,这样的日子真不好过啊。”虽然夜已很深,,可杨世达还没有一点睡意。他一边抽烟,一边对余春敏说。

“是啊,一个月只有那点钱,我们一家七口,吃、穿、用都指望你那点工资,一个月接不到一个月,钱的缺口很大。借钱真是难啊,借到了又一时没法还人家,别人还要说我们不守信用。这些开支又没法省掉。唉,没钱的日子真难过呀。”余春敏只是一个劲地叹气。

“唉,钱反正是不够用,我们先挑要紧的事办,只能是一件一件地来,办好一件少一件,一下全办到恐怕不可能。”杨世达无奈地对余春敏说。

余春敏不说一句话,坐在那里闭着眼睛静静地听着。这么多的开支,这么少的钱无论如何也应付不过来。

深秋的夜晚,夜深天气冷,借钱度日的人们这个时候更冷。转眼快到年关,这个时候的钱是非常金贵的,即使借得到钱,年前也非还给人家不可。可明年正月开学怎么办?

远处传来阵阵鸡叫声。这是第几遍鸡叫,他们也没有注意,不过可以肯定,不会是头遍鸡叫。

杨世达、余春敏带着满腹忧愁睡了。

第二天,天刚蒙蒙亮,余春敏就起来了,她知道杨世达还要到云岗去。

昨天晚上他们决定:首先要保证杨明杰在学校的必要开支,至于明阳、明山、明举三人,慢慢来想办法。

杨世达来到云岗中学,他想先解决明阳的事。明阳没有了米,这比较好办，米家里有，从家里拿来就是，可是到放寒假还有两个月的柴钱也要交。现在柴涨价，原来一个月只要交三块钱，现在一个月要交五块钱，自己要到后天才领工资，他手头实在没有钱，怎么办？就十块钱啊。万般无奈之下，他敲开了云岗中学总务主任的房门。

总务主任叫程元兴，是一个顶编的老师。顶编前他在大队、生产队做过会计工作，顶编后在中学里搞总务，后来当上了总务主任。程元兴三十几岁的年纪，见人总是满脸带笑。他刚起床，见杨世达走了进来，心里早已明白了几分。他招呼他坐下，笑着说："杨师傅，你真早。你是为明阳的柴钱来的吧？"

"是啊，程老师，我想请你帮忙，目前我实在没有办法。几个孩子在学校都要钱，我一个月也只有那么一点工资，怎么计划安排都排不过来。唉，真难啊。"杨世达一边说，一边递过去一支香烟。

"是难啊，不过叫我怎么说呢。不帮你的忙又怕影响孩子的学习，帮忙又真使我为难，因为欠柴钱的不止明阳一个人，大家都是有困难，都不交，学校也没有这么多钱来垫柴钱。唉，这事真不好办。"程老师十分无奈地对杨世达说。

"我看这样吧，阳历年前我要卖一头猪，这是今年的任务猪，在元旦前我是非卖不可的。等卖了猪我就立即交柴钱，程老师，这个你可以放一百二十个心。"杨世达恳求道。

"这个……"程老师觉得有点为难，又不好一口回绝。

"请放心吧，我保证不会误事的！"杨世达急得要哭了。

"好吧，到时候请你不要再让我为难了。"程老师答应了。

杨世达又到了云岗中心小学。杨明山在这里念五年级，也欠柴钱，学校要停膳，杨明山跑回去哭过几次，可是由于杨世达太忙，没时间去管这事，一直拖到今天。他走进了伙食团陈老师的办公室。

"陈老师，你好！"杨世达笑着打过招呼，随即摸出香烟来，递给陈老师一支。

“啊，杨师傅，你早，请坐。”陈老师很客气地招呼他。

陈老师叫陈卫平，是县城下放来插队的知识青年，后来当了代课老师，参加了函授学习，拿到了师范专科文凭，现在已经是公办老师。

“陈老师，我今天有点小事想请你帮忙，行吗？”杨世达一边抽烟一边笑着说。

“有事请我帮忙？我一个管伙食的老师，能帮得上你什么忙啊？”陈老师开玩笑地对杨世达说。

杨世达将明山欠柴钱，学校要停膳，自己目前又无法交上来的事向陈老师说了，想要求陈老师宽限一些时日，等他元旦前卖了猪再来交清。陈老师听后扔掉了手中的半截香烟，对杨世达说：“这个问题真不好办啊。恐怕这个忙我很难帮得上，你还是另外想办法吧。”

“为什么？”杨世达轻声地问道。

“因为欠柴钱的学生不是杨明山一个人，如果大家都拖到放寒假时来交钱，学校没钱买柴怎么做饭呢？谁也没那么多钱垫呀。我看你还得另外想办法。要不这样你看行不行，你就一个月一个月交，这样数字比较小些。杨师傅，对不起，我只能做到这一点。”陈老师似乎也有点无奈。

两个学校都是一个道理。杨世达十分无奈，他满脸愁苦，空着肚皮，拖着沉重的脚步，向云岗手工业社办公室走去。

做了一些事之后，杨世达觉得肚子有些饿，他想起来，今天一大早从家里赶到云岗，到中学、小学去找老师解决明阳、明山吃饭的问题，自己把吃早饭的时间都错过了。等他从小学回到这里，食堂早已关了门，他想吃也吃不成了。供销社饮食店里有馒头卖，一角钱可以买到四个馒头，可是他身边一分钱也没有。他站起身来，用茶杯倒了一杯开水，喝开水缓解肚子里的饥饿。

4

又是一个星期六。

学校总务处又贴出催交柴款的通告,通告上附了每个欠柴钱同学的名单和金额。杨明山的名字被写在最前面,他共欠柴钱十元,一个学期二十元,开学时他只交了一半。前几天他爸爸为这事还特地到学校来找过陈老师,可是陈老师没办法,他说学生欠柴钱的人很多,学校没法垫钱去买柴。一共有十八个同学欠柴钱,通告上说:下个星期不交柴钱就要停膳。

上午上完最后一节课,杨明山连午饭也没在学校吃,他步行回家了。

云岗中学也贴出了催交柴钱的通告, 通告上也有杨明阳的名字,他欠十元,也只交了一半。

杨明阳看了通告后,知道在云岗中心小学念书的弟弟明山也会榜上有名的。他吃了午饭就到云岗中心小学去找弟弟杨明山。同学们告诉他明山今天上午第三节课后连午饭都没吃就回家了。杨明阳又到云岗手工业社找到了父亲。他把弟弟明山没吃午饭就回家的事告诉了父亲,父亲什么也没说,只是叫他赶紧回家,并说他今天晚上要回家吃晚饭。

明举、明星两个在家门口玩打纸墩。明星还是刚刚开步走路,他总是跌跤,经常是一身灰尘,一脸污垢。明山回来了,看见明星又跌倒在地上,他赶紧把小弟牵起来。他把自己的书包放在桌子上,问明举:“妈妈呢?”

“妈妈到菜园里去了。”杨明举边打纸墩边对三哥说。

杨明山喝了几口水就坐到桌子边的板凳上。他打开书包,从里面取出空菜罐,然后又拿出笔和作业本,开始做家庭作业。

余春敏提着满满的一篮菜回来了。她把菜放在大门口一块大石头上滴水。她进屋看见明山坐在那里认真地做作业,心里非常高兴,问明山:“山儿,你吃了午饭吗?”

“妈妈,三哥还没吃午饭呢。”不等明山回答,明举抢先回答了。

余春敏走到桌子边，她用手在明山的头上摸了摸，然后关切地说："没吃饭,也不去叫我一声。饿坏了吧？我就去炒饭给你吃。"

在厨房里,余春敏拉开厨门一看,里面什么菜也没有。她们母子三人,中午炒的一点点青菜吃得一点不剩。现在山儿吃什么呢？她没有办法,总要有点菜呀。她走到鸡窝边,窝里有两个鸡蛋,刚生下来不久,还是热的。她捡了起来,用一个鸡蛋炒了些饭,用一只大饭碗盛了满满的一碗端到堂前来了。

"山儿,快吃饭吧,肚子都饿空了啊。"余春敏把饭和筷子放在杨明山的面前,关切地说。

"好啊,等我做完这道题就吃饭。"杨明山对妈妈说。

"哇,好香啊！妈妈,我也要吃。"在地上玩的杨明举又翻到凳子上来了,他用鼻子闻了闻那一大碗冒着热气,散发着香味的鸡蛋炒饭,口水都流下来了。他用手背揩揩自己流下来的口水,接着又翻下来,一个劲地跑到厨房里,拿来了他自己的小碗和勺子,又上桌用勺子挑那大碗里的饭。这时余春敏来了,她来到明山的身边,见他正聚精会神地演算一道数学题,又一次催他吃饭。杨明山还是专心地在演算那道数学题,他一边在草稿纸上写着算式,一边对妈妈说:"妈妈,这道题太难做了,我非把它算出来不可。您分些饭给弟弟吧,我也吃不了那么多。"

余春敏从明举手里拿过了碗和勺子,分了小半碗饭给他,然后又将桌上散落的饭粒拾起来,放到自己的嘴里吃了。

杨明举从桌上下来,他一只手端着小碗,一只手把明星从地上拉起来,他一边自己吃,一边喂小弟吃。那小半碗饭,很快就吃完了。

杨明山终于放下了手中的笔。他伸了个懒腰,将作业本收在一旁。他端起饭碗开始吃饭。小弟弟明星走过来,他说他还要吃饭。明山又分了半碗饭给他们吃,明举又是一边自己吃,一边喂小弟吃。他们吃得非常高兴。

杨明阳骑着自行车回来了。

“吃了饭吗？”余春敏从厨房里出来，她用自己身上的围裙揩手上的水，一边问明阳。

“妈，我吃了午饭。爹爹说他晚上回来吃饭，叫我告诉你。”明阳边解车上的菜罐、书包，边对妈妈说。

每天晚饭后，余春敏总要忙碌一阵，收拾碗筷，喂猪食，给小孩洗澡，安顿小孩睡觉。忙完这些，还要将明天的猪食准备好。把这些事情都做完了，最后才是自己洗澡、换衣服。她经常一个人忙到深夜才能上床睡觉。有时她还没睡稳就被小孩子吵醒。她比一般人每天要少睡两三个小时。

今天晚上达子回来了。他帮她喂了猪食，然后又替明星洗了澡。

晚饭后。杨明阳、杨明山各占着一边桌子，共一盏煤油灯，在灯下看书、做作业。

余春敏也到堂前来了。今天由于达子帮她做了些事，她轻松了一点，比往常也要收工早些。她洗澡换衣后，也到堂前八仙桌边坐下。他们开始看孩子们做作业，读书。杨世达翻开了明阳的作业本，仔细地检查他的作业。余春敏拿起了明山的语文练习册。杨世达边检查作业边和孩子们说些有关学习方面的事。

他们每个星期都是这样。每个星期六晚上检查孩子们的作业，成了他们家的一种惯例，余春敏哪怕再忙再累，也从不间断。

夜，已经很深了。那些早睡的人们都已睡了一觉醒来了。杨世达家里还是灯火通明。他们坐在煤油灯下指指点点地讨论着什么。杨明山打了个哈欠，他的作业做完了。他边收拾文具和书本，边对父亲和妈妈说：“爹爹，妈妈，今天学校又催交柴钱了，出了通告，公布了名单。全校欠柴钱的共有十八个人，我排名第一。陈老师说，下个星期不交柴钱，就不让打饭吃。”

“爹爹，妈妈，中学也是一样的，也出了通告，通告上也有我的名字。老师说下个星期不交柴钱，也要停膳。”杨明阳接着明山的话说。

“好啦好啦，我都知道啦。”杨世达觉得有点愧疚，也有几分伤感。

前几天杨世达领了工资，给明杰汇去十五元，还剩下三十元五角钱；他买了一个月的饭菜票，花去十元钱，还剩下二十元五角钱。他本来打算到学校去把孩子们欠的柴钱交了，可是他被单位上的一些事忙糊了，有时连饭都忘了吃，把交柴钱的事给耽误了。今天晚上两个孩子说到同一件事，使他很难过。当他知道明山今天连午饭也没在学校吃，就一个人走回来时，他几乎要掉眼泪。他用手在孩子的头上抚摸，然后很内疚地对孩子说：

"这几天我实在太忙了，没时间来管你们的事，让你们吃苦了。这里还有二十块钱，明天就去交了吧。本来我跟中学的程老师讲好了，等元旦卖了猪再给他，当时他也答应了，今天又将明阳的名字写上了通告，唉，真没办法。反正这钱迟早是要交的。你们只要好好念书就是了。"

"我们难道就总这么穷吗？"明山突然问父亲。

"我看不会！我相信，我们今后会慢慢地好起来的。俗话说：'穷无种，富无根'，我相信等你们兄弟都长大了，我们也会有钱的。你们的大哥明年就要毕业，他毕业分配了工作，拿了工资，我们多少要比现在好一点吧。将来你们都有了工作，都有了工资，我们的家不就更好了吗？所以现在你们不管遇到什么困难，书都要坚持念下去。你们不但要有吃苦的打算，还要有吃大苦的打算，或许今后的日子比现在还要艰苦些。"杨世达非常自信地对孩子们说。

"是啊，你们要有吃大苦的思想准备。中国人有句古话：'吃得苦中苦，能为人上人'，我希望你们要读懂它。"余春敏也在开导孩子。

杨世达他们四个人坐到鸡叫头遍以后才上床睡觉。

5

元旦将近，各学校都在积极准备节目，参加公社举办的庆祝元旦文

了两天工夫。他很难面对眼前这种残酷的现实，可是在活生生的现实面前，想回避也回避不了。学校的要求，儿子的渴望，一次次地在他脑海里出现，他为这事感到很伤脑筋，可又没有别的办法，只能老老实实地去面对。

货源紧缺的也不光是这种颜色的布料，有些店铺的货架上都是用些空包装盒摆在那里装点门面。到处都是这样，人们也就见怪不怪，习以为常了。

杨世达坐在那里休息了一会儿，他觉得有点饿，打开挎包，从里面取出荞麦饼来吃了两块。他又觉得口渴，就走进一家小店，向店老板讨了碗白开水喝了。他谢过店老板，继续在街上找那海军蓝色的布料。

杨世达来到另一条街上。他一个店一个店地找，凡是卖布的店，他都要进去问一下有没有海军蓝布料卖。走了好多家布店都没有找那种布料，只剩最后一家小布店了，杨世达有点绝望了，看来，今天又是白忙了。他差不多绝望地走进这家小店，却一眼在货架上发现了海军蓝！他的心里像是探险家发现了新大陆一样高兴，心中一块悬着的石头，终于落地了。他买了十尺布，每尺布四角钱，共花四块钱；他又买了几粒小黑扣，花了三分钱。

杨世达从布店里出来，又来到他原先歇脚的那棵大树下。这时他要坐下来好好休息一下，再吃点荞麦饼。不知怎么回事，事情没办成，他不觉得累和饿，事情办成了，他不但感觉到累，还更觉得饿了。太阳已经偏西，他吃了荞麦饼，歇了一阵之后，骑上自行车回家了。

元旦那天，明山终于穿上了一身海军蓝制服，到公社登台演出了，县里宣传部门派人来采访演出情况，还拍了照。照片上，明山在咧着嘴笑，人很精神，全家人看了都很高兴。

还是因为钱

1

曲庄生产队一年一度年终分红社员大会在每年元旦以后的几天内照例召开,每户一人都要到会,一个也不能少。长钱的,短款的都要去,特别是那些短款户更不能缺席。每年的这个例会,杨世达是非要请到场不可的,今天一大早,队长就来请了一次。

吃过晚饭,杨世达准备去参加这个大会。动身前,余春敏给了他五十元现金,叫他带去交生产队里的口粮款。这钱是元旦前刚卖了那头猪的钱,共卖得五十六块钱,为明山买了一身海军蓝衣料,花去四元多钱,另外家里打煤油等杂用花去一元多钱,剩下这五十元钱是她留下来交生产队的口粮款的。

会场上已经来了很多人。一盏三芯柴油灯悬挂在会场中央的屋梁上,把会场照得雪亮。队长和会计早早坐在会场中央的一张八仙桌旁,会计面前放了一些账本、单据、表格、文具、算盘之类的东西。

杨世达也提着个烘炉来了,人们都向他投来怀疑的眼神。他在一个不起眼的角落里坐下,不去和周围的人交谈,背靠着墙壁闭目养神。

人都到齐了。

计队长从椅子上站起来,用目光扫视了一下会场,仔细地查了人数。他很有礼貌地问道:"杨世达师傅来了吗?"

"来了。"还没等杨世达自己回答,一个年轻人抢先回答了。

计队长说:"好。人都到齐了,我们开会吧。今天的会议内容不说大家也都知道,每年一次年终分红兑现。现在让会计向大家公布今年的年终决算情况,然后公布各家各户长钱、短款的数字。今年的工分价值是每个劳动日十分合七角二分钱,比去年每十分提高了三分钱。好啦,我不多说了,让会计向大家公布具体数字吧。"

会计站起来了。他先向大家公布了今年的分配方案和生产队全年的收支情况，然后公布各家各户收支及长钱、短款数字。当他读到杨世达的名字时，他的声音提高了一倍，大声地宣读："杨世达短款九十八元六角。"他有意停了停，喝了口茶，清了下嗓子，又重复读了一遍。念完，他最后说："今年全队的长钱户比短款户要多五户，短款户差不多占了总户数的一半。"

会场上顿时热闹起来，大家纷纷议论今年分红兑现的事。短款的这么多，今年的现如何兑得了？大家普遍认为，今年的分红又是分账，纸上谈兵，是没法兑现的，因为短款户太多了。

杨世达一家就差不多短款上百元，还有近二十户人家也是短款户。这些短款的人家，有的连棉被都没有，下面垫稻草，上面盖破絮过冬。这些人家里米桶里没有米，油缸内没有油，酱油不知味，鱼肉难得见，他们连一日三餐都难保，哪里还有钱拿来兑现？兑现不了，一拖再拖就成了呆账，长年累月封存在那里。生产队里一点点公益金全部用来贴在他们身上，也只是杯水车薪。社员们都知道，这些短款户照样要吃饭，可又没有办法来解决这个问题，大家都只好死死地绑在一块，长钱户拿不到钱，大家一起过穷日子。

计队长又站起来了，他的目光在人群中扫视，高声叫着："杨世达师傅在吗？"

"我在。"杨世达提着烘炉慢慢地向会场中间走过去。社员们都用一种不信任的目光看着他，连那些凑热闹的小孩也都做着鬼脸瞧着他。他走到计队长面前的那张桌子边，说："我是短款户。我子女多，劳力少，短款最多，在生产队里占第一名。短款欠钱是要还的，这是天经地义的事。可是我实在没法子一下拿出那么多钱来，差不多一百块呀！我两个月的工资都没有那么多钱，眼下又要过年，总要花点钱啊。过了年又要开学，孩子们的书钱、学费又要钱。我到哪里去搞那么多钱呀。借贷，像我这样的穷人是没有门路的。我想找个长钱户挂钩，我今年拿出一部分，至少是一半以上,明年分期分批来还,不知哪位社员肯来帮我这个忙?”

人们又在低声地议论着:

“要是他不送那么多孩子念书,他家里是不会短那么多钱的。”

“为了孩子念书,他什么都不顾。现在好啦,短款就来找大家帮忙。这么多钱,说得倒容易!”

“我的长款宁愿留在会计的账本上,也不愿意与他挂钩。”

“我就是长一万块钱也不跟他挂钩!别人家的孩子可以在家放牛,他的孩子为什么不可以回来放牛?”

……

会场上,人们你一言我一语地议论着长短款的事,对杨世达一家短款的事,什么样的议论都有。

杨世达听着这些议论,心里很不好受,可也无奈。他还要赔着笑脸,在社员中找人挂钩。他一连找了几个长钱户,而且都是平时关系比较好的亲友,可人家都以种种充分的理由回绝了。他现在的处境非常难堪,在很多双鄙夷的眼光注视下,他感到坐立不安。在这场合又有谁瞧得起他这个短款大王?在长钱户眼里,他是一个穷光蛋。人们毫无顾忌地发表对他的议论,好像这个会场上他根本不存在一样。

“我看大家也不要太过分了吧。俗话说‘三十年河东,三十年河西’,我看像杨世达这样的短款户是不会长久短下去的。他有五个儿子,将来长大了,他就不再穷了。他现在拼命地送儿子念书,我看是好事,将来就是回来种田,也还是要有文化呀。”一位年纪比较大的社员这样说。

“在人家有困难的时候帮一把是雪中送炭,在人家跌倒时再踩一脚是乘人之危。我们要把眼光放远一点,这样才能把问题看得透一点。是吧。”另一位社员接着说。

“理倒是这个理。不过杨世达也不该把每个孩子都送去念书啊,他把老大、老二留在家里放牛,每年不是要少短好多口粮钱吗?”一位老年社员这样叹息着。

……

人们对杨世达的短款看法不一,有同情的,有挖苦的,有妒忌的,什么意见都有。杨世达还是沉默,静静地听着人们的意见和议论。

计队长又开口说话了。他站起来大声地说:“看看有哪一家长钱户愿与杨世达挂钩?他也是实在不能一次拿出那么多钱来呀。他一个月只有四十几块钱工资,要维持一家六七个人的生活,还有四个念书的,实在是不容易呀。我看还是要有人来帮帮他,和他的短款挂起钩来,要不然,今年分红兑现就难了。”

会场上一下安静下来。杨世达想了想,说:“我短款九十八元六角,今年实在没法交齐。如果因为我的钱交不齐而影响整个生产队年终分红兑现,那我实在过意不去。我看这样吧,请会计给我算一下,我全家的口粮算到阳历二月,我短多少就交多少。我不交钱,队里可以不发我的年饭米。从三月到七月,这五个月的口粮,我每月用现金到生产队里去买,或者将我家的口粮让长钱户领去,我按月用现金到他家里买回来。大家看看这办法行不行?我听大家的意见。”

说完,杨世达的心情平静了许多,他静静地坐在那里听大家发言。

就在这时候,右边一个角落里站起来一位五十多岁的社员。他是余老黑的父亲,叫余智辉。他走到会计跟前,叫会计翻开账本,大声地说:“没有人替杨世达挂钩,我一家全替他挂了。”

余智辉叫会计当场替他与杨世达两家办理过账手续。

事情来得突然,杨世达先是一愣,然后清醒过来,他三两步来到余智辉跟前,伸出双手将他冻得发了裂的手紧紧地握住,口里连声说:“大叔,谢谢您!谢谢您不嫌我穷,愿跟我挂钩。我真不知道该怎么来感谢您呀!”

“哎,老弟呀,别这么说啦!前几年我和你现在是一个样子,也是全队短款的尖子。我有七个孩子,那年头每逢到了年关我就到处求爷爷拜奶奶,好话跟人说尽,求人帮忙挂钩。现在我的儿女都长大了,从去年起,我也开始长钱了。我相信,你的儿女也会长大的,古话说:‘有儿穷不久,无儿永久穷'。我不怕穷，我只怕没有人！老弟呀，我看你以后一定会比我好多了，困难是暂时的。"余智辉深有体会地对杨世达说。

会计很快给他两家办好了过账手续。杨世达从口袋里摸出五十元现金给余智辉，十分感激地说："大叔，我今天先给您五十元现金。还欠四十八元六角，如果年前我能活动得过来，我想再给您一些，万一不行，就等明年开春我分批还给您，这样行吗？"

"好啦，好啦。你今后有也好，无也好，反正我是短过款的，这短款的味道我算是尝够了。我不会到你家里去逼债的，你可以放一百二十个心啦！"余智辉亲热地对杨世达说。

天无绝人之路。杨世达今年的短款问题总算解决了，他长长地舒了一口气。

2

寒假快到了。

昨天杨世达接到明杰的来信，信很短，说是学校在放寒假前，要举办一次野营活动，每个学生要交三块钱的野餐费和其他费用。他要是把这个钱交了，就没有买车票回家的钱，他让父亲再寄几块钱去。

看完儿子的信后，杨世达自言自语地说："也真是，从县城到云岗的汽车票只要一块八角钱，就不知道向同学借一点。这点钱汇款是划不来的。可是这几天又没人到县城去，怎么办？"

没办法，杨世达跑到邮电局，花了两角钱打电话。他叫明杰向同学借点，万一不行就向老师借几块钱，开学后再还。这个问题就这样解决了。

寒假快到了，学校的学生都在紧张地复习功课，准备考试。

杨明杰在读的师范期末一般不上课，让学生们自己复习。和杨明杰一道从云岗考进师范的有六个人，分在五个班上，杨明杰分在第五班，他多大的困难，你们千万不要影响读书啊！”

第二天是星期天，孩子们都在家里做作业，外面传来吆喝声：“收鸡哟，收鸡哟……”

余春敏从房里走出来，大声喊道：“这里有鸡卖呀！”

两个年轻人推着自行车过来了。他们每个人的车上都带了一个鸡笼子。他们把车停稳后，问余春敏：“大嫂，你家有鸡卖？”

“是的，我想卖鸡，不知价钱怎么样？”余春敏笑着说。

“目前的价钱还可以，不过要看鸡说价。”一个收鸡人说。

“都是鸡，还有几种价？”余春敏不解地问。

“哎，大嫂，这个你就不懂啦。鸡有公鸡，有母鸡，还有阉鸡。鸡里头还要分老鸡，仔鸡，所以各种鸡的价格也就不一样，我们卖出去的价格也是按鸡来定价的。大嫂，你卖的是什么鸡呀？”另一个收鸡人说。

“你们说的鸡我都有，请你先报个价好吗？”余春敏笑着对两个收鸡人说。

“可以，可以。”其中一个小伙子一边抽烟一边笑着说，“公鸡最便宜，不过很少有人买，一斤只有两块钱；母鸡最贵，每斤三块二角，大的、肥的价钱还可以高一两角钱；阉鸡比母鸡便宜些，每斤三块左右。大嫂你卖的是什么鸡呀？”

“我卖一只大母鸡给你们，好吗？”余春敏咬咬牙说。

“行。”收鸡人高兴地说。

余春敏转身进屋，她来到鸡笼边，连挑了几只母鸡，拿在手上看了又看，都舍不得卖掉。都是些正在下蛋的鸡，谁舍得卖？那比较轻的鸡又怕钱不够数，卖了鸡还是不能解决问题。卖鸡，对她来说实在是无奈之举。最后她把牙一咬，抓了一只最大的老母鸡，提在手上掂了掂，重量够了。正要提出去，可是她又想到，这只老母鸡是年年用来带小鸡的鸡婆，今天把它卖了，明年带小鸡怎么办？她迟疑了好一阵，拿不定主意，转念一想，孩子们念书急需要钱，不交钱买不到寒假作业，会影响孩子们的学习呀。

两头权衡了一下,最后她还是咬咬牙一把将那只老母鸡从鸡笼子里捉了出来。她用一根小绳子将鸡脚绑了,放在秤上称得四斤二两,按最高价格每斤三元五角,共卖得十四元七角。收鸡的人将鸡放进笼子里,然后又骑着自行车一路高声叫着"收鸡哟……"走了。

余春敏手里捏着卖鸡得来的十几块钱,坐在大门口的一块大石头上沉思。说句实在话,她真舍不得卖掉那只大母鸡。这只大母鸡是她生活的一部分,这只鸡不光会下蛋,还会带小鸡。为了给孩子们凑钱买寒假作业本,交补课费,她忍痛卖掉了她心爱的一只老母鸡。不是逼得没办法,谁会去卖掉一只这样的鸡?唉,实在是没办法!

"妈妈,你在那里做什么呀?"明星从屋里跑了出来,扑在妈妈的怀里,用他那冻得像发粑样的手在妈妈的脸上摸来摸去,一会儿他又将妈妈手中的钱拿了过来。其实他只知道那些花花纸是钱,并不认得票面值。他对妈妈说:"妈妈,给我一角钱好吗?"

其实杨明星也不知道一角钱能有多大的用途,他也只是一种好奇而已。

"你要钱做什么?"余春敏把他搂在怀里,笑着问他。

"我要钱买本本,买铅笔。"明星撒娇地说。

杨明星一手拿着钱,一只手又在妈妈的脸上摸着。余春敏抱起他,朝屋里走去。

余春敏从明星手里把钱拿过来,从中抽了一角钱给明星,并对他说:"只许买铅笔和本本,不许买糖果,听见吗?"

"我知道啦,妈,我不会买糖果吃的。"杨明星高兴地回答。

余春敏又把明阳和明山的钱分了出来,并且每人多给了五角钱供他们零用。她把剩下的钱收了起来。

明阳和明山高兴极了!他们平时几个星期都得不到一角零用钱,今天妈妈一下给了每人五角钱!他们都小心翼翼地将钱放进自己的内衣口袋里。杨明举在本村念小学,余春敏没有给他钱,等明天老师来了,她要亲手将钱交到老师手里。她也另外给了明举两角零用钱,并叫他不要买糖果吃。

这样一来,卖老母鸡的钱就所剩无几了。

余春敏小心地剩下的钱放进了衣服口袋。

3

时光进入八十年代的第一个春天。杨明杰上半年就要师范毕业了。

毕业考试结束后,杨明杰就回家帮母亲干活了。

杨明杰到家的第二天,杨明阳也从云岗中学回来了。他今年初中毕业,马上要参加升学考试。升高中,他没有这个条件,家里太困难,供养不起,他只能报考师范和中专。

这段时间,他们这些毕业生都在进行紧张的复习。买复习资料、参加升学考试都需要一点钱。不但他们要钱,明山也要钱,他今年小学毕业,要升初中。

杨明山小学升初中是不会有什么问题的。这天方老师叫他还要交几块钱来。他问老师这是什么钱?老师说是买复习资料的。他说我家里拿不出钱来,我不买行吗?明山的成绩一直保持全班第一名。方老师认为复习资料对一个考生来说是非常重要的,但他又非常清楚杨明山家里实在拿不出钱来买这些资料。

星期一上第一节课的时候,方老师给学生发复习资料,每人一份。出乎意料,杨明山也得到一份。他心里又惊又喜!他很清楚,他的这份复习资料是一位老师对一个学生的关怀与鼓励。杨明山用一双发抖的手从方老师的手中接过一本厚厚的复习资料,什么也没说,眼睛里含着泪水,一股暖流直透他的全身。升学考试结束以后,杨明阳、杨明山都回到家里。他们全家七口,这时候可以说是大团聚。

曲庄村实行农村生产责任制后, 杨世达一家分得水田八亩九分,旱地二亩二分，也同样分得耕牛、农具等生产资料。这时“双抢”已经接近尾声，还有少数二季晚稻没有栽下去，主要原因是缺水。曲庄的用水是历史难题，集体经济时一直是个难解决的问题，现在各家各户分散经营，水利的问题更难解决。

杨世达家里没有农业劳动力，他自己是个种田的“老外”，余春敏急得团团转。时间不等人，过了立秋季节，就是栽了下去，收成也会受影响的。而且秧苗还是集体经济的时候育的，你不抓紧栽，别人先栽了，后栽的人就没有了。真是急死人！

近来天旱少雨，水源紧缺。

杨世达在外边放了几夜的水，全身都被蚊子咬得到处都是红色的斑斑点点，痒得他难受极了，可他的田里仍然是一片枯黄。后来还是生产队统一组织全队劳动力去放水，杨世达总算放了一些水到田里。可问题又来了，原来集体育的秧苗已经不多了，余春敏家那两亩多田的秧苗少了，怎么办？再过几天就是立秋，偏偏这几天太阳又非常厉害，田里的水眼看着一天比一天浅下去。余春敏急得团团转，农时耽误不得呀，你耽误了，一季的粮食就没有收成，那全家来年吃什么？杨世达又不懂得农活，余春敏急呀！

杨明杰今年师范毕业，他被分到一个国营农场里去了。杨明阳初中毕业，刚参加统考回来，他也还是个十几岁的孩子，从没种过田，也不懂农活。怎么办？她没有办法，只有尽快地解决秧苗，先把晚稻秧栽下去再做打算。她托人捎口信，要明杰想办法赶紧弄些秧苗回来。她认为，国营农场家大业大，一点秧苗总还是找得出来的。

当天下午太阳快要下山的时候，杨明杰带着四个年轻人骑着自行车来了，他们每个人的车后面都挂着两个编织袋，里面装满了秧苗。他们将秧苗从车上解下，从袋子里抖了出来，然后往秧苗上浇了水。他们是明杰的同事，一起帮着送秧苗来的。第二天早饭后，杨明杰他们一起来到田边，突击干了一天，总算把秧苗栽下去了。余春敏松了一口气。

随着农村生产责任制的实行,农村改革进一步深入,社办企业也面临着严峻的考验。一些外地建筑队已开始进入云岗地区,这些建筑队的技术力量比云岗的要强,价格比云岗的要低,服务态度比云岗的要好,工程质量比云岗的要高。这样一来,云岗建筑队的生存空间越来越小。

云岗建筑队终于撑不下去,被撤销了。

杨世达又失去了工作,他再次由干部变为手艺人。他家里也分得了八九亩地。可他不懂农业生产,这么多田地怎么种?

二晚早熟品种已经开始收割,田野上又出现一派繁忙的景象。今年的二晚收割与往年大不一样。今年是农村实行生产责任制的第一年,广大农民自农业合作化以后又迎来了自种自收的第一个丰收年景。今年的二晚长势普遍好,农民们个个喜笑颜开。他们收获芝麻、花生卖了钱,收入相当可观。有些人家光是卖芝麻一项,就有几百上千元的现金收入;有些人家的花生收到二三十箩,同样也能卖得几百上千元。以前生产队里分红,从来也没有哪家一次性进过那么多现金!

实行农业生产责任制比集体时吃大锅饭要好上千万倍,农民们从心眼里感激党的富民政策!

杨世达家里那迟栽的二亩三分田双竹粘,不但不是跨年的品种,而且还是早熟品种。原来还以为这个品种生长期长,现在看来比一般早熟品种还要早熟几天。这是一个新品种,米质好价钱高。由于是第一次栽种,人们对这个新品种还不大了解,在水、肥管理方面也没经验,加上又栽得迟,秧龄长了,禾苗虽然长得不怎么好,也还清秀。金黄色的谷粒,长尖尖的,产量比一般品种要低,但按市场价格算起来,收入还是比一般品种要高得多。

杨世达这个缺劳力的人家,二晚也早收完了,现在都开始种油菜,忙着销售农产品。

集体的时候,杨世达每年都要拿出几百元钱交生产队里买口粮,那时候余春敏也没少劳动,但每年都是短钱户,靠东挪西借度日。现在也还是和集体时一样忙碌，但今年他们家不但不要向生产队里交一分钱买口粮，而且光是卖芝麻、花生就进了近千元的现金。还有二晚，除了自己吃的口粮、饲料外，也还可以卖得千余元现金。他们一家人都从内心里拥护党的富民政策，拥护改革开放，是农村生产责任制救了他们，救了和他们一样的广大农民们。

4

学校放农忙假了，上中学的杨明山和上小学的杨明举又回到家里。晚饭后明山、明举、明星三兄弟在煤油灯下做作业。小妹小霞在屋内乱跑玩耍。

以前农忙假期间，学校开展勤工俭学，搞小秋收活动，给学生布置了任务，要求每个学生要捡二十斤稻谷，在农忙假结束后交给学校。那是在集体经济时代定下的规矩，可现在是包产到户，每块田都落实到户了，到哪里去捡稻谷？因此这个星期他俩空手回到学校。老师批评了他们，叫他们这个星期回来一定要将小秋收的任务如数完成。明山把这个事与父母讲了，杨世达二话没说，他说只要孩子们好好念书，这个小秋收的任务拿自己田里收的谷去完成。

余春敏今年又养了三头猪，一头上调交了任务猪，一头准备过年，还有一头准备留到明年老大明杰结婚摆酒席用。

本来余春敏这样安排是一个比较周全的计划。可是天有不测风云，腊月天气，天寒地冻，原来是三头猪挤在一块可以互相取暖，后来卖了一头，杀了一头，只剩下一头留在栏里。这头猪没有别的猪抢食，吃食也没有以前那么欢，槽内总是剩下大量的猪食。没过多久这头猪就病了，而且还病得不轻，请兽医诊治数次，吃药打针都无济于事，钱也花了不少，眼看着这头猪一天比一天瘦了，后来没有办法还是将这头猪杀了。这是头病猪，猪肉卖不出去，一头百多斤重的猪硬是这样白白地糟蹋掉了。

余春敏的梦破灭了。

云岗建筑队撤销后，杨世达做了一段时间的木工，想靠手艺赚点钱，虽说包产到户后，家里经济状况有所好转，但因为家里人多劳力少，上学读书的多，开销大，手头还是相当紧。年过了，元宵节也过了，学校开学了，孩子们还是照样地去念书。这其中的辛酸只有他们自己才能真正体会得到。

就在过完年不久，上面又找到杨世达，要他去邻近的祥弯手工业社当出纳，主要工作是清理财务。对于这次的调动，杨世达本来想拒绝，但后来一想，自己年龄一天天大了，精力远不如年轻时那样了，而干农活自己又不会，在家帮不了妻子，去当出纳虽说钱不多，但好歹收入稳定，每个月有点活钱，对家里也是个贴补。就这样，原来发誓不当救火队员的杨世达，又一次当上救火队员了。

祥弯手工业社的财务清理结束后，杨世达又被调到东方红手工业社任副主任。

东方红手工业社同样是县手工业联社的下属单位。杨世达原先是在这里跟余师傅学徒的，后来由于规模调整，体制变动，他被调到东港林业产品加工厂去了，现在他又被调回来了。这里离家比较近，还不到两公里路。虽然他从1968年调走到现在已有十多年，可他对这里的一切都是那么熟悉，人是熟的，环境也是熟悉的。所不同的是，原来这里管理得比较好，生产红红火火，厂区环境也整理得干净清爽，而现在这里只有一个退了休的老主任和一个会计。

近年来，手工业单位都不怎么好，大部分职工都由以前的以工为主改为以农为主。上半年农事繁忙，根本就没时间去做手艺，大家把时间都花在自己的责任田里。他们普遍对土地还是怀有浓厚的感情的，他们认为，“富”字是“田”字打基础，他们热爱土地的思想超过了他们热爱本行业的思想。

东方红手工业社有三十二个职工,几乎每个职工都成了家庭的主要农业劳动力。他们有了土地就以耕种为主,没有办法再去做手艺,所以他们也无法按月向社里上交劳务积累。社里没了资金来源,欠国家的劳务税收没法上交,公社的利润没法缴纳,社里的干部工资也无钱发放。

开始一段时间社里还有些木材和少量的库存产品,老主任和会计就靠卖点木材和库存产品来维持自己的生活。后来会计调走了,只剩下老主任一个人既当主任又当会计。可是老主任毕竟老了,所以公社调杨世达到这里来任副主任。

杨世达几乎走访了东方红手工业社的所有职工。在他到任后在每月一次的例会时,他主持召开了一次全体职工大会,会议的主题是:手工业社今后怎么办?可是由于当时的条件制约,职工们说来说去还是说不到点子上,他自己也提不出一个好的方案来。这次会议在无任何结果的情况下散会了。

后来在公社企业办公室的参与下,又召开了一次全社职工大会。经过反复讨论,大家认为,农业生产可以实行责任制,手工业生产也可以实行责任制。让职工自由结合,到外面去承接业务,然后回社里生产,除去开支,所得利润职工和社里按比例分成。这样,手工业社有了一些起色。杨世达的心情稍微平静了一点。

寻找致富路

1

杨明举今年小学毕业,下半年要上初中,他的三哥杨明山下半年要升初三,小弟明星升上了三年级,小妹小霞下半年也要上学了。这些孩子一年一年长大，学习也一年一年有进步，杨世达、余春敏肩上的责任也越来越重，家庭的经济状况又面临新的困难。老大明杰去年结了婚，今年生了一个小男孩，结婚生子，让家里欠了一笔账，他们的小日子也并不怎么好过，一点点可怜的工资还要补贴家用。

虽说责任田里可以出粮食和其他的农产品，但一来杨世达家劳力少、不擅长种田，二来他家读书人多，月月要开支，指望年终卖农产品是远水解不了近渴。加上近几年来，他家养猪一直是个大问题，猪总是发瘟，接二连三死了几头猪。别人家养猪可以赚钱，他家养猪不但赚不到钱，还欠了一身债。可是农村人家，猪还得养啊。他们连买小猪仔的钱都没有，就在那些养了母猪的亲朋好友那里赊小猪仔来养，等卖了大猪再还给猪仔钱。可是无论余春敏怎样精心照料，她家的猪还是死了一头又一头，最后连猪仔钱都还不上，弄得他们都不好做人。

杨世达的工资也常常是拖欠短少，有时甚至没有，他时常为家里等钱用急得团团转。思来想去，他决定在家里开一个小店，做点小本生意，但又没本钱。他找了一位朋友，请他帮忙在信用社贷到了三百元钱。有了本钱，他以余春敏的名义办了营业执照。就这样，一个小得不能再小的店在曲庄村开张营业了。

小店开始几个月效益还不错，一个月下来也可以赚得三五十块钱。可是由于店底子太薄了，只是那三百块钱流来转去，犹如一条小水沟，只有那么一线线的水在流动，沿途的沟壁都要吸收不少的水，最后流到田里的水就不多了。杨世达家的小小店也是一样，由于他家里太穷了，光靠这个小店来维持一家人的生活是远远不够的。现在他工资没有了，手艺也做不成了，家里种田要买种子、化肥、农药；孩子们念书要交书钱、学费、杂用开支；还有全家人的柴、米、油、盐，必要的人情、礼物，这些都是要钱来开销的呀！一个这么点点大的小店，怎么应付得过去？家里不但不能给店里垫资，反而还要挖店的墙角，动用店内的流动资金，加上各种税收、市管费用，还有小数额的赊欠，小店货架上的东西在一天天减少，一些日常生活必需品都断货了。手头没有现金，银行没有存款，进货是非常困难的，虽然有些批发商也同意先卖后结算，但都有附加条件的，首先是按月计息，再就是搭售商品。搭售商品在当时已形成一股歪风，尽管上面三令五申禁止搭售滞销商品，可是几乎所有的批发商都是这样做，批发商把那些市场滞销的商品转嫁到零售商店的小老板头上，你不接受搭售的滞销商品，他就不肯批发商品给你，像杨世达这样的小店主就被那些批发商牵着鼻子转。这样一来，你还赚得到钱吗？

尽管如此，杨世达还是想把这个小店搞得像一个店样。他做梦都想让货架上堆得满满的，虽不能说琳琅满目，也得百货俱全。但这得要有一笔可观的资金来做本钱。为筹集资金，杨世达在外面奔波了四五天，结果是一无所获，失望而归。

杨世达家小店的商品越来越少了，到这里来买东西的人也越来越少了，有时候整天都没一个人来买东西。原因很简单，连香烟、火柴、食盐之类的日常生活用品都没有卖，人们还跑到这里来干什么？眼看这小小店无法经营下去。

这天工商所又来收市场管理费，税务所也来收税。他们看到杨世达的小店这么一副萧条的样子，实在无法再继续营业，工商所的人毫不客气地取下了他的营业执照，并叫杨世达交出了执照副本。税务局的人也将税务登记证收走了。杨世达苦心经营的小店开张还不到半年，就因为缺少本钱关门大吉了。

杨世达只得另外想办法，寻找自己的生活出路。

新学期又要开学了。

杨明山升上了初三，杨明举也升入初中，明星上了小学四年级。由于家庭生活困难，负担不起这么多人上学，明星只好回白云老家跟祖父念书。小霞也上了小学一年级。一开学，这么多人是要花很多的钱的。那时候几十上百块钱在老百姓家里并不是一个小数目，杨世达这个穷得叮当响的家庭，要同时负担四个孩子上学的费用，谈何容易。这些天，杨世达、余春敏没有睡过一个好觉,总是在冥思苦想中度过那漫漫长夜。晚上想到千条路,随着天亮,一切都如梦初醒,面前仍然是一片空白。

一天,杨世达推两袋谷到五里外的一个村子里去机米。虽然有余春敏帮忙,他还是累得上气不接下气。机米回来,太阳早已下山了。小霞一个人坐在门槛上,手里抱着一本书睡着了。余春敏从门槛上抱起了小霞,她被惊醒了,看到妈妈,她哭了,余春敏也掉下了辛酸的泪水。

机米回来,杨世达一直在想一个问题:为什么我们要到别的村庄去机米?不但要花钱,而且还要走那么远,累人。我就不能买一套机器替别人机米吗?但问题的关键是你得有钱买机器。他打听过了,买一套机米设备,少说也要一千余元。这一千余元对杨世达来说真是一个天文数字!他哪里见过这么多钞票啊。一年三百六十五天,他的口袋总是空空的。

然而事也凑巧。有一次杨世达回到老家杨河村,在与家人闲谈中不知怎么将话题扯到机米的事情上来了。听二弟杨世堂讲,附近一个生产队有一部旧柴油机连同一套米斗都要卖掉。据说这台柴油机停了几年没用过,价钱也很便宜,连一套机米设备总共也只要两百块钱。杨世达听到这个消息坐不住了,要世堂带他去看那台旧柴油机。

世堂带他去了。杨世达看了那台机器后,心想这么便宜的东西到哪里去找啊。他下决心要把这台机器买下来。

杨世达被两百元现金难住了。他连打油买盐的钱都拿不出来,又到哪里去弄这笔"巨款"?借,他一点门路都没有,所有的亲戚朋友几乎都怕惹上这个穷鬼,他们见到杨世达连躲开都来不及,杨世达能向这些人借得到钱吗?

怎么办?如何弄到这笔钱?

杨世达想到信用社再去贷款,可是那开店的三百块钱贷款还没有还清,人家还能贷款给他吗?实在没有办法,他又想起了公社程部长,他想请程部长帮忙。

第二天一大早,他就骑自行车去云岗公社找程部长。

在将近中午的时候，杨世达到了云岗公社，敲开了程部长的房门，说明了来意。程部长倒了一杯开水给他。杨世达一边用草帽给自己扇风，一边扇那杯冒着热气的开水，他用一双焦急的目光望着程部长，紧紧地盯着程部长的每一个动作和表情，心跳得特别厉害。

程部长经过一番思考之后问杨世达："你是想买一台柴油机吗？"

"是的。我想买一套旧的机米设备来机米。"杨世达轻声地回答。

"要花多少钱？"程部长又问。

"要两百块钱。"

"两百块钱够吗？有这么便宜的东西？"程部长有点不大相信。

"动力机和米斗一套只要两百块钱，是一套旧设备。机器在白云，要运到云岗来恐怕也要花几十块钱。加上还要买点柴油，买点小配件，这样总计要三百块钱左右。"杨世达从沙发上站起身来，他边说边向程部长的办公桌走过来。

"你自己一点办法都没有吗？"程部长问。

"是啊，我现在连打油买盐的钱都没有。"杨世达用一种期盼的目光看着程部长。

"你现在打算怎么办呢？"

"我想请你帮我贷点款，要不就请你帮我向私人借一点。我自己是一分钱也没法借到的，因为我欠人家的太多了，人家就是有钱也不敢再借给我。"

"有这样的事？"

"确实是这样，不过我不能怪人家，应该怪我自己太穷了。"

"这样吧，你后天上午来找我。我先到信用社去联系一下，看看他们能不能再贷点款给你。万一不行，我们再来想别的办法。行吗？"

程部长的话使杨世达看到了一线希望。

两天后，杨世达满怀希望又来到了程部长办公室。程部长出差刚回来，他看到杨世达来了，就带他到信用社去。由于有程部长出面，信用社黄主任很爽快地批了杨世达的贷款。

贷款到手了，杨世达抓紧时间买下了机器，请人运回来，安装，忙了两天。当机器开动，第一批稻谷倒入米斗、白花花的大米流泻出来时，杨世达高兴得嘴巴都合不拢，余春敏更是流下了激动的泪水。这台机器，是他们全家的希望。

这时，东方红手工业社已经成了一副空架子。为了得到工资，老主任把原来库存的一些原材料和少量的库存产品都卖光了，卖得的钱成了他一个人的“专利品”，还美其名曰：“这是我应得的基本工资。”

手工业社彻底垮了，杨世达被逼回了家。

种田，杨世达是不行的，幸好现在他家已办起了机米加工。他抓住了农历十一、十二两个月年关机米的旺季，收入可观，还清了信用社贷的三百元贷款后，除去今年的开支费用，还有一些盈余。和开店一样，机米也有不少的赊账，外面还有几百块钱一时收不上来，但总的来说，家里的经济状况比以前好多了。除了本村的人来机米，附近的几个村也有人推谷来机米。杨世达几乎每天都是忙忙碌碌，他顾不到田里的农事了。

2

杨明山初中毕业了。根据他一贯的学习成绩，他是有把握升高中的，而且从内心来说他很想念重点高中，可是他还是放弃了念高中的想法，而是违心地填报了师范和中专。念师范是供给制，不需要什么钱。中专时间短，毕业出来就可以挣钱补贴家用。可是后来中考结束，他竟以全县总分第二名的优异成绩被县里一所重点高中录取了。

杨明山接到录取通知书后，心里非常高兴，他的梦想终于实现了。然而他又百思不得其解，他清楚地记得，他明明填报了师范和中专，为什么会被重点高中录取呢？是高中不愿意漏掉一个优秀学生，还是那些招生办的人搞错了？他为这事在家里思索了好几天也找不出答案来。

暑假里，杨明山在家里帮爹妈干活，干得非常起劲。就要上高中了，他心里十分高兴。虽说他小小年纪，但差不多要顶一个正式农村劳动力。

暑假快要结束了，离开学的时间越来越近。

这两个月也是机米的旺季，杨世达的机米店从账面上来看是赚了不少钱，可是扣除近三分之一的赊账，盈利就不多了。本来就是小本生意，本小利微，哪里经得住这样的赊欠，但对那些欠账的困难户又不能不给人家机米，况且附近机米的也不止杨世达这一家，他不肯赊账人家肯赊呀，这样就会跑掉不少客户，而且还会惹来不少的非议，这对杨世达来说都是极为不利的。尽管他有说不出来的苦衷，机米生意还得照样做下去。

杨世达现在还有四个孩子在学校念书。随着孩子们升级、升学，学杂费及各种费用开支也在逐年增加。明星还是跟着祖父念书。明山上高中，一年要好几百元学费，还要伙食费。这样算来，三年重点高中的费用少说也要花上万元！这是一个沉重的负担。杨世达为明山的学费一筹莫展，但他想，无论如何也不能让孩子失学，哪怕是砸锅卖铁也要让明山去上重点高中。

余春敏在开学前几天也忙得不可开交。人家的孩子到外面去念书，新鞋、新袜、新衣、新被，全套新的，一些有钱的人家还要替孩子买块手表，可她的儿子虽说考到全县总分第二名，然而她和杨世达却无能力为自己的孩子买一双最便宜的新鞋，至于新衣、新被、手表，那是他们想都不敢想的事。

这几天余春敏在家里翻箱倒柜，将一些老大、老二原来穿过的旧衣服统统翻了出来，将那些稍好点的衣服拣到一边，一件一件地洗干净，破了的就补好，纽扣也一粒一粒地检查，把那些松动的钉好。又将家里一床最好的棉被挑出来拆洗干净。她没钱，买不起新鞋，只好利用晚上的时间，在昏暗的煤油灯下，用自己那双长满老茧的手，一针一线地为儿子赶做了一双黑色灯芯绒面的布鞋。

孩子念书，家里又没有正式农业劳动力，说句不好听的话，你家的生活也太苦了。当然，这二十块钱是起不了什么大作用的，再者当时定的价格也不是什么标准，都是我们自己胡乱定的，我也不知道今年的行情会这样好。这点小意思请你收下吧，我们交个朋友，好吗？"

开始杨世达不肯接那个钱，后来经他这么一说，推让了一番之后，他还是把那二十块钱收下了。

那位收花生的人又问："杨师傅，你家还有花生卖吗？"

"花生倒是有一点，不太多，要留点种，还要送点人，不晓得还有没有两百斤。"杨世达说。

"你家的花生不管多少我都要。我以最高价格给你，目前人家都收七毛钱一斤，我给你七毛二分钱一斤，行吗？"收花生的人说。

"这个价格我无话可说的。这样让你吃亏了，我们实在不好意思啊。"杨世达很客气地说。

杨世达也确实要钱用。像他这样家境的人家，那一二百斤花生迟早是留不住的。馋猫嘴边怎么留得住咸鱼？虽说一二百斤花生只多三四块钱，然而多一点总比少一点要好。他打定主意，卖了算了。

余春敏提着大半篮菜叶回来了。杨世达将卖花生的事同她商量，她也同意卖。她放下菜篮把那些要卖的花生都拿出来了，一过秤不到两百斤。就这样，加上原先的二十块钱，他们手中又有了一百五十多元现金。对有钱人来说，这些钱不多，但对他们来说，这些钱却可以派上大用场。

下午，杨世达骑自行车来到云岗中学，为明举补交了学杂费，还交了半个学期的柴钱。剩下一点钱，他到文具店为小霞买了些铅笔和练习本。

杨世达本想给明山汇五十块钱去，可是汇费又要花去一块多钱，能省就省一点吧，等明杰到县里开会时再带给他。

3

公社撤销了，恢复了原来的乡人民政府。

杨世达家还依然是穷困，他一直在努力寻找致富的路子。

一天，杨世达从云岗副食品商店买回来一斤红糖，回家后他在那张包糖的旧报纸上发现了一条信息。这是一张省里办的《科技报》，报上的信息是有关种苎麻的，不但介绍了苎麻的市场前景，而且还详细介绍了有关苎麻种植的技术。种苎麻能致富，杨世达略有耳闻。近年来一些走村串户上门来收购苎麻的人越来越多，价格也直线上升，原来几毛钱块把钱一斤的苎麻，现在涨到五六块钱一斤，有段时间竟涨到八块钱一斤。

杨世达看了这则消息后，心里有点痒痒的。加上前几天队里又开了会，生产队长也在会上介绍了有关种苎麻的事情，并说乡里对种苎麻的农户有专项贷款扶持，还有专用化肥供应，种子已经发到生产队里来了，而且还是免费的。

杨世达赶紧在队长那里报了名，他要种苎麻，并开始收集有关种苎麻的资料。

白天杨世达忙于生计没空，晚上他坐在油灯下认真阅读这些资料。他按照资料上的要求整好了地，并从队长那里领来半斤苎麻种子。他一一照资料上的要求对种子做了处理，然后播下去。经过他精心管理，六七天后，苗床上开始现青了。又过了一个星期，那些出土的嫩苗，已显现出苎麻的形态了。他心里非常高兴，育苗关已经顺利地闯过来了。

杨世达忙碌起来了。拔草、洒水、追肥，几乎整天都围着那块小小的苗床转。他的脸上又出现了少有的笑容。

苎麻移栽开始了。这是一项技术性强而又需要投入大量劳动力的农活。那些带水的秧苗，人们要一根一根地栽下去。栽下之后又要立即浇水，否则就会枯死。拔秧、栽插、浇水要在极短的时间内同时进行，这个作业难度比较大。

杨世达家没有多余的劳动力，只有他和余春敏两个人。这五六分地的苎麻移栽是非常费时费力的。一些好心的邻居也主动来帮助他们栽。他们着实忙碌了两三天，总算是栽完了。苎麻在还没有完全成活以前，还要天天浇水。水源离苎麻田很远，杨世达两口子用尿桶一担一担挑水到田里去。时值夏天，他们累得浑身大汗。

苎麻移栽活了，接下来急需追肥。可是上面拨下来的专用肥没有了，专项贷款也被人用掉了。他一点办法也没有了。另外去买，自己拿不出钱来；去赊，人家又不肯赊，他急得团团转。没办法，他只好去找在外地工作的大儿子杨明杰想办法。几经周折，才搞到五十斤尿素。

苎麻长势良好，这些苎麻给杨世达一家人带来了希望。

收获的季节到了。苎麻这种植物一年可收三次，端午前收第一茬，立秋前收第二茬，冬至前收第三茬。第一茬开始收了，刮麻的问题出来了。

从开始种苎麻起，余春敏就为刮麻的事担忧，现在这事已经成了不可回避的现实。这么多麻用传统手工方法一根一根来刮，那要刮到什么时候？这里从来没人大面积种过苎麻，没有刮麻的专用设备。割回来的麻不及时刮出来，不烂也会变黑，变黑了价钱就要大打折扣，甚至卖不出去。

小满过后，天气一天比一天热了起来，苎麻也长得特别快。虽说头茬麻，一棵也有三四根，根根长得粗壮挺拔，收割上来准能卖一个好价格。但现在杨世达看着这片丰收在望的苎麻，心里却高兴不起来。

他先跑到县农业局问，有没有刮麻机卖，农业局的同志告诉他，这里不是产麻区，没有进这种机器。他又跑到县农机公司问，人家的答复和农业局一样，还给了他一个怀疑的眼神。没办法了，只有用手工来刮麻。这么多麻要想短时间刮完，简直是痴心妄想，只能是刮一斤是一斤了。

杨世达和余春敏忙碌了五六天，不分日夜地干，也只刮了十多斤干麻，依照这样干下去，那一大片苎麻要刮到何时呀？苎麻生长季节性很强，要不及时收割就老了。那些老麻，纤维的拉力强度降低了，弹性不好，色度也变差了,这样的苎麻不但卖不到好价钱,甚至还卖不出去。

正当他们急得团团转时,好心的邻居们来帮忙了。

来帮忙的这五六个女人都是平时和余春敏比较要好的。她们看到余春敏这几天来总是刮麻刮到深更半夜,人也累垮了,眼睛也熬肿了,一个晚上也睡不了两三个小时,就一个个伸出了援手。

这些女人们手脚麻利,一边刷刷刷地刮麻,一边说说笑笑,屋里充满了一片生机。

一根一丈多长的竹竿晾满了白花花的已经刮好的苎麻。

盆里的粗麻在渐渐减少,竹竿上的苎麻在慢慢地增多。满屋的笑声冲走了疲劳,增添了喜悦。

这几个女人接连来忙碌了七八天, 余春敏家的苎麻总算是刮完了。由于这几天天气好,晒干的苎麻成色又好,能卖个好价钱,杨世达和余春敏松了一口气。

头一茬苎麻收到家了。

白花花的苎麻堆在家里,杨世达、余春敏的心里怎么也不踏实。端午节已过了二十多天,农历五月都快要过去,天气更加热了。往年这个时候,一批一批的年轻人,骑着自行车,带着秤,走村串户来收购苎麻。一斤两斤收,一两二两也收,而且价钱是越到后来越高。人们在自家的田头屋角种上几棵苎麻,收上个半斤一两的也都卖了。可是今年不知怎么搞的,到现在还不见有人来收苎麻。去问了一下,本地的供销社不收。杨世达感觉这不是一个好兆头。

等。唯一的办法只有等。

又过了两个星期,还是没人来收购苎麻。今年的苎麻市场封冻了,不是价钱的问题,是根本无人要。杨世达没有搞清楚今年的苎麻为什么没人要?他到乡政府、村委会打听过几次,没有人知道。

后来杨世达在县供销社打听到, 供销社从未有过收购苎麻的计划,人家告诉他,全乡也只有他一家种了几分地的苎麻,本地的货源太少,他们收购是划不来的。

杨世达从供销社出来,不知道饿,也不觉得渴。现在该去哪里?他一片茫然。

杨世达回到家里太阳已经下山了,小霞正坐在门槛上做作业,看见父亲回来了,她放下手中的铅笔说:“爹爹,三哥又来信了。”

余春敏还没有回来,杨世达听女儿说明山又来信了,站在门口发了一会儿呆,然后问女儿:“三哥的信呢?妈妈看过了吗?”

“嗯,妈妈看了。”女儿回答说。

“信上说什么?”

“妈妈说:三哥在学校又没有钱吃饭啦。”

杨世达听女儿这么一说,眼泪就止不住往下流。

余春敏提着满满一篮青薯藤回来了,看见杨世达一副垂头丧气的样子,知道他在想什么。她一句话也不说,只是埋头剁薯藤。晚饭也不知是怎么吃的。杨世达早饭没有吃,中午也只是吃了四个馒头,喝了几杯开水,晚上也是胡乱地吃了几口就放下了碗筷。他用筷子往自己的嘴里送饭时,想到在学校挨饿的儿子杨明山。余春敏虽说终日劳累,没吃多少也把碗筷放下了。

余春敏来到房里,在抽屉里拿出杨明山的来信给杨世达看。

杨世达感觉信笺像铅一样沉重。他用手揩了揩自己的泪水,呆呆地望着余春敏说:“唉,山儿又要饿饭了。”

余春敏坐在床沿上。天气有些闷热,她拿着一把旧麦秆扇轻轻地扇着。她看了看丈夫,说:“唉,我们的计划全打破了。要是那些麻能卖出去,就好办多了。”

可不是吗?他们原以为只要苎麻种植成功了,过了端午节卖了麻,明山就有吃饭的钱啦。现在端午节早已过了,整个五月都快过完了,收麻的见不到一个人影,乡政府、供销社也不知其中原因。他们彻底失望了。

余春敏紧锁双眉,手中的扇子有一下无一下地摇动。看见杨世达闷闷不乐,余春敏站起身来,走到达子跟前说:“发愣也没有用,看来还得靠自己想办法。我看这样吧,听说县里有家麻纺厂,我们把这些麻送到县麻纺厂去卖掉,把卖麻得来的钱留给明山。你看行吗?”

为了将那几十斤苎麻送到麻纺厂去卖掉,杨明山下午请了假,他要帮妈妈去卖麻。可是当他驮着那捆麻走到校门口时又愣住了,他虽然来县城念了两年书,可他连麻纺厂在什么地方也不知道。这么大一个县城,他们往哪里走啊?没办法,他们东问西拐,赶了一个多小时的路,终于在县城的边上找到了县麻纺厂。

这家麻纺厂规模不大,收购苎麻、黄麻进行深度加工。杨明山将那捆麻放在走廊的水泥地上,满头大汗地喘着粗气。办公室里坐着一个年轻女子正在看报,余春敏问:“请问,你们这里收苎麻不?”

“我们这里是麻纺厂,不收麻收什么?”这女子说话很冲。

“请问,多少钱一斤?”杨明山问。

“墙上贴着价目表,你们自己去看吧。”那女子用手朝墙上指了指。

余春敏母子来到那价目表前一看,他们都惊呆了。

价目表上的价格与原来的收购价悬殊太大了!原来一斤苎麻要卖到六至八块钱,现在一公斤苎麻也只能卖到四块二毛钱,合两块一毛钱一斤,比原来的价格低了三分之二。

这么低的价钱,这几十斤苎麻卖还是不卖?他们母子面临着一次痛苦的选择。卖,价格太低了,卖掉又太吃亏了;不卖,又不知道今后的行情如何。他们在那里举棋不定,犹豫了半天,最后他们还是做出了痛苦的选择——卖。当他们决定将这些苎麻卖掉的时候,余春敏又用衣襟在自己的脸上擦了擦,她自己也弄不清楚那被擦去的是汗水,还是泪水。

4

余春敏回到家里已经快到中午了。她的第一件事就是弄点吃的。她今天赶早班车到县城,直到现在,她连一口水也没喝。这次卖麻得了七十五块钱,回来后要给明杰四十块钱,余下的三十五块钱全给明山留下了。现在余春敏觉得很饿。这时候杨世达又不在家里,他到菜园里去了。

余春敏走到灶间看了看,大锅里在煮着猪食,盛饭的木盆里有些干饭,还有一点温热。她饿极了,就直接用一只碗在盆里挖饭吃。她又在橱内找菜,只在碗橱角上找到了一点咸菜。就着这点咸菜,她连吃了三碗饭,又在水缸里舀了一瓢冷水喝了,她觉得非常舒服。她一边收拾碗筷,一边打着哈欠。她非常想睡会儿,可是家里还有很多事情等着她去做:昨天一家人换下来的脏衣服她要去洗;猪要她去喂;快到中午了要赶紧做午饭,小霞吃完饭还要赶到学校去上课。

她洗了个冷水脸,又有了些精神,继续去做那些永无尽头的家务事。

杨世达在菜园里摘了些辣椒回来了。

“明山的情况怎么样?”杨世达迫不及待地问余春敏。

“明山的情况很不好,只剩二两饭票,要是我没赶到,他中午就没饭吃了。”余春敏一边说,一边提着猪食桶往灶下走。

杨世达跟在她的身后走着。

“苎麻的价钱还好吗?”杨世达又小心地问了一句。

“好个鬼!我们算是倒霉透了,只卖到两块一毛钱一斤,苎麻没法种了。”余春敏越说越恼火。

“还真应了一句古话了:‘养得鹅来鸭又俏,养得鸭来没人要’。穷人想成点事真难呀!”杨世达长长地叹了一口气。他为种苎麻的确吃了不少的苦头,花了一番心血;余春敏为刮麻也伤透了脑筋,可如今他们得到的竟然是这样的结果,他们两个都伤心极了。

小暑已过,大暑即将到来,一年一度的“双抢”战斗又要开始了。

在一片金黄色的田野里，有一小块碧绿色的植物，远远望去，好似一小块阔叶林，一阵风吹来，那些比巴掌大得多的叶子吹翻了边，呈现一片灰白色的景色。叶子随风吹拂，那一小块植物一会儿是灰白色，一会儿又成了碧绿色，交替变幻着。

这片碧绿的植物就是杨世达的苎麻田。

杨世达种麻成功了，而且长势也很好，可是他又面临着失败的厄运。

刮麻没人力，苎麻卖不出去，卖出去又卖不到什么好价钱，上面又不当作一回事，这样种下去又有何益？杨世达思绪万千，他不得不去面对这无情的现实。

杨世达蹲在这块绿地边，呆呆地望着这一根根拇指粗的苎麻。苎麻水灵灵的，顺着风势摇曳，似乎是有意向人们摆弄风姿。跟头茬麻相比，这二茬麻少说也有上百斤。头麻只有三四十斤，余春敏是在几位好心的邻居帮助下，花了几个夜晚用手工一根一根刮出来的。头茬麻只卖到七十五块钱。这二茬麻产量高，少说也可卖到两百多块钱，虽说价格低，但是比种粮食还是要好多了。但没有刮麻的设备，总不能每次都让邻居们无偿来帮忙。麻的产量越高，越是个负担。

杨世达望着这片麻地，心里非常痛苦。现在他又面临一次痛苦的抉择。这一小块绿色风景线，他付出了千辛万苦，现在他要决定这块绿地的命运：是继续种下去还是毁麻还田？他实在舍不得挖掉，他为这块苎麻田付出了沉痛的代价，也遭遇了各种各样的面孔——领导干部的冷漠，村民们的观望，收购人员的傲气，家人的不理解。这些残酷的事实，他都忍受了。但现在要毁掉这片长势旺盛的苎麻，他实在是于心不忍；可不毁掉又没有办法继续种下去。

麻田边，杨世达流着眼泪，无奈地连声叹气。

“爹，您在这里呀，我找好久都没找到您，您怎么跑到这里来了？”杨明山一边朝这里小跑，一边高声地喊叫。

听到叫喊声，杨世达慢慢回过神来。他站在田埂上，双手叉腰，一双眼睛还是紧盯着那些粗壮的苎麻。本来这个时候又要开始收二茬麻,但现在正是农忙季节,大家连自己的事都做不完,哪里还有时间来帮他家刮麻呀?靠他和余春敏两个人刮麻,恐怕没有一个月也别想刮完这么多的麻呀。眼看到手的东西要丢了,他既是成功者又是失败者。

"回家去吧。这次我们真是应了古话:'谋事在人,成事在天'呐!麻种成功了,可是卖不到好价钱。刮麻关过不了,收到再多的麻,刮不出来也是枉然。所以我是一个成功的失败者!"杨世达对儿子说。

杨世达实在想不通。

从去年下半年开始,省报和县里的小报、电台都在大力宣传种苎麻的好处,介绍种苎麻的经验,推广种苎麻的技术。这样的集中宣传持续了几个月,把种苎麻的好处捧上了天。可还不到一年,种苎麻的事无人问津了,报纸上也难见到苎麻二字。

杨世达的苎麻种好了,丰收了,可是现在却要毁麻挖麻蔸,真是叫人不可思议。

第二天,杨世达一个人扛着锄头来到苎麻田边,看着这一片茂盛壮实的苎麻,他心里一阵抽搐。痛心啊!自己费了千辛万苦种的、长得这么好的麻,就因为没办法刮出来,就因为卖不到好价钱,现在自己又要亲手毁掉,这到底是中了哪门子邪?杨世达到现在也没想通。不去想了,再想也无济于事!他拭去眼里流出来的泪水,大吼一声,像个疯子一样,冲进苎麻田,挥着锄头,把一片碧绿的苎麻打了个东倒西歪一片狼藉。他吼着,打着,把心中的委屈、悔恨、愤怒,全都发泄出来,头上的汗水混着眼里的泪水,一起尽情地流淌、流淌。良久,他把锄头一扔,仰天倒在麻田,田野上顿时传出一个男人粗犷的痛哭声。

5

八月里的天气也真是摸不定,太阳一出,热得浑身冒汗,一场雨下来,冷风一吹,又得赶紧穿上夹衣,真应了俗话说的“二四八月乱穿衣”。

就在这气温千变万化的时候,余春敏家的三头肉猪突然发病。她急得团团转,冒着中午火辣辣的太阳,骑着自行车到附近去找一位姓陈的兽医。

陈医师的诊断,对余春敏来说无异于晴天霹雳:三头肉猪得了不治之症——烂肠瘟!这是一种非常严重的传染病,猪要是得了这种病,任何高明的兽医也无法治好,唯一有效的办法就是打预防针。

余春敏站在猪栏前,望着三头并排躺在栏内的肉猪流着眼泪。他们一家对这三头猪都寄予了莫大的希望,指望卖了这三头猪,先把猪仔钱还了,再为孩子们补交今年下半年的书钱学费和明山的生活费,全家的油盐打杂零用的钱,也都指望从这几头猪身上出。如今,这三头承载着全家希望的猪都躺在地上喘着粗气,口吐白沫,奄奄一息。

近三年来,余春敏家里的猪发瘟也不止这一次了,先后死了二十六头猪,加上这三头,共死了二十九头猪。他们再也无法承受这么严重的损失。这三头猪还是一位好友赊给他们的,猪仔钱至今还欠着。当时仔猪价格又高,因此,她家又多欠了一些债务。沉重的债务,压得他们一家人喘不过气来。

本来余春敏不想养猪了。可是,种麻失败以后,杨世达又想养猪。他是这样想的,自己不懂农活,总不能在家吃闲饭,再说,在农村哪家不养猪?他想找一名好兽医定期给猪打预防针,避免猪瘟。他到云岗兽医站去了几次,每次都是铁将军把门。他又到几个兽医家里去找,也见不到人影。后来人家告诉他,一家打预防针是起不到什么防预效果的,要家家都打才行。因为那些疫苗都需要冷藏保存,没有冷藏,一次没用完的疫苗,下次就不能再用了,这样成本就增高了。所以,兽医为他一家几头猪到县城去买药,那是不现实的。

余春敏的弟弟余春光听说姐姐家的猪出了问题赶过来了。他来到姐姐的猪栏边,看见姐姐靠在一根栏墩子上掉眼泪,他轻声地叫了一句:

"姐姐。"

余春敏看到弟弟来了,朝他点了点头。她什么话也没有说。此时的情景,让余春光想起了前年和现在差不多一样的场景。

那是前年农历四月,余春敏家四头一百多斤重的猪突然不吃食了。余春敏急得直跺脚,杨世达也无心思外出做零工。他们请来了附近小有名气的兽医周医生。周医生诊断这四头猪得的是严重的猪瘟病,治好的希望不大。这是四头一百多斤的肉猪啊,无论如何还要"死马当作活马医",只要有一线希望,他们就不愿意轻易放弃。可是周医生有他的难处,他诊断出了猪的病症,但没有治这种病的药,云岗乡也没有,这种药要到县城去买。

杨世达知道了这个情况,他万般无奈地说:"唉,有病无药,恐怕这四头猪是保不住了。周医生是否还有别的办法啊?"

"杨师傅,要是有别的办法,我早就替你们想了。这种病非要那种药不可,就是到县城去买,不但开支大,成本高,更要紧的是时间来不及呀。我劝你也别难过,这也是没有办法的事呀,俗话说'破财消灾'。"周医生摇着头,安慰他们夫妇俩。

杨世达送走了周医生,又来到猪栏边。这四头不大不小的猪横七竖八地躺在栏里,喘着粗气,肚皮在一上一下地鼓动,只剩下一口气了。余春敏进到猪栏内,弯着腰,用手挨个儿地摸着这些尚存一口气的猪。这四头猪都在发高烧,有的口边还吐着白沫,都睁大着眼睛躺在那里。

余春敏深深地叹了一口气,然后万分痛苦地对杨世达说:"唉,这四头猪都不行了,趁它们还没断气,叫个杀猪的把它们都杀了。"

余春敏的眼泪像是缺了堤的水一样涌了出来。

杨世达长长地叹了一口气,低声地劝慰余春敏:"别哭了,这都是命啊。我们无力回天,只好认倒霉。"

杨世达虽说在劝慰余春敏,他也是一肚子苦水。近几年来他家连遭厄运,什么事都不顺,小店关门,机米没赚钱,种苎麻失败,养猪发瘟。这样的打击无论是精神上还是经济上，几乎到了使他无法承受的地步。

杨世达劝慰了余春敏之后就去找余春光了。

余春光带着一个杀猪的人来了，他们和杨世达夫妇一起，忙着把四头病猪全杀了。

门板上的猪肉也惹来许多苍蝇，杀猪的有时也去赶那些讨厌的苍蝇。杨世达很清楚，这些肉多少可以销得一点出去，但销量不大，因为是病猪，一般的人家谁会去买病猪肉吃，除非那些特别穷的人家，这些人家要买，也只会买一点点，全部销出去是不可能的。这四头猪肉共有三百多斤，怎么办?吃吧，他们一家人吃不了那么多，丢掉又怎么舍得?送给人家又怕连累别人。这事真叫杨世达、余春敏左右为难。

余春光出去了一阵，约摸一个小时以后回来了。

过了不久，门外来了几个妇女，她们都是余春敏平时要好的朋友，她们是怀着一颗同情心来的。她们来到杨世达和余春敏两个面前，好言好语劝慰他们之后，又走到那一大堆瘟猪肉边，叹着气，每个人买了三五斤瘟猪肉。

这几位女人刚走，又来了一群男男女女，后面跟着几个小孩。他们也是来买瘟猪肉的，有些人是碍于面子就打发小孩子来买肉。这样，病猪肉靠邻居们的同情心销了几十斤。

到快要上灯火的时候，再也没有人来了。杨世达和余春敏两人来到堂前，叫那个杀猪的帮忙将那些剩下的肉好的坏的分开来，余春光买了些盐来，他们一起把剩下的肉腌起来。余春敏一边腌肉一边掉眼泪……

余春光今天又要帮姐姐家处理这三头瘟猪，心里觉得非常难过。近些年来姐姐家家运不济，这日子以后还不知该怎么过呀。

他们几年来摸索致富的终结。开店、种苎麻、养猪、机米，这几条曾经令他们指望摆脱贫穷、走向富裕的路，全都以失败告终。

杨世达、余春敏从收废品的地方出来，他们要做的第一件事是到云岗中学去找儿子杨明举，将那买复习资料的十五块钱给他。

他们推着车来到校园内的一棵大樟树下站住，然后在车把手上坐下。他们都累极了，都想歇息，虽说肚子有些饿，但更想喝口水，再美美地睡上一觉。

“铛，铛，铛”下课的铃声响了。余春敏刚闭上眼睛打盹，听到铃声，又抬起头来在那些奔跑的学生群中寻找自己的儿子。

“妈！妈！”一个长得矮胖的少年向他们跑来，接着他又叫着：“爹！你们都来了。怎么还推着一乘土车？你们是来干什么呀？”杨明举站在妈妈的面前，从书包里拿出一本书来替妈妈扇风。杨世达把今天到云岗来卖旧机器的事对他说了。

余春敏从自己的贴身衣袋里拿出钱来，靠外面的钱都被汗水打湿了。她给了明举十六块钱，十五块钱买复习资料，一块钱给他零用。杨明举非常高兴，几个星期家里都没给过他零花钱了，今天妈妈给了一块钱，哇，真好！

余春敏收好钱，将八角钱零钱给了杨世达。他们想喝口水，然后到街上去买几个馒头吃。

在一家小店里，杨世达和余春敏每人吃了三个馒头，喝了两碗开水，在店里坐了一会儿就离开了。

第四章

明山的学业

1

又到暑假了。余春敏昨天接到杨明山的来信，说暑假他不回家，下半年要升高三，学校为了保证升学率，利用暑假时间给即将升高三的学生补课，他让家里寄点生活费去。

晚上杨世达从户上做工回来，余春敏将明山的信给他看了。看完信，杨世达又是双眉紧锁，坐在那里不说一句话。他心里充满着矛盾。学校利用假期给学生补课，这是为学生高考做准备，是件好事，可是这近两个月的饭钱又使他发愁。过了暑假又要准备开学的费用，这接二连三的开支加起来数字不小啊，他到哪里去搞这么多钱？上次卖废铁的四十六块八角钱，现在还剩下三十块钱，加上他收到的五块钱工资，家里总共还有三十五块钱。不管怎么说，先把这些钱给明山，剩下的以后再想办法。

杨世达主意已定，对妻子说："春敏，你还是抽空将家里那三十几块钱送到明杰那里去，叫他利用到县城去开会或者办事的机会将钱带给明山。这样不但可以节省汇费，还可以节省时间。"

暑假过了将近一半。

一个星期六的下午，班主任李老师把杨明山叫到办公室。李老师慢慢地吸着烟,看着面前和他个子一般高大的学生,心想:真是一块读书的好料子啊,全班五十个学生中,杨明山的各科成绩几乎都是名列前茅,可他的生活却是全班最苦的,这个反差太大了。吃的是最低标准的伙食,穿的是破旧的衣裳,连一双好一点的鞋子也没有。

李老师对杨明山非常同情,他有心接济他,可他也并不怎么富有。他大学毕业参加工作才几年,去年结的婚,一个月的工资也只有那么几百块钱,家里还有六十多岁的双亲需要他来负担。

李老师对杨明山寄予了莫大的希望,他认为杨明山是个大有前途的学生,将来一定会考上好大学成就一番事业的。可是眼下看着他这般境遇,他又感到爱莫能助。他今天利用这空闲时间找他来,是想和他好好谈谈。他对杨明山家里的情况还不十分了解,只知道他家兄弟多,父母负担重,生活非常艰苦。大哥、二哥都参加了工作,还有几个弟妹都在念书。除了这些外,他就不大清楚了。

李老师轻轻地对杨明山说:"暑假到现在快一个月了,这段时间你生活得还好吗?"

"有什么好不好的,反正别人过一天我也同样过一天。有饭吃有书念就行了。"杨明山简单地答道。

"你学习生活有什么困难吗?"

"没什么,我早已习惯了。从我开始念书起,困难时刻都在陪伴着我。对我来说,只要有饭吃,有书念就什么困难都没有了。"杨明山还是那种不以为然的样子,轻松地回答着李老师的问话。

杨明山的大哥、二哥都是六岁上学念书,而他却由于家里穷,被迫推迟了一年入学。从小学一年级起,他就面临着各种各样的困难。念到小学三年级时,由于曲庄没有三年级要转到离家五里路外的完小去念书,学生要在学校吃早、中饭,家里拿不出柴钱来,又没劳力上山砍柴,几乎要失学,后来还是他教书的爷爷把他接到白云乡老家才念完了小学。由于地区学籍问题,在念初中时他又不得不回到云岗中学来念书。在云岗中学，也是因为家里交不起柴钱，他曾几度停膳，饿着肚子坚持上课。尽管如此，初中三年，他从未旷过一节课，每个学期他都要拿回几张奖状。他是以全县总分第二名的成绩考入向阳中学的。现在，他又面临着挨饿的困境。

李老师很喜欢这个意志坚强的学生。杨明山现在的情况几乎与他上高中一样，只不过他还不至于到连饭都吃不上的境地。他发现杨明山穿着一双破解放鞋，连脚趾头都露在外面，便轻声地问杨明山："你的母亲是做什么的？"

一提到母亲，杨明山几乎要哭出来！母亲含辛茹苦，把他们兄妹六个拉扯大，他们的母亲是一位不知疲劳只知道干活的女人。父亲又累遭厄运，单位倒闭，工资被扣发，县里不问，乡里不管。一家人的生存面临绝境。

为了生存，父亲也曾在致富路上做过几次尝试，但每次都是以失败告终，结果还是重操旧业——做木工手艺。

由于农村实行农业生产责任制，一些乡镇企业早已名存实亡，父亲杨世达虽然是一个单位的领导，但现在工资没有了，生活问题也无人管了。父亲失业了。

杨明山在李老师的办公室里想到家中这些伤心往事，什么也不想说了。李老师见他沉默不语，知道他家有难处，便说："杨明山同学，我希望你坚强一些，面对狂风恶浪，朝着前方的目标奋力游，我相信你一定能到达理想的彼岸。今天我们不谈了，明天是星期天，上午你到我家里来一下好吗？"

杨明山答应了。

2

杨明杰的办公室里今天来了一位四十多岁的男人，对方虽说年纪不

点点心意,你收下吧。”

李老师的话使杨明山不知所措,他认为这不仅是几件旧衣服,而是老师对一个贫困学生的爱心!他双手从李老师手中接过了那包衣服,眼泪像是断了线的珠子一样直往下掉。他双手紧紧地握住李老师的手,只是哽咽地叫了一声:“李老师……”

杨明山什么话也说不出来。

俞老师把杨明山的家庭情况向校长作了详细汇报,同时也告诉了班主任李老师。

根据杨明山家里的情况,经校务会议研究决定:给杨明山二等助学金,同时减免学费。后来他的大哥杨明杰也利用到县城开会或者办事的机会经常到学校去看他,或多或少给点钱给他。杨明山吃饭的问题基本上解决了,他可以安下心来念书了。

3

这些日子,杨世达虽然很忙,可他和余春敏两人隔三差五就要轮流到老家去看望病重的父亲。

虽然大家期望父亲能好转起来,但年老体弱的父亲犹如风中残烛,大家担心的那一天终于来了。那是农历七月初九日,杨世达得知父亲不行了,和他的两个弟弟杨世堂、杨世强急匆匆赶到父亲床前。

父亲杨鼎盛看到儿孙们都来了,睁开眼,吃力地说:“达子,不管你们今后遇到什么样的困难,就是讨饭也不能让儿女休学,啊!……”

杨世达频频点头答应,眼泪不住地往下掉。又过了一会儿,杨鼎盛又转过头来,一双睁得大大的眼睛直直地盯着跪在杨世达背后的杨明山,嘴唇动了几下,可谁也没听清楚老人说了什么。只见老人的头朝床里边一歪,闭上了双眼,老人就这样带着许多遗憾走了。

房内顿时一片号啕大哭声。

阿爸死后，杨世达父子在杨河村老家忙碌了好几天，然后他又赶回曲庄来了。他也要为阿爸的后事做些经济上的准备，这又给了他一个沉重的包袱。虽说县民政局还有些安葬费，可数额是有限的。他们兄弟三个每人至少要拿出一两百块钱来。这点钱两个弟弟都没什么问题，他们都拿得出来，唯独杨世达要靠借贷才能解决问题。

杨世达回来后就与余春敏商量钱的事。可是，他们能想出什么办法呢，时间也不允许他们想下去，万般无奈之下，只好将留到下半年给几个孩子开学的那点钱先用了。

出殡那天，十六个青壮年农民将那大红棺材抬得高高的。棺材的前头扎了一个大花圈，是杨世达的外婆家陈恒昌兄弟送来的。棺材的正上方盖着一条大红毛毯。杨鼎盛教了一辈子书，这里念过书的人几乎都是他的学生，这天来了三百多人为杨老先生送葬。浩浩荡荡的送葬队伍跟随在棺材的后面，慢慢地向杨老先生的墓地走去。场面之壮观是杨河村这个小村庄从未有过的。

这次为老人办丧事共花去人民币两千三百余元，除了县民政局下拨的六百元安葬费，他们兄弟三个还要分摊一千七百余元。三弟世强提出他一人负担七百余元，杨世达、杨世堂各承担五百元。他们开始还坚持兄弟三个平均摊派，最后还是大哥杨世昌拍板将事情定了下来。

杨世达只带了家里仅有的四百块钱去，这次他又增加了一百块钱的债务。

杨明山返校的时间又到了，本来还有二十多天才开学，因为这学期他升上了高三，按学校规定，他们提前三个星期开学补课。在补课期间，学校除了收取一些资料费以外，再就是准备自己吃饭的钱，其余的书钱、学费等开学时学校统一收取。

现在杨世达又要为明山补课吃饭的钱发愁。他真的是山穷水尽，家里不仅一分钱没有，而且栏里没有猪，地里的花生还在开花。户上的工钱现在是没法收上来的，目前家家户户正是缺钱的时候，就是去借也借不到，这个时候的农村，又有几家有多余的钱？

杨世达和余春敏夫妇俩再次为钱发愁，他们被逼得走投无路了。

杨明山几乎天天都在责任田里干活。他干得十分卖力，恨不能在暑假里将田地里所有的重活、累活都干完再回到学校去念书。他清楚地知道，爹妈这几天一直在为他筹集补课的费用而操心费力，他除了尽力多干些农活外，什么忙也帮不上。

夏粮入库开始了。这对杨世达来说似乎多了一线希望，他在完成国家任务之后，还可以适当卖一些超购粮，也就是农民们说的议价粮。可是这种议价粮收购指标控制得很紧，一般要整个村小组都完成了国家任务，粮站才可以适当收购一些议价粮。可是夏粮入库需要很长一段时间才能完成，要等到全面完成任务之后，恐怕时间又来不及了。怎么办？杨世达去找了粮站的站长，他把情况对站长说了，站长也感到非常为难，可是杨世达的情况十分特殊，不给他解决一点议价粮收购指标，他孩子的学业就会受到影响。站长考虑了一下对杨世达说："你的情况我知道，目前我们粮站还没开始收议价粮，等晚上我们商量一下，看看大家的意见如何，你明天早晨到我这里来一下。"

第二天一大早杨世达就起来了。连日来他和余春敏两人根本就没休息好，晚上躺在床上总是翻来覆去地想着怎么过面前的难关。眼下明山补课和吃饭的钱像一座山一样横在他们面前，他们绕不过去。再过一段时间，明山、明举、明星、小霞他们都要开学，总共要花几百上千元，可是目前家里连一块钱也没有。有些人认为他夫妻俩是自找苦吃，为什么不拉几个儿子回来帮一把呢？可是杨世达和余春敏从来也没想过要儿子们辍学回来放牛、种田、学手艺。他们要想尽一切办法，哪怕是砸锅卖铁，也不能叫一个子女辍学，哪怕就是欠一身的债也不后悔。

第二天一大早，杨世达就赶到粮站。站长刚刚起床，仓库的门早已打开，一些赶早送粮的农民也陆续向这里集聚，上班的职工都已到了各自的岗位上，做着收粮的准备。

也不需要杨世达再开口说什么，站长自然知道他是为什么而来的，他对杨世达说："杨师傅，你的事昨晚上我们几个人商量了一下，你也确实不容易，可是我们粮食部门目前只许收购任务内的粮食，至于超购粮以后会适当收一点，不过也不能收过了头，怕有些农民只顾自己卖超购粮，连自己的口粮都拿来卖钱，所以上面对超购粮收购控制得很紧，目前我们还不好开这个头。"

站长说到这里停住了。杨世达可急坏了，他从小方凳上站起来，迫不及待地对站长说："那我怎么办呀？唉，真要急死人了！"

"你坐下，先别急，我还没说完呐。"站长用一双粗大而有力的手将杨世达轻轻地按下去，接着说："我们都认为你太艰难了，那么多孩子念书。卖超购粮的事虽然没能帮上忙，可我们大家商量好了，我们站里几个人以个人名义借两百块钱给你，让你那上高中的儿子先到学校去念书，等以后我们开始收超购粮时，你再来卖谷，等你卖了谷再还我们的钱，你看行吗？"

站长从抽屉里拿出两张一百元的钱给杨世达，随后杨世达打了一张借条给站长，并紧紧拉着站长的手激动地说："真谢谢你们！你们帮了我的大忙了！"

杨世达兴高采烈地回家了。

4

经过二十多天的寒假，杨明山又要提前回校了。还有半年，他的中学生活也将结束，往后的人生道路如何，他自己也没个底。能考上大学当然是一件天大的好事，可是到底能否考上大学，他也没有十分把握。不管怎么样，他还有半年念书的机会，那就得抓紧时机好好地念下去。虽然家里条件十分艰苦,但他无论如何也要坚持下去。

今年可以说是杨世达最难过的一年。杨明山高中毕业要参加高考,杨明举要升初三,明星小学毕业要升初中,小霞还是念小学。到下半年开学时,四个孩子所需的费用是惊人的,他到哪里去搞这么多钱?

一个学期很快就过去了一半。学校已经考了期中考试,杨明山高三的功课已经结束。

随着期中考试的结束,杨明山他们那紧张而又有系统的复习又开始了。他们不仅要复习高中的课程,初中的课程也要复习。他们的学习生活已进入紧张的阶段。

高考在紧张、激动中过去了,杨明山对自己的高考信心满满,他一考完就回家了,想尽量让自己多参加一些劳动,减轻爹妈的负担。

这天,杨明山回云岗中学打听有关今年高考的消息,恰巧碰到了几位高中的同学,他们也是来打听消息的。前几天,赵老师到县教育局去了一趟,到招生办查阅了学校考生的成绩,云岗籍的八位考生都上了体检分数线。同学们那股高兴劲头就别提了,赵老师更是喜出望外,这八位学生中有五位原来是赵老师班上的。这次杨明山考得最好,有被重点大学录取的可能。可是他只填报了北京师范大学和西安交通大学,这两所学校虽然不能与北大、清华相比,但还是属国家重点大学,能被这两所学校录取,也是幸运的。

杨明山很高兴。他的考试分数已超过了北大、清华历年来的录取分数线,可他却没有填报这两所学校的志愿。他并不后悔,也不惋惜。没填报这两所高校的原因,是不想再给家里增添太大的经济压力,师范类院校学生有生活费,而西安交大不在大城市,生活费用相对来说要少一些。他想,今后的四年大学生活,对他来讲又将是一段艰难的行程。

日历翻到了8月中旬,高考录取通知书陆续发下来了。

杨明山这几天有些坐立不安。他的分数没问题,高出北大、清华今年的录取分数线三十多分;体检也是一路绿灯,科科通过,他对于被录取充满信心。可是不知道为什么大多数人都接到了录取通知书,而他却迟迟没得到?他表面上若无其事,可心里却难免有些焦急。

到8月下旬了,一些新生都准备启程了,杨明山的录取通知书还没来。他实在坐不住了,顶着炎炎烈日骑着自行车到云岗中学去了。

这时快近中午,赵老师正在洗菜,准备做午饭。他见杨明山来了,忙放下手中的菜,没等杨明山开口,赵老师就告诉他:“你的录取通知书已经来了,是西安交通大学机械工程系,液压专业的。昨天我已叫张发仔带给你。怎么,他没给你送去?”

“没有哇。”杨明山喘着气,他迫不及待地对赵老师说,“赵老师,谢谢您了,我找张发仔去。”

张发仔是杨明山的大哥杨明杰的同学,两人从小学一直到师范毕业都是同学,而且还是同一个村委会的人。张发仔的父亲是一位民办教师,每个月有固定工资,经济收入比杨明杰父亲那种走村串户的手艺人要好一点。按照他与杨明杰的关系来说,张发仔应该将杨明山的录取通知书及时送到他家里去。可是张发仔并不这么认为,也没那么做。因为张发仔自师范毕业以后,一直在小学教书,后来当上了一所小学的校长。

杨明山赶到张发仔家里时,已经热得头昏脑涨。他的全身已经湿透,口里干得冒烟。他将自行车停好,径直进屋走到躺在摇椅上摇风摆扇的张发仔面前,用嘶哑的声音对他说:“张校长,我的录取通知书呢?”

张发仔在摇椅上动了下身子,可是他没起身,而是用手中的扇子向上面的香案桌上指指,说:“你的通知书在条几上。昨天到今天你们曲庄也没个人来,我本想等有人来就给你捎过去,现在你自己来了,自己去拿吧。”

杨明山也顾不得自己口干舌燥,一身汗湿,用自己的湿衣服揩干了手上的汗水,就在条几上的什物堆里找他的录取通知书。录取通知书本来是用一个牛皮纸大信封装好的,可张发仔拿回来拆开来看了,他看后又没按原样装好,还东一张西一张的到处都是。杨明山找了半个多小时,将那条几上乱七八糟的东西翻了个遍，才将通知书一一找全，他核对了一遍，确认没有遗漏，才将原件装进牛皮信封里。他憋着一肚子的气，什么也没说就骑自行车回家去了。

离开学的日期越来越近。

自从杨明山拿到大学录取通知书以后，这十来天里，杨世达和余春敏几乎没睡过一个好觉。他们每天都是天刚亮就起床，有时杨世达到夜里十一二点钟才回来。他无心去做木工，也没办法去做木工。儿子明山好不容易考上了大学，而且是重点大学，这对农村普通老百姓来讲，是一件天大的喜事。但这时候的杨世达心里是喜忧参半。喜的是儿子终于考上了重点大学，忧的是开学所需费用如何解决？

按照入学通知，杨明山这次开学的费用对他们来说是一笔很大的数目。这么多的钱，到哪里去弄？该去的地方他都去了，收效无几。

为筹集杨明山开学的费用，杨世达和余春敏的脸上布满了愁云。

实在没办法了。在万般无奈之下，杨世达决定再到张书记家里去一趟，请他出面到信用社去贷款。自那年被他家的狗咬了以后，他再也没有去过张书记家。这次他要去，而且要做好防狗咬的准备。

这天一早，张书记正在院子里刷牙，听到院门外有人叫门，他通过铁门栅栏看见杨世达站在院门外，手里还拿着一根小木棍子，一辆破旧的自行车停放在大路边。

杨世达见张书记出来了，笑着跟他打招呼："张书记，早上好！"

"哦，杨师傅，你真早啊。"张书记笑着回答，又用手上的毛巾擦了擦脸，开了门让杨世达进来，接着问道："你这么早赶来有什么事吗？"

"张书记呀，我是无事不登三宝殿呐。眼下我有点小事又要打扰你啦。其实我也是实在没有了办法才来给你添麻烦的。"杨世达向前走了一步，那根小木棍还是紧紧地握在手里。他朝四周看了看，没发现狗，可还是心有余悸，不大放心，手上的小木棍不敢丢掉，仍然紧紧地握在手里。

看到杨世达紧张的样子，张书记笑了，说："我们家原来的那条狗因为咬人，在正月里就打死了。从那以后，我们家再也没有养过狗了。"一听说没有狗，杨世达一颗悬着的心立马踏实了。

"张书记，其实也没什么大不了的事。只是我家的情况太糟糕，经济条件太差，所以对于我来说小事也是大事，喜事也成愁事。"

杨世达这些不着边际的话，弄得张书记有些丈二和尚摸不着头脑。但他凭经验也猜测出了个八九分，他准是又遇到了什么难题，或者又碰上了什么急事，急需花钱。

杨世达把话向张书记讲明了，因为明山开学缺钱，想请他帮忙到银行或信用社去贷点款。张记从沙发上站了起来，他点燃了一支香烟，一边抽烟，一边在厅内走来走去，思考杨世达刚才提出来的有关帮他去贷款的事。他对杨世达说："杨师傅，你的情况也的确是事实。可我又无能为力帮你什么忙。你的工资问题，乡党委还没研究到那个小事头上去，因为那是上斤不上两的小事，简直就无法排上，你工资的事就暂且不要提了。至于贷款嘛，等吃了早饭我带你到信用社去，能不能贷到款我可不敢说。"

听了张书记的话，杨世达的心里明白这是送客的信号。于是他从木沙发上站起来朝门外就走。

正是吃早饭的时候，杨世达推着自行车在云岗街头慢慢走着，打算去买几个馒头当早饭，可是他伸手往口袋里一摸，糟糕！早上起得早，出门走得急，忘了带钱。怎么办？去找熟人借一块钱吧，可是他在街上走了个来回，也没碰到一个认识的人。

看来今天的早饭是吃不成了，虽然很饿，现在也只能忍着。杨世达推着自行车在云岗街头漫无目的地走着，磨蹭了个把小时，看看太阳也升得老高了，心想张书记也该到乡政府上班了，于是就朝乡政府走去。

张书记已经在办公室了，看到杨世达来了，就带他到信用社去。

云岗信用社离乡政府不远。信用社的工作人员已经上班了。他们见张书记带着一个人进来，都纷纷起身跟张书记打招呼。

云岗信用社胡主任看见张书记来了，赶紧快步走出来和张书记握手，一边点头招呼一边笑着说："张书记，这么早啊，请坐！"

胡主任端了一把藤椅过来请张书记坐下。杨世达朝胡主任点点头，自己找了一把木头椅子坐下。

"张书记这么早就大驾光临，一定有什么重要指示吧。"胡主任吸了一口烟，将烟头上的一截白灰弹掉。

"老胡啊，"张书记将藤椅向胡主任的办公桌移近了些，接着说："我是来请你帮忙解决一个难题，也不知道行不行？"

"哎，张书记，您有什么事只要打个电话来就行了，还用得着您亲自出马，真是不好意思。"胡主任满脸赔笑地对张书记说。

张书记将杨世达要求贷款的事对胡主任说了。胡主任说："张书记呀，您就是不说我也大致知道您的来意。只是我们社里目前信贷资金比较紧张，问题不那么好解决，再者杨师傅前几年的贷款都没还清，现在他又要贷款，真是不好办呐。不过张书记您亲自来了，总不能空手而回吧。他需要贷多少？"

张书记转过头来对杨世达笑了笑，意思是说，现在该你自己开口了，不过你也不要开得太高了，千万不要让我为难。人家答应贷款给你，是给我的面子。

杨世达对张书记的笑意是心领神会的。他微笑着说："蒙张书记的关怀，胡主任的支持，我万分感激。我家的情况不说你们也是晓得的，这次我真是无路可走啊，只好硬着头皮来给领导添麻烦啦。胡主任能给我贷款我是感激不尽，张书记又亲自过问我这点小事，我要感谢党委、政府对我的关怀。至于我需要贷多少款，我真不好开这个口，还是请二位领导定夺吧。依照我家的情况来看是越多越好，但这是不可能的。领导能帮我的忙，我就感到万幸，我还能争多嫌少吗？"

胡主任递给杨世达一张信笺纸，叫他写贷款申请。杨世达站在办公桌边写好了贷款申请书。胡主任接过杨世达手中的申请，看也不看一眼，就拿起笔来在那张申请书上批下:“请给予办理生活贷款四百元整。”然后签上自己的大名就交给了杨世达,并对他说:“杨师傅,你到会计那里去办手续吧,没事了,你可以走了。”

杨世达从会计手上接过四百元现金,放进自己的口袋,转身出了信用社的门。

杨世达骑着自行车走到云岗街上，路边一家饮食摊点飘出一股香味,馋得他要流口水了,他这才意识到没吃早饭,肚子有点饿了。已经是上午十点多钟了,他想随便吃点东西,可身上除了刚才贷到的四百元钱又没别的零钱。他用手在口袋里摸了摸那四百元钱,最后还是把牙一咬,心里说:算了吧,不能为吃几个馒头而拆散那四百元的整钱。他将手从口袋里抽出来,又骑上自行车回家了。

5

离杨明山开学的日子越来越近,杨世达一家人也越来越忙了。他们现在面临着双重资金的压力,一是明山的学费,虽说信用社贷了四百元,但离通知书上要求的费用还差一大截;二是明山考上了大学,还是重点大学,是杨家的第一个大学生,说什么也要办几桌酒席庆贺一下,这更需要一大笔钱。钱啊钱,为什么我们总是缺钱?

恢复高考以来,农民子弟考取大学的真不少,这是中国农民千百年来梦寐以求的事,“秀才、举人、进士”都中到农民家里了,这些祖祖辈辈面朝黄土背朝天的农民能不高兴吗?能不庆贺一番吗?于是,不论是考上了大学或者是中专,都要办几桌酒席,名曰“谢师宴”。虽说是“谢师宴”,亲朋好友也都要来庆贺庆贺,同时也要送些钱财和礼物,这也是亲友之间一种礼尚往来的礼仪。

杨明山考上了大学,也应该办几桌“谢师宴”,亲友们也要来庆贺。可是杨世达和余春敏颇为这事犯愁。他们又何尝不想办酒席,但他们没有钱,做不起这个东啊。可这事由不得杨世达和余春敏,几个要好的亲友都来催促,并帮他们筹划。他家栏里没有猪,要办酒席至少要一头两百多斤重的猪,这猪是办酒席的大本钱。他家里连年养猪都发了猪瘟,现在栏里没有大猪,要办酒席首先要猪,可是钱呢?除了猪以外,还要买菜,这又要钱。他们是捉襟见肘、左右为难。

眼看开学的日期一天天逼近,杨世达和余春敏几乎慌了神。他们实在想不出什么好办法来。亲友的期盼,社会世俗的压力,使得他们不得不下定决心,在亲朋好友的帮助下,还是决定办"谢师宴"。

他们并没有忘记,老大杨明杰是在"文化大革命"以后,恢复高考制度第一批录取的师范生。那时候他们的家境比现在要好一点,但由于大家都困难,杨明杰入学前几天家里只是随便办了两三桌平常的酒席,而且主打菜还是到老家买的泥鳅、石鸡。

时隔几年,农民子弟考上大专院校的学生越来越多,考上学校办酒席也作兴起来了,而且排场越来越大。杨世达办酒席真是赶鸭子上架,由不得他自己了。

经过几天的紧张筹办,加上各路亲友的支持,杨世达家的酒席算是办成了。中、晚两餐酒,共计吃了四十几桌,那赊来的一头两百多斤重的猪肉,差不多吃光了。事后杨世达算了一笔账,他家这次接受的礼金和礼物与办酒席的成本几乎持平,保本生意,他们一家人还忙碌了好几天。可又有什么办法?农村的情况就是这样,好歹也让杨家风光了一回。

杨明山开学的钱还需另外想办法筹集。杨世达七拼八凑,东欠西借,按照入学通知单上的要求,总算基本凑齐了。他长长地透了一口气。这么多年来,他和余春敏两人不分日夜地忙碌,有时忙得连饭都吃不上,十几年来,为了维持这个家,为了让几个孩子上学,他们低三下四求爹爹拜奶奶去弄钱,什么样的人没见过?什么脸色没见过?真可谓是"世事沧桑,人情冷暖"。可是不管遇到什么样的困难,他们从不改初衷,只有一个信念,咬紧牙关朝前闯!他们总是这样认为:我们会慢慢好起来的,一定会好起来的。他们一家人都有这个信心,所以,尽管一家人的生活现在还十分艰苦,可是他们心里却感到充实。

杨明山按照学校通知书上的要求,按时到学校报到了,是他二哥陪他去的。他开始了漫长而又艰难的大学生活。

两个人的升学选择

1

杨明山的四年大学生活快要结束了,毕业分配开始了。今年的分配工作和往年有些不同。一些重点大学的毕业生,首先要保证国家重点企业的需要,然后再进入人才市场,一般都是用人单位直接到各高校去招聘应届大学毕业生。

杨明山是农村人, 是农民的儿子, 没有背景进入国家重点企业,所以,在这次分配中,他自然进入招聘之列。

杨明山应聘的单位是江南一家电机厂。这是一家国有中型企业,属国家二级企业。这次来校负责招聘工作的是一位市委组织部的干部,他带领着全市各用人单位来这里招聘工程技术人员。

这天,这家电机厂的招聘人员约见了杨明山。

"你好! 很高兴与你见面。"一位高个子中年男子提着一只黑色公文包,伸出右手很有礼貌地同杨明山握手,然后在一张长条桌的两边坐下。他从公文包里摸出一张名片递给杨明山,然后很客气地说:"这是我的名片。"

杨明山接过名片,上面的职务是电机厂总工程师、副厂长,叫马文艺。

杨明山把马副厂长的名片放在桌子上,抬起头来看了看坐在他对面的马文艺。他三十七八岁的年纪,高个子,戴一副近视眼镜,穿着藏青色的西装,里面是白色的衬衫,显得非常庄重。他说话声音很大,而且语言流利,善于谈吐,一看就知道是一位很精干的人。

杨明山一下子被马文艺吸引住了。

"马厂长,给。"杨明山也掏出一张名片递给马文艺。马文艺接过名片,又抬头瞧了瞧坐在他对面的杨明山,问道:"这是……"

"请别误会,这是我的班主任曹教授的名片。在联系用人单位时他给了我几张,作为一种个人推荐的信物,并无其他的意思。"杨明山解释道。

"真是名师出高徒啊。"马文艺放下名片,招呼杨明山喝了几口茶,然后又说:"你叫杨明山?"

"是的,我叫杨明山。"

"你是哪个省的人?"

"我是江西人。"

"我想聘请你到我们厂去工作,你同意吗?"

"我们毕业生就是来找工作的,只要你们信得过,我当然同意。"

"那你对我们厂有什么要求?"

杨明山迟疑了一下说:"我想提两个要求。"

"你说吧,什么要求?"

马副厂长从公文包里拿出笔和本子,准备将杨明山提的要求记录下来。

"一、我已报考了研究生,如果录取了,我要读研究生,不能到厂里去工作,这算不算违约?"杨明山提出了他的第一个要求。

"你如果考上了研究生,应该去读,我们无权限制你个人的选择。不过我们也提一个要求,那就是你研究生毕业以后,还想请你到我们厂里去工作,你愿意吗?”

“念完了研究生以后,我也还是需要工作的。马厂长这样信得过我,我非常感动,念完了研究生以后,我同意回厂工作。”

“好,我们随时都希望你能到厂里工作。那么这一条就算是定了下来。”

“这第二个条件嘛,我……”

“是不是经济方面的事?”马副厂长真不愧是个心思缜密的人,他看到杨明山为难的样子,就直接说出了杨明山的心里话,这使得杨明山反而有点不好意思。

其实杨明山有他的难处。他怕开门见山地把事情说出来,会给人家留下一个不好的印象,一见面就提钱的事,会被人看不起。可是这个在学校贷的五百块钱款的事,学校要求毕业生离校前一定要还清,他又不得不提出来,所以他就显得十分为难。马副厂长毕竟阅历丰富,他揣摩出杨明山一定有什么难处不好直接说出来,凭他的经验与历年招聘会上的见识,看看杨明山的一身衣着打扮,他心里全明白了。杨明山是一位来自农村的贫困生,凭这一点又给了马副厂长一个极好的印象。一般来讲,大多数来自农村的大学毕业生,都会珍惜自己的工作,特别能吃苦耐劳,比那些来自城里或一些富家子弟要好多了。马副厂长从内心里喜欢上了杨明山这个农村来的大学毕业生。

杨明山喝了一口茶,将第二个要求和盘托出了。

“马厂长,我上大二的时候,申请了五百元的无息贷款,这笔贷款必须在我毕业时一次性还清。可是我家里目前无力偿还这笔钱,厂里能不能帮个忙,先替我将这笔钱垫付,等我到厂里上班后,再分期分批从我的工资中扣回?马厂长,这就是我的第二个要求。”杨明山说话的声音很低,似乎有点无奈,更有一种内心的痛苦。

“啊,就这个事吗?你不用再担心了。我回去后马上汇钱过来,替你一次性将这贷款还清,你到厂里上班后,这笔钱也不用再偿还了,算是厂里替你还了这笔贷款。"马副厂长不假思索地回答了杨明山的第二条要求。

"谢谢!"杨明山很客气地说,同时还觉得有些意外,他认为这么一个大问题,马副厂长一句话就解决了!从他拿到贷款的那天起,"毕业时一次性还清贷款"的事就一直沉甸甸地压在他心里,压得他几乎喘不过气来,没想到今天这么容易就解决了!

"请问马厂长,厂里对我有什么条件吗?"他说道。

"哈哈!要说一点条件也没有,我也不敢说。那么,我也向你提个条件吧,很简单,那就是你念完研究生取得了学位后,希望你还能到我们厂工作。"马副厂长高兴地说。

"如果我将来真有那个时候,我又有选择工作单位的权力,我一定回厂里工作。"杨明山说得入情入理,马副厂长听了很高兴,他站起身来,伸出右手和杨明山握手,笑容满面地对杨明山说:"来,祝贺我们合作成功!"

马副厂长很讲信用,4月份就给杨明山汇来了五百块钱,让他还清了使他一家人都发愁的贷款。杨明山松了一口气,家里的人也如释重负。

随后不久,研究生考试的结果也公布了,杨明山以总分第五名的成绩被本校录取,还是继续攻读他的液压专业。

当他接到学校研究生院的录取通知书的时候,这个来自农村的贫困大学生几乎要大声地哭出来,是高兴、痛苦、还是一种无奈?他自己也说不清楚。

这一夜杨明山没有合眼。从七岁入学,直到大学毕业,他的成绩一直都保持在班上前三名,这其中他付出了多少艰辛,流过多少辛酸的泪水,受过多少欺凌,只有他自己知道。过去他一直不明白,为什么会有如此多的磨难?后来随着年龄大了他明白了,带给他的种种磨难的原因,是他家里太穷了。现在大学毕业了,研究生也考上了,总算是熬出头了,他对得起他的家庭,对得起他的父母,对得起他的老师,也对得起他自己。但现在面临的一个不可回避的难题就是,他还有弟弟妹妹,他们也要读书,都需要钱来读,可家里依然穷,拿不出这么多钱来同时供养几个孩子读书。最终,他做出了痛苦和无奈的选择:放弃研究生不读!

2

这天上午,余春敏接到了儿子明山从学校寄来的信。她拆开一看,脸上立刻显出了喜与忧。杨明山的信中是这样写的:

研究生录取工作已经结束,我已考上,名列第五,这已经是很不错的了!我没买一份复习资料,没进任何补习班,全靠我自己的实力考上的。我考研究生并不完全是想读研究生,主要是想通过研究生考试来检验一下我这个穷学生到底有多大的实力。现在考上了,证明了自己的实力,我也满意了。但根据我们家目前的现实情况,我决定放弃读研,等实习结束后我就到厂里去上班。厂里二话没说就给我还了五百块钱贷款,我不去上班,显得不讲信用,对不起人家。至于读研的事,等我们家的条件好转以后再说。我不能因为上研究生,继续加重家庭负担,而影响弟弟妹妹们念书,人是不能太自私的。我能拿到大学本科文凭、学士学位就知足了!爹妈也不要为我放弃读研而伤心,今后深造的机会多得很。……

余春敏看完明山的来信,眼睛湿润了。她感到万分的无奈和痛苦。读研,这是多少人梦寐以求、求之不得的事。她的儿子考上了硕士研究生,却因家里贫穷而被迫放弃,这实在是叫人惋惜,可又有什么办法?余春敏长长地叹了一口气。

晚上杨世达从外面做工回来,洗澡换衣后,余春敏把他叫到了房里,拿出明山的信给他看。

杨世达急忙抽出信来，看着看着，他像木桩一样钉在那里，好久都没回过神来，两只手在发抖。过了好一会儿，他放下信在桌子上捶了一拳，那墨水瓶做的油灯差点被震翻。他两眼直直地盯着那令他难过的信，又一次感受到“人穷不如死”的痛苦。要是他有钱，他的儿子考上了研究生，也不会做出那令全家人都伤心、惋惜的选择。儿子的信中又说，他想尽力说服学校，保留他的研究生学籍，等家里脱贫之后再去念。在杨世达看来，这事似乎还有一线希望。他抬头看了看余春敏，说：“春敏，你去把纸和笔拿来，我现在就给山儿回信。”

余春敏拿来纸和笔，她叹了一口气说：“事情都已成了定局，写信又有什么用。谁叫我们这么无能？谁叫我们家这么穷？别人有钱都买不到的东西，我们得到了；可由于我们没有钱，又要被迫放弃了。唉，可惜呀，可惜！”

余春敏将纸和笔放在杨世达的面前，一声不吭地静坐在床沿上，双眉紧皱。

杨明山和他的同学们在江南的一个中等工业城市实习，时间是一个月。虽说实习期间每个学生会有一点生活费，可是那些钱要等到实习结束回到学校以后再发到学生手中，眼下还得靠自己想办法维持生活。他们这些实习生住的地方分两处：一处是住旅社或招待所，每人每天三块钱住宿费；一处地方是住在附近的一所小学里，这时学校都放了暑假，教室是空的，让实习生住，每人每天只要一块钱管理费就行。杨明山自然选择了后一种，反正自己带了被服、蚊帐，比较方便。这样一个月下来他可以节省五六十块钱，差不多是他半个月的伙食费。

一个月的实习生活转眼就过去了，杨明山回到学校继续完成他的毕业设计和毕业论文。这些对他来说没有多大压力，可他近日来还是满腹忧愁，忧愁的根源还是读研的事。在去实习的前几天他写信，把自己决定放弃读研的事告诉了爹妈，弄得他爹妈着实伤心了好长一段时间，最后他的爹妈也在万般无奈的情况下默认了他暂不读研的决定。眼下他又要去说服学校,这比说服爹妈的难度要大多了。他有另外的打算,想要求学校保留他的研究生学籍，等以后家里经济条件好转了再去攻读研究生。这种做法在学校是从未有过的先例,他是提出这种要求的第一个人。当杨明山向学校提出暂时不念研究生的要求时,一些教授们都大为吃惊。

杨明山要求暂不念研究生并要求学校保留他的研究生学籍的事已经摆上了校领导的办公桌,校领导们对杨明山的情况既同情又叹惜。由于他的情况特殊,学校也爱惜人才,破例做了特殊的安排。最后的决定终于出来了:“经校务会议研究决定：杨明山同学已考取本校硕士研究生,由于多方原因目前不能前来攻读,根据其本人要求,学校决定保留其三年学籍，时间从一九九三年九月一日起，至一九九六年八月三十一日止。”

杨明山就是带着学士学位和本科毕业证以及研究生学籍保留证书到厂里去报到的。

火车到站了。杨明山他们下了车,厂里来接他们的专车早已等候在那里。他们学校共有四十多人被录用在这个厂里,所以马副厂长安排了两部中巴来接他们。

第二天,马副厂长把杨明山叫到自己的办公室。

“杨明山同志,我想同你商量一个事。”马副厂长倒了一杯开水递给杨明山。

“马厂长,有什么事请指示。”

“你去年没有回家过年吧？”

“是的,因为我没有路费。”杨明山低声地回答,他有些伤感。

“我给你一个星期的假,你明天或者后天就动身回家去看看。好吗?”

“我一天班都没上怎么就请假回去探亲?这不大合适吧?”杨明山有些不解。

“别急嘛,年轻人,今后的工作有你做的啦。决定了,你明天或者后天就动身,先回家去看看。"马副厂长像带着一种不容商量的口气对杨明山说。

"杨明山同志,你不必有什么为难了,这两百块钱是给你回家的路费。我知道你的情况,什么也不要再说了,回来以后好好工作就是了。"马副厂长从口袋里掏出两百块钱放在杨明山的手中。

杨明山用一双发抖的手从马副厂长的手里接过那两百块钱,久久说不出话来。他的眼睛有点湿润,是激动还是悲伤,他自己也难说得清楚。他长到这么大,二十多年的苦难经历,不就是因为钱吗?他有点害怕钱,甚至不敢去摸钱、谈钱。这两百块钱他拿在手里,似乎有千斤重,无论如何也不能要。他将钱放在茶几上,尽量克制自己的情绪,用一种既忧伤又动情的语调对马副厂长说:"马厂长,谢谢你的关心!我回家探亲的事暂时不急,这两百块钱我无论如何也不能要。我还没开始工作,一分钱收入都没有,倒先欠上了两百块钱的债,这可不好啊。"杨明山很认真地说。

"不行,这次你非得回去一趟不可!等你探亲回来以后,我再来安排你的工作,就这样定了。"马副厂长站起身来,从茶几上拿起那两百块钱塞进杨明山的口袋里,硬是将杨明山推出了他的办公室。

3

杨明星初中毕业了。本来他可以上高中,可是家庭条件不允许他上高中,因为上高中意味着以后准备上大学,时间太长了,家里负担不起。再者,高中毕业以后还不知道能否考得上大学,要是考上了,家里又要花一大笔钱来供他上大学。近年来大学收费标准越来越高,使得大学生家庭负担越来越重,一个大学生一个月的开支等于一个农村基层干部一个月的工资,不少农村家庭根本无法供养一个大学生。像杨世达这样一个工不工、农不农、连养活一家人都艰难的人来说,更是"望学兴叹"了。何况杨明山四年的大学生活已经清楚地表明,高额的费用弄得他们全家人苦不堪言。杨明山的四年大学生活是在饥饿和痛苦中熬过来的,在学校他忍饥挨饿,无衣御寒,可是他熬过来了,这需要多大的信心和毅力啊。但杨明星恐怕不行,他比较脆弱,身体也不如他的几个哥哥,于是他在填报志愿的前几天从学校赶回来同爹妈商量升学志愿的事。

晚饭后,杨世达和余春敏都在大门口的竹床上乘凉,明星端了把木折椅坐在竹床边,他们之间的讨论也就开始了。

"爹爹,您看这张表该怎么填?"杨明星将一份考生志愿表摆在竹床上,打开手电筒,一项一项指给父亲看。

"你自己填就是了,有些东西我也搞不清楚,你自己考虑清楚后再填写比较好。"杨世达接过手电,借着手电的昏黄灯光在那张表上逐项逐项地查看。

"爹爹,您认为我到底填什么志愿好?高中、师范,还是小中专?"杨明星又问。

"填师范不行,今年的考生太多了。"杨世达放下手电,慢慢地对儿子说。

"高中呢?我想念高中。"杨明星在征求爹妈的意见。

"能上高中当然是好事,可是我们现在没有这个经济能力。三年高中的开支少说也要几千上万元,这些钱从哪里来呀?你爹爹现在又没有了工资,光靠做点手艺又得不到现钱,尽是一些赊账。田地里的东西卖不了几个钱,养猪弄不好还要亏本。唉,真难,穷人读书真难!"余春敏低声地叹息。

"是啊,我们还不想让你去念高中吗?可是我们家就只有这么个条件,太穷了。你上高中我们不可能供得起呀。你三哥是吃尽了苦头的,我看除了师范外还是选一个合适的中等专业学校好。"杨世达十分无奈地对儿子说。

"中专?小中专又没有几个好的专业。再说小中专生毕业分配又是一大难题,找不到用人单位就要失业,结果还是要靠自己去谋出路。这不也是一件难事?”杨明星也为填报志愿的事左右为难,可是自己的家庭经济条件摆在那里,实在没有多少选择的余地。

“不管怎么说,你总得报个志愿啊。”杨世达感到十分内疚又十分无奈。

他们又拧亮了手电,在那张表格上寻找合适的中等专业学校。三个人连看了几遍,都被一一否定。那些中等专业学校不是地处偏远就是收费太高,一般每年都要三千至五千元左右。看到这么高的收费标准,杨世达直摇头。到底报哪所学校,他一时无法确定。

由于家庭条件的制约, 一个初中生升学的志愿都这么难以定夺,说到底还是因为没有钱。因为没有钱,他们无论办什么事都要付出比别人更多的精力。

杨世达和余春敏又一次受到金钱的折磨。

杨世达想起自己家一直在贫困线上苦苦挣扎,今天又一次要面对贫困,做出自己违心的选择。

经过一番思考之后,他们决定让杨明星报考地区卫生学校。

中考的分数线已公布了,杨明星上了线,准备体检。这次地区卫生学校在全县录取名额只有六个,参加体检的人有九个人,也就是说他们中有三个人要被淘汰,竞争非常激烈。杨明星按分数排在第七位,要录取是比较危险的。要是在他前面的同学体检合格,那他就是淘汰的对象了。

杨世达刚送走两位送体检通知书的老师,大儿子杨明杰回来了。他是为明星体检的事来的。

说起来体检很简单,可事情并非人们想象的那么单纯。近年来风气有些不大正,但凡参加体检者都要向体检医生“意思意思”一下,不然,你的身体再好也不一定通得过。特别是对于那些身体上有点小毛病、属于可轻可重的人来说,就显得至关重要了。不管怎么说,体检也还是要花点钱的。对于这一点,杨家父子还是有所“经验”的。

前些年,杨世达家里可以说是“日无鸡食米,夜没老鼠粮”,有时候他家的米缸里几个月都没一斤米装进去,全靠借米度饥荒,一家人“半载不知鱼肉味”,有时连肚子都难填饱。一家人都面带菜色,皮肤无光,毛发干枯,眼神呆滞,几乎不同程度地表现出一些病容。

那年冬季征兵,老二杨明阳报名入伍参加体检,初检时一路顺风关关通过,他们全家人也着实高兴了一阵子。哪知到后来复检,开始几项也是关关通过,可是到了最后一道关口,杨明阳被卡在门外,原因是营养不良。杨明阳的参军梦就这样破灭了。

杨明阳因营养不良没能去当兵,杨世达为这事伤心了好几天。可是没有办法,他们当时连一包好一点的烟都买不起,无法向体检医生表示表示,这怪不得谁。

现在明星又要去体检,杨世达的头一下大了许多,明阳当兵体检被刷掉的一幕又重现在他的脑海里。现在小儿子升学体检,他哪怕是砸锅卖铁也要接受明阳当兵时体检的教训。明杰在家里住了一晚,他们一家人将明星这次参加体检的每一个细节都着实地讨论了一番。

杨世达一家人对于杨明星这次参加体检是如此的小心谨慎,安排得如此周到,可还是“怕鬼就有鬼”。杨明星体检本来是可以通过的,但由于他太过于自信,认为没什么大事,也就有些疏忽。体检最后的结果有一条:该考生患有色盲症。真是要命,杨明星在体检这一关卡壳了!

经过多方打听才知道,色盲症并不是什么致命的毛病,只是对于放射类专业相对有点影响,而一般医务人员就不会有什么问题。这样看来,杨明星的升学似乎还有一线希望。

几经周折之后,杨明星被本地区卫生学校医士班录取了。

杨明星被录取以后,杨世达一家人又忙开了。曲庄村的人又着实热闹了几天。

明星的编制和小霞的学业

1

转眼间，杨明星四年的卫校生活，已经过了三年。这三年说长不长，说短也不短，但对杨明星来说还是觉得漫长。虽说家里现在只有他和小霞两个人念书，比起他们几个哥哥念书时的处境算是万福了，爹妈肩上的压力减轻了许多。他和小霞的学习生活费用几乎是几个哥哥根据各自的情况来分担，爹妈只是给他们一点零用的钱。然而他们一家还是过着较为清苦的日子，因为现在的东西都比以前贵了，物价还在不断上涨，人们的开支比前几年要大得多。但不管怎么样，这几年还是熬过来了。

最后一年是实习期，每个学生都想到一个条件比较好的医院去实习。根据学校的规定，大部分同学是回到各自的乡镇卫生院去实习，一部分安排到地区人民医院去实习，少数留在学校附属医院实习。因此，凡是有点门路的同学都在为自己找一个比较好的医院实习，都不想回到自己的乡镇卫生院实习。

杨明星不想回到乡镇卫生院去实习，因为乡镇卫生院小，设备简陋，条件差，技术力量薄弱，学不到什么东西，到大医院就不一样，设备齐全，技术力量雄厚，同样的时间，学到的东西有可能是在乡镇医院的几十倍。他把想法告诉了大哥。大哥找朋友帮忙，给明星联系到铁路医院实习。

杨明星在铁路医院的实习期快要结束了，紧接下来是找接收单位。大家都想到一个经济效益比较好的单位去工作，但按照分配计划，像他们这样中专学历的医士班毕业学生，只有几个分在县级人民医院的指标，大多数将分配到乡级卫生院工作，要是没有关系，有的乡级卫生院还不肯接收这样的中专毕业生。有的毕业生为了谋生，在找不到接收单位时只好自己开办私人诊所了。

杨明星又面临找工作的烦恼。

杨明星想留在铁路医院工作。这不仅因为这家医院效益好,收入高,更重要的是他在实习期间结识了一位刚从东北某医学院毕业分配来的女药剂师,他们同县,算是老乡了。在这近一年的交往中,他们建立了深厚的感情。如果他不能继续在这家医院工作,那么他们之间的关系将很难维持。

近一段时间杨世达和余春敏及其家人都在为明星的工作操心。说实在的,其他的人急都是徒劳的,真正发愁的还是老大杨明杰。为了找人打通关节,他连跑七次省城都没个结果,因为他们不是同一地区管辖,而杨明星又不是铁路系统的人,要想进那家铁路医院工作是很难的。还有一个方案,如果能在本市落下户口,可以在这个城市另找一家医院。这个方案可能比直接进铁路医院要容易些,找找人、花点钱就能搞定。

几经周折,杨明星的户口总算迁到这个城市里来了,接着就是找接收单位。他们先后找了几家市级医院,但医院都认为杨明星的文凭太低了,不肯接收,连郊区的乡村医院和那些山沟里的三线厂医院都认为中专文凭不高而不愿意接收。

他们不断联系,不断碰壁,花了近半年的时间也没个结果。钱花了不少,人累得筋疲力尽。

杨明星的同学都差不多落实了单位,上了班,唯独杨明星还是一个失业者。他还在铁路医院没走,住在他的女朋友那里。他已不上班,有时医院也邀请他参加一些会诊或是手术。他大部分时间都在看书,想通过函授学习拿到大专文凭。

杨明星一边找工作一边学习,已经快一年了,工作的事情还是毫无进展。

这天,杨明杰接到一个电话,是他的一位高中同学打来的。这位同学大专毕业以后分配到这个城市的社保局工作,他在电话里告诉杨明杰,只要在本市内能找到接收单位,社保局就可以下文确认。这种方法叫挂编，就是你找到一个单位，同意把编制挂在那里，但不去上班，等以后找到了合适的单位，就可以办理调动。

这个方案看上去是不错的，关键是要有单位同意你挂编。杨明杰突然想到了一个人——陈华春，他是云岗老乡，在市立医院当院长。

一个星期天，杨明杰约了陈华春，还有另一位在市卫生局工作的朋友方敏，一起到饭店里吃饭，商量杨明星的工作问题。

"华春哥，"杨明杰很诚恳地说，"现在市卫生局是没有什么问题的。主要问题不是要不要人，而是我弟弟明星的文凭太低了。但从卫生局的执行情况看，在文凭这个问题上也不是一刀切的。文凭低可以慢慢来提高，只要有单位接收就可以。我们都是云岗人，请你无论如何帮这个忙。我也知道，要接收明星到你医院去工作还是有些顾忌的，怕不好向上面交代。前几天我到了卫生局刘局长那里，他总算是表态了，这对你是不会有什么影响的。老乡啊！我看这个忙你还得帮啊！"

陈华春端起茶几上的茶杯喝了几口茶，然后略略思考了一阵，笑着对他们说："我们都是老乡，都是在外面工作，应该尽力互相关照，可是这件事太难办了，我真不知道该怎么说才好。"

气氛一下子变得沉闷起来。

"我看这样吧。华春哥，既然市卫生局刘局长已明确表态，只要有人接收就行，我只有靠你这个老乡帮忙了。至于文凭低，那也不是一成不变的东西，经过两三年的努力，我相信我弟弟也能拿到大专甚至本科文凭的。老乡，这个忙还需要你来帮啊！"杨明杰还是要求陈华春想办法接收明星。

陈华春还在考虑，没有表态。

"我看这样行不行？"杨明杰认为这样僵持下去也不是办法，他说，"先把明星的档案转到华春哥的医院里去，暂时挂编在那里。快一年了，他总不能老是将档案放在自己的口袋里。华春哥，这样可以吗？"

"我看这样最好。让明星挂编在那里，暂时不去上班，这样对医院没什么影响。今后有机会就去上班，要是他在本市找到了别的工作单位，再把他的档案编制调出来,也是顺理成章的事。我看就这么定了吧。华春哥,你还有什么困难吗?”方敏以商量的口气对陈华春说。

陈华春还是没说话,他也在考虑方敏的意见,可最终下不了决心。

这时杨明星表态了,他低声地说:“我同意挂编在陈院长的医院里,上不上班也无所谓。我已参加了大专班函授学习,两年后毕业,等我拿到了大专文凭再上班也不迟。不知这样行不行?”

陈华春无话可说了。他站起身在屋子里来回走动,抬手看了看手表,他下午还有一个手术,不能再在这里待了。他很认真地说:“我马上要去医院做一个手术。我看你们刚才提到的方案我可以考虑,不过今天我不能答复你们,等我回去同几位院领导交换一下意见,再把结果告诉你们。你们可以放心,我会尽力的。等我一个星期,行吗?”

“要得,要得,我们等华春的好消息吧!”方敏从沙发上站起身来,他知道陈华春要走了。

“请你们放心,我说一个星期就是一个星期。不过我丑话说在前面,我那里的条件不是十分好的,一旦你到了那里,有些事情你还得委屈一点。”陈华春边说边朝门外走去。

陈华春没有食言,而且很够意思,不到一个星期就回了话,医院同意接收杨明星挂编。明星的编制问题总算落实了,再也不是把档案揣在口袋里的游民了,这块悬在一家人心头上的石头总算落了地。

杨明星落实一个工作单位从毕业到现在拖了将近两年,可他还是没有完全弄明白其中弯弯曲曲的原因。他的最深感觉是,像他这样社会地位的人,想办成一件事真是太难太难了。

2

十八岁的小霞今年初中毕业,她是杨世达和余春敏最小的孩子,也是他们唯一的女儿。因为她是最小的一个，只要考得上，无论念什么学校都不成问题。何况老五明星已毕业了，虽说还未正式上班，目前也只是向家里要点吃饭的钱而已。家里的经济条件好了许多，负担轻了不少，杨世达和余春敏两人也只要能维持自己的生活就行了。原先杨明星上学的费用都是他的几个哥哥共同负担，现在小霞是这个家中的小公主，她上学的条件比她五个哥哥要好上十倍，可她的学习成绩却不如她的几个哥哥。

现在回想起来，为了这个小公主，他们费的精力和心思，比前面几个儿子都要多。余春敏怀上杨小霞以后，按照当时家里各方面条件来说，都不能再生了，他们自己也不想再生了。可是不知是什么力量在支配着他们，使他们下不了决心将胎儿打掉，他们还是将孩子生下来了。为了这条小生命，他们付出了沉重的代价。

本来这第六个孩子杨世达和余春敏是不想要的。可是他们却受着一种传统观念的影响，虽说已是“五子登科”，然而还想着要“七子团圆”。所谓“七子团圆”是民间的一种说法，就是一个家庭要有五男二女。因此，他们在有了五个儿子之后就更想生女儿。要是有个女儿该多好啊！俗话说，一个女儿也有四两洪福。或许真的是命运的安排，他们终于如愿以偿，余春敏第六胎生下来果然是一个女孩！他们高兴得不得了，几乎忘了从此后家里又增加了一张吃饭的嘴。

转眼间，杨小霞七八岁了，到了入学的年龄。虽然她长了一张好面孔，一副好身材，非常活泼可爱，然而她毕竟是生长在穷人家的女孩，长这么大还从来没穿过一件像样的衣服，更别说新衣服了。她身上穿的衣服都是她的几个哥哥小时候穿过的破旧衣服，一些破了的地方她妈妈就抽空给她补补，大了的就请裁缝来改一改。那时候她家里请裁缝做衣服也是个名，改衣服、补衣服才是正戏，弄得一些裁缝都不愿意到她家里去做事。

杨世达每次去请裁缝都是迫不得已。为了克服这种尴尬的局面，他在朋友的帮助下花了几十块钱买了一台旧缝纫机。他白天上户去做木工，晚上在煤油灯下补衣服。这也解决了一大家很不容易解决的穿衣问题。

杨世达是个木工，不懂裁缝技术。俗话说隔行如隔山，他使用缝纫机非常吃力，加上又是一台老掉牙的旧缝纫机，经常出毛病，最后没法用了，只得折价卖给一个学徒的年轻人。他非常想再买一台新缝纫机，可全家吃饭的钱都成问题，拿什么买新缝纫机啊。虽说只要一百一二十块钱，不能说是一个天文数字，可对他们来说也不是一个小数目。这些钱杨世达要做两三个月木工才能凑齐，余春敏一年的劳动工分的钱也买不到一台缝纫机。旧缝纫机只卖得七十元，买一台新的最便宜的"西湖牌"缝纫机也要一百二十块钱。而且，买新缝纫机不但是钱难，指标更难。这东西按计划供应，你有钱没有指标也买不到。

杨世达与余春敏商量，将一头还没到两百斤的肉猪卖掉。据他估算，这头猪可以卖到七八十块钱，加上卖旧缝纫机的钱，除了买台新缝纫机，还可余下二三十块钱家用。

这一天天还没亮余春敏就做好了早饭。他们今天要到云岗去卖猪。这头猪他们在家里称了有一百六十二斤，买新缝纫机的希望就寄托在这头猪上。他们俩用独轮车推着那头猪，一路上他们渴了就捧几口田沟的水喝，累了就在路边的树荫下坐下来休息。十点多钟他们才到云岗生猪收购站。

这个收购站是一个国营单位，只有五六个人，统管着整个云岗乡的生猪收购、销售业务。进了收购站，他们将车推到一棵大树下的阴凉处。猪在车上不断地呼呼喘粗气，余春敏坐在车把手上，衣服都湿透了，也喘着粗气。

杨世达走进了办公室，他走到江站长面前，从口袋里摸出一包"壮丽"牌香烟，先敬了江站长一支，然后依次分递。这包烟是他特意为了卖猪而买的，平时他只抽比这个更便宜的"勇士"牌香烟。敬完了烟，他笑着对江站长说:“江站长,我今天送了一头肉猪来,请你们称一下吧。”

“好吧,陈会计,你去给杨师傅把猪称了吧。”江站长对陈会计交代完就朝门外走了。

“哎,都快中午了,天气这么热,你也不早点来,我们都要下班了。”陈会计有点不耐烦地说。

杨世达和陈会计来到车边。陈会计弯下腰来,双手在猪的肚皮上摸了摸,再用力压了几下,然后对杨世达说:“杨师傅,你这头猪至少要扣八斤肚,你看差不多吧?”

“啊?扣八斤?是不是多了点?你没看到这头猪的肚子里是空的。因为天气热我不敢给东西它吃,怕路上出问题。”余春敏满脸愁云,她从车把手上站起身来对陈会计说。

“哎,你们也真是的。我说扣八斤肚还是照顾你们,一般的还要扣十斤呢!怎么样?扣八斤,一两也不能少!要不你们就把猪推回去。”陈会计的话已没有了商量的余地!

杨世达听陈会计这么说,心想:这么个大热天,又有这么长的路,来回三四十里,那猪即使不死在路上恐怕也要白养一个多月才能恢复到今天的样子,那损失无论如何也不只这扣的八斤!唉,没有办法!于是他万分无奈地对余春敏说:“算了吧,推回去是不可能的。”他又转过脸来对陈会计说:“陈会计,就按你说的把猪称了算了。你说要扣八斤就扣八斤吧。”他说完又递了一支“壮丽”香烟给陈会计。

陈会计嘴里叼着香烟,手上写着验收单,在备考栏内写着:“扣食八斤”,在“验收人”的后面写上一个大大的“陈”字。他把验收单撕下来递给杨世达,并用手指着对面的小院子对杨世达说:“你们把猪推到那边去过秤吧。快点哟,我们要下班啦。”

余春敏从杨世达手里接过验收单,杨世达推着猪朝过秤的地方走去。

院子里,一个三十多岁的男人坐在台秤边抽烟,手里使劲地摇着扇子。在他开始称猪时，杨世达从余春敏手里接过陈会计开的验收单，接着又从裤袋里抽出一支香烟递给他。

“一百六十斤，扣除八斤食，一百五十二斤，刚好上三级，最高价五角一分钱一斤。好啦，就这么多。”司磅的人拿起桌上的火柴划着，点燃了嘴上的香烟，然后又说：“没有疑问你们就将捆脚的绳子解开，把猪放到栏里去。没什么事我就开票啦，啊。”

杨世达和余春敏将猪抬到猪栏里把猪放开，从司磅手里接过红票一看，这头猪共卖得七十七块五角二分钱。

他们这时候只感到口渴。天气热，一路上出了那么多汗，身体缺水。他们找到收购站的厨房，每人喝了几大瓢冷水，才觉得解了渴。从厨房里出来，他们一边走一边用手抹去嘴角上的水滴，顾不上饥饿和疲劳，只想很快地领到卖猪的钱，然后再到供销社去买缝纫机。

他们又来到办公室门口朝里一望，现在还是上午十一点刚过，办公室里一个人影也没有。这里的人到哪里去了？找谁领钱？杨世达他们无从知晓。没办法，他们只好又回到厨房去问大师傅。杨世达又摸了香烟出来朝大师傅走去。他分给那几位大师傅香烟后，笑嘻嘻地问他们：“那个发钱的是谁？他等会儿来这里吃饭吗？”

“啊，你问他呀。他一年到头也难在这里吃几餐饭。他家里几乎天天都有肉吃，谁稀罕这大锅饭啊。他不会来啦！”一位年龄大点的大师傅说。

“他姓什么？叫什么？”余春敏问大师傅。

“他姓黄，人家叫他‘黄驸马’，是我们云岗乡一位书记的女婿。他可是站里说一不二的人物，就是江站长还得让他三分呢！”大师傅还是满脸堆笑大声地对他们说。

“我们到他家里去找行吗？”杨世达试探着问大师傅。

“你们到他家里去找他？那要看你们有多大的面子。到了他家门口让不让你们进去还要看你们的运气呢。”大师傅告诉他们说。

“唉，时间不早啦。我们还是到他家里去找找看吧。”余春敏叹了一口气,催着杨世达快到云岗街上去找黄会计。

秋后的中午,正是“秋老虎”发威的时候。杨世达和余春敏将土车放在收购站,空手在云岗街头行走。他们头顶炎炎烈日,脚踩滚烫的路面,阵阵热浪迎面袭来,滚滚汗珠随身滴落。他们此时汗流浃背,气喘吁吁,腹内空空,口干舌燥,但他们也顾不了这些啦,更想不了那么多,他们唯一的想法就是尽快找到黄会计家,早点领到卖猪的钱。杨世达和余春敏忘了疲劳,忘了饥饿,在云岗街头边走边打听黄会计家的住处。然而,人们要么不认识什么黄会计,要么认识这个人但不知道他家住在哪里。就这样,两个人在街上转了一个中午,没问出个名堂,一看,已是下午两点多钟了,他们想,现在黄会计也该去收购站上班了,就直接到收购站里去等。

他们进了收购站办公室,看到江站长、陈会计、大师傅和那个称猪的四个人在打扑克。杨世达走上前去问陈会计:“陈会计,黄会计还没来上班吧?”

“啊,你问他呀!说不定他今天下午不来呢。”陈会计一边打扑克一边漫不经心地对杨世达说,接着又问:“怎么,你们还没领到钱吗?我还以为你们走了。”

“是的。我们还没领到钱。快三点啦,我都急死了!”余春敏愁眉苦脸地对他们说。

“江站长,你看这个事怎么办呢?”杨世达转过身来问江站长。

“我又有什么办法?我又没钱给你,叫我怎么办?”江站长也显得十分的无奈。

“真是急死人呐!”余春敏都快烦死了。

“急有什么用呢?脚是长在他身上的,他来与不来上班全凭他的兴趣。我看你们还是到他家里去看吧。”江站长满脸的无奈,他一边出牌一边对杨世达他们说。

“杨师傅,我看这样吧,我骑自行车到他家里去叫一下。在这里等你是等不来的。没有办法！江站长都没办法你还有什么办法？”陈会计自告奋勇说。

二十几分钟后，一个三十多岁的男青年骑着一辆新自行车同陈会计一起来了。不用说，这位就是陈会计请来的“驸马爷”——收购站的黄会计。

黄会计是刚才被陈会计叫醒的。陈会计吵了他的午休令他十分烦恼，可他也不好发作。由于心情烦恼，睡眼蒙胧就匆匆忙忙骑上自行车到站里来上班，但一摸口袋，忘了带钥匙，他打不开办公桌的抽屉。没办法，他只得又满腹牢骚，骑上车回家去拿钥匙。

这样一番折腾，等杨世达和余春敏拿到钱从收购站出来已是下午四点多钟了。他们推着空车，急急忙忙地朝供销社百货门市部走去。在那里他们花了一百二十元，买了一台“西湖牌’缝纫机，然后就推着缝纫机快步往回赶。

当他们回到家时，太阳早已下山了。小霞坐在门槛上靠着大门睡着了。余春敏俯下身子双手抱起熟睡的女儿，泪水夺眶而出，她用沾满汗水和泪水的嘴唇亲吻着女儿的小脸。杨世达开了门，将缝纫机从车上搬下来放在地上，这时，他才深深地透了一口气，全身松瘫下来。

有了一台新缝纫机，杨世达高兴了好久。这段时间，他几乎每天坐在缝纫机前，给女儿小霞做了几件衣服，虽然只有一件是买来新布做的，其余的都是用几个哥哥的旧衣服改的，但由于是用缝纫机改的，别人一下还看不出来，还以为本来就是女装穿旧了。但好景不长，这台缝纫机买到家还没有多久，就被云岗公社“清财小组”以杨世达欠款为由拿去抵账了。

3

时光飞逝，不经意间，杨小霞已经长大成人了。这年她初中毕业。她念初中时家里正处于困难时期，她整个初中的生活学习费用都是几个哥哥接济的。

杨小霞已是一个十几岁的花季少女，女孩的天性就是爱美，可是家里的条件限制了她追求美。十几年来，她都是穿着极普通的衣服，有些还是她哥哥的旧衣服改的。她也从未向爹妈要过好衣服、好鞋袜来包装自己。

杨小霞八岁那年，余春敏在一个地摊上给她买了一条健美裤，她如获至宝，穿在身上左瞧瞧右看看，洋洋得意，在小伙伴们中间极力地炫耀。她小学毕业那年，父亲在一个工地上赚了一点小钱给她买了一件白底红色碎花衬衣，把她高兴得几乎失眠。进初中以后，她连一块比较好点的香皂都没用过，连花露水也没用过。冬天，许多孩子用的都是"珍珠霜"一类的护肤品，而杨小霞用来护肤防冻的则是一两毛钱一只的蛤蜊油。

杨小霞就是在这样简单得不能再简单的生活中长大的，她从来没有刻意打扮过自己，可她身上却有一种自然美，在同龄的少女中，她有一种鹤立鸡群的味道。

有一年下半年，杨世达在一位好朋友的帮助下，好不容易在云岗一个单位上接到一个造价一万多块钱的小工程——建一个厨房，利润不是很高，不过工期比较短，施工也简单，大概有一个月左右可以全面完工，也可以赚得千把块钱。工程一结束，拿到钱他就为女儿杨小霞买了一部凤凰牌自行车，花了三百块钱。

但杨世达万万也没有想到，他花三百块钱买来的竟然是一部假凤凰车。原来他在县供销社仓库自己挑选的真凤凰车，在县城运到云岗供销社后被人做了手脚。真凤凰车两只钢圈的气门芯孔两边都有凤凰二字的钢印，而拿到手的车钢圈上什么钢印字也没有。他气晕了，但又有什么办法？钱是退不回来的，他只好忍气吞声将车骑回家。车虽然不是名牌，但毕竟是新车，而且几个哥哥都没有，足见杨世达对这唯一的女儿的偏爱了。

中考前，杨世达和余春敏为女儿买了两套比较时髦的衣服，女儿穿在身上十分得体。本来就长得俊俏的她,穿上这样的衣服显得更加楚楚动人。

杨小霞的学习成绩并不怎么好,在班上只能算是中上。中考分数出来以后,她连普通高中的分数线都没达到。杨世达和余春敏没责怪她,几个哥哥也没说什么。

一个凉爽的夜晚,杨世达一家人在大门外的草地上乘凉。余春敏收拾完锅台上的碗筷以后也拿着一把麦秆扇子出来,坐在小霞身边。她问道:“小霞,现在中考分数出来了,你什么都没考上,现在你有什么打算吗?”

“我有什么打算?考不上就跟四哥外出打工啊,还能有什么别的打算。”小霞沮丧地回答。

“打工?一个初中生到外地去打工,何况还是个女孩子,这不大合适吧。”余春敏有点不高兴,又有点不放心,更有点无奈。

“二哥、四哥不也是初中毕业吗?他们初中毕业能行,为什么我初中毕业就不行呢?”小霞和妈妈争辩起来。

“他们都是男孩子,一般来讲男孩子比女孩子能吃得苦,你一个女孩子能吃得下这份苦吗?”余春敏还是放心不下。

“管他苦不苦,反正我总要在这个社会上找到一个属于我自己的位置。我总不能一辈子都要家里来供养啊,我好手好脚的又不是残疾。”小霞似乎有一股闯劲。

“你说得轻巧,就怕到时候你又要打退堂鼓了。”余春敏说。

“这也不行,那也不行,那我该怎么办呢?”小霞问妈妈。

“你还想念书吗?”妈妈问女儿。

“我想得到吗?”女儿反问妈妈。

“只要真心想念书,而且认真去念书,我看问题也不大吧。”妈妈说。

“复读?”小霞问妈妈。

“不,你不能复读,复读对于你来说是毫无意义的。”余春敏说。

“那我到哪里去念书啊？”小霞有点不大高兴、。

“过几天等你大哥回来再商量。”余春敏对小霞继续念书的事虽没十分的把握，不过她想，分数线并非铁板一块，现在的社会有很多机会，办法应该是有的。

经过杨明杰的多方努力，小霞终于自费进了海军总后勤部办的一所财经专科学校，旅游系专业。这样，杨世达和余春敏一直悬着的心总算落地了，因为他们唯一的女儿又有了上学的机会。虽然是自费，就目前来说，他们还是可以承受的。

第五章

艰辛打工路

1

由于家里穷，在学校念书时总是被停膳饿肚子，这对杨明举的影响确实不小，他小小年纪，就承受着大人们都难以承受的压力。念初中时，家里正处在家徒四壁、日愁三餐的最困难时期，他本想一门心思放在学习上，不去管生活上的事，可饥饿贫困总是像鬼影一样死死缠着他，使他无法静下心来学习，严重影响了他的学业。在这样的境况下，他草草念完了初中，拿到了一张初中毕业证，成了一名回乡知识青年。他的二哥杨明阳也只念完初中，统考落榜后回家。就这样，因为家庭贫困，他们过早地走向社会，挑起了家庭生活的重担，过早地开始品味人生的艰辛。

他还是一个十六岁的孩子，开始跟着父亲做了几天木工，后来他认为干木工太辛苦了，不想干了，就整天待在家里干点杂务事。他也想找工作，但像他这样穷的人家，莫说请客吃饭，就是买一包好一点的香烟都难，就这样，他在家里混了半年。

第二年开春，元宵节刚过，乡村中小学校都已开学。由于师资不够，有些学校还要请代课老师。这样的代课老师，可以说在农村几乎每所学校都有。然而这些代课老师几乎都有点背景，他们不是什么上级领导的子女，就是领导的亲朋好友，毫无背景的农民子弟几乎没有。

杨明举也想去谋个代课老师这样的美差。他到云岗乡政府去了几次，没遭到拒绝，也没得到恩准。本来他所在的村民委员会同意他到本村的一所完小去代课。由于代课这差事还是一个肥缺，一些人就像苍蝇叮着臭肉一样，竞争得非常激烈。偏偏与杨明举竞争的对手是云岗乡党委书记的小妹。在这样的情况下，乡教办为难了。论学历和综合素质，杨明举要高一筹，但对方的背景显然比他不知要优越多少。教办主任为此事感到头痛。一些同情杨明举的人就提出来公开考试，谁考上了谁上。杨明举高兴了一阵子。他想，要是我没考好算我无用，甘拜下风。他满怀信心地参加了考试。

直到那位书记的小妹和其他一些背后有靠山的人走上小学的讲台正式执教时，乡教办也没有公布考试结果。公开考试，择优录取代课老师，成了一块遮羞布。他心中愤愤不平，可又无处诉说。他暗暗下定决心，准备到外面的世界去闯荡一番。他就不信，天下如此之大，就找不到一碗饭吃。

打工的浪潮越来越高，到沿海城市去打工的人也越来越多。

十八岁的杨明举在家里待不下去了，他心里涌动着一股激情，也想到外面去闯一闯。

九十年代的第一个春节，大年正月初六日，新年的爆竹声还在不断响起，空气中弥漫着硝烟的香味。早晨细雨蒙蒙，路上行人稀少，杨明举背着行李没有打伞，迎着刺骨的寒风在细雨中走着。他要到离曲庄七八里路远的地方去搭车，正式外出打工。

杨明举的一位堂兄在沿海打工多年，赚了不少钱回来过年，他约好今年带杨明举去打工。

今天，杨明举的身上只带了一百元钱做路费。他这一百元现金还是头天晚上他的大叔父和姑母各给了他五十元作为压岁钱。

天快亮了，东方已现出鱼肚白，路边树林里传来鸟叫的声音，打破了黎明前的寂静。杨明举在灰色的田野里走了个把小时，到了搭车的地方。

这里早已集聚了几十个人，都是出门打工的。堂兄同村的人告诉杨明举，因为业务忙，堂兄已经提前一天走了，要他随大家一起走。杨明举顾不得满身泥浆，在一个饮食摊上买了十个馒头，用塑料袋装着提在手上。地上到处都是烂泥，行李没地方放，他一手提着行李，一手用一个指头勾着那塑料袋子，再用嘴咬住一只快要冷的馒头，站在那大风细雨的马路上狼吞虎咽地吃着。他又累又饿，想起了自己的家，想起了自己的父母。唉，要是在家里多好啊，在父母的身边多温暖啊！不知不觉中，他流下了伤感的泪水。

正月里，春运紧张，客流量大，每一辆车上都十分拥挤，要想不超载是不可能的。那些赶路的打工仔们也实在太辛苦了，别人还都在家舒舒服服地过大年，而他们却早早地只身一人踏上漫漫打工路。老天也来凑热闹，这些天总是阴雨绵绵。

经过一整天的颠簸行驶，在夜幕降临的时候，杨明举乘坐的班车终于到达了目的地。车上的人，一个个都疲惫不堪。

杨明举随大伙一同下了车。他还是一手提着行李，一手拿着那装馒头的袋子，里面还有两个冻得硬邦邦、冷冰冰、开了裂的馒头。

眼前的一切，对杨明举这个第一次出远门的人来说，是一片陌生。他第一次到大城市，第一次来到这个陌生的世界，他显得渺小和无助，又觉得眼前的世界是那样的新鲜和好奇。他无心去观赏这繁华世界的景色，跟随几个同来的熟人去找他的堂兄杨明期。

这里是沿海经济特区，各方面都比内地发展快，来自全国各地的打工者数以百万计。这些人大多数都是农村来的青壮年劳动力，也有不少的手艺人，还有一些刚从学校毕业的学生，他们中有的还是“双职工”。他们为了生活，为了发展，远离故土，远离亲人，来到这千里之外艰苦创业，他们用自己的辛劳汗水和聪明才智，换来一张张汇款单寄往全国各地。

杨明举的老家白云乡政府所在地，是一个刚刚建起来的农村小集镇，这个小集镇的邮政所每天收到各地汇来的款项都在十万元以上，这些钱都是那些打工者在外挣来的。

杨明举怀着美好的憧憬跟随大伙来到这个陌生的城市。他目前吃住都在他的堂兄杨明期那里，他已身无分文了。他动身时带了一百元钱，但从白云到这里的汽车票就要一百二十元，他在车上向一位同来的熟人借了二十元。现在四五天过去了，他几乎天天都去职业介绍所，天天无功而返。他的零花钱都是他的堂兄给的，每次都是三块五块地拿，实在是太艰难了，有时连挤公交车的钱都没有，只得步行。

这里是经济特区，各方面与内地都有些不同。这里的经济建设真可谓是日新月异，前些年还是荒山野岭的地方，现在是高楼林立，街道纵横。工厂里传来的机器声不绝于耳，宽阔的街道绿树成荫。商店的商品琳琅满目，大小超市到处都是，各种车辆来往奔波。街上行人川流不息。杨明举无心去欣赏这些，他唯一的希望就是尽快地找到工作，解决吃饭的问题。

杨明举几天来都没找到工作，他累极了。由于没有钱他不能坐公交车，只能靠两条腿步行。他对这个地方完全是陌生，走的弯路也多，吃的苦头也不少。他吃饭无定时，什么时候饿了就在摊点上买一两个馒头吃，再向摊主讨碗水喝，这情景只比那些要饭的好一点。几天下来，他人走软了，钱无一分，工作渺茫，都到了山穷水尽的地步。原先他认为到了这里堂兄会帮他找工作的，可是堂兄很忙，一次也没陪他出去过，即便是休假日，他也是忙这忙那，像是有意在躲避他。杨明举感觉到堂兄的有意躲避，可他没有办法，在这远离家乡、举目无亲、一切陌生的世界里，他唯一可以依赖的人就只是堂兄。于是他对自己说："咬紧牙关吧，我就不信，这里没有我杨明举生存的地方！"

由于天天跑职业介绍所，杨明举在众多的求职者中也结识了几个朋友，也许是同病相怜吧，经过半个多月的奔波，杨明举通过朋友的介绍，在一家私人开办的小厂里找到了一份工作。

这家小厂地处郊外,属于农村的地盘,只有几十个员工,主要生产纸盒、纸质包装箱。厂子小,效益低,但工时长,报酬少,员工一天要工作十二个小时,无休假日,每月工资还不到四百元。虽说做纸盒、包装箱的活比较轻松,但由于上班时间长,流水线作业节奏紧张,干久了人还是很累。

杨明举在那里干了一段时间以后,就不想再在那里干了。工作时间长还不是主要问题,他年轻,不怕吃苦,收入少是主要原因,一个月才几百块钱的收入,除去生活费用,还能剩几个钱,拿什么寄回家里?于是他白天上班,晚上还是去找工作。

杨明举在那家小厂干了十多天都没有休息过,他实在想休息一下,于是他向老板请了一天假。他以休息的名义请假,可他目的还是想到几家职业介绍所去碰碰运气找工作。这些地方他以前去过好多次,已是轻车熟路了。他一个人在街上从这家职业介绍所跑到那家职业介绍所,走着走着,来到了热闹的火车站。

一列旅客列车刚刚进站。那进进出出的人也不知道是从哪儿来的,简直比乡下唱大戏时那戏台下看戏的人还要多几倍。杨明举从来也没见过这么多人,他无心欣赏这人头攒动的风景线,漫无目的地闲逛着。

他口袋里还有不到五块钱,中午他决定不回去吃饭,准备吃几个馒头算了。当他准备去买馒头时,听见一个声音叫他:“喂,朋友,请你帮个忙好吗?”

杨明举回过神来,看到他面前站着一位军人。他先是一愣,然后很客气地问道:“同志,你有什么事吗?”

“啊,不好意思。是这样的,我刚下火车,是从江西老家探亲回来的。家中父老乡亲给了我一些土特产,你看这大包小包的,我一个人拿不动,想请你帮帮忙送我到公交站台那里去,好吗?”军人道明了他的意思。

“哦,是这样。可以,可以,我也是江西人。”杨明举高兴地答应了。

杨明举帮那位军人老乡提着那些大包小包，走到最近的一个公交站台边，一边等出租车，一边抽烟。不一会儿，一辆出租车在他们面前停住了。

杨明举帮助军人将所有的大包小包都塞上了车，军人请他一起上车同去。杨明举反正没什么事，能在异乡结识一位老乡，在这陌生的城市里，多一个熟人，多一位朋友总是好事。他们坐在车上谈了许多话，谈得很投机。军人热情地对杨明举说："老乡啊！假如你今后有什么麻烦事或者有什么困难，你可以给我打个电话，或者来找我，我会尽力帮忙的。"

"好的，谢谢你！"杨明举高兴地回答。

交谈中得知，这位军人是本市驻军一位营级军官，主管后勤，名叫刘光华，三十多岁年纪，说话爽直，是一位精明能干的人。

到了军营，杨明举又帮着把那些东西送到军人家里。

时间也快到中午，杨明举对刘光华说："刘大哥，我要回去了，我找工作的事请你留点心。"

刘光华连忙走过来，对他说："杨老弟呀，吃了饭再走吧！反正今天你又没什么事，吃了饭再走不行吗？"

"不麻烦你了，我还想到几家职业介绍所去看看。"杨明举连忙对刘光华说。

一个星期很快就过去了，又到了星期六。杨明举请了一天假，因为刘光华已经和他约好，答复帮他找工作的事。

刘光华部队的驻地在市区东北面一座山脚下。由于一个星期前来过，这次杨明举直接过来了。两位老乡再次见面，更觉亲热。握手寒暄之后，刘光华招呼杨明举在沙发上坐下，给杨明举又是拿饮料，又是递香烟，脸上堆满了笑容。没等杨明举开口，刘光华笑着说："老弟呀，你运气好，我替你联系好了一家餐具厂，是一家大型私营企业，有一千多个员工，产品大部分都是出口销往国外，效益不错，离这里又很近。老板和我们部队的关系很好。工种还没定，老板让我带你先到厂里去参观一下再说。你有什么意见吗？”

一个星期以后，杨明举就到那家餐具厂里来上班了。他自己挑了一个最合适的工种，由于他人缘好，会说话，又会写算，没干几天老板就让他在一个车间里当统计员。这活不但轻松，还要管几十上百个员工，每月工资都在千元以上。他干得非常出色，老板也格外喜欢他。他的朋友也越来越多了。

杨明举就这样在餐具厂待下来了。目前的收入，他只能维持温饱，有时回家过年，连第二年返城的车票钱都没有，接连两三年都是这样。过完年从家里动身的头一天晚上，杨世达总要给他一两百块钱做路费，并叮嘱他：“举儿，在外面要走正道，挣不到钱事小，千万不要走错了路。”

“不管怎么样，经常给家里写写信，告诉我们你在外面的情况，免得我们在家里牵挂，啊。”

“到了年下，无论如何都要回家过年。没钱拿回来不要紧，人一定要回来呀，千万不要忘记了。”

这部家庭“圣经”，杨世达和余春敏几乎每次在儿子动身外出的时候都要反复地念上几遍。

接连两三年，杨明举都没有一分钱带回家，家里也从来没有人责备过他。而且每当到了年下，看到别人的孩子都先后回来了，杨世达和余春敏总少不了要去打听打听有关杨明举在外面的消息。他们几乎天天都要到门口的大路上去探头望几次，希望能见到儿子回来的身影。每当杨明举回来以后，说没什么钱带回来时，他们总是这样对儿子说：“回来了就好，回来了就好啦！我们不是图钱，只求人安全就万事大吉！”

经过几年的磨炼，杨明举在社会交往中不再是在他的堂兄和几个老乡的周围转来转去了。他的朋友多了，接触面广了，各种各样的环境也能熟练应对了。现在他开始考虑下一步该怎么办。

杨明举辞去了餐具厂的工作，在一位朋友的帮助下，他来到另外一座城市，进了一家皮革厂。这个厂有一千多名员工，主要生产各种各样的皮鞋和手提袋。由于有工作经验,杨明举一进厂就被老板安排在一个中层管理的位置上。他的主要职责是管理本厂产品的进出和原材料购销,这是一个很重要的岗位,他干得很开心。

这里的收入比在餐具厂高,杨明举手头的钱渐渐地多了起来,他不但还清了所有欠款,还略有节余。为了赶潮流,他买了些够档次的衣服,还配了一只呼机。现在的他与前几年相比,像换了个人似的。他的派头、行为举止,让一些不认识他的人,都认为他是一个老板。有几回他跟老板一同出去办事,对方却把他当作老板,而把老板当成他的随从,差点闹出笑话来。

杨明举在这家私营企业干了快一年了,虽然收入比以前多,但这里的生产环境很不好,工作时间长,劳动保护差,车间里化学气味刺眼刺鼻,一些干得时间长的工人都生病了。杨明举看到这种状况,不愿在这里继续干下去,年底时向老板提出了辞职请求。但没想到的是,老板毫无理由地拒绝了的辞职,并克扣了他的工资。

这天,杨明举直接走进老板办公室对老板说:“老板,一年的合同期到了,我不想在这里干了,请结账。”

“为什么?”老板阴沉着脸问。

“我不想在这里干了,想换一个工作环境不可以吗?”杨明举说。

“我这里不是很好吗?又不会少你的工资,你为什么要走呢?”老板的脸色很难看。

“到哪里工作是我的权利。”看见老板一副傲慢的样子,杨明举气愤地说。

“嘿嘿,权利?什么权利?在我这里你能有多大的权利?”老板把头一歪,发出一阵冷笑。

“打工者的权力同样受法律保护。我再次提出按合同结账。”杨明举的态度也强硬起来。

“这厂是我的,结不结账由不得你。我是老板,我要是不结你又能拿我怎么样？这里是我的天下，是我说了算，不是你说了算，你明白吗？不结，去你的吧！”老板火了。

“你不结算工资，请把身份证还给我。”杨明举对老板说。

“嘿，身份证？没那么容易拿回去。”老板说完就径直走了。

杨明举站在那里发呆。他心里又气又恨，恨不得冲过去将老板狠狠地打一顿，可他还是克制住了自己。

一个星期以后，市劳动局将杨明举和那个傲慢的老板传唤到了局里。一位三十多岁的男同志和一位中年女同志坐在那里，准备调解他们的劳资纠纷。

“辛老板，你知道我们今天传唤你到局里来是为了什么事吗？”那位男同志问那位老板。

“不知道。”辛老板若无其事地回答。

“你看看他是谁？你认识他吗？”那位女同志用手指指坐在另一张沙发上的杨明举。

“他是我厂里的一名员工。他不上班干活跑到这里来干什么？”老板似乎有点生气，可心里却十分明白：自己遇到了麻烦。

“他来干什么难道你真的不清楚吗?这是什么地方?你辛老板应该是知道的。”那位女同志慢条斯理地对辛老板说。

“哦……”辛老板支支吾吾，有点语塞。

“我宣布：杨明举与辛老板双方的劳资纠纷调解正式开始。请杨明举先生将你所诉求的内容详细地说出来，辛老板好好地听着。”那位男同志态度严肃地说。

“我这里有一份书面材料，你自己拿去看吧。”杨明举从手提包里取出一份打印的材料送到辛老板的手里。

“辛老板，你仔细看看那材料上所指控你的违法行为属实吗？”那位女同志摊开记录纸，开始工作。

接过杨明举递过来的材料，辛老板的手有些发抖，脸上的肌肉在一阵阵地收缩，额头上有点儿冒汗。他从裤袋里掏出手帕来擦拭脸上的汗珠，很快又镇静下来，像是没事一样。他从沙发上站起身来，大声地对他们三个人说："这材料上面所指控的事大部分都不是事实。我不能接受这些与事实不相符的指控。"

"啪！"杨明举从沙发上站起身来，并重重地在茶几上拍了一巴掌。他走到辛老板面前，用手指着他的鼻子尖，双目圆睁，大声地说："那材料上哪一条不是事实？我的工资被你扣发、身份证被你扣发，你赖得了吗？"

辛老板久久说不出话来，呆呆地站在那里。

"辛老板，现在我来问你。"那位男同志开始了正式问讯，"你厂里的员工每天要工作十二个小时，是这样吗？"

"有时是这样的，并不是经常是这样的。"

"不，经常是这样的！"杨明举大声地说。

"是不是经常十二个小时一班？"

"嗯嗯……"辛老板有点语塞。

"到底是不是？"

"嗯，就算是吧。这又不是我一家的事，都是这个样子。"辛老板这时有些无奈。

"你厂里有没有厂休日？"

"这……叫我怎么说呢？"

"到底有没有？"

"没有。"辛老板认为现在再也骗不了人了，于是他回答得挺干脆。

"你每天要员工替你干十二个小时的工作，而且还没有厂休日，工资又那么低，你知道这样做合法还是违法？"那位男同志问。

"知道，这样做是违反劳动法的。"

"既然知道这样做违法，你为什么还要这样做？"

"我知道这样做是不对的，可是我万万也没想到一个农村来的打工仔会找到你这里来告状。"

“难道农村来的打工仔就不是人吗？”杨明举大声地问辛老板。

“打工者的合法权益会受到国家的法律保护。”那位男同志严肃地说。

沉默，沉默。好长一段时间的沉默。辛老板瘫在沙发上，一个劲地抽烟。

“现在我再来问你，辛其美，你不但增加工时，压低工资，取消休假制度，还私自扣押在你厂里做工员工的身份证，有这个事吗？”那位男同志问辛其美。

“有。”辛老板这时候也毫不掩饰自己的行为。他非常明白，既然到市劳动局来了，像他们这样的一些私人老板绝不会有好果子吃的，最后的结果不是罚款就是停业整顿，甚至是停工停产吊销营业执照，赔偿员工的损失，所以他只有老老实实认错，或许还要好一些。

“你有什么权利扣压员工的身份证？你知道这是犯法的行为吗？”那位男同志又问。

“不知道。我认为将员工们的身份证押在我手上他们就不能随便进出了，这样我就抓住了他的命脉。”辛老板低声地说。

“员工在你那里打工，不能随便出入，你就从行为上限制了他人的人身自由，这就是侵权的行为，是违法的。”那位男同志说。

“现在你们劳资双方的争议怎么解决？你们双方都发表意见吧。”那做笔录的女同志抬起头来对他们说。

“我们国家早已颁布了《劳动法》，劳资纠纷应当按照《劳动法》的有关规定进行处理。”杨明举作为当事人，他提出了自己处理这次劳资纠纷的法律依据。

“辛其美，你的意见呢？”那位男同志问。

“事已至此，我还能有什么好说的呢。对照有关法律，我要求从宽处罚。”辛老板像是泄了气的皮球一样有气无力地低声说道。

“现在我宣布调解结果。”那位男同志大声地说，“根据《中华人民共和国劳动法》的有关规定，对杨明举和辛其美之间的劳资纠纷一案，经调解处理结果如下：

一、根据《劳动法》的有关规定，员工每天工作八小时，而辛其美要员工每天工作十二个小时，其超时部分按加班工时计算工资，加班工时工资超过四小时的按八小时计算工资，由资方按员工实际上班天数如数补发给每个员工，限三天之内发放，不得拖延。

二、每月四天厂休日，具体安排由厂方依据具体的生产情况妥善安排厂休。原来已做工的厂休时间由厂方按每月四天计算工资补发给员工，不得拖延。

三、厂方所扣压的员工任何有效证件要即刻发还到员工手上，如有拖延，按有关法律法规查处。

四、为了加强劳务市场的管理，维护劳资双方的合法权益，根据有关法律规定，处以辛其美三万元人民币罚款，限三日内交清，上缴国库。

五、本调解协议即日起生效。劳资双方如有异议可在生效之日起十五天之内向所在地人民法院提起申诉。”

一场劳资纠纷就这样解决了。

杨明举离开了那家私营企业，一时又到处奔波找工作，他又要面临一次生活的磨炼。

2

杨明山上大学以后，压在杨世达和余春敏肩上的担子越来越重，他们几乎被压得喘不过气来。

为了供明山和其他几个孩子的学习费用，也为了一家人的生活，杨世达几乎垮了。万般无奈之下，他只得重操旧业，又去干木工活。本来他不想再做手艺活，在农村做工，几年都收不到工钱，做了也等于白做。后来他想做点木头产品去卖。一个偶然的机会,杨世达在一个老同事的帮助下,买到一车杂木料,于是,他就在家里搞起了家具和办公用品的加工,想通过出售产品来获得收入。只要能卖出去,就有现金收入,比干那种赊账的户工要强多了。

曲庄村是一个封闭的古老小山村,交通不便,信息不灵。这里没有公路,连一条像样的机耕路都没有,要不是几个在外地念书的学生往返于城市和乡村之间,这古老的山村几乎与世隔绝了。

现在人们看到杨世达拉了这么一大堆木材来, 还要搞什么木材加工,人们纷纷用一种怀疑的眼光看他。一部分人是幸灾乐祸的,还有一部分人也是出于好意,怕将来杨世达真的在家里私自出售木头产品,弄不好还会有人来替他割"资本主义"的尾巴,他们怕他吃亏,好心劝他,叫他千万不要私自出卖产品。总之,对于杨世达搞木材加工的事,人们什么样的议论都有,一时间弄得他无所适从,拿不定主意。

木头已经运来了,几百块钱的木材款也付出去了,怎么办? 停下来吧,这批木头又难处理,谁会要这三长五短的杂木? 留作柴烧? 实在烧不起。经过再三考虑,他决定还是再冒一次风险,按原计划做下去。

经过一段时间的紧张工作,一些产品的毛坯料已准备了不少,只等风干就可以进入成品加工。偏偏就在这个节骨眼上,杨世达的腰椎骨质增生症又发了,痛得他直不起腰来,但他只要稍微好点,就咬着牙做。第一批产品已经做出来了,共有五张五斗办公桌,四张方圆两用餐桌,二十几把木折椅。

别看这么一点点木头产品,要是能够很快地卖出去,至少也可卖得一千元现金,这对杨世达来说,是一个大数字。他心里暗暗高兴。

杨世达暗自高兴了没多久,满脸又写上了愁。自打他做产品以来,从没有人过问一下他的产品。他当时一门心思放在做产品上,没去考虑销售的事,现在销售的问题已经摆在眼前,他不得不去面对。他想将这些产品尽快脱手,用这些钱来还买木材的钱,再寄些给在外地念书的儿子。等第二批产品出售后，就能保证孩子们在校读书不饿肚子，保证一家人有饭吃。

本来杨世达的计划是可行的，但由于曲庄地处偏僻，仅凭自己的想象生产的东西，不见得就是人家需要的。这些产品卖不出去有两个原因：一是产销不对路；二是信息不灵通。

如何尽快地将这些产品卖出去，现在成了杨世达当前的头等大事。

在农村，每年到了早稻收割前近一个月的时间，都是青黄不接的时候。田里的早稻没成熟还割不得，家里的谷子又吃完了，但人们的肚子一天也不能空着。这时候亲友之间，邻里之间的相互接济，互相帮助，是农村人度饥荒的传统办法。有钱的人家就买谷买米吃，没钱的就借谷借米吃。

杨世达家里由于去年卖多了超购粮，今年缺一个月的口粮。他自己是吃商品粮的，购粮证上还有一二百斤大米的指标，但他没有钱买。孩子们在学校念书要吃米，自己在家里也要吃米。怎么办？他不能待在家里等着饿死，也不能待在家里等人来施舍，他还得依靠自己去另外想办法。

万般无奈之下，杨世达想到了余春敏在粮站工作的表哥。他想到那里去碰碰运气。他想，购粮证上的指标是有的，就是无钱买。现在离夏粮入库很近，要么叫表哥先借点米应急，等夏粮入库时扣回来不就行了吗？

杨世达决定到云岗粮站去跑一趟。

杨世达到云岗时已是正午，天气更加热了。他放好自行车，找到了表哥。杨世达开门见山地把他这次的来意对表哥说了。表哥听了后，对表妹一家当前的处境深表同情，却表露出一种爱莫能助的神态。他深知表妹夫是一个很要强的人，今天为借米的事来找他，说明他到了山穷水尽的地步，不然，表妹夫绝对不会来找他的。

表哥一面招呼杨世达坐下喝茶，一面对杨世达说："妹夫啊，现在都下班了，等下午上班后再来替你想办法。我们先吃了饭再说吧。"

杨世达心里非常明白，表哥是处在两难之地，他也是迫不得已呀！

时间在一分一秒地过去，太阳在慢慢地西沉。杨世达看了看挂在办公室里的大圆钟，离下班还有不到一个小时。他开始有些急躁，肚子里似乎有些怨气。

“妹夫！妹夫！”有人在叫喊，杨世达回过头来，看到表哥从库房里出来了，手里拿着一张粉红色的纸条，急促地向他走来，笑嘻嘻地对他说：“妹夫，这下好了。我在站里借了些钱，替你开了五十斤大米，你先拿去应应急，以后再慢慢来想办法。让你等了这么久，去吧，快到仓库里去称米，你回家还有那么多路呢。”

一个星期以后，杨明阳回了一趟家，是大哥杨明杰叫他回来的。杨明杰听说家里没有了米吃，弄得父亲到处借谷借米，他又因为工作太忙，就叫弟弟回来看看。

“妈！”杨明阳看见余春敏赤脚扛着锄头从外面收工回来，老远就大声地叫着。他走到妈妈的身边，将妈妈肩上的锄头，手上的菜篮接了下来放在一边。余春敏从头上取下那顶破旧草帽，拿在手里扇风，然后又提只小篮子到菜园里去了。

杨明阳在家里这里走走，那里看看。他看到家里到处都是木头，还有好多木家具，到处都是刨花、木屑、树皮，到处都是棍棍棒棒，简直成了一个木工车间。他走到厨房，打开米缸一看，里面还有几升米。他在那里站了很久，然后又将盖子轻轻地盖上。他又打开了碗橱门，里面什么菜也没有，在一个角落里的一只小碗里还有一点点豆腐乳水，他知道这就是弟妹们在家里每餐你争我夺的“美味佳肴”，也是爹妈常吃的菜了。他不忍心再看下去，又来到堂前，把一些散落在那里的木工家伙捡起来，放进父亲的工具箱内，然后又用扫帚将那些乱七八糟的树皮、木屑扫拢了，再把那些做好的产品叠了起来，收拾出来一个小小的空间。

杨世达也回来了。他见老二今天回来了，就问：“你今天回来，没什么事吧？”

“爹，没什么事。是哥哥叫我回来看看你们的。听说家里连米都没得吃,他很着急,可又很忙,自己来不了,就叫我回来看看家里的情况。”杨明阳一边整理堂前,一边对父亲说。

“家里的情况还是那个老样子,不是没饭吃,就是没钱花。现在不但家里没米吃,明山在学校又没了钱,刚才我是到外面去借钱,跑了好多地方,人也累坏了,钱没借到一分。这日子我真不知道怎么过哟。”杨世达边推车进屋,边对儿子说。

杨世达满脸愁容,双眉紧锁。这些年来他几乎天天都在为钱、为米发愁。虽说他只有五十多岁,但看上去要老十岁,头发由黑变成了灰色,而且还白了不少。眼下他整个希望都在这些木头产品上,即使是保本卖出去,也可以缓过一口气来。可是现在这些木头产品一件也没卖出去。

几天后,杨世达家大门口停着一辆“130”的小汽车,老大杨明杰带了几个人回来了。

原来杨明阳回去以后,将家中的情况向哥哥说了。杨明杰一听也觉得坏了,那怎么行啊? 爹爹妈妈在家里没饭吃,那还了得,他这个做儿子的做大哥的难道能袖手旁观吗?不管怎么样,得先解决吃饭的问题,这是头等大事,其余的以后再慢慢来想办法。他买了两百斤谷,叫了一辆 130 车将稻谷送到家里来度春荒, 又将那些木头产品运到他工作的地方去。毕竟他那里交通方便,信息比较灵通,可以通过熟人来联系这些产品的销售。

余春敏又忙开了,她要准备午饭。她十分犯难,自己的儿子倒没什么,可是还有司机和明杰的同事,总不能太寒酸了。她实在没法可想,家里只有几个鸡蛋,这么多人就这几个鸡蛋怎么行? 于是她又到邻居那里去借了几个鸡蛋来。

余春敏准备炒菜时,拿起油壶一看,傻了眼:手里的油壶是空的,她几乎要掉眼泪了。她咬了咬牙,放下空油壶,拿了一只小茶碗又上邻居家借油去了。

一餐极平常而又农家味十足的午饭总算摆上了桌。虽说没什么好菜,可那每一道极普通的莱里面都含有余春敏的一番心血。蔬菜是她亲手栽种的,那一大碗鸡蛋汤和那一大盘韭菜炒鸡蛋,她家逢年过节也不一定吃得到。那点油还是她向邻居借来的半茶碗油。虽说简单了点,却尽了一位家庭主妇的心意。

就这样,大家吃了一餐看似平常而又实不平常的午饭。余春敏一边收拾碗筷,一边很内疚地对客人说:"实在是不好意思,没什么好菜招待大家。"

太阳已经偏西,气温比中午降了些,杨明杰他们也要回去了。他来到灶前,看见妈妈还在洗洗刷刷,从口袋里摸出十块钱,塞进妈妈的口袋里,对妈妈说:"妈,时间不早了,我们要回去了。这十块钱你先留着用吧。"

"好吧,你们早点回去吧。杰儿,那些木头家伙,你要想办法早点卖出去,我们家里是等米下锅啊。"余春敏解下旧裤子做的围裙,一边和儿子说话,一边送他出去。

"我会尽快地将这些东西卖掉。三弟的钱你也不用担心,过几天我到县里去开会,会安排好的。"杨明杰边走边对妈妈说。

杨明杰他们都上了车。汽车启动了,余春敏扬起一只手,目送着他们离去。

杨明杰从家中把木头产品运到了他工作的镇里,但镇里的行情不太理想。虽说产品的质量过得硬,但人们嫌价格高了,问的人多,看的人也多,真正来买的人很少。家里目前又急需钱用,明山连来了两份电报,都是叫家里尽快地汇钱去,他已经一个多月借钱吃饭了。明星几乎是每个星期回家都要提到钱的事。钱,钱,钱!这似乎成了追随杨世达的魔咒。

杨世达到明杰那里去过几次,去看他的木器产品,但每次都没有多大的变化。这么多天来只卖了一张办公桌、一张方圆两用餐桌和四把椅子,这还都是杨明杰的几位老同学出于一点同情和怜悯之心购买的。卖木器总共还不到两百块钱,但对杨世达来说,这些钱还是解了他的燃眉之急。他指望能尽快把剩下的木器全部卖出去,手上就多有点钱。可是他万万也没想到,打那以后,一件东西也没卖出去。现在孩子们要钱的电报催得紧,杨世达被催得头昏脑涨。他本来把所有的希望都寄托在那些木头产品上,现在看来又错了,和当年种苎麻一样失败了!

原先的一百多块钱一部分还了树款,加上家中的零星杂用,那点钱也早就花完了。怎么办?明山马上就要大学毕业,还有他在学校里贷的五百元无息贷款,必须在他毕业前一次性还清,除此之外,他还要钱吃饭。

杨世达像是得了一场大病,连走路都显得无精打采。

实在没有办法,杨世达还是时不时来到大儿子那里,他像一只馋猫一样老是牵挂着那些木头产品。

早晨太阳刚刚出来, 杨世达就骑自行车到了儿子杨明杰工作的地方。

“爹!这么早您就来了,家里是不是又有什么急事?”正在洗脸的杨明杰看到父亲这么早就来了,先是一愣,然后问道。

“唉,跑来跑去,还不是为那些事。现在真要急死人了!明山马上就要大学毕业,那贷的五百块钱款,学校要求他一定要在离校前一次性还清,否则他连毕业证都拿不到。可眼下他又一个多月没有钱吃饭,家里又没有钱寄。明星也吵着要钱。可家里一分钱也拿不出。”杨世达在一把木椅子上坐下来对明杰说,“俗话说‘赊三千,不如现八百’,还是按照我先前说的办法试试看,将那些产品一律降价百分之二十抛售出去,目前我们就是赔本也要将这些木头产品生出钱来,不然问题就大了。”

杨明杰觉得父亲说的是有道理的,贷款要背利息,那降价的部分就算是利息吧。这些木头产品上,每一件都有父亲辛劳的汗水,就这样将这些东西贱卖出去,是对父亲劳动成果的一种轻视,是对父亲的心灵的一种伤害。可事情到了这个地步,他又无可奈何,也只好忍痛按父亲的意思去做了。

杨世达从明杰那里回来的第三天就接到了老三杨明山的信。从他的来信中得知，研究生考试已经结束，分数还没有公布出来，至于是否可以录取，他并不在乎。他考研究生的目的不在于录取与否，就是录取了他也无钱念下去，家里太穷了，他只是想通过考研来证实一下自己的实力。像他那样既没参加任何补习班，也没买任何复习资料，硬是凭着自己平时的实力向考研挑战，是要有勇气的。

杨明山在信中还告诉家里，他的工作去向已定，在江南某电机厂，厂家还答应替他还那五百块钱贷款，并答应不要他还。看到这里，杨世达长长地叹了一口气，自言自语地说："唉，真是天无绝人之路啊！"

杨世达的那些木头产品降价贱卖的消息很快就传开了。那个堆放这些木头产品的闲置屋里，近日来也热闹起来了，问的人多了，买的人也多了，大多数人还想再便宜一些。

杨明杰对于那批产品降价百分之二十贱卖，一直觉得很伤心。可为了在短时间内得到现金，你不降价贱卖又有什么办法？

木头产品降价后，销售大为改观，它们很快被买主搬回了各自的家中。买主们还是识货的，都觉得以低价买回这些质量过硬的实木家具，是划得来的。同样是方圆两用餐桌，一个是大工厂机械化生产出来的产品，上面贴了一层木纹纸，上了一层油漆，显得比较美观；杨世达的产品是真材实料，没上油漆的白胎子货，两种产品的价格几乎差不多，白胎子货似乎还要贵些。然而，大多数人都不会从产品的内在质量和耐用程度来考虑问题，他们所注重的是外表和价格，所以杨世达的木头产品，尽管是真材实料、做工精细，也不是那些机械化生产出来的产品的竞争对手。人们又何尝不知道那些实木家具比那些胶合板、压缩板做出来的东西要耐用得多，可是人们就偏偏图漂亮、便宜，这就是现实。

3

春天，田野一片生机。早稻种子播下去了，秧田里一片嫩绿，一些早几天撒谷种的人家都已下了一次断奶肥。要不了几天，杨世达的秧苗也要下断奶肥了，可是他没有钱买化肥。他心里非常着急，他能不急吗？一年的收成，育秧是关键，要是育不好秧就要造成严重的减产减收。可干着急又有什么用？人家不肯赊账给他买化肥，他又急不出钱来，又有什么办法？

余春敏也是一副一筹莫展的样子。

正当杨世达和余春敏为没钱买化肥无可奈何的时候，邮递员送来一封挂号信，他们一看信封上的字就知道是四儿杨明举的信。杨世达急忙拆开一看，像是探险家发现了新大陆一样高兴得大声叫起来："春敏，春敏！快来看，举儿来信了！"

"举儿来了封信又有什么稀罕，值得这么大呼小叫的。亏你这个时候还高兴得起来，我都愁死了！"余春敏紧锁双眉，不高兴地说。

"举儿信上说，汇钱来了。"杨世达笑着对余春敏说。

"钱？钱在哪里？他汇了几多钱来？"余春敏还是一副不耐烦的样子。

"钱与信是同时寄的，钱可能要迟几天才能到，过几天我到云岗邮电所去打听一下就知道啦。"杨世达慢慢地对余春敏说。

"不用啦，汇单一到我就替你们送过来，请你们放心好啦。"邮递员在一旁插了一句话。

接到杨明举的挂号信，杨世达和余春敏夫妇像是夜航的船只望见了远方的灯塔，他们的心里踏实了许多。

没过几天时间，杨世达收到了杨明举汇来的一千块钱。这是杨明举在外打工两三年第一次向家里汇的钱。这笔钱对杨世达来说真是雪中送炭。

杨明杰从外地调回了云岗，在乡政府上班。杨明阳也不想在外地干了，他想回到云岗来。可他一家四口，无固定职业，一家人天天都在为柴米油盐发愁。他既无工作，又没有一门技术，就想开一个小店。人们的传统观念是“肥田不如瘦店”，店门一开，钞票进来，开店比种田轻松不说，而且来钱快。

经过一番筹措之后，杨明阳的小店终于开张了。他在云岗街上租了一间十四个平方米的小房间，前面做店面占了四五个平方，后面还有不到十平方米的空间，一家四口吃住都挤在那狭小的空间里，实在是拥挤不堪，连一些过日子要用的家具都无法放进去。那些没法放进去的家具，只好寄存在一个朋友家里。

小店开张不久，就显出一副萧条的状态。由于货少，品种单调，一天也卖不出去几样东西，有时半天都卖不出一包香烟。一个月下来，除去房租、水电、税收，所剩无几，一家人的生活还是成问题。

杨明阳一家四口，妻子体弱多病，小店养不活一家人，他就到外面去谋生。他加紧了与一些在外打工亲友的联系。早稻收割以后，他只身一人到沿海城市去打工了，小店就交给他的妻子胡惠珠经营。

杨明阳的妻子胡惠珠，是他初中时的同班同学。她的父亲是志愿军老战士，后来转业到本县一个国营农场的砖瓦厂当工人。胡惠珠从小受她父亲的影响，在学校里读书非常刻苦，可是她的身体一直不大好，念初二时生了一场大病，动了手术，停了一年学，后来就转学到云岗中学来念书，与杨明阳相识。

胡惠珠长相漂亮，身材苗条，圆脸庞，短头发，一双会说话的眼睛显得非常机灵，说话时脸上总是带着微笑，轻言细语的。她虽然身体差些，但精神总是很乐观。

杨明阳到外地去打工，胡惠珠一个人在家要照顾两个女儿，还要经营这个小店，也实在不易。加上经常要应付那些突如其来的工商、税务、城管等名目繁多的检查、收费，让她的精神高度紧张。

每到月底，税收、工商管理费、街道卫生费、房租水电费等缴费单集中飞来，每一张都是要钱来支付的，有时一个月下来，小店不但赚不到钱，还要赔本。每到这时，胡惠珠总是唉声叹气，这日子她真不知道怎么过下去。

杨明阳还算幸运，他刚去不久就在一些亲友的大力帮助下，进了一家不锈钢厂，开始在组装车间组装热水器。由于他有些文化，没过多久，老板就叫他在一个车间搞统计。这是一个拥有实权的岗位，员工们每天生产的产品数量、质量，都要逐个进行登记，到月底发工资时，这些统计数字就是原始依据。员工们一个月能拿多少工资全靠这份原始记录。杨明阳本人的工资比一般的员工工资要高一点，工作也很轻松。他一个月有七八百块钱工资，除去自己的开支也还有些节余。他在第二月就开始给家里寄钱。

胡惠珠带着两个不懂事的女儿在家里经营着小店，一个月下来，除去各项费用开支，几乎连买菜的钱也没有，现在真是骑虎难下，小店关又关不得，开又开不下去。办证时花去了几百块钱，开张才几个月就关门，实在划不来；继续开下去又是赔本赚吆喝，还是划不来。两个划不来把她逼向进退两难的境地，要不是这两天明阳从外地汇了钱来，她们母女三人恐怕要断炊了。

尽管如此，胡惠珠还是咬紧牙关又过了一个月。这个月不但没有一点盈利，反而赔本了。各项费用有增无减，特别是那些突如其来的各种名目的检查、打假，一些检查人员总要以种种理由给她出难题，什么商品质量不合格、商标有问题、"三无商品"、价格不合理等等。那些被列为假、伪、劣的商品，检查人员可以随便拿走，假如你不去找人说情，或者去意思意思一下，那你的商品就被没收了。你破费了、意思到了，那些被收走的商品就可以拿回来，照样在货架上公开销售。还有那令人无奈的赊销，弄得你实在哭笑不得。别的商店肯赊账你不肯赊账，那你的生意就无法做下去。但对胡惠珠这样的小店来说，本来流动资金就很少，小本经营，赊销导致资金更为紧缺，无法周转。几个原因叠加，小店最后还是不得不关门大吉。杨家两代人先后两次开店都失败了。

胡惠珠咬咬牙，忍痛将两个女儿送到了父母家，她一个人到明阳那里和他一块打拼去了。

房啊房

1

随着时间的推移，孩子们都一个个长大，慢慢都要结婚成家了，杨世达家的住房越来越挤了。过年的时候孩子们都从外地回来过年，住房就显得特别的挤，几乎到了无法安身的地步。杨世达和余春敏年年为这事犯愁，可又无能为力。

又到了农历腊月，外地工作的孩子们都先后回来了。大家都为怎么住发愁。

“我们搬到楼上去住吧。”杨明山和两个弟弟商量。

“大哥、二哥都在他们自己结婚的房间住，小霞也是一个大姑娘了，她也要单独住个房间，爹妈也要个住处，我们不到楼上去住还能到什么地方去住？”明星说，“家里的住房就这几间，现在大家一回家，就已经不够了，假如以后六个兄妹都结了婚，住房就更无法安排。”

经过兄弟几个的收拾整理，把楼上的杂物搬开，腾出了一张床的位置。好在是冬天，兄弟三个挤在一个被窝还是可以的，就是上下有些不大方便。上面说是楼，其实是堆放杂物的阁楼，楼层低矮，明举、明星个头都不高，所以他俩在上面活动是没有什么事的；杨明山长得人高马大，一不小心就会碰到头，所以明山就要格外的小心，无论上下楼都得猫着腰，生怕碰到头。晚上小便更是一件麻烦事，那年头农村还没有电，楼上点油灯很不安全。他们三个人每天晚上都要在被窝里聊天到半夜才肯睡觉,有时睡下了还要聊好长一段时间,弄得楼下的大哥、二哥他们有时也通过“空中电话”楼上楼下地聊起来。

“三哥,我们家的住房这么紧,也不知道哪年哪月才能解决问题。”杨明星问明山。

“这不是解决了吗,我们是曲庄村第一个住‘楼房’的人,你看我们住的这二楼不是很好吗?”性格一向乐观的杨明举开着玩笑说。

“四哥,你还开玩笑,三哥的头都不知道碰起了多少个包了。”杨明星很认真地说。

“嗨!谁叫他长得像个长颈鹿,你看我们多好啊,上上下下,进进出出十分的自由。”杨明举还是在开玩笑。

“三哥天生这么高大,我们个子矮小,都是生成的。”杨明星说。

“好啦好啦,我看我们家迟早是要再盖点房子,不然的话,再过几年恐怕连楼上都住不下了。”杨明山说完,长长地叹了一口气。

“建房子是不难的,我看最难的还是钱。要是有钱,明天都可以动工。唉,难呐。”一向乐观的杨明举这时也有点发愁。

“你们都有收入,就是我还是吃白饭的。我不但没有工资,目前连个正式上班的地方也没有,在房子的事情上我能说什么呢?”杨明星有点伤感地说。

“小弟,你可不能这么说呀。你中专毕业目前找不到上班的地方,这不是你个人能力所能及的。我看总有一天,你也可以堂堂正正地去上班,你的工作也迟早会解决的。你目前要抓住这个机会多学习一点专业知识,家里的事现在还不要你来担什么担子的。”杨明山很认真地对小弟说。

“是啊,我们要想办法积点钱才行。要是明年有可能的话,我们大家都紧一点、省一点,凑点钱做几间简易平房,我认为不会有什么大的问题。”杨明举开始筹划着。

“明年我们家重点是解决住房问题。明天我再跟大哥二哥商量一下，看看他们的意见如何。”杨明山也提出了自己的看法。

“嗯，明年三哥你是要结婚的。现在你们都是大龄青年，再不结婚恐怕玉芬要生气的。”明星很体谅三哥，他说的也是实话。

“三哥结婚是他们两个人的事，建房是一家人的事。我看我们家三哥结婚、建房一起办，来个好事成双！”明举的话很鼓动人心。

“好！明年我们家建房、三哥结婚一起办！”几个兄弟一起喊了起来。

“喂！喂！喂！半夜三更的，你们三个怎么还不睡呀？”住在楼下的杨明杰被他们三个人的谈话吵醒了，大声地对着楼板喊道。

“喂，大哥吗？还没睡呀？我们三个人在讨论我们家建房的问题，这楼房住得可不大舒服啊。喂，大哥，你也来发表意见吧。”杨明举隔着一层楼板和大哥通话。

“你说什么？我们家明年要建房？真的吗？钱呢？哪来的钱建房啊？”杨明杰也大声地对着楼板喊话。

“哎，大哥，这个你就别管了。只要我明年搞得顺利，我看搞个平房是不会有什么问题的。不过你们也不可袖手旁观啊，我们大家一起努力，家里的住房问题明年一定会解决的。”杨明举信心十足地对杨明杰说。

“哎呀，你们是怎么搞的？快要天亮了，你们还在吵什么呀？”睡在另一边楼下的杨明阳也被他们的高声谈论吵醒了。

“喂，二哥吗？我们在谈正经事呢，你也来参与参与。”杨明举还是不肯停歇。

“什么大不了的正经事，明天说就不行吗？”杨明阳说。

“我们在讨论我们家明年建房的事。喂，二哥，你听见了吗？”杨明举还是乐不可支的样子，笑着与二哥明阳通话。

“建房，建房，你当是水里做屋啊。没有钱拿什么建啊？”杨明阳还是不相信四弟的话。

“喂，喂，……”接连叫了几声，明阳那边没有什么动静，明举也有些睡意,他在被窝里用脚捅了捅三哥,轻声地对三哥说:“三哥,我们的讨论休会吧,时间也不早了,睡吧。”

“睡吧睡吧。明天我们还要锯柴、劈柴,做年饭的柴都没有。”杨明山也随声附和着。

“好啦好啦,明天大家都有好多事要做,睡吧。”大家不做声了,他们兄弟间一场关于明年建房问题的讨论也暂时告一段落。

转眼又到了农历腊月。

这一年杨世达和余春敏也真够辛苦的。家中的大事一桩接一桩来了。

去年腊月,他们兄弟吵着要建房,现在经过几个月的努力,建新房的事已经成为现实。杨明举的话兑了现,他并没有吹牛。今年他在外地打工总算挣到了些钱,他拿了一些钱回来建房。杨世达和余春敏用这些钱做基础,其余的几个孩子也都拿了些钱来。材料连赊带借,工资赊现各半,七拼八凑总算是做成了一件大事:原来的厨房和猪栏都拆掉了,现在是一栋曲尺形的小平房。小平房共有四间,两间住房,一间厨房,一间餐厅。还有一个近二十平方米的小院,院内新打了一眼水井。另外建了一个猪栏和厕所。现在看上去,家里面貌可谓大大改观了。面对刚落成的新房,他们一家人都喜笑颜开。

随着年关的靠近,在外地读书和工作的孩子们都先后回来了。杨明山和刘玉芬昨天下午到了家。现在就是杨明举一个人还没有回来,他那个打工的单位还没有放假。他是这家企业的中层管理人员,在员工们还未回家之前他是不能离开岗位的,所以他要晚回来几天。

这些天来,杨世达和余春敏几乎忙乱了套,他们根本就不知道做什么好。除了老四明举还未回来,其余的几个孩子都回来了,杨明星把女朋友杨敏也带回来了。他们一家老小三代都欢天喜地,一来庆祝新房落成,二来庆贺杨明山和刘玉芬喜结良缘。正如他们去年腊月讲的一样:全家建房、明山结婚,双喜临门!这些现在都已成为现实,他们一家人都沉浸在欢乐的气氛中。

新房的布置是当前全家人忙碌的重点。杨明杰和杨明阳要到外面去采购物资安排酒席。杨明山、刘玉芬、杨明星、杨敏、杨小霞他们几个在家里布置新房。刘玉芬在回来之前已买好了许多彩练和布置新房用的装饰品。小霞和明星整理床上用品和墙上的布置。杨敏写得一手好毛笔字，她就负责写婚联，写好以后张贴出去。屋里屋外几副对联，行书、楷书、草书几种字体，都写得如行云流水，苍劲有力，活泼自如。曲庄村能写这样一手好字的人还没有第二个，一些亲朋好友和过往的人看了都赞叹不已。

喜庆的日期终于到了。杨世达家里真是：门庭新气象，堂宇展新姿。

杨世达门前的爆竹声不绝于耳。这场面是他们家有史以来少有的。也是曲庄村有史以来少有的。这是他们做梦也不敢想象的场面。那爆竹燃放过后散发出来的硝烟味，几百米以外都能闻得到。爆竹纸屑在他家的大门口铺了厚厚的一层，人走在上面像是走在地毯上一样软绵绵的。门口车水马龙，人来客往，热闹非凡。东边的晒谷场上停放着好多各种各样的车辆，大汽车、小汽车、三轮车、摩托车，还有各式各样的自行车，将偌大一个晒谷场占去了一半。

虽说扩建了房子、增加了院子，但家里还是太小了，根本就无法接纳这么多的客人。杨明杰早有预见，也早有安排。前几天他就和两个舅舅商量好了，因为他们都住得很近，屋前屋后的，方便得很，把他们两家也作为接待客人的地方，连他们家门口的水泥场也排上了用场，可以在水泥场上摆酒席。来的客人太多，杨明杰和杨明阳兄弟两个忙得非常吃力。

客人们还在络绎不绝地来。家里是挤不下去了，两个舅舅家里也挤满了人，连水泥场上也站满了客人。大人们坐在桌子边喝茶聊天，孩子们追逐玩耍，青年人玩起了扑克麻将。

客人中有许多杨世达和余春敏根本就不认识。还有些腆着肚子、穿着西装的干部模样的人，他们从来也没来过这个小小的山村，今天是第一次来。开始他们觉得有些好奇和新鲜，后来就觉得乏味。

看到越来越多的客人,杨明杰有点犯难了,他找到父亲,把他叫到一个没人的地方,为难地说:“爹爹,这下可好了,我们的计划恐怕要被打破了。没估计到有这么多的客人,我们计划的酒席不够了,您看怎么办呢?”

“我做梦也没想到我们家今天会来这么多的客人!前些年我们家无论做什么喜事,有头几十斤最多百把斤的肉猪就足够了。今天这两头肉猪有五百多斤,恐怕还要少好多啊!赶紧想办法来应付今天这个场面。”杨世达显得有些不知所措。

他们父子正在商量怎么救场时,余春敏走了过来对明杰说:“杰儿,你去把舅舅叫来,我们好好商量一下,这真是个难题呀。”

不一会儿,杨明杰领着他的舅舅余春光来了。

“春光,现在问题来了。我们原先没估计到今天会有这么多客人,现在是客多菜少。我们来商量一下,怎么来解决这个问题,不然的话真会丢脸的。”余春敏不等弟弟坐下就急忙对他说。

“姐呀,这个事真不好办啊。以往别人家也有涨酒的,可没这么多呀,大不了加两三桌酒罢了,只要厨房费点心就可以过去了。今天涨酒恐怕不是两三桌的事,起码比原计划超出了十桌以上。现在客人们都来了,他们是看得起我们啊,可我们又没估计到会有这么多人来。不管怎么说我们总不能叫客人空着肚子回去啊。”余春光一时间也想不出办法,感到十分为难。

“春光,你看这样行不行?”余春敏略加思索,对弟弟说,“我看今天中午的酒席可不可以分两次摆?”

“怎么个摆法啊?”余春光问姐姐。

“我看这样吧,你去跟他们几个管事的说一下,凡是我们家的老亲戚、老朋友,还有本村的、附近的客人,一律安排在第二批吃饭。通知厨房叫他们马上开始做菜,出菜时手下带紧一点,这也是没办法的办法。要是同时开席吃饭,不但饭菜少了,连碗筷也不够。你看这样行不行?”余春敏说出了没有办法的办法。

“这个计划可行，但要调整一下，那些路远的老亲友有些是包车来的，我看他们还是跟这些城里单位上来的客人一起吃饭，好让他们早点回去，这样的客人也不多，问题也并不大。”余春光提出一个新问题。

“好吧，就按我们刚才商量的去办吧，那些路远的老亲友还是先吃。”余春敏拍了板，接着又对杨世达说：“达子，你去跟总管打个招呼，叫他安排厨房一边准备出菜，一边准备第二批的饭菜。”

接着余春敏又对杨明杰说：“杰儿，你去统计一下，第一批吃的到底有多少桌？统计好了告诉厨房好让他们出菜。”关键时刻，余春敏果断决策，指挥若定，显示出大将风范。

中午的酒席分两批吃完了，总共吃了近五十桌。这壮观而又差一点使他们难堪的局面总算是圆满结束了。晚上还有十几桌客人吃饭。这么多的客人前来祝贺捧场，是杨世达一家人始料不及的。

晚上，客人们都散了，帮工的人们也先后收工回去休息了。杨世达家里还是灯火通明，几个不懂事的孩子经过一整天的欢乐追逐玩耍，这时也早已进入了梦境。

杨明杰由于陪的客人太多，喝得太多，已经醉了。杨明阳也喝醉了。杨明山和刘玉芬他们都不会喝酒，虽然没醉，他们还在陪伴大哥、二哥聊天。明星和小霞在厨房里帮助妈妈收收捡捡。胡惠珠和杨敏坐在一条八仙凳上嗑瓜子，一边听着他们兄弟高谈阔论。

“唉！”杨明山又长长地叹了一口气。

“三哥，你又叹什么气呀？我们家从来都没有过今天这样宏大的场面，我们应该高兴才是啊。”杨明星从厨房里走了过来，听到三哥又在叹气，就问三哥。

“小弟呀，你不知道我的心事呀。”杨明山无奈地说。

“难道还有什么欠缺吗？”明星问三哥。

“是呀，还有美中不足的地方，而且是大大的不足，让我非常遗憾。”杨明山说。

"什心事使你这么伤感?"小弟还是不明白。

"小弟呀,你可记得有句唐诗:'遍插茱萸少一人',你明白这句诗的意思吗?"明山问明星。

经明山这样一说,在座的人一下子都高兴不起来了,他们都是读过书的人,又何尝不知道这句诗的意思。从一天的鞭炮声、客人的欢笑声走出来,他们现在自然想到了为家里建房尽了最大努力的杨明举,他这时还在异地他乡,不知什么时候才能回来。要是今天他在家,全家就到齐了,那真不知道要增添多少欢乐的气氛。

夜越来越深了,天气也越来越冷。杨世达打来一盆热水,他一边洗脸,一边对孩子们说:"现在天色也不早了,鸡已叫了头遍,夜深寒冷,明天我们还有很多的事要做,还是早点休息吧。"

孩子们都去睡了。

厅堂里只剩下余春敏和杨世达两个人。杨世达关好门走到余春敏面前轻声地对她说:"我们也去睡吧,你看天色也不早了。"

余春敏坐在一只圆火桶上,低着头,闭着眼,在那里打盹。这些天来,她几乎没有一夜睡好了。她平日里也总是忙到半夜三更才上床睡觉,第二天天还未亮又起来做饭、喂猪。她知道冬季是昼短夜长,要想多做点事就得起五更睡半夜。

杨世达轻轻地叫了几遍,余春敏一点反应也没有。她昏昏沉沉的,像是在回忆往事,又像是在做着一个很长很美丽的梦!她的思绪已经飘到了二十五年前。

二十五年前,中国还处在"文化大革命"期间的七十年代。

当时余春敏全家六口人,挤在一间只有十几个平方米的小房子里生活,拥挤异常。早在六十年代中期她家经过生产队、大队层层审批,在本村山上砍了点木头,准备做一栋简易房子栖身。可是,由于当时曲庄村的生产队长是造反派头头、村中一霸,她家的房屋木料已做好,队长就是不肯给她家批地基,使得她家的房子迟迟不能盖起来,那些做好的屋料堆在楼上达五六年之久。

后来，由于曲庄村与临近的黑山村的社员因山林纠纷打架，发生流血事件，队长负有主要责任，被大队免职，大队从别村调来一位新队长。由于这位新队长做事还比较公正，他到任后不到三个月的时间，余春敏家的屋基地就解决了，她家的房子很快就建起来了。

她清楚地记得，她家上梁那天正是那一年的中秋节。虽说也有几个亲友来庆贺，可是门庭非常冷落，客人寥寥无几，爆竹声响不到三五下就没有了；前来贺梁的亲友，除了几辆破旧的自行车外，没有摩托车，没有汽车，更没有小轿车；中午的酒席也只有那么两三桌，还没坐满。与今天的场面相比，真有天壤之别。

事情已过去二十多年了。随着时间的推移，那些事本来已经淡忘了，可是不知为什么，今天，当喜庆的喧闹声远去之后，这些杂七杂八的事就像电影一样，在余春敏的脑子又一一回放出来。

2

杨明山和刘玉芬结婚以后，两个人仍然分别住在男女集体宿舍里。他们是天天相见的“牛郎织女”，白天在一起上班，虽说不同科室，但他们上班的地方仅一墙之隔；吃饭在一个食堂，有时候他们自己也弄点菜吃；休息的时候在一块散步；到了晚上睡觉时，杨明山先把刘玉芬送到女员工宿舍，每次他总要在那里和刘玉芬聊一会儿才恋恋不舍地离开，回男职工宿舍去睡觉，几乎天天都是这样。这样的生活，让他们的心里有一种说不出来的味道，他们都渴望有一个单独的生活空间，哪怕是一个小小的窝棚也行，特别是刘玉芬怀孕以后，他们更加为住房发愁。

又是一个双休日。虽说是初夏的天气，人们还是觉得有点热。

这天杨明山起得很早，他洗了脸就到刘玉芬宿舍去找她。刘玉芬也起来了,正在那里对着镜子梳头发。她见杨明山来了,一边梳头一边对明山说:“这么早就过来了。大热天,早晨凉快,我还以为你要睡懒觉呢。”

“我们到外边去走走,我都烦死了!”杨明山说。

刘玉芬放下旅行梳妆盒,她穿了一件水红色短袖衬衣,下穿一条米色软料长裙,脚穿一双棕色塑料凉鞋,只是那件短袖衬衣穿在她身上显得太小了,下面的扣子都几乎扣不上。杨明山上下打量着她,然后关切地对她说:“这件衬衣实在太紧了,换件大点的衣服吧。”

刘玉芬脸上一片绯红,她觉得有点不好意思,房里还有几位女同事。她用一双大眼睛看着杨明山,好久才轻轻地对他说:“你看这肚子慢慢地大起来了,衣服自然是越来越小了。这件衣服是最大的,将就着穿吧,等小孩生下来以后不就恢复到原来的样子吗?又何必去浪费钱财,我们目前连个安身的地方都没有。唉。”

“我们上街去看看有没有孕妇服卖,去买两件,要是没有就买布做两件。总不能叫你这样穿着爆肚见肉的衣服啊。”杨明山很认真地对刘玉芬说。

“那就去看看吧。”刘玉芬和杨明山边说边朝宿舍外走去。

太阳已经出来了。杨明山和刘玉芬慢慢地在街上走着,开始他们觉得有些凉意,走了一段路,身上也渐渐地热了起来。他们走到路旁一棵大榕树下,找了个干净地方坐下来,静静地看着路边人们的晨练。

“哎,你看,树上有个鸟窝!”刘玉芬指着大榕树上的一个喜鹊窝,惊喜地叫了起来。两只喜鹊飞进飞出,正在觅食喂养幼仔。

“是啊,我们虽说有了家,可我们还不如鸟,连一个可以栖身的地方都没有。”杨明山长长地叹了一口气。

“下个星期我再向厂里要求,看看能不能给我们安排一个单间,哪怕是一个很小的房间,总比住在集体宿舍好得多啊。”杨明山还是把解决住房的希望寄托在厂里。

“现在倒还能忍受,以后孩子生下来还是这样怎么行啊?”刘玉芬满脸的愁容。

“我们总不能在各自的集体宿舍里生育抚养孩子。这个问题必须解决,而且要在孩子出生以前解决。”杨明山急了,他站起身来在那里打转。

“你说得倒轻巧,没有钱怎么解决呀?”刘玉芬也十分焦急,她一时也想不出什么好主意。

“我看这样吧,万一厂里不能为我们解决住房,我们就到街上去租房子住,总不能老是这样下去啊。”杨明山终于说出了自己那没办法的办法。

“租房?你是说我们到街上去租房子吗?”刘玉芬问杨明山。

“我们不去租房难道还能去买房吗?租房也只是权宜之计。”杨明山万分无奈地说。

“听说这里的房租特别贵,我们一个月总共也只有那么千把块钱的工资,只能勉强过日子,哪里还有钱来付房租啊?”刘玉芬顾虑重重。

“我们连租房都租不起,难道还有钱买房吗?”杨明山也是无奈。

“我看这样吧,我们等一下到邓科长家去一下,好吗?”刘玉芬提议。

“好,今天反正没事,我们到邓科长家里去看看他,顺便将住房的问题提出来,请他来帮我们出个主意。”杨明山对邓科长也抱有几分希望。

太阳升得老高。那些晨练的人们都渐渐地回去了。

“有个住的地方真好,我们也可以每天早晨起来锻炼身体,运动运动。”刘玉芬又在做着房子的美梦。

“你说我们怎么结束当前的分居状态呢?”杨明山急切地问刘玉芬。

“买一套房子。”刘玉芬很坚定地说。

“买房子?”杨明山表示怀疑。

“嗯。”

“钱呢?”

“抵押贷款。”

“抵押贷款?”杨明山糊涂了。

“你没听说过吗？抵押贷款，就是用我们自己买的房子作抵押，向银行申请贷款。国家安居工程已经开始了这项业务，我们科里的小赵通过国家安居工程以抵押贷款的方式买了一套新房。至于具体细节我没问他，反正他买了一套房子是事实。”刘玉芬向杨明山说了下贷款买房的一些情况。

“嘿，世界上还有这等好事！真是天可怜我们呀。”杨明山又高兴又有些疑惑。

“等下我们去问问邓科长就知道了。”刘玉芬说。

邓科长叫邓林泉，是厂总务科科长，住在市区偏北方向的一个新开发的居民小区。这里离市中心有很长一段路程。

街上的商店已经开门，杨明山和刘玉芬在附近的一家母子商场里挑选了两件孕妇衣，然后一起坐车上邓科长家去了。

邓科长刚刚吃过早饭，躺在沙发上看刚从报摊上买来的《南方周末》。看到杨明山两口子来了，他起身将他们迎进来，招呼他们在客厅沙发上坐下。

邓科长的妻子邱大姐听到客人说话的声音，从厨房里走了出来。杨明山、刘玉芬见邱大姐出来，连忙从沙发上站起来打招呼：“邱大姐，您好！”

“哎哟！我当是谁这么早就来了，原来是小杨和小刘两口子来了。快请坐，快请坐！”邱大姐快步上前，扶着刘玉芬坐下，接着又转身到厨房里端来一大盘水果，她把水果放在玻璃茶几上，从里面摘了几颗鲜荔枝给刘玉芬，笑着对她说：“别客气，吃吧。”

刘玉芬接过荔枝说：“谢谢大姐！”

“小刘，快要生了吧？”邱大姐关切地问刘玉芬。刘玉芬有些不好意思地点了点头。

“唉，孩子都快要出生了，我们连个安身的地方都没有，真不知道怎么办才好啊。”杨明山长长地叹了一口气。

“是啊,也真难为你们了。平时还对付着过,有了孩子,你们连相互照应都顾不上,这日子怎么过呀？”邓科长同情地说。

“邓科长,上个星期我向马副厂长打了报告,想请厂里给我们解决一间住房,到今天也没有结果,你知道这方面的消息吗？”杨明山问。

“厂里给你解决一间住房恐怕不是长久之计，要想真正解决问题还得靠自己想办法才行。”邓科长一边抽烟一边说。

“靠自己想办法？”杨明山又是一头雾水。

“不自己想办法是不能最终解决问题的。”邓科长再次强调。

“自己想办法?怎么想啊?这是要很多钱的呀！”杨明山一脸的迷茫。

“听说现在本市已启动抵押贷款购房,有这个事吗？”刘玉芬问邓科长。

“好像是有这么回事。不过我也只是听说,具体操作我也不大清楚。”邓科长说。

“这项业务还刚在本市施行，是国家建设银行和国家安居工程联合开展的一项抵押贷款购房的新业务。”刘玉芬又补充了一句。

“这项业务我确实不大清楚。”邓科长很诚恳地说。

“我们科里的小赵前些时候用抵押贷款的方式在一个居民小区购了一套住房,目前正在装修,等上班时我去详细打听一下。”刘玉芬说。

“看来抵押贷款购房对你们还真有些吸引力。”邓科长笑着说。

“是的。我们还想请您从中帮帮我们。”杨明山用一种非常信赖的口气对邓科长说。

“好吧！你们的事,只要有可能,我会尽力的。”邓科长说。

“谢谢！”杨明山、刘玉芬异口同声地对邓科长说。

“我看你们也要有两手打算。星期一上班我再去找马副厂长商量一下,请他尽快地给你们安排一个房间。这可不能掉以轻心,目前刘玉芬需要有人照顾,特别是晚上更要有人陪伴。你们现在一个住在和尚庙,一个住在尼姑庵,这怎么行呢？要是出了任何意外,谁都负不起这个责任啊！

厂里给你们解决了住房以后，我们再一起来商量买房子的事。你们看这样行吗？”邓科长像一位兄长替他们出谋划策。杨明山夫妇听了自然是感激不尽。

杨明山和刘玉芬夫妻在副厂长马文艺和邓科长的大力帮助下，终于分到一间比较大的房间。快要做父母的一对年轻人终于有了一块属于自己的独立空间。在住进去的第一天，他们还不太相信这是真的。

过了两个来月，他们通过按揭，在这座城市买了一套商品房。买这样一套商品房他们考虑了很久，因为他们收入不高，选了一套小户型，还选择了还贷时间最长的一种，这意味着，除了多给银行利息，而且在还贷期间，他们要节衣缩食，过大半辈子紧日子。杨明山心里还暗暗计算了一下，这样一套房子，他的父母一辈子的劳动所得，还买不到一半。所以，在办完所有手续、交齐首付款后，他们喜忧交织，重重地叹了一口气。

老两口进城

1

端午节后的一天上午，杨明杰从云岗乡政府回到曲庄家里来了。他是同几个乡干部一起到各村检查工作，顺便路过才到家里来看看，平日里他一个月也难得回一次家。

“爹！”杨明杰在大门口放好摩托车，大声叫了起来。

“啊，今天你怎么有空回来呀？”杨世达放下手上的活，问道。

“爹，前几天收到了明山的来信，昨天晚上他又打来电话……”杨明杰还没说完，杨世达就迫不及待地打断了他的话，问：“山儿在信中说了些什么？电话里又讲了什么事？”

“他说玉芬在阳历 6 月底 7 月初要生小孩，叫你和妈妈最好早一点去，一定要在玉芬生小孩以前赶到那里，不然他们真不知道该怎么办好。”

“他们买的新房子搞好了？”

“新房子还在装修。厂里在几个月以前就给他们安排了一间很大的房间,你们现在去住,地方是不成问题的。”

“那我们就要着手准备动身才好。”

“马上动身?那栏里的两头猪怎么办?”余春敏提着满满的一菜篮红薯藤,满头大汗地进了屋。她在大门口正好听到他们父子的对话,于是插话道。

“妈!”杨明杰见妈妈满头大汗地走了进来,随即叫了一声,然后又快步走过去从妈妈的手上接下那满满的一篮红薯藤,接着又说:“妈,家里的猪有多大？我看赶快卖了吧。”

“哪里有几大,还不到两百斤一头,两头猪加起来也不过三百来斤。杀猪的是不会买这种大不大小不小的猪,除非有人买去饲养。”余春敏一边擦汗一边对他们说。

“这真是个问题,杀又杀不得,卖又一时找不到买主,这两头猪总要处理才好啊。明山那边又急着要去,这可真是个难题呀。”杨明杰觉得好为难。

同杨明杰一起来的几位乡干部中,有位年纪大一点的从桌子边站了起来,笑着对他说:“杨乡长,我看这样吧,我们几个分头去打听打听,也就是两头猪的事,还怕卖不出去？”

“要是一定会有人要的,只是时间上的问题。因为时间紧迫,怕他们故意压价。”杨世达焦急地说。

“爹,我看价格有个差不多就可以了,这价位也没什么标准的。要是近几天内能卖得出去还是卖了算了。”杨明杰有点无奈。

“就这么定了吧。我看问题不是很大的。”那位年纪大一点的乡干部补充了一句。

“就这么定了吧。你跟妈妈抓紧时间将家里收拾一下,过几天把猪卖了,你们就动身到明山那里去。我们还要到几个村去看看。”杨明杰动身之前又将家里的事安排了一下。

杨明山和刘玉芬夫妻前两天接到大哥打来的电话,知道爹妈在近几天内要来。现在他们对于爹妈的到来再也不愁没地方住。这里的房间比较大,暂时住在这里还是可以的。

杨世达和余春敏出行的日期终于定下来了。

猪已卖了,两头猪共卖得七百余元,几只鸡送到明杰媳妇吴梦云那里去了,家里也收拾好了。动身的那天下午,杨明杰用小车把老两口送到火车站,杨明星和杨敏早已等候在那里。

杨明杰通过他的同学买到了两张卧铺票,杨明星和杨敏买了一大包吃的东西。发车时间到了,明杰、明星和杨敏站在站台上向徐徐开动的火车频频挥手送行,他们大声地说:

“爹,妈,路上注意安全!”

“爹,妈,祝你们一路平安!”

列车是直达快车,车过黄山已经是万家灯火了。余春敏还是头一回坐火车,坐卧铺空调车更是盘古开天地——头一回。她觉得车上什么都很新鲜,什么都很稀奇。她躺在自己的铺上,伸出头去看着走廊上走来走去的人们。旅客们来自全国各地,说话的口音南腔北调,有些人用土洋结合的普通话交谈,连听带猜也还能知道个大意。而福建的闽南话和广东的粤语听起来就像是在听外语,她一点也听不懂。车上的流动餐车在车厢内来回走了好几次,还有流动售货车也在过道上来回走动。售货员们在高声叫卖。售货车主要是卖副食品、香烟和各种饮料,这些商品中除了香烟以外,其他的商品价格比市场上都要高,特别是水果,价格高得惊人。

杨世达和余春敏不需要再买吃的东西,杨明星和杨敏买来的东西他们根本就吃不完。

“喂，达子，削个苹果给我吃吧。哎哟，我真想睡呀。”余春敏在铺位上接连打了几个哈欠，后来她干脆躺了下去，等杨世达给她削苹果。

火车在无边无际的田野里高速飞驰，车厢内早已安静下来了。余春敏躺在自己的铺位上吃着杨世达给她削的香蕉苹果，杨世达睡在她的上铺吃香蕉。也不知道是在什么时候，杨世达和余春敏都渐渐地入睡了。

天色还很早，车厢里喧闹起来，广播里传来播音员的声音，杨世达他们要抵达的目的地徐州到了。

杨世达和余春敏提着行李下了车。他们在站台上举目四望，在人群中寻找前来车站接他们的儿子杨明山。

一位身材高大，穿着蓝布汗衫，鼻梁上还架了一副近视眼镜的年轻小伙子向他们慢慢跑了过来，他边跑边喊：“爹，妈，我来接你们了！”

朝他们跑来的年轻人正是杨明山。他跑到爹妈跟前接过行李包，余春敏迫不及待地问儿子：“玉芬现在还好吧？”

“她现在休假在家，身体各方面都好，就是行走有些不便，不然她也来接你们了。”杨明山边走边说。

出租车载着杨世达他们三个人从火车站出来向一条大街上驶去。

这是一座千年历史名城，现在是一座文明城市，到处都干干净净，地上没有什么树叶，看不到一个烟蒂，见不着一个废纸团，街上比自家宅院还干净。虽然路上来往车辆不少，行人如织，但大家都自觉遵守交通规则，秩序井然。

街上的一切都是那么陌生，又都是那样新鲜。杨明山坐在前面副驾驶位上为司机导航，也不时地回过头来给爹妈介绍所到之处的一些情况，给自己的爹妈当导游。

出租车在一个很大的铁门前停住了。

“爹，妈，到家了，下车吧。”杨明山先下车，然后拉开车门招呼爹妈下车。

他们提着行李走进铁门，这时正是上班的时候，只有少数几间屋子里有人走动。在一个房间的门口走出来一位挺着大肚子的女人，满脸笑容地倚门而立。

“爹，妈，你们辛苦了！”刘玉芬满脸笑容迎着他们进屋。

“玉芬，你感觉还好吧？”余春敏一边放行李一边问儿媳妇。

“医生检查过了，一切都正常。”刘玉芬笑着回答。

这间房子是这里最大的一间，差不多有别的房间两倍那么大，只是陈旧一些，没有装修，墙面都呈灰褐色，有许多斑点和洞眼；顶棚有几处穿了洞，也尽是灰尘；地板是木头的，虽说陈旧倒也还结实。屋子里，一张长方形的破旧三斗桌被用来当餐桌用，桌上早已摆好了几个小菜，还有早点。

吃过早饭，余春敏收拾了碗筷，随后整理房间。杨世达将行李包一一打开，把里面的农村土产拿出来。这些东西都是他们自己种的芝麻花生之类的农产品，还有在景德镇买的两套中餐具。这些中餐具在这里正好可以派上用场。这里的餐具太少了，只有几只饭碗几个菜盘，三五双筷子，要是来了客人，餐具都不够。

“爹，妈，你们好好休息一下，我上班去了。”杨明山手里拿着一个文件袋朝门外走去。

3

6 月 26 日，刘玉芬入住本市一家妇产科医院。杨明山于是天天来往于工厂与医院之间，忙得够呛，他既要管科里的工作，又要管妻子生小孩子的事，还有爹妈的生活也要兼顾。

余春敏这时又成了大忙人，好在医院离厂里不远，公交车只有一站路程，步行十多二十分钟也就到了。她每天做好早饭由明山带一份到医院给刘玉芬吃。吃过早饭后她要洗衣服，杨世达到菜市场去买菜。下午她和杨世达要到医院去陪刘玉芬坐一会儿,有时几乎是整个下午都待在医院。

由于迎接香港回归祖国,全市各机关单位都放了假,医院也同样放了假。

一天夜里,杨明山从医院回来,有些心神不定。医院建议刘玉芬剖腹产,刘玉芬也拿不定主意,他们都没有这方面的经历,只好来听听两位老人的意见。

“爹,妈,现在医院都要放假,一些医生也要休假,医院只留少数医生值班。主管医生柳大夫建议最好是让玉芬做剖腹产,这样时间我们自己可以定。要是自然产,时间就拿不准了。妈,您看这事怎么办好?”

“剖腹产就是在肚皮上开个大口子,将婴儿从娘肚子里抱出来吗?”余春敏显得非常惊讶。

“医生说是这样的。”

“不行,这太危险了!千万不能剖腹产,一定要自然产。”余春敏不同意剖腹产,她坚持要自然产。

“胎位正常,玉芬的身体又好,又没什么难产的先兆,为什么要剖腹产呢?”杨世达也不同意剖腹产。

“现在的问题是医院要放假,医生都轮流休假,怕到临产时找不到医生。”杨明山向爹妈解释。

“玉芬已经入院,医院要对产妇负责。医院放假难道就可以丢下待产的产妇不管吗?他们不安排医生接生,一旦有什么紧急情况出现,他们医院负得起这个责任吗?我不同意医院因为要放假就要别人剖腹产,一定要自然产。”杨世达坚持要自然产。

杨明山好生为难。他担心医院放假,医生都回去了,一旦玉芬要生产一时又找不到医生怎么办呢?虽说是医院的责任,但最终吃亏的还是自己,这是事关人命的。想到这里,他不但为难,还十分害怕。

沉默了一阵以后,余春敏对儿子说:“山儿,要不这样吧,我现在就同你一道去医院,你不好说我来说,我们不同意剖腹产,你看行吗?”

“这也没什么不行的。医院也不能强制别人做手术,我们自己不同意剖腹产,那就不做剖腹产手术了。”其实,杨明山、刘玉芬也不同意做剖腹产手术。

“走,我们三个人都到医院里去,和医院说说。”杨世达向他们提议。

市妇产科医院,刘玉芬的产房内。

“玉芬,听明山说医院想给你做剖腹产手术,是吗?”余春敏开门见山地问。

“是的。不过医院也只是一个建议,并没有一定要我剖腹产,做不做剖腹产完全由我们自己做决定。”刘玉芬对余春敏说。

“你们的意见怎么样呢?”余春敏问。

“我们也还未做出最后的决定。既然您和爹爹都来了,我们就一起来商量一下,妈,您看呢?”刘玉芬说出了自己的想法。

“这个事情我看没什么好商量的,我们是不同意做剖腹产手术的,一定要自然产。”余春敏态度坚决,要自然产。

“其实剖腹产也不是什么大手术,是一种极平常的手术,安全绝对不会有什么问题的。”杨明山把剖腹产的手术说得轻描淡写,目的是想打消爹妈对剖腹产的恐惧。

“不管安全不安全,反正剖腹产就是在好好的肚皮上切开一个大口子,将婴儿从娘肚子里抱出来,这是要流好多血的!如果自然产,虽说也要出血,可没那么多啊。这刀口上的血是不必要流的,不动刀还可以减少许多痛苦和麻烦。我无论如何也不同意剖腹产。”余春敏急躁地说。

“剖腹产与自然产是有区别的。一般不是难产或特殊情况就不要剖腹产。剖腹产是一种紧急抢救措施。在一切正常的情况下做剖腹产手术,我看没有这个必要。完美的肌体不要,为什么要去切一个大口子呢?”杨世达在房内边走边说。

“好啦,那么我们还是决定自然产。”杨明山做出了最后决定。

“我们已经决定了自然产,医院那边怎么去说呢?”余春敏还是担心医院放假的事。

“医院方面我等会去找小应,叫他帮帮忙,这应该不会有太大难处吧。”杨明山要去找高中时的同班同学应尚仁,他在这家医院办公室工作。他起身就往外走,刚到房门口又回过头来对爹妈说:“妈,您跟爹爹在这里坐会儿,我去找小应商量一下,中午我们就一起在医院里吃午饭,我马上就回来。”

余春敏朝儿子点了点头。

4

1997年7月1日,是一个极不平常的日子。从头一天晚上七点钟开始,人们就聚集在电视机前收看中央电视台的特别节目,大家都在盼望那庄严的时刻早些到来。盼呀,盼呀!中国人民盼了一百多年,香港要回归祖国了!这一个激动人心扬眉吐气的时刻,再过几个小时就到了。1997年7月1日零时,庄严的五星红旗就要在香港这块本来就属于中国的神圣领土上升起;中华人民共和国中央人民政府将从这一天起恢复对香港行使主权。

这一天,杨明山从早到晚都没回家,一直在医院里陪伴刘玉芬。

由于儿子、儿媳妇都不在家,杨世达老两口本想看今天晚上的电视节目,但儿子还没钱买电视机,又不好到别人家去看电视,于是他们就坐在房里做着各种猜想,以此来打发那漫长的时间。

“山儿今天一天都没回来,很可能是玉芬有情况,怕是要生了吧。”余春敏有点儿担心。

“如果真是那么回事,他也应该打个电话来告诉我们一声啊。”杨世达也是同样的着急。

“电话？这里哪有电话？”余春敏有点不高兴。

快到晚上十点钟，前后左右邻居家的电视机都在响个不停。杨世达听不清电视的声音，余春敏又无心思去听，他们一直惦记着刘玉芬生小孩子的事，毫无睡意。

“我看玉芬准是今天晚上要生了，不然，为什么山儿今天一天都没回来。唉，真急人呐。”杨世达焦急地说。

“是啊，这么大的事，我们一点消息也不知道，现在这么晚了我们去不成，又联系不上，真是。”余春敏有点烦躁不安。

“唉，今天晚上我们是睡不成了，香港回归的电视节目也看不成了。都是因为穷啊，山儿连个黑白电视机都买不起，到别人家里去看又人生地不熟的，不大方便。”余春敏觉得十分遗憾。儿媳妇生小孩的事没有消息，香港回归的电视直播又没法观看，今天晚上他们只能在期待与渴望中熬过。

“今天我也不想睡觉，明天一大早我们就到医院去，不然我们的心里不踏实呀。”杨世达在一个纸箱里翻来翻去，想找一本书看，用来打发这漫长的时间。

午夜十二点已经来临，庄严的时刻终于来了！隔壁几家的电视机静了几秒钟，没多久就传来雄壮的《中华人民共和国国歌》的声音。人们欢呼雀跃，大街上响起了鞭炮声。他们从窗口向远处眺望，五颜六色的焰火冲向夜空，绽放出艳丽的火花，十分壮观。人们敲锣打鼓走上街头，欢呼声四起，举国上下都在庆贺这扬眉吐气的时刻。

杨世达和余春敏今天夜里无论如何也睡不着。没有电视机，未能看到香港回归的现场直播，这是他们的终身遗憾。

虽然是炎热的夏天，可是到了后半夜，苏北大地上还是有点儿凉意。

杨世达放下手中的书本，取出一件衣服穿上，还穿上了长裤。余春敏也觉得有些冷，她也同样穿上了衬衣和长裤。

东方已经现出了鱼肚白，天已亮了，天上的星星渐渐地稀疏了，外面的景物也渐渐清晰了。

“咚!咚!咚!”外面传来急促的敲门声,接着又传来苏北普通话:“喂,屋里有人吗?”

杨世达和余春敏两人一夜没睡,这时正准备动身到医院去,听到突然来的敲门声,又传来叫喊声,杨世达走过去开了门,外面站着一位三十来岁的年轻人。他见了他们很客气地说:“你们是杨明山的爹妈吗?我是他的同事。他打电话叫我来告诉你们一个好消息:昨天晚上十点多钟刘玉芬产下一个千金!一切顺利,母女平安。明山等会要回来吃早饭,叫你们等他回来吃了早饭一同到医院里去。”

“啊,谢天谢地,谢谢你来告诉我们!”杨世达和余春敏几乎是同时对那位年轻人说。

“不必客气。大叔、大婶,我回去了。”年轻人说完就转身走了。

他们心中一块悬着的石头总算落了地。

医院里,刘玉芬的产房内,早晨,温和的阳光透过白色的窗帘从外面斜射进来,地板上映出模糊的窗户影子。空调关着,早晨还凉快,空调派不上用场。

房门被轻轻地推开了,杨世达他们三个人进来了。他们轻轻地走到刘玉芬身边,余春敏一双眼睛紧盯着刘玉芬和她身边的那个新生命,她想将孙女抱起来。杨明山赶紧拦住了她,并低声对妈妈说:“妈,别动她,让她们母女好好睡会儿吧。”

此时的刘玉芬睡得很香,稍显苍白的脸上写满了幸福的笑容。她的右边睡着一个婴儿,婴儿白净的脸上,小嘴巴在不时地蠕动,孩子也睡着了。

房间里一点声响也没有,显得十分安静。

突然,一阵婴儿的啼哭声打破了这沉静的气氛。小家伙醒了!刘玉芬也醒了,她赶忙转身,用手轻轻地在孩子身上拍打。余春敏来到床前俯下身子,伸开双手将小孙女抱了起来。刘玉芬也坐起来了,她显得有点疲惫,脸色苍白,头发蓬乱,与入院前相比像是换了一个人。她用手向后理了理那蓬乱的头发,然后轻声地对余春敏说:“妈,我想喝点水。”

余春敏从热水瓶内倒了杯开水送到刘玉芬的手上。

“谢谢。”刘玉芬双手接过开水,轻声地说。

余春敏给孩子换了尿布。对于这些带孩子的事,杨世达是一窍不通,他也帮不上什么忙,自家的六个小孩,都是余春敏一手拉扯大的。

孩子的尿布换好以后,余春敏将小孙女抱在手里逗笑了好一会儿。她跟她说话,用手指轻轻触摸她的面颊,想引她发笑,可是她忘了小孙女是才生下来几个小时的婴儿。余春敏陶醉在幸福之中。

杨世达伸开双手也想来抱一抱刚出生的小孙女,可是余春敏却将身子往后一扭,避开了他,笑着说:“不要你抱。你呀,笨手笨脚的,别碰伤了我的小宝宝!”

余春敏说完又在小孙女的小脸上亲了一口。

“哇……”

小家伙不买奶奶的账,竟然哭了起来。

“啊……啊……”余春敏嘴里轻轻地叫着,手在小家伙身上轻轻拍着,两只脚慢慢地移动,像跳舞一样摇晃着身子,想哄住小家伙,可小家伙哭得更厉害了。

“妈,宝宝可能是饿了,喂点糖水吧。”刘玉芬轻声地对余春敏说。

“快!叫懒鬼爷爷去泡糖水给宝宝喝,听见了吗?”余春敏抱着小孙女,身子一扭一扭地走到杨世达跟前笑着说。

“好,遵命。”杨世达赶忙从小凳子上站起身来,走到床头柜前,从里面取出一袋糖,用汤匙从袋里扒了些糖放在杯子里,接着又往杯子里倒了些开水,用汤匙在杯子里搅和,同时用嘴对着杯子吹气,想尽快地降低杯里的水温,让小孙女早点饮用。

“给,糖水泡好了。”杨世达端着玻璃环来到余春敏跟前笑着说。

余春敏一只手抱着孙女,看着杨世达递过来的玻璃杯,笑着对杨世达说:“去拿奶瓶来,把杯子里的糖水倒到奶瓶里面去,不然小宝宝怎么喝呀?”

杨世达将杯里的糖水倒进奶瓶,拧紧,拿在手里摇了摇,再递给余春敏,说:“试试看,还烫不烫?千万莫烫了小宝宝。”

余春敏伸手接过奶瓶,放在嘴边试了试,然后又拿在手里摇摇,再次试了试温度才塞进小孙女的嘴里。小东西不哭了,她真的是饿了。她的小嘴巴在慢慢地吮吸着奶瓶里的糖水,不一会儿工夫,奶瓶里的糖水浅了好多。余春敏用手帕擦着孙女嘴角上流下来的糖水,看着小孙女,她的脸上又一次露出了幸福的笑容。

中午杨明山从厂里回来了。他先看了看睡得很香的女儿,俯下身子在女儿的脸上亲了几下,然后坐在床沿上对刘玉芬说:“宝宝吃过东西吗?”

“吃过了。刚才妈妈给她喂了糖水,吃了好多,现在睡了。趁她睡了,现在又没什么事,你抓紧时间休息吧,这几天你也累坏了。”刘玉芬非常关切地对杨明山说。

杨明山实在是太累了,他爬上床和刘玉芬并排坐着,背靠床头,闭上眼睛,不一会儿就睡着了。

这些天来,杨明山实在太累了,几乎没睡过一夜好觉。他要细心地关照刘玉芬,跑前跑后;科里的事又少不了他,尽管邓科长对他十分了解,尽量减少杨明山的工作量,可是有些事仍要他最后决定才行;爹妈来了,他们是从农村来的,对于城市里的生活一切都是那样的陌生,加上环境又不大熟悉,连路都认不来,实在是让他费心费力,家里的事也需要他来安排。

不一会儿,杨明山打起了呼噜。

5

苏北大地，昼夜温差还是比较大的，白天热得要开电风扇，晚上冷得要盖毛毯或棉被。

这几天装修的师傅都走了，房子内到处都是泥沙、木屑、断砖、碎石。和乡下的新屋散发的原木、竹篾、泥土的芳香味不同，这城里的新屋子里散发出一种难闻而且刺眼呛鼻的怪味道，屋里好几处都放了用大碗小盘盛的食用醋，用来化解、稀释那些对人体有毒害的化学气体。

杨世达每天都要到新房子里去打扫卫生、清理垃圾。余春敏也来帮过几天。她有油漆过敏症，不能在这里久留，再者刘玉芬那里也需要她照顾。现在新房整理也基本完工，等刘玉芬出院就可以搬家。

这天是星期天，杨明山不上班，头天晚上他和爹妈说好了今天搬家。几天前杨世达就在家里把东西收拾好了，做好了搬家的准备。本来邓科长安排了厂里一辆车帮杨明山搬家，可杨明山对邓科长说："反正我家又没什么东西，叫一部三轮车就足够了，何必浪费厂里的汽车呢。"

早饭后，杨明山带来一辆三轮车在宿舍门口停下。东西不多，而且都已分门别类捆扎好了，只要一件一件往车上搬就行了。他和三轮车司机不一会儿就将东西全搬上了车，小小的三轮车斗内还没装满。

杨明山就这样搬进了新居。

入住新居后的第三天，刘玉芬出院回家了。

这天上午十点多钟，杨世达和余春敏在准备午饭菜，今天儿媳妇和孙女两个要回来了。门铃响了，他们放下手上的活连忙来开门。门外，杨明山手里抱着小宝宝，刘玉芬手里提着一只手提袋，喜气洋洋地站在那里。两个老人迎了上去，杨世达从儿子的手上接过孙女，余春敏从儿媳妇手里接过小提袋，一家三代人喜笑颜开地进了新居。

"快坐下来休息吧，床早已铺好了。"余春敏放下手提袋，招呼刘玉芬。

刘玉芬在一把椅子上坐下，笑着说："妈，您也歇会儿吧，这些天也把您老人家累坏了啊。"

"我们没什么累的，这些轻便的家务事还能累得了我吗？"余春敏从杨世达手里接过小宝宝，眯缝着双眼看了又看，似乎永远也看不够。小宝宝睡得那么香甜，奶奶的脸上也露出了欣喜的笑容。

等大家安定了，杨世达慢条斯理地说："明山说要我这个当爷爷的给孙女儿起个名，这些天我总在想这个事。起名很重要，关系孩子的一生。我看这孩子有福气，来得正是时候，家里买了新房，国家收回了香港，全国到处喜气洋洋，我看就叫她杨双喜，你们看行吗？"

"杨双喜，好！爹这个名字起得好，符合实际，很有意义，叫起来也响亮。"杨明山首先叫好。

"爹起的名字好，是个女孩子的名，好听又吉祥。"刘玉芬也同意。

"你这个名字起得好，没白叫你来这趟。孙女儿大名叫双喜，小名就叫双双，好事成双。"余春敏表态加补充。对余春敏的补充，大家也一致叫好。

杨家孙女的名字就这样定了。对此，杨世达很有些成就感。

转眼就到了8月，天气更凉爽了。刘玉芬自生下孩子以后，一直休假在家，她有四个月的产假。杨明山照常到厂里去上班，忙他的工作。

一个秋高气爽的夜晚，杨世达一家三代人吃过晚饭后，坐在大厅里聊天。那时候他们还没有买电视机，沉重的房贷压力让他们处处节约，真应了那句俗话：买得起马配不起鞍。晚上他们除了聊天就是睡觉，生活过得单调枯燥。

"爹，妈，根据工作需要，厂里可能要派我到国外去工作。"这天，杨明山一回家就将这个新消息告诉了两位老人。

"到哪个国家去工作啊？"杨世达问儿子。

"到巴基斯坦。"杨明山简短地回答。

"什么时候去？"余春敏手里抱着小孙女，轻声地问道。

“出国的时间还早，但去之前，我还要到省城去学习一年半。”杨明山说。

“学习什么？”杨世达问。

“学外语。”杨明山说。

“什么时候去？”余春敏问。

“9月1号开学，我8月底就要去报到。”

“就你一个人去？”

“不，科里还有一个人，别的单位还有几个人同时去。”

“你到省城去学习，那家里怎么安排？”余春敏问。

“你们看这样行吗？等厂里定了，我准备让玉芬带着宝宝到娘家去休假，你和爹爹愿意在这里住就在这里住，不愿意住在这里就回家去，这由你们自己决定。在这里住我有空就回来看看你们。”杨明山将自己的考虑说了出来。

“既然你要去进修，玉芬要到娘家去住，我们两个在这里又没有什么事，我看我们还是回去的好。你们看呢？”余春敏说出了自己的打算，同时也征求儿子、儿媳妇的意见。

“你们无论在哪里都一样，只要你们满意就行。”刘玉芬说。

“在这里闲着没什么事，再者我们在农村住惯了，我看还是回去的好，明年适当的时候我们再回来。”余春敏说。

“行，那就这样定了吧。我在开学前先把你们送回去，再送玉芬回娘家。把你们都安排好之后，我再到学校去。”杨明山作出了最后安排。

半个月后，在儿子的陪伴下，杨世达和余春敏回到了自己的农村老家。他们这一次出远门的最大收获是杨家添了一个孙女，而国家的最大变化是香港回归了祖国。两件喜事几乎是挨着来的，这成了两个老人回家后长时间向大家诉说的话题。

乡巴佬在县城建房

1

一天午饭后，杨酌泉嘴里还在咀嚼着那还没吞下去的一口饭，就一边背上书包，一边对他爸爸说："爸爸，给我一块钱，我手头一点钱也没有了。"

杨明杰看着儿子那种神态，心里很不是滋味，就问儿子："你又要一块钱做什么呀？身上的钱都花光了？"

"是啊，现在我身上一毛钱都没有了。"

"你又要一块钱是不是去打游戏机呀？你看你的成绩越来越不行了。你也是初中三年级的学生了，初中毕业后，要是考不上高中，怎么办啊？人家还有牛放，还有田种，可是你连牛都没得放，田都没得种，怎么生活呀？你不要再去打游戏机了，那不是你该去的地方。你要好好念书才行啊！"杨明杰对儿子说。

"我保证再也不去打游戏机了。"

"你说话算数吗？"

"我不会再骗你了，爸爸。"

"你再要去打游戏机，让我知道了，看怎么收拾你！"杨明杰一边递给儿子一块钱，一边叮嘱他。

杨酌泉接过钱往口袋里一塞，背着书包一溜烟跑了。

"别跑，小心点儿！"吴梦云从厨房里出来，看见往外飞跑的儿子，朝着他大声地喊叫。

"唉，这孩子也真没办法，简直玩疯了。"杨明杰拿起公文包，到乡政府去上班了。他是看着儿子一天天长大的，总感觉儿子的成长过程中像是缺少了一点什么，可他又总是没时间去过问儿子的事，现在看到儿子迷恋网吧游戏,连学习都不顾了,他也无计可施,只有叹气。

从家里到乡政府的路上,杨明杰要经过一家游戏机厅。那里有十多二十台游戏机,里面整天都是闹哄哄的,中午和傍晚的人特别多。中午和傍晚学校放学后,学生很少径直回家,他们都要在这里玩上一段时间;星期六、星期天就更加热闹了,孩子们都往那里钻。他们挖空心思,以各种名义和理由从父母手上弄到一两块钱,交给游戏机厅,弄得学校和家长大为烦恼。老师们发现,一旦某个学生迷上了游戏机,那么这个学生的成绩就会慢慢地下降,有些则是直线下滑!家长们也发现,孩子们放学回家,有时连饭都顾不上吃,有时干脆不吃饭,回家打个转就背上书包走了,尤其是星期天,家里几乎见不着人。这些游戏厅真是害人,学校和家长连连叫苦,但却无可奈何。

“哈哈哈!打中了,打中了!”

“哇!我又打中了。”

“哎哟,我没钱了,玩不成了。”

“你走开吧!没用的东西,让我来,看我的,啊!”

……

从游戏机厅里传出来各种各样的喧哗声。杨明杰正走到游戏机厅门口,听到里面闹翻了天,而且尽是些孩子的声音。他听了一会儿,觉得有些不对劲,于是进屋一看,一个十四五岁的少年从人群中拼命地往外跑,杨明杰一眼就认出了是他的儿子杨酌泉。他转身追了出来,只见杨酌泉背着书包拼命地朝学校跑,他长长地叹了口气,摇摇头,气得脸色铁青。

晚饭后,杨明杰坐在沙发上,眉头紧皱,若有所思。在家里,在乡里,他都是一个忙人,有时连吃饭的时候都有人找上门来,所以他没有时间过问儿子的学习和生活。今天中午在游戏机厅的一幕,在他的脑海里挥之不去,使他增加了一块心病。

“泉儿,你过来一下。”杨明杰坐在沙发上一边收好刚才看的文件,一边对儿子说。

“爸爸,我就过来。”杨酌泉心里十分明白爸爸是为什么事叫他过去。

杨酌泉的脚步放得很慢,像是有气无力的样子,心里十分害怕。他非常清楚今天做错了事,可这事也不是今天一天的事,学生中也并非他一人是这样的。他们这些同学几乎每天都要在那个地方泡上一两个小时,就连在上课的时候心里也在想着玩游戏机。他原来的各科成绩都很好,学习比较轻松,自从迷上了游戏机后,他的学习成绩都在下降,现在他感到学起来特别的吃力,一些数学题几乎摸不着头脑,时间一长,他也就懒得去费那番心血,做练习时干脆抄别人的答案算了。平时还比较容易混过去,一到考试时就露尾巴了。

杨酌泉低着头站在爸爸面前,一句话也不说,两只手似乎没地方放,一会儿在头上抓几把,一会儿又在身上无目标地乱抓,似乎身上到处都是虫子。

“今天中午你到什么地方去了?”杨明杰尽量心平气和地问。

“爸爸,我错了。您不是看见我从游戏机厅里跑出来吗?”杨酌泉轻声地回答。

“泉儿,你已经是初中三年级的学生,也不小了。那个地方是你该去的地方吗?”杨明杰平心静气,伸出双手将儿子一双手紧紧地拉住,而且握得很紧。

“爸爸,我今后再也不去玩游戏机了。”酌泉掉下了眼泪。原先他以为爸爸要狠狠地教训他,痛打他一顿,可是完全出乎他的意料,爸爸并没有那样做,而是心平气和地与他交谈,爸爸说的每一句话,都充满了深情的关爱。他清楚地记得,今天中午爸爸发现他从游戏机厅里跑出来时,一声不吭,更没有去追赶他,现在他全明白了爸爸的一片苦心。想到这里,他再也忍不住了,大粒的眼泪往下掉,他终于大声地哭了!

“泉儿,别哭了!你已是一个少年,应该懂事了,不要爸爸多说什么,你也要为自己的前途想想啊!”杨明杰耐心地对儿子说。

酌泉不再紧张了,他顺势坐在爸爸的大腿上,一双手紧紧抱住爸爸的肩头连连点头。

“明年这个时候，你应该是一名高中生了。你知道高中生意味着什么吗？再往前走一步，就是大学的殿堂。不要再到那个地方去鬼混了，啊？”

“爸爸，我今后再也不去玩游戏机了！”

“好啦，好啦！那地方你今后千万不要再去了。你只要好好念书，等过些时候要是有钱的话就给你买一台电脑，让你课余时间在家里玩玩也并不是什么坏事。电脑是今后发展的大方向，你明白吗？那个游戏机是坑人的，那是一种变相赌博。经常在那里混，最后结果是耽误自己的学习，断送自己的前途，你明白吗？”杨明杰慢慢地开导儿子。

“哎，又想买电脑，又要做房子，我们拿什么钱做房啊？”吴梦云从内室走出来有点埋怨地对丈夫说。

“房子是要做的，不过不是我们一个人做。”杨明杰将儿子从自己的腿上抱下来，要他到房里去做作业。

“房子不是我们一个人做，难道还有人来帮我们做？”吴梦云实在不明白杨明杰的意思，抢过话题问道。

“是的，我们兄弟商量过了，要是在县城买套房子，就是我们一家人出钱；要是在县城做一幢房子，就由兄弟几个集资来做。”

“怎么个集资？”

“事情是这样的……”杨明杰将他们兄弟五个合伙建房的计划详详细细地告诉了吴梦云，吴梦云听完后开心地笑了。

2

9月是秋高气爽的季节，天气不再那么燥热了，人们渐渐穿上了春秋衫。田野里是一片金黄，二季晚稻的收割又开始了。农村又进入了一个繁忙的季节。

一辆崭新的黑色八闽车开进了曲庄村，停在杨世达的家门口。杨明杰手里拿了一份图纸从车内出来，直往屋里走进去。

“爹，妈。”杨明杰进门正好碰上爹妈朝门口走来。

“杰儿，你回来了。我们在屋里听到车声响，不知是谁来了？”余春敏说。

“爹爹，你看看这份图纸怎么样？是我请县计委设计室的一位工程师替我绘的。”杨明杰坐下，将图纸展开给父亲看。

“你原来不是打算在县城买一套房子吗？”杨世达一边戴上眼镜，一边问儿子。

“是的，那房子不理想，我不是带妈妈去看过吗？”杨明杰说。

“是啊，我是去看过了，那房子本身倒还可以，就是光线太暗了，大白天都要打开电灯，那样暗的房子怎样住啊？我不同意住那样暗的房子。”余春敏说。

“听说你已经交了定金给人家，现在你又不要房子，那交的定金可以拿回来吗？”杨世达担心地问。

“我交了一万块定金给人家，当时说好了，如果不买房，定金是可以退的。这个没事，你们不要担心。”杨明杰向爹妈解释。

“定金能退就好。光线不好的房子我也不同意要。人吗，总喜欢光明的一面。”杨世达边说边摊开图纸仔细地观看。良久，他对儿子说：“这房子的设计比较合理，只是造价比较高，我们的经济条件还承受不起，没有那么多钱啊！”

“图纸我们可以修改一下，结构上不要那么复杂，用材也可以选择实惠的，这样可以把造价降下来。经济账不能不算，到时候没了钱完不了工，要闹笑话呢。”杨明杰说出了自己的想法。

“修改当然可以，不过从整体结构上来修改图纸不亚于重新设计，各方面都需要重新计算，不然的话会因各部位受力不均而留下隐患。”杨世达说。

“那怎么办？重新设计那就更麻烦了。”杨明杰有些为难。

“不要紧，你把图纸放在这里，让我来改动一下。反正还没开工，时间上来得及。”杨世达说。

“爹，你打算从哪些方面去改呀？”杨明杰问。

“我打算从两个地方去改：一个是将建筑面积缩小，有百来个平方米就可以了；另外那顶层的斜坡也不要，做一层斜坡比做一层楼面的造价还要高，而且作用不大。这样一改动，造价可以减少两三万元，用这些钱来装修，我看也差不了多少。我们要在实用、耐用上来做文章，那种贪大、外表华丽不是我们追求的目的。”杨世达慢慢地对儿子说。

“杰儿，这图纸的事就这么定了。等你爹爹修改好了再拿到县设计室去请那位工程师复核一下，看看还有什么毛病没有。等那位工程师审定后，我们再动工，行吗？”余春敏最后表了态。

“好，就按爹爹的意见办。”杨明杰也同意。

一个多月的时间很快就过去了。

杨世达家里要在县城建房子的消息不翼而飞，在云岗乡几乎是家喻户晓，妇孺皆知，随之而来的是人们的种种猜测、评论，羡慕、说风凉话的也有。传走了样的是，本来是杨世达五个儿子合伙在县城建房，可是云岗人传来传去说成是杨明杰一个人在县城建房，因此招来了一些不必要的麻烦，人们怀疑杨明杰哪来那么多钱，弦外之音谁也听得出来。杨世达对这些外来的干扰还发过几次火，他几次要去找县委领导说清这件事都被杨明杰拦住了。

3

在外界各种嘈杂的声音中，杨明杰兄弟五人的建房计划还是付诸实施，按计划开工了。

开基的前三天,杨世达和余春敏就住到工棚里来了。简陋的工棚成了他们的临时住所。工棚内四面透风,他们临时从附近一个朋友家牵来电线,灯泡挂在一根木头柱子上,因为风大,灯泡在柱子上晃动得很厉害,棚内各种物体的影子像是舞厅里的旋转灯一样,不断变幻着。一张未油漆的高低床摆在工棚内最里面的一个角落,一部二十一英寸的旧彩色电视机摆在床的另一头,煤气灶、煤球炉摆在工棚门口。工棚虽然很大,但里面堆放了不少的木料,还有其他建材,把整个空间塞得满满的。棚顶上的彩条布上虽说压了很多木板,但被风一吹,哗哗作响。四周的木板也是窗格式的摆放在那里,只能起到一点防止别人随便进来的作用,对防风挡雨没多大的作用。

外面细雨蒙蒙,冷风阵阵,工棚里灯光摇曳,人影晃动。杨世达、余春敏、杨明杰三个人在工棚内边看电视边聊天,三个人影在工棚里摇来晃去。杨明杰是到县里来开会的,下午散了会,他就来工地上看看建房情况,也看看爹妈的生活情况。

外面的风很大,工棚内的风也不小,棚顶上的彩条塑料布被风吹得呼啦啦响,吵得人无法睡觉。可是第二天,两个老人还是照样在工地上忙碌。

天气这么坏,工程进展非常缓慢,主要是由于雨水太多,不但做不成砖胚,还有很多红砖窑倒塌了,使得红砖供应非常紧张。

“我们的砖也不多了。师傅讲要是天气晴好,现有的砖最多也只能用两三天。”杨世达对儿子说。

“这样看来,我明天下午回云岗去,上午我去联系红砖。不然,没有砖误了工是划不来的。”杨明杰说。

“要想办法抓紧搞些红砖来。师傅说最少还要三万砖,不然,盖一楼都成问题。”杨世达说。

一阵风吹来,灯泡摆动,人影晃动,风声呼呼作响,人们不禁打起了寒战。

“哇,这么大的风啊,将来变冷了怎么办呀?”杨明杰对爹妈住在工棚里有些担心。

“今夜的风还不算大.目前天气还不冷，我们还过得去。以后天气变冷了，问题就大了。”余春敏边换煤球边对儿子说。

“不过问题也不大。过段时间一楼也差不多盖好了，那时候就可以搬到一楼去住，不就解决了问题吗？虽说没有门窗，拿几块木板挡一下也比这工棚好得多。”杨明杰思考了一下说道。

每晚两集的电视连续剧早已结束，快十一点钟了，杨明杰还要回到宾馆去睡觉，他站起身来说：“爹，妈，我要回宾馆去休息，天气冷，你们也早点儿睡吧。”

杨世达拿出手电筒：“走，我送送你。这么个黑灯瞎火的，路上坑坑洼洼，到处都是积水、烂泥，又没有路灯，我送你去上车。”杨世达边说边打着手电筒朝外面走去。

雨一直下个不停，大雨小雨交替着下。工棚内很潮湿，人走在地上都要留下一个深深的鞋印。工棚门口由于浸久了水，进出的人又多，这块小地方成了一团烂泥。工棚内一些木料都因受潮而发了霉，棚内飘荡着一股浓浓的霉味。

4

雨一直没停，各建房户都在为红砖吃紧而发愁。

雨下久了，路也越来越难走了，到处都是坑坑洼洼，到处都是积水，车辆很难通过，一不小心就有翻车的危险。人走路也很艰难，稍不注意不是跌倒就是溅得一身泥污。

工棚内的霉味越来越浓，衣服被子都是潮乎乎的。有时接连十几天的阴雨，根本就见不到太阳。从电视上人们得知，这个冬天出现了历史上少有的冬汛。偏偏在这个时候建房子，真是“屋漏偏逢连夜雨”。建房户们都是开弓没有回头箭，眼下就是下刀子也要继续把房子盖下去。

早上八点多钟，杨世达他们在工棚内吃过早饭，还在议论红砖的事。随着红砖的紧缺，红砖的价格也一涨再涨，比原来涨了近三分之一。建房户们都十分头痛，房子在建，砖的价格再涨也只得认了。

“等下要是不下雨，你到窑上去看看那里的红砖到底怎么样，要是天晴了，泥工们来了顶多只够他们做一天就没砖了。真是急死人哦！”余春敏一边收拾碗筷一边对杨世达说。

“你急什么呀！昨天我到窑上去了，老板说今天给我们送两车砖来。上午我还是去看看，要砖的人太多了，我要守在那里，要不然老板发了货，都会被人截走。”杨世达一边换高筒套鞋一边说。

红砖厂里那些运砖的司机，也趁这天气不好，红砖紧俏，偷起懒来，砖运来了，翻斗车随便往地上一倒就了事，赶忙又去装运另外一车。

“喂，你不替我把砖码好吗？我的卸车力资不是白给了你吗？”杨世达的工地上好不容易运来了一车红砖，司机不堆码，而是翻斗倒在路边的一个水坑里。杨世达看不过去，因为他已经付了卸车堆码的工资给司机。他愤愤不平地责问司机。

“哎，我看你也真是！我白得了你一车三块钱的卸车力资这又算什么？我把这三块钱还你就是了。不过，今后除了那窑上的砖没人要了，我才会送砖给你，那时我保证替你一块一块地堆码好，保证你满意就是了！”司机一脸怒气地对杨世达说，然后从口袋里掏出三块钱来压在那堆红砖上，坐进驾驶室就要开车走了。

司机还未发动车，杨明举回来了，他看到司机一脸的怒气，又看到那乱砖堆上压着三块钱，忙问是怎么回事。

司机对他说：“你爹爹也太不近人情了！这么坏的天气我替你们送砖来还说我没替你堆码好，白要了三块钱的卸车力资，我只好把钱还给你们就是了。下次我再也不会替你们送砖了。”

“哎，师傅呀，你莫生气。我爹爹他老人家年纪大，看问题和我们年轻人不一样，请别介意。”杨明举一边说一边递过去一包“红塔山”香烟，转身又到乱砖堆前捡起那被风吹得一掀一掀的三块钱，放进了司机的口袋里，然后笑着对司机说：“师傅啊，请你千万不要生气，我还有一车砖请你接着帮我运来，好吗？”

“那要看情况。”司机虽然消了些气，可还是带着情绪。

杨明举抬手看了看手表，然后笑容满面地对司机说：“啊，时间不早啦，已是十一点多了，我们吃了午饭一同去窑上。走吧，今天我请客。”

“不去，我走啦！”司机一副不高兴的样子，这使杨明举感到为难。天不作美，红砖紧俏，要是得罪了司机，你就是跟老板有再好的关系也是枉然。他深知里面的利害关系，心里埋怨父亲不该为那三块钱得罪了司机。可他转念一想，父亲并没有错。家里在这县城做房子，父亲是受够了气的，这红砖的事只不过是一段小小的插曲。当前的社会风气如此，你一个“乡巴佬”还能怎么样？还是入乡随俗的好，反正是吃亏。杨明举想到这里，还是硬着头皮、赔着笑脸将司机拉进了一家餐馆吃喝一顿，才将那窑上的另一车砖运来了。

杨世达心里也挺不是滋味。他花了每车三块钱的卸车力资，是要将红砖堆码起来，这是规矩，也便于管理，核对数量，同时也可以减少破损。如果前一车的砖不堆码好，等下一车砖来时司机就从那乱砖堆上压过去，要压碎好多砖的，这个损失太大了。余春敏为码砖，十个手指头都磨破了皮，鲜血淋漓，疼痛难忍。可是今天不但那卸车的三块钱进了司机的腰包，砖没码好，还让儿子低三下四的给人家赔了不少好话，又是打烟，又是请客，可人家还是不高兴，这也真是太离谱了！这小县城的社会风气也实在太坏了。自从进城以后，他所经历的一些事情实在使他难以理解。

杨世达清楚地记得：开工没几天，一个阴沉沉的早晨，他跟着一辆小四轮车到一家建材门市部去拉水泥。这是他第一次跟车到县城去买建筑材料。空车去的时候没遇到什么麻烦，当他装了一车水泥回来时，在一处岗亭却遇到了麻烦。

“停车,停车!”两个交警手举红旗将杨世达的水泥车拦住了。

“哪里的车?”一个交警问司机。

“城关的。”司机在车上回答。

“办了进城证吗?”交警向司机要进城证。

“没有。”司机无奈地回答。

“没有进城证就不能行走。”交警用命令的口气对司机说。

“我没接到通知,所以没办进城证。那现在怎么办呢?”司机边说边向一位交警使了个眼神,他们彼此心照不宣。

“要不这样吧,你交十块钱的进城费,你的车就可以在县城内跑两天。”一个交警向杨世达要钱。

“请问,这进城费是车辆进城费还是货物进城费?”杨世达问交警。

“这个……这个……啊,当然是车辆进城费了。”一位交警吞吞吐吐地说。

“我是货主,车辆进城费应该找车主要才是,你为什么要货主交进城费呢?”杨世达问交警。

“这车是替你运货的,所以钱应该由你出。”两位交警几乎是同时对杨世达说。

“没有这个道理!找货主要车辆进城费,这是哪家的规矩?”杨世达有点火了。

“什么道理不道理的。我说的就是道理!这规矩吗,你这个乡巴佬管得着吗?”一位交警奸笑着说。

“这钱我不给!”杨世达大声地说。

“不给钱我们就将你车上的水泥扣下来!看你有多大的本事!”两位交警都发火了。

“那我就去找县委!”杨世达也火了。

“嘿嘿,找县委?你说得倒轻巧,你以为县委是你家里的?你也不想想看,堂堂县委谁会来管你这鸡毛蒜皮的小事。依我看,老兄你还是识相点好，要不然麻烦就更大了。你看见吗？老天马上又要下雨了，要是你这车水泥停在这路上，一阵大雨下来，受损失的还是你呀。老兄，我看你不要因小失大，也就是十块钱的小事，你老兄就别闹了啦！”交警一脸的奸笑实在令人作呕。

“我看这样吧，今天我没带钱，你还是交十块钱给他们吧。我们早点走好了，要不吃亏的还是你呀，那就不止十块钱的事了。”司机说完，掏出一包香烟来，抽出两支分给两位交警，用打火机给两位交警点着了火。

“唉，这个钱本来就不是我出的，不过事到如今我也没办法。俗话说：强龙压不过地头蛇，何况我还不是什么强龙。堂堂县委都拿你们这些人没办法，我一个普通农村老百姓对你们还能有什么办法？莫说你们只要我十块钱，就是你们硬要没收我这一车水泥我也没有什么办法！”杨世达心里十分的不满意，然而他更多的是无奈。他不情愿地掏出十块钱来递到一位交警手里。

“好啦好啦，要是你早这样配合，现在你们也早到家了。何必呢，拜拜！”两位交警挥挥手示意司机将车开走。

“哎，等等！还没开收据呢。”杨世达朝两位交警大声地喊叫。

“嘿，你这个人也真是，交了钱不就得了吗，还要什么收据啊？你要收据到哪里去报销啊？”两位交警又是满脸的怒气。

杨世达听了，无奈地让司机开车走了。

地梁浇好以后，房子的地面轮廓已清晰显现了，再过几天就可以砌墙了。

红砖比原先还要紧张。打基础时工地上所有的红砖几乎全用光了，现在急需要大量的红砖。原来的窑上再也无法搞到一块红砖，那座窑倒了几处，没法烧了，要想弄到红砖还得另找门路。

为了应付工地上急需的红砖，杨世达和杨明举父子分头到处去找红砖，他们近来几乎整天都在外奔波。

5

又是一个阴沉沉的上午，县城建局监察大队来了几个人，其中一个大个子中年人问余春敏："你是哪里人？"

"我是云岗人。"余春敏回答。

"你在这里建房有批示吗？"大个子又问。

"没有批示怎么能在这里建房呢？"余春敏回答。

"把你的批示拿出来给我看看，我们是城建局监察大队的。"大个子只是这么说，却没有出示任何有效证件来证明自己的身份。

"对不起，所有证件都在我儿子那里。"余春敏说。

"你儿子是干什么的？"大个子又问。

"我儿子是云岗乡的乡长。你们要查看证件，等他来了县城再给你们审查。请相信我们决不会做违法的事。"余春敏很认真地说。

"你儿子什么时候来县城？"

"这个我也说不准。一般县里不开会，不到县里来办事，他是没空来的。"

"这样吧，等你儿子来了你就告诉他，就说县城建局监察大队周大队长来过，叫他带建房批示到监察大队去一趟，好吗？"

"行，等我儿子来了我照说就是了。"

"啊，还有，你们用的红砖不符合国家环保要求。现在墙体材料改革，你们用这种红砖建房，是要收取一定的费用的。叫你儿子还要到监察大队去交墙体材料补偿费。"

"目前大家都是用这种砖建房，新材料我们连听都没听说过，有什么办法呢？"余春敏说。

"什么办法？交了钱就有办法了。叫你儿子赶紧去交钱就没事了。"

"等他来了，我把你今天说的全都告诉他就是了。"

大个子一班人终于走了,余春敏深深地叹了一口气。

经杨世达、杨明举父子两人几天的努力,他们终于在一家县办砖厂买到了几万红砖。那里货源充足,价格还要便宜一点,只是砖的质量差一些。这也是没办法的事,在这"河里无鱼虾也贵"的时候,能顺利地搞到红砖就已经是件不容易的事了。现在唯一希望的是老天爷千万不要帮这些建房户的倒忙,要是接连有几个好天气,一楼的主体工程就可以拿下来。他们都在心里暗暗祈祷。

雨停了几天,路上的水坑也干了许多,加上路面又填了一些砂土,运砖的车勉强可以通行。这几天各建房户都在拼命地运砖,人们都怕天又要下雨。大家都知道,只要将红砖运到了工地,就能保证盖房的进度。

由于整日码砖,白手套破了一双又一双,也不知换了多少,杨世达的腰伸不直了,余春敏的手指头表皮早已被磨破,露出了鲜红的血肉,她咬着牙忍着痛仍旧码砖。杨明杰叫她请人码,可是现在就是出十块钱一车也请不到人来替你码砖,因为这些砖在翻斗时已搞得乱七八糟,不像在车上用铁夹子夹起来省事。

天气稍有好转,各建房户都在抓紧施工。人们被这久雨的恶劣天气搞怕了,只要发现天空中有那么一小块乌云,心里就会咯噔一下,害怕又要下雨。

杨世达的工地上非常热闹。泥工和小工差不多有二十来个人,他们也在抢时间,争速度。领班小余师傅制订了个计划,力争五至七天内完成一楼主体墙体工程,在十天之内浇好一层楼面。人们都在为实现这个短期目标努力。

施工在紧张地进行。这天工地上又来了四五个干部模样的人,自称是县环保局的。他们也和城建局监察大队一样,没出示任何有效身份证件。他们是为这些建房户建房环保配套设施工程而来的。

"喂,老人家,你过来一下,我有话问你。"一位四十岁左右的中年人打着手势叫杨世达过去。

“啊,同志,你是在叫我吗?”正在弯腰码砖的杨世达放下手中的砖,抬起头来笑着问道。

那个喊话的中年人又说:“这房子是你家的吗?”

“是我的。”

“你的图纸是哪里设计的?”

“是县计委设计室一位工程师设计的。”

“有环保局的批示吗?”

“我不知道有没有,这个要等我儿子来才能搞清楚。”

“我告诉你,你这房子没有环保配套设施是不准建的。就是建起来了,也要按规定拆除!”

“那怎么办?”

“等你儿子来了,就叫他到环保局去办环保手续,要交一定数额的环保费用,否则后果你们自己负责!”大个子中年人用命令的口气对杨世达说道,然后几个人扬长而去。

“啊……”杨世达被他们这些人说懵了。

一楼墙体工程已基本完成,接下来就是装模板,再有几天好天气,杨世达家的一楼主体工程就可以拿下来。

尽管如此,杨世达的工地上一些没名堂的烦恼事从来也没间断过。自从城建局、环保局来过之后,没有几天工夫,县土管局和县房管局也来凑热闹了。他们到工地上来都有一个共同的目标,就是要以各自的理由向建房户收取一定数额的费用。他们的理由充分,名目繁杂,真可谓是五花八门,杨世达根本招架不住。后来杨明杰来了,他将近期工地发生的事全告诉了儿子。杨世达深深地叹了一口气,深有感触地说:“唉,这些事真可谓是‘世道艰难钱做马’啊!什么事都离不开钱。这些人来的目的都是要钱,只要按照他们的要求交了钱,就什么事情都好办,不合理的合理了,不合格的合格了,甚至不合法的也合法了!唉,钱!钱!钱!”

6

近期老天虽然没下雨，可也没出过几次太阳。工棚内依然很潮湿，门口的一团烂泥开始硬化，人走在上面还能留下很清晰的鞋印。棚内的霉味并没有因近日少雨而变淡，反而更加浓。余春敏想见到那大晴天的红太阳，他们的衣服、被褥多么需要阳光照晒。然而太阳没有出现，他们晚上仍不得不躺在带有霉味的被子里。

谢天谢地，杨世达家的一层楼面总算拿下来了。再过十多天拆了模板，他们就可以搬到屋内去住了，不需要再住在这四面透风的工棚内。一楼虽说没门没窗，再怎么说也比住工棚好万倍。

由于红砖有了保证，加上老天爷近期比较高兴，虽没什么大晴天，也没下过雨，于是各建房户都在抓紧时间抢速度，杨世达的二楼墙体也快要完成了。

由于施工进度推进得快，杨世达家的二楼钢筋图纸还没画好。眼看就要做钢筋了，领班小余师傅来催了几次。由于种种原因，原来的设计者不再向杨世达提供技术指导，也不再替他绘制钢筋图，他叫小余传话过来，二楼的钢筋图叫杨世达自己想办法。这在技术上是没什么大问题的，只是时间太紧张了，杨世达一个人忙里忙外根本就忙不过来。不过再忙也得忙下去，总不能停工。

"杨师傅，明天我要做钢筋，那二楼的钢筋算好了吗？"小余师傅一大早就来了。他是来催钢筋图表的。

"小余师傅，你们明天就要做钢筋吗？"杨世达边扣衣服边问。

"嗯，明天再不做钢筋就来不及了。这天气也算不准，要是下雨那就麻烦了。"小余说。

"好，明天吃了早饭就开始做钢筋，不会误事的。"杨世达非常自信地对小余说。

工棚内黄色的灯光下，一张长方形的写字台前，杨世达在埋头绘制钢筋图，写字台的另一头坐着余春敏，她在那里翻阅一本杂志。尽管脚下有一盆烧得很旺的炭火，但那刺骨的寒风从工棚的四面八方钻进来，使他们还是觉得特别冷。他们的嘴里不断地吐出团团白雾。

已经是凌晨两点多钟了，天气更加冷了。杨世达不时地停下手中的铅笔，双手放在嘴边，哈着热气，然后两手互相搓一搓，可还是觉得冷。杨世达又用火钳拨了拨火盆里的木炭，让炭火能烧得更旺一些。他抬起头来对余春敏说："火盆里的炭不多了，你去加点炭吧，加好炭你先去睡觉。我今天晚上非要完成这钢筋图表不可。"

"那个设计的人也真会整人，偏偏在这个时候来这一套。幸好我们自己可以搞，要不然真要被他们害死。"余春敏放下手中的书，站起身来伸了个懒腰，然后边往火盆里加炭边对杨世达说。

"这也是没有办法的事。你也不想想，那个木匠是谁？他就是那个替我们绘图设计的那个工程师的亲外甥。他在我们工地上乱搞，我们说了他几句，他就把这事告诉了他的舅舅，也就是那个替我们绘图设计的工程师，这个做舅舅的还不出来维护自己的外甥吗？"杨世达也站起身来，他也伸了个懒腰，打了个哈欠。

"这不是报复吗？"余春敏加了炭后洗手回来又坐到她原来坐的地方对杨世达说。

"你还不去睡？"杨世达关切地对余春敏说。

"我也睡不着。等会我去弄点吃的来，这天寒地冻的，又这么晚了，吃点东西也可以暖和暖和身子。"余春敏说。

"这样也好，我也正想吃点东西，顺便暖和一下身子。"杨世达笑着说。

外面传来鸡叫声，天空的星星也渐渐地稀少了。今晚特别寒冷，余春敏炒粉丝滴下来的水珠，很快就冻成了玻璃珠子，真的是滴水成冰。

吃过粉，身上暖和了些，杨世达继续工作。东方已呈现鱼肚白，杨世达的钢筋图表的绘制与计算也接近尾声。余春敏陪着杨世达也一夜没合眼。她又往火盆里加了些木炭，看看天已大亮，她打开工棚的板门，顿时被外面的情景惊呆了，她大声地叫道："哇，难怪昨天晚上这么冷！达子你快来看呐，简直是下了雪一样！"外面的世界都成了银白色，房上、地上、树上，一切物体上都蒙上了一层薄冰，那地面的水坑里结了冰凌，人走在上面，发出阵阵咔嚓咔嚓的声响。

"哦，难怪昨晚上这么冷啊！"杨世达笑着说。

刚刚好转的天气，突然变得这么冷，该是下雪的时候了，弄不好二层楼面要赶上在雪天浇灌了，这是杨世达最为担心的事。可是他又一想，这恶劣的天气看起来是件坏事，但凭他以往的经验，下雪天是不会冷的，不会冻得那么厉害。如果能在大雪到来之前抓紧浇灌二层楼面，只要过了四十八小时不冻，就不会有什么大问题了。

"要下雪了，怎么办呐？"二层楼楼面正在扎钢筋的时候，杨明杰来县城了。他一到工地上就迫不及待地问父亲。

"要是真下雪也不会有什么大问题的。一般来讲，雪停了天气就会慢慢地转晴。怕就怕冰冻，一上冻工地就要停工了。"杨世达向儿子解释。

"我们要注意每天的天气预报，要是没有把握就干脆停下来。"杨明杰担心地对父亲说。

"天气预报每天都是要看的。现在除非万不得已，是没法停工的。楼面钢筋都开始扎了，要是那扎好的钢筋放在露天底下过一两天就会生锈的，生锈的钢筋对工程质量影响是很大的。争取后天浇好二层楼面，这样就不会有什么大问题。"杨世达自信地对儿子说。

"那就按计划进行吧！"杨明杰心里还是希望老天爷帮忙，在这节骨眼上千万不要出现冰冻天气。

一切都按照杨世达的计划在进行。二层楼面主体工程在大风雪到来之前如期完成了，他们一家人都松了一口气。现在要准备好防冻材料。最好最便宜的材料是稻草，这个东西在农村不值钱，而在这小县城却特别的贵。据多方打听，买稻草来盖这些楼面比买薄膜要贵好几倍，于是各建房户都改变了主意,决定不用稻草,万一出现霜冻就买薄膜来盖。接连三天,天气还是原来的老样子,没有好转,也没变坏。前几天浇灌的楼面已经收浆凝固硬化,没什么大问题了。人们心中的一块石头总算落了地,一个个脸上又挂满了笑容。

眼看快到年关了。这一带的建房户都有一个目标,就是在年底前将主体工程全部拿下,等第二年开春后再来粉刷、装修。人们都围绕这一目标努力。杨世达家的主体工程提前完工了,现在正在进行内部粉刷。

农历腊月二十五日是小年,这也是中华民族的一个传统习俗。大多数姓氏都叫小年为接祖,就是在这一天将列祖列宗都接回家过年。所以,这一天显得十分重要而神圣。

余春敏这天也显得特别的忙,她要准备过小年的东西。她和杨世达两人第一次在这块陌生的地方过小年,多少有点不习惯。他们更加思念分散在各地的孩子们。他们是一个拥有十多口人的大家庭,每年过年他们家里都非常热闹,今天在这尚未完工的新房子里过小年,他们感到别有一番滋味。

新屋里到处都堆满了乱七八糟的建筑材料,那讨厌的水泥弄得到处都是灰尘。大厅里的东西都被他们移开了,所以显得特别宽敞。

大厅正中央放着一张小小的写字台,在写字台的后面立了一块从乡下带来的旧门板;写字台的中间几个酒瓶里装满了细沙,上面点着两支红色的蜡烛,那红色的火苗在欢快地舞蹈;桌面上还摆着一个用易拉罐做的香炉,里面插了三炷香,香炉前还摆了几样祭礼,他们准备过小年。

夜已降临。杨世达拉开了电灯,余春敏也早已做好了年夜饭。他们只做了几个精致的菜肴:红烧鳊鱼、清炖仔鸡、炒猪肝、红烧肉,还有一些时鲜蔬菜,外加一盆三鲜汤,堆得钵盆满桌。吃饭前,他们按照家乡的习俗点香、烧纸钱、放爆竹,然后在一张小折叠桌边坐下,一边喝酒吃菜,一边看电视。这顿年夜饭他们吃了很久,吃得比较舒坦,遗憾的是,今天孩子们一个都没来。

7

春节还是回老家过的,孩子们都回来了,家里照例热闹了几天。今年的春节,大家多了一个共同的话题,那就是县城正在盖的房子。大家期盼那幢新房子能早点盖好,到时全家一起住进新楼房去。有了这个牵挂,还没等到出元宵,杨世达就一个人先急忙赶回到县城新楼工地。由于主体工程已经完工,工地上事情不是太多,余春敏就暂时先不去。

工人们是过了元宵节才回来做工的。新楼的外墙粉刷已接近完工,大门口外墙上的瓷砖也开始在贴。今年的天气比去年年末那一阵要好一点,虽说晴天还是很少,但也没有那么多连绵不断的阴雨。按照杨世达的预计,内外粉刷还有一个月的时间就可以完成,在早稻插秧以后就可以全面装修。

杨世达一个人在工地上勉强可以对付过去。他一日三餐自己做饭,自己洗衣服,有时上街去买些材料什么的。工地日记都是在晚上写的,同时还要记下每天的进出账目。

清明节后的一天晚上,天空阴沉,没有月亮,也没有星光。晚上十点钟的光景,杨世达一个人在二楼的房间里看电视,他突然发现楼下有手电筒在闪光,像是有人进了屋。他警觉起来,忙拿起手电筒快步走下楼来查看。

杨世达走到楼梯口,看到大厅里已经站着三个人,他们手里都拿着手电筒。他站在楼梯口大声地喝道:“什么人?你们是干什么的?”

“我们是来查电的。”三个人中,一个五十多岁的高个子回答道。

“查电的?是哪个单位的?”杨世达又问道。

“我们是供电局的。”高个子回答。

“凭什么证明你们是供电局的?”杨世达叫他们出示证件。

三个人你望望我，我望望你，然后两位年轻人都把目光集中到高个子身上，看来这高个子是他们的头儿。高个子朝杨世达走近了几步，对杨世达说："我们是供电局的。听说这一带有人偷电，我们是来查电的。你家的电是从哪里牵来的？"

"谁相信你们是供电局的？你们什么证件也拿不出来，请你们出去。你们夜闯民宅是什么行为，知道吗？"杨世达走到大门口用手电筒朝外面照了照，大声地对他们三个人说。

"你家的电是从哪里牵过来的？"大个子仍问道。

"刚才你不是说你们是来查电的吗？电是有线路的，你们为什么不去查呀？这样看来你们不是来查电的，是来找茬的，或者说你们是来闹事的。请你们出去！再不出去我就报警。你们半夜三更私闯民宅，是何道理？"杨世达几乎要发火了。

大个子他们三个人拿不出证明，没办法，只好带着一脸的怒气走了。

第二天上午，大个子他们三个人又来了，看样子是为昨晚的事而来。他们认为自己是供电局的，是正宗的"电老虎"，在这个小小的县城有谁敢顶撞他们，从来都是他们训斥呵斥别人，何曾碰到过昨晚这样大丢脸面的事。今天他们是来找杨世达兴师问罪的，要找回昨晚丢失的面子。

一进门，大个子就问："喂，你叫什么名字？是哪里人？"

"你们三个人是干什么的？"杨世达站在高个子对面反问道。

"我们是供电局的。昨天晚上你不是要看我们的证件吗？今天我们就让你好好地看个够！"大个子说完，三个人同时把供电局的工作证拿了出来，用手举得高高的，一副洋洋得意的样子。

"嘿嘿，原来你们是供电局的，我还以为你们是公安局的。真可惜，你们刚才的问话与你们的身份不符呵，亏你们连这点基本常识都没有。对不起，你们刚才的问话，本人无可奉告。请你们不要打扰我的正常工作，请出去！"杨世达非常严肃地说。

"哎，你这个人也真是，昨天晚上我们没带证件，被你轰了出去。今天我们带了证件,你又不理我们。我说你这个人是不是神经病啊?”大个子拦住杨世达,不让他离开这里。

“请让开。请你们不要无故影响一个公民正常的生产生活。我没那么多闲工夫来陪你们玩。”杨世达有些恼火,接着又说,“我叫什么,是哪里人,我为什么要告诉你呢?你们别忘了,这不是你们公务的问话方式。除了公安局讯问以外,任何人都无权对一个公民这样发问,你们明白吗?谁是神经病,你替我讲清楚!”杨世达一字一句地对那三个人说。

“好啊,你还敢跟我们顶撞,我要叫你看看我们的厉害!”大个子也发火了。

“我倒要看看你有多大的能耐来对付一个合法公民,你们把看家本领都拿出来吧。”杨世达还是不肯退让。

“行啊,你还敢嘴硬!我把你家的电断了,让你摸黑去吧!”大个子以停电来威胁杨世达。

“我告诉你,我用的是国家的电,不是你们自家的电。我一不偷电二不欠费合法用电,你无故断我家的电,这样做是违法的。你们敢停我家的电,我就把你们告上法庭。我要看看是国家的法律大,还是你们这些电霸大?”杨世达不但汉有被大个子他们吓倒,反将大个子给震慑了。

大个子一下子成了泄了气的皮球,待在那里一句话也说不出来。

这时,附近的居民和一些建房户都过来看热闹。他们看到这种情况,都恨不得替杨世达帮上几句,但没有人敢这样做,大家对这些“电老虎”还是心存畏惧。

一个身穿警服的年轻人从人群中来到他们跟前,问清了情况,然后对他们说:“我看这是一场误会。来来来,我们都到屋里去坐下来,慢慢把问题谈清楚。”

屋外围观的群众没有走,一起跟进来,想看看这件事怎么处理。

进到大厅内,争执双方的火气都消了些。这位年轻的民警也是这一带的建房户,是公安局的一位警长。他认为要是与供电局的人闹翻了也不是什么好事,想从中调和调和。

大个子看来是个急性子人,他先开口问杨世达:“请问我们昨天晚上错在哪里?”

“你也真是,到现在还不明白错在哪里。首先,你们在进屋之前,明知屋里有人为什么不打招呼,而是直接往屋里闯?这说明你们的头脑中没有法律意识,没有群众观念,不知道尊重别人。夜闯民宅,古今都是犯法的。第二,你们出来执行公务,没有带有效证件,你让别人怎么相信你们。现在你该明白了吧。”杨世达心平气和且态度严肃地对大个子说。

杨世达的一席话说得大个子连连点头。

“我们在执行任务的时候,一定要带好我们自己的身份证明,不然你就无法进行工作。”青年警长深有体会地对大个子他们说。

“好啦好啦,现在问题都说明白了,我们之间的确是一场误会。我们今后打交道的时间还多着呢,希望我们今后更好地合作,请大家支持我们的工作。”大个子说完后站起身来告辞。

“是啊,这也并不是一件什么大不了的事。工作中出点差错,交往中产生一点小小的误会,也是在所难免的。双方都说清楚了也就没什么啦。好吧,再见,希望你们有空来玩。”杨世达说完也站起来,同时向大个子伸出了右手,两只大手终于握在了一起,原来布满阴云的脸上都换上了笑容。

8

早稻插秧已经结束,时令已进入初夏,天气也渐渐地热了起来。

杨明杰两天前从云岗打来电话,说是装修的师傅马上就要来,他们全是云岗乡的。杨世达首先考虑的是这些师傅的吃饭问题,这是头等大事。“兵马未动,粮草先行”,他为装修师傅吃饭的问题发愁。老伴余春敏年后就去了千里之外的徐州帮明山带小孩,无法回来,要是她在身边,这些问题也就不存在了。如今,要解决问题还得另外请人。

装修工程全面展开。木工、泥工、油漆工都是云岗乡人,做饭的是杨世达的一个亲戚,一位四十来岁的中年女人。

城里装修赶新潮,做的是铝合金门窗。因这个行业刚刚兴起,会做的人很少,杨世达的表弟陈恒昌推荐了一位姓彭的师傅来做。他不但做铝合金门窗,还负责水电安装。因为是自己表弟介绍来的,杨世达也就十分相信这位彭大师傅,放手让他做。但一开始安装电路,彭师傅就与杨世达抬起了杠子。他为了偷工减料缩短工时,不按杨世达的设计线路施工,结果因电线布线达不到要求,两人闹翻了脸。杨世达干脆自己动手来布线装灯。做铝合金杨世达不会,还是让彭师傅做,但后来验收时,杨世达又发现所用材料没达标,原来讲好用一毫米的料,彭师傅用的全是零点七或零点八的材料。杨世达气极了,他又与彭师傅吵翻了。不仅如此,因为陈恒昌是介绍人,他还差点与表弟也闹翻了。唉,盖房子、装修,尽碰上些不顺心的事。杨世达实在没有办法,碍于是自己的表弟,他只有吃哑巴亏,结算时吃亏一千多元,没办法,只得自认倒霉。

雨越来越多,而且还越下越大,汛期提前到来。从电视上看,到处是江河水满,水势滔滔,东北的黑龙江,松花江,南方的长江都在发大水。1998 年夏,抗洪抢险成了全中国的头等大事。

洪水终于退了下去,被洪水淹没、冲坏的交通要道也陆续恢复通行。余春敏这时也回来了,她惦记着工地,而这时工地上也非常需要她。原先替师傅们做饭的亲戚因为家里有事不能来了,可是工程还未结束,师傅们吃饭的事就成了问题,幸好余春敏回来了,刚好接手替师傅们做饭。

到 9 月,房子装修工程全面完工了。从去年 10 月开工到现在,历时近一年的时间,中间经历了多少磕磕碰碰的揪心事,吃了多少苦,花了多少冤枉钱,个中艰辛委屈,只有杨世达和余春敏两个人心里清楚。

装修的师傅们都走了,余春敏因为家里秋收也回家了,杨世达的心里空荡荡的，但因为不再劳累，也没有杂事烦恼，他感觉轻松了许多。他在这幢自己付出了心血汗水的新房子里到处走走看看，收收捡捡，并照顾孙子杨酌泉的学习生活。

杨酌泉中考没考好，这个学期开学，他多交了三千多块钱学费才上了县城的一所重点高中。从家里到学校有五六里路，他早晨去晚上回，一天要在学校吃两餐饭。学校食堂不管走读生的伙食，走读生们只能在学校门口的饮食摊点上买东西吃。这些摊点的食品质量、卫生条件都很差。一天早晨，杨酌泉在一家摊点上买了两个包子吃，过了半小时左右，吃下去的包子全吐了出来，而且还面色苍白，四肢无力，后经医生检查确定，他是吃了不干净的东西，引起急性肠胃炎。从那以后杨酌泉再也不敢在那些摊点上买东西吃。怎么办？只好让他跟着爷爷，在县城的新楼吃住。就这样，杨世达每天天不亮就要起床为孙子杨酌泉做早饭，让他在家里吃了早饭再到学校去念书，天天如此。这对于一个六十多岁的老人来说也不是一件很轻松的事。杨明杰不愿意看到父亲长期如此劳累，于是决定提前搬家，让妻子吴梦云来这里照顾儿子念书，这样父亲也轻松多了。

杨明杰搬家的那天来了好多人，大部分都是曲庄来的亲戚和朋友，他们都是来替杨明杰帮忙搬家的，也顺便参观一下这幢新楼房。这些人几乎忙了一整天，把那些林林总总的东西一一摆放好，然后才坐汽车回家。这样，杨明杰一家成了第一个正式搬进县城新楼的住户。

转眼就到了元月下旬，杨明山出国的日期越来越近了。根据对方的要求，他必须在元月底以前赶到目的地。

出国日期定了，杨明山想到的第一件事就是回家一趟，看望一下老父老母，因为到国外要两三年，万里迢迢，不是想回来就能回来的。他打电话把这个想法告诉了大哥明杰，明杰回家又告诉了两个老人。杨世达和余春敏一听明山就要出国，十分高兴，他们一商量，作了一个重要决定：全家一起到县城新楼房来一次大团圆！

元月 27 日，杨明山、刘玉芬带着女儿双喜一起回来了。其他几个儿女也在这之前回到了县城的新家。这是新楼房建好之后，杨家人第一次在这里大团圆。

这是一个平常的夜晚，可是对杨世达一家人来说又是一个非常不平凡的夜晚。他们一家人都兴高采烈，神采飞扬。大家一起张罗，为杨明山出国准备了几桌家宴，全家为杨明山饯行。席间，大家频频举杯，开怀畅饮，放声谈笑，每个人的脸上都堆满了幸福的笑容！

杨明山平时不喝酒，但他知道，今天晚上的酒席是为他设的，于是破例喝了不少酒。他的脸上已泛起了红晕，大家都知道他不会喝酒，都是自己兄弟，也就不再劝酒了，大家随意边喝边聊。余春敏时不时下厨添几个菜来，也陪儿孙们喝两口酒。

杨世达天生不善言谈，特别是和晚辈年轻人在一起，他觉得有些不大自然，可他能喝两杯，儿孙们也很尊重这个老爹老爷爷，大家不时向他敬酒，而他也很爽快，酒到杯干。是啊，劳累了一辈子，拉扯大了这么一大家子，现在儿孙满堂，还大有出息，自己还图个什么？够了，知足了，这是福气啊！

家宴结束了，余春敏和刘玉芬忙着收拾碗筷。大家都围坐在餐桌四周喝茶、抽烟、聊天、看电视。

杨明山端了个小凳子坐到爹妈的跟前，他对着爹妈仔细地端详了一阵，然后慢慢地说："爹，妈，我出国的日期已经定下来了，各项准备工作都做得差不多了，机票也订好了，三天后启程。"

"山儿，你还缺少什么东西吗？"杨世达关切地问。

"都准备妥了，不缺什么。"杨明山知道家里的情况，故意回答得很干脆。

"你出远门赶车赶飞机的，比不得在家里，掌握时间是非常重要的，可你连一块手表都没有。我看你还是带你爹爹的这块手表去吧，这样在路上也好掌握时间。"余春敏对儿子说。

"那爹爹用什么呢？我不敢买手表，因为我没有那么多钱，买房子的贷款还没还清。”杨明山似乎有点累,他放下手中的活,坐到椅子上去抽烟。

“给。”杨世达从自己的手上取下手表递给杨明山,接着又从包里取出一块县电视台开播纪念的怀表也给了杨明山。他说:“这块表也给你。这样你用一块表走北京时间,一块表走你工作地的时间。同时掌握两国的时间,对你来说是有必要的,而且也方便多了。爹爹在农村,没有表看看天色就行。”

杨明山接过表,心里又高兴又有些内疚。

夜已经很深了,周围的人家早已睡了,唯有杨家还是灯火通明。屋里一对老人和一对年轻人,他们没有丝毫的睡意,他们好像还有许多话要说。这时杨世达解开了自己的外衣,家人还以为他要睡觉,只见他脱下里面穿的一件马甲递给杨明山,说:“这件马甲也给你。这里面口袋多,可以放很多的钱,穿在身上挺安全的。我在家里不需要这个东西,你穿着出门很合用的。”

杨明山从父亲的手里接过那件带着热气的草绿色马甲,仔细地端详了一番,然后将那件背心穿在身上。刘玉芬走过来,伸出双手帮他拉扯齐整,又仔细地瞧了瞧,笑着说:“你看,这件马甲你穿上再合适不过了。衣服虽小,口袋特多,放几万块钱是不会有问题的。”

杨明山穿上了外衣,心里有一种说不出温暖,他在大厅里来回走了几圈,觉得自己仍然还是个孩子。因为在父母的眼里,自己还是需要他们操心、永远也长不大的孩子。

“时间不早了,我们还是早点休息吧,明天大家还有事,睡吧。”杨世达嘴里这样说,其实他自己没有丝毫睡意。

“是啊,已经夜深了,天气又冷,我们还是早点睡吧。”余春敏附和着说。

“睡吧,大家都睡吧!明天还有好多事要办。”杨明山打了个哈欠,低声说。

早晨，余春敏起床比往常还要早点。尽管昨晚睡得很晚，可她还是精神抖擞。和往常一样，她烧好了早饭，然后叫醒了总是喜欢睡懒觉的杨世达。杨世达洗了脸后就到街上去买了些油条、包子之类的早餐食品回来。这些东西他们家平时是舍不得吃的，今天他们也舍得花些钱到街上去买这些食品，为的是杨明山早饭后要离开家乡，过两天就要到国外去工作。

吃过早饭，杨明山一家要出发了。明杰事先联系好的车子已经停在新楼门口等了，送他们一家去长途汽车站。明阳搬出一盘鞭炮，明山一家坐的车开动那一刻，杨世达点响了那一盘鞭炮，顿时，鞭炮声大作，响彻在这条小街上空。

第六章

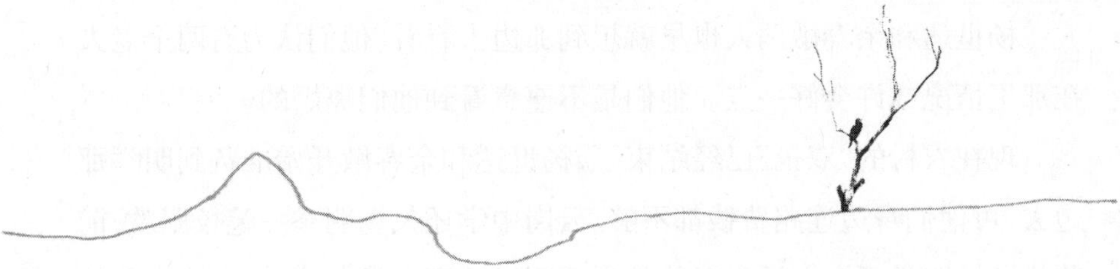

杨明举沉浮录

1

一年一度的春节很快过去了，人们又在为新一年的工作忙碌开了，外出打工的人陆陆续续离家远行了。

元宵节的第二天，杨明举也到外地去打工了。他去年下半年与人合伙开办了一家家政公司，没想到的是，那个合伙的老板竟然是一个骗子！他以合资入股、合伙经营为幌子，骗取他人入股后，将全部资金席卷一空、携款逃跑了。股东们发现后报了案，公安部门立案查了很久，但人跑了，一时没有下落，案子就一直搁着。办案人员说，现在这种案子多了，就是人抓回来了，钱也多半是没有了。听到这样的话，杨明举心里明白，自己投资的一万五千元打了水漂。

杨明举一下又成了无产者，而且成了失业者。

夏天，杨明举从打工地厦门接连给家里打来几次电话——几个子女觉得杨世达老两口在家他们不放心，出钱给家里装了这部电话。他说他在厦门租了一套房子，想要杨世达和余春敏两人到那里去住。他还说自己现在要工作没工作，要钱又没钱，整日无所事事在街上盲目地闲逛。

还有一件令杨世达和余春敏感到头痛的事，那就是由于杨明举投资失败，没有了经济收入，连本钱都血本无归，他和李巧云的夫妻关系搞得非常紧张，几次都闹到要离婚的地步。

杨世达和余春敏两人也早就想到那边去看看。他们认为有两个老人在那里情况或许会好一点。他们是不愿意看到他们离婚的。

现在农村的“双抢”已经结束了，杨世达和余春敏开始准备到明举那边去，可他们身边连路费钱都不够。云岗中学还欠杨明举一笔校服款，前些日子杨明举还在电话里对他父亲提到过此事。没办法，杨世达抱着试试看的心态去了一趟云岗中学。出乎他的意料，这次云岗中学很爽快地拿了一千块钱给杨世达，作为还一部分服装欠款。这样，他们老两口就有了到杨明举那里去的路费。

7 月下旬，杨世达和余春敏准备启程了。

夜里，杨世达和余春敏在收拾东西，他们为彩电一事发愁。彩电不好留在家里，因为家里长时间没有人，还是带到云岗惠珠那里去。

早晨，天还没亮，杨世达和余春敏就起来了，他们用一辆借来的土车将彩电和行李搬了上去。由于没有月光，外面是一片模糊，余春敏打着手电，杨世达推着土车，朝搭车的地方走去。

搭上了早班车，吃早饭的时候班车到了云岗，胡惠珠在车站接他们。她对余春敏说：“妈，明举昨天打电话来，叫你们别的什么都不要带，电视机是非带去不可的。”

“哎呀，我还打算将电视机放在你这里呢。举儿硬要我们带去也只好依他了。可是路又这么远，上车下车这个东西又重得很，我们两个老人很难抬。”余春敏十分为难地说。她也知道，明举那里没有电视机，他又没钱买，要他们千里迢迢带一台电视机去，也是无奈的事。

就这样，两个老人带着一台电视机来到了厦门。还好，杨明举到站台来接他们，才把这台电视机搬下了火车。

2

到厦门之后，杨明举带着两个老人到鼓浪屿玩了一次。此后，杨世达和余春敏除了买菜、送垃圾以外，每天很少下楼，整日坐在家里看电视。杨明举每天都是吃过早饭就到外去逛荡，晚上才回来，有时还要到很晚才回来。他想找工作，但一直找不到。

日子一天天悄无声息地过去，带来的钱在一天天减少，杨世达他们三个人的脸上都写上了一个大大的愁字，不知道今后的日子怎么过。

一个阴雨蒙蒙的傍晚，余春敏正在厨房里做晚饭，杨世达在大厅里看电视，杨明举从外面跑了进来，他没带伞，淋成了一只落汤鸡，脚下的皮鞋也成了泥鞋，脸上的雨水还在往下滴着。

晚饭后，屋内特别的沉静，电视机也没有开，三个人坐在那里，也没有人说话。杨明举坐在一条小凳上，双手抱头，眼睛直直地盯着自己的脚尖。

"唉！"良久，杨明举抬起头来深深地叹了一口气，后来，就起身回到自己的房间去了。他没有关房门，也没有开电灯，想一个人静一下。现在他什么目标也没有，只是考虑今后的日子怎么过。

原先他手里还有些钱，租这套房子花去了两千多块；现在爹妈来了，三个人的吃喝用度都是需要钱的，还有他每天在外面跑，那些人来客往的烟、酒、菜，哪一样离得开钱？更使他伤脑筋的是他与李巧云的婚姻问题，如果闹到法院去离婚还得花去一笔钱，而且爹妈这次也是为了这事而来的。现在他无心去考虑李巧云的事，目前火烧眉毛的事是如何使自己生存下来，他要想方设法弄到一笔钱。

"唉！"杨明举又长长地叹了一口气，接着又自言自语地说："这样的日子叫我怎么过呀，我过不下去了！我真想去投海呀！"

"投海！投海！"杨明举接连发出几声叹息，他绝望极了。

前几年的辉煌场面与眼下的狼狈相,形成了鲜明的对照。

那时候杨明举在一家私营公司打工,在那里担任中层管理人员。这份工作虽说不怎么理想,可是与那些普通员工相比还是要优越得多,手下有几十号人,时不时和老板同进同出,别人都很羡慕他。那时候他的穿戴都是讲名牌上档次,腰边的诺基亚手机时不时地发出阵阵铃声,这样的派头令他头脑发晕。

他万万也没想到厄运会来得这么快。

杨明举与李巧云结婚后不到一个星期,杨明举就辞了职,在李巧云的帮助下做起了校服生意。但是,谁也不曾料到,这一轻率的辞职彻底改变了他的命运!

李巧云是福建人,在厦门下面的一个县城的乡村小学工作,两人是在厦门相识的。这李巧云虽说是一名小学教师,但她的经济头脑十分发达。做校服生意她有一个得天独厚的条件,那就是她的亲戚大多都是开服装厂的。杨明举做校服生意是她出的主意,她不愿意自己的丈夫去当打工仔。按照她的人生哲学:宁当每月收入百元的老板,也不当月薪千元的打工仔。她希望杨明举有朝一日也能成为一个名副其实的老板,哪怕是个小老板也远比替别人打工强十倍。杨明举就是这样一步一步地走上了经商之道。

杨明举回到云岗来了。他在云岗乡各中、小学校很快地签订了一批校服合同。时值元旦将至,各个学校都要求在元旦前一定要将校服发放到每个学生手里。这样杨明举很快地做成了第一批生意,赚了一大笔钱。此后,他有点飘飘然了,认为赚钱这么容易,后悔自己没早干。他开始大手大脚地花钱,花天酒地地过日子,经常包车出入高档酒店,在云岗办事也不回曲庄家里去住,而是在云岗一家最好的宾馆长期包房,就是有事回曲庄也是包车往返。

杨明举从一个打工仔一下子成了腰缠万贯的小老板,口袋里装满了钱,脑袋里灌满了迷魂汤。他开始变了,变得家里人都不认得了。原先他来县城同爹妈一起住在四面透风的工棚里，一起在工棚里吃着妈妈亲手烧的饭菜，他吃得是那样的津津有味，睡在那四面透风的工棚内，他睡得是那么坦然自如。但现在他看来，原来的工棚是又冷又脏又拥挤。他经常在酒店里进出，而且身后总是跟着一帮朋友，前呼后拥，好不威风。

生意越做越大，路子似乎越走越宽，他的校服业务扩展到云岗周边的几个乡镇。他由云岗乡转到白云乡来了。

白云乡是他的老家，大哥杨明杰去年从云岗乡调到这里来任乡党委书记。

杨明举白天在各中、小学联系业务，晚上还要包一辆车到离白云乡二十多公里的香坂镇去住宾馆，第二天吃过早点后又要包一辆专车回到白云乡来。在包车方面他花了多少钱，恐怕连他自己也没个数。

……

杨明举慢慢地抬起头来，又深深地吸了一口气，站起身来朝窗口走去。这一番痛苦的回忆，让他追悔莫及。想到挥金如土的那些日子，想到妈妈在县城工地上唠唠叨叨教育他的时候，他能不痛心吗？但此时痛心流泪又有什么用？

杨明举正在悔恨交加时，手机铃声响了。他看了一下来电显示，高兴极了，是大哥打来的。好久没接到过大哥的电话，他的脸上由阴转晴，嘴角也露出了近日来少有的笑容。他赶紧接电话："大哥！我是明举啊，现在你在哪里呀？"

"我在白云乡政府。你在哪里呀？"

"我在爹爹妈妈身边。"

"爹爹妈妈还好吗？他们在那里过得惯吗？"

"还可以。"

"喂，明举呀，你最近能不能回来一趟？"

"有什么事吗？"

"当然是有事啊。前几天巧云打来电话，说校服生意的事。我在这里

汉”，何况他们还不是什么英雄，只是一般的平民百姓。

第四天也平静地过去了，今天是第五天。杨世达有预感，房东今天会来的，但现在他心里有了些底气，前两天为了准备交物业费，他向一位老乡借了几百块钱。早饭后他们静静地待在家里，等候房东来拿钱。

一个星期后，李巧云回来了。国庆假已过去了，她不能长时间待在杨明举那里，她要上班，下午她就搭车回去了。

又过了四五天，杨明举才回到爹妈的身边。杨世达还是和往常一样，什么也不说，什么也不问，余春敏唠唠叨叨地问个不停。杨明举觉得烦，心不在焉地应付了几句。

杨明举回来的第二天晚上，家里又来了好多人，他们都是在这里打工的老乡。这些年来，他们和杨明举之间形成了一种很铁的朋友关系。杨明举在家时，他们总是成群结伴地来找杨明举一起吃喝玩乐，自然都是杨明举做东，连打车的钱都是杨明举出。可是就在前些日子杨明举回老家以后，两个老人在这里遇到了困难，却没有一个人来过，要不是杨世达有几个侄儿在这里打工，只怕两个老人要饿死在这里。

家里来了客人，哪怕是一些不受欢迎的客人，也得尽礼数，没办法，余春敏照样忙碌起来，张罗着饭菜。杨世达看在眼里，什么也不说，心里暗暗地骂着。他不仅仅是舍不得花这些冤枉钱，而是骂这个儿子太不懂事，交了一帮不务正业的狐朋狗友。

5

这里的房子是按季度租住的，杨明举租了一个季度，这一个季度的房租加上物业费共计两千多元。现在租期快到了，前几天房东来打了招呼，说是要继续租用就要抓紧去办续租手续，要不然他就要按期收回另租给别人。杨世达和余春敏是不同意续租的，因为租金太贵了。一般打工的人租的房子都是每月一两百元,可这里的房租每月要花七百元,太不合算了。他们想,要是不回老家去就租一个比较便宜的房子。于是他们决定搬家,可是到底搬到什么地方他们心中没数,还是要等杨明举回来再说。

他们带来的钱早已用光,现在用的钱还是向那些在这里打工的侄儿侄女们借的。

这天早饭后,余春敏一边收拾碗筷,一边对杨世达说:“怎么办呐?中午一点菜也没有了。前天买的一点青菜昨晚上已经吃完了,等会我们还是去买点菜吧。”

“我们只能买点青菜和咸菜。钱不多了,还不知道举儿什么时候才能回来。”杨世达边扫地边说。

他们将包里所有的零钱都倒了出来,清点了一下,总共也只有五元三毛钱。按他们最近的生活标准,最多只能维持三四天。

还没出门,房东又来了。他一进门就对他们说:“现在离租期还有三天,你们是租还是不租也得做个决定,我也好做安排呀。”

“啊,不是还有三天吗?我们决定了,房子不续租了。你不必担心,到时候我们会搬家的。”杨世达果断地回答。

“你们什么时候搬家?”房东有点不放心地问。

“你放心。到时候我们不会在这里多待一天。”余春敏一边收拾一些零星物件,一边漫不经心地对房东说。

第二天中午杨明举回来了,同时进门的还有他的堂兄杨明琪。还没放下手中的东西,杨明举就急匆匆地说:“妈,你们赶紧收拾一下东西,我们马上搬家。车都叫来了,在楼下等呢。”

好在也没什么东西,四个人不一会儿就全收拾好了,搬上了车。

新租的这地方原来也是农村,在设立特区以前比他们的家乡云岗还要苦些,现在这里已是市区,比以前繁华多了。

他们租住的是一幢三层楼面的民宅,房东原是新加坡归国华侨。一楼早已被人租下了,三楼是房东自己住,他们租的是二楼。因为房子比较好，租金一个月就要五百块钱，那些外来的打工者是望而却步，所以难以租出去。可是不管怎么说，比原来的房租每月要便宜两百元，这省下来的钱几乎可以够杨世达和余春敏两人一个月的菜钱。虽说他们俩还是嫌贵了一点，但已经搬来，他们也只好默认了。

自从搬家以后，杨明举和李巧云的夫妻关系又紧张了。她到这里来过几次，几乎每次来都要和杨明举吵架。现在杨明举什么事也不做，整天和那些还没找到工作的老乡在一块闲逛、吃喝玩耍，有时又回到云岗和白云两个地方去混个十天半月再回到这里来。

杨世达和余春敏是为明举和巧云的婚姻来的，可是三个多月过去了，一切还是原来的老样子。他们希望他俩重归于好，万一不行也要妥善处理，老是这样吵下去也不是个办法。

就在两个老人一筹莫展的时候，一个惊人的喜讯传来了。据李巧云自己说，她已停经两个月了，上星期到妇科医院检查发现，已经怀孕了。这是个天大的喜讯啊！杨世达和余春敏两颗悬着的心暂时安静了下来。按照《婚姻法》规定，女方在怀孕、生育、哺乳期间是不允许离婚的，这样，他们的婚姻至少还可以维持一两年。从好的方面想，或许在孩子生下以后，小两口的关系也许会慢慢地好起来，这种情况也是常有的。杨世达和余春敏希望儿子的婚姻、家庭朝好的方向发展。

一个月的时间又过去了，杨明举在云岗还没有回来。两个老人觉得再在这个地方继续住下去是没什么意义的，他们决定房租期满后要么回到云岗去，要么就搬到李巧云工作的那座县城去。李巧云怀了孕，不管怎么说，她还是杨家的媳妇，做大人的，在这个时候总得帮着照顾一下。

杨世达和余春敏在李巧云的一位亲戚的帮助下，在县城租了一套房子，两室一厅，有厨房、卫生间，每月租金只要一百五十元。杨明举还没回来，搬家租房的事全是李巧云一手安排的。时已交冬，离元旦也很近了，现在他们基本稳定了。听说杨明举在元旦前还要送一批货回去，这几天他会回来的。

没过几天，杨明举回来了。开始他责怪他的爹妈不该搬到这里来住，后来还是他大哥杨明杰在电话里把事情说清楚了，他才作罢。

杨世达他们在这个小县城住了半个多月。元旦前杨明举回来了，劈头盖脸地对两位老人说："我们还是回老家去吧。反正我这几天要送货回去，我们三个人一同回去路上也有个照应。"

"回去？我们已交了一个月的房租，不知道能不能退些钱回来？"余春敏有点为难地说。

"退不退无所谓了，也不过几十块钱的事。"杨明举不以为然地说。

"还是等巧云来了再说，叫她跟房东商量一下，看看能不能给个方便？万一不行就算了。"杨世达也有点舍不得丢掉这几十块钱。

房东很通情达理，经李巧云一讲，二话没说就答应只收半个月的租金。

几天以后，杨世达和余春敏又回到了离别四个多月的曲庄。对两个老人来说，这次在厦门住了几个月，一个最大的心事了了，儿子明举在得知媳妇巧云怀孕后，两个人的关系大有改变，正在朝着他们预期的好的方向发展。小家庭保住了，而且还要为杨家增添新人口，这是件两喜的事。

中秋节后，李巧云回曲庄生下了一个女儿。杨家上下着实高兴了好几天，杨世达和余春敏更是咧着嘴笑，边笑边忙着给媳妇弄好吃的，伺候月子。

6

李巧云生小孩有七八个月了，看着小孙女一天天成长变化，全家人都很高兴。李巧云休完产假又一个人回去上班了，把女儿留在了曲庄，杨世达和余春敏对小孙女更是精心照料。

这段时间，杨明举和家人也都相安无事，只是口袋里的钱只出不进，杨明举整天在家闷闷不乐。

一个偶然的机会，杨明举通过朋友介绍，又在附近一个乡里接到一批校服生意，总价值有三万多元。如果这单生意做下来，他可以从中得到几千块钱的纯利，这对于一个已断了收入来源的人来说，真可谓久旱逢甘霖。按照生意场上的惯例，谈生意，签合同，请客吃饭的一系列必要开支也不是一个小数目。可是这时候的杨明举已身无分文，他实在无法可想，只好央求一个在信用社工作的老同学，在信用社贷了几千块钱。他在拿到贷款的当天就买了一部手机，手机在握，杨明举一下又找回了原来在商场上叱咤风云的感觉，又神气起来了！

说到手机这个新玩意儿，那时还属于高档消费品，同时也是一种身份的象征，人们多把它和成功人士联系在一起。杨明举可以说在云岗的曲庄村、在白云的杨河村都是最早使用手机的人，而当时身为乡党委书记的杨明杰都还没有手机。杨明举前几年做校服生意赚了不少钱，可他却因为钱来得容易不当回事，大手大脚，大吃大喝，到后来是又嫖又赌。他身上只要有了钱就飘飘然起来，经常出入高级宾馆、酒店、夜总会、歌舞厅、酒吧、游艺场等高消费场所，出门就是专车接送，飞机往返。还不到一年工夫，不但那赚到手的二十几万块钱花光了，连手机也抵了赌债。他先后输掉了几部手机，最后还欠下了一屁股债。

“五一”节刚过，杨明举带着几千块钱到外地采购校服。这次他轻车熟路，很快就落实了货源。

一天夜里，他接到妈妈打来的电话，告诉他女儿病了，病得好厉害。他急了！可是这里的货还未到手，还要在这里等几天。他要是先回去看女儿再回来运货，时间上又来不及了，因为“六一”儿童节快到了，校服要在儿童节之前交付给学校。来回的路费都是小事，要是不能按时交货，是要赔偿的。他在电话里告诉妈妈，让她尽快地找医生给女儿看病，万一农村不行就到小弟那里去。

小孙女的病情越来越严重,无论用什么药都不能把烧退下来,附近几个乡村的医生都无能为力。杨世达和余春敏都急坏了。没办法,后来打电话给杨明星,将小孙女的病情告诉他,并提出想到他那里去诊治。杨明星在电话里告诉爹妈,叫他们不要着急,先到云岗卫生院去就诊,根据病情的发展再做打算。因为近日来天气炎热,车上又挤,路上带着一个发高烧的小孩恐怕不太安全。

第二天一大早,余春敏搭早班车抱着孙女到云岗卫生院去了。

还没到上班时间,余春敏抱着孙女下了车就往曹医生家里跑。曹医生为小孙女做了细致的检查,然后对余春敏说:"大婶,这小孩病得很重,需要输液。我吃了饭就到医院里去,你也早点去吧。"

余春敏抱着孙女从曹医生家里出来,她心里急着要早点给孙女治好病,不愿意拐到杨明阳那里去吃早饭,就在一个摊子上买了几个包子,边吃包子边抱着孙女朝云岗卫生院走去。

到卫生院等了一会儿,上班时间到了,曹医生也急匆匆赶来了。他很快开了处方,让余春敏去交钱取药,给小孙女输液。

余春敏接过处方也没细看,抱着孙女就到缴费处去交钱,收款员说了一句:"四十八块六。"余春敏一听傻了眼。出门时,她只带了三十几块钱,坐车买包子用了几块钱,现在钱不够,可小孙女急着要输液,怎么办?

余春敏手里捏着处方,怀抱里的孙女昏沉沉地睡着,不哭也不闹。看着孙女儿这个样子,她焦急万分,两眼不停地在街上人群中扫视,希望发现一个熟人或亲友。这时,一位穿着体面的四十岁左右的中年男子走了过来,余春敏见到这个人心里非常高兴,大叫道:"啊!是小陈啊,碰到你太好了!"

"大婶,这么早你就到了云岗,你有什么事吗?"小陈停住了脚步,笑着问道。

"是这样的。这是明举的女儿,她病了好几天,明举在外又没回来,今天一大早我搭班车到云岗,在卫生院请曹医生看了病开了处方,我到计价的地方去计价，这处方上的药费要四十多块钱，我身上只有三十几块钱，我想找你借几块钱。你跟明举都是好朋友，等明举回来就还给你。要是你等不住，我明天就专程来还钱给你，行吗？”余春敏焦急万分地说。

“哎呀，真对不起！我身上没带钱，这个忙我真没法帮了。”小陈一听是借钱，急忙回绝了。

“你老婆不是在菜市场卖菜吗？能不能到她那里去想点办法？你看这女孩烧成这个样子，急着要输液，我都急死了！”余春敏急得几乎要哭了。

“那不行，她卖菜的钱天天要周转。对不起，这个忙我真帮不了！大婶，我要上班了。”小陈说完就径直走了。

一线希望成了泡影，余春敏心里很是想不通。这个小陈叫陈开顺，是云岗乡一家烟草公司的职员，与杨明举是好朋友。杨明举在家的时候，他一年总要到她家去几回。他喜欢喝酒，每次酒足饭饱之后总还要带些谷酒回去。由于他去的次数多，余春敏也认识了他。余春敏今天在云岗街头遇到他，开始满心欢喜，可她却万万没有想到自己的儿子竟交上了这样一个冷血动物一样的朋友。她开始有点难过，可后来一想，算了算了，虽然没有借到他的钱，却看透了这个人，这也不是坏事。

余春敏拖着沉重的双脚，抱着高烧昏睡的孙女在云岗街头漫无目的地走着。她不放过每一个从她身边走过的行人。她想，我就不能再碰到一个熟人吗？她打定主意，不到万不得已时不去找明阳要钱。作为一个母亲她还不清楚自己儿子的事吗？又何必去惹那不必要的烦恼呢。正想着，突然从她的身后传来一个熟悉的声音：“大妈，大妈！”

余春敏听到叫喊声本能地回过头来，只见一位矮个子年轻人穿着双拖鞋朝她急步走来。这个人余春敏认识，是云岗乡电信所的所长小程。他问余春敏：“大妈，您是什么时候来云岗的？这女孩……”

“小程，这是明举的女儿，病了好几天，在发高烧。我还正急着想找个熟人，正巧碰到了你。”余春敏高兴地说。

“大妈，您有什么事需要我帮忙吗？”小程急切地问。

“我刚从医院里出来，今天带少了钱，在药房拿不到药。你能借点钱给我吗？等明举回来就还给你，行吗？”余春敏简短地说出了自己的要求。

“少了钱？要多少？一百、两百行吗？”小程问。

“不要那么多，只要二三十块钱就行了。”余春敏高兴地说。

“好，您先拿五十块钱去，要是不够就来找我。”小程在钱包里抽出一张五十元的钞票递到余春敏的手里，接着又说：“大妈，我陪您到医院里去好吗？”

“谢谢你，不用啦，你去忙吧。”余春敏将钱和处方拿在一起，掉转头来朝医院走去。

在医院里，余春敏坐在床边守着给孙女输液。孙女仍在昏睡，由于发烧，整个小脸蛋红通通的。输上了液，余春敏一颗心放下了。她想，还好碰到了程所长，如果今天借不到钱耽误了孙女的治疗，那真是麻烦了。小陈和程所长都是明举的好朋友，可他们对待朋友的态度完全不同，实在是令人费解！他们两人到曲庄来，余春敏从来都是将他们当自己的孩子对待，可是今天小陈的态度令她感到有点意外，现在看来，患难才能见真情，这酒肉朋友是靠不住的。

7

吃过晚饭，杨世达总喜欢到外面去走走。他原来是一个电视迷，但自从患上面神经炎后，影响了他左眼的视力，所以近半年来他很少看电视，一般都是在家听听收音机，或者看书、写作，生活过得还是比较充实。尽管家里人不把他的写作当作一回事，可他每天还是照样写日记，写小说，累了就听听收音机或者到外面去走走。晚上他不看书也不写文章，同乡亲们一起聊聊天。

余春光家门口的水泥地上围坐了一大群纳凉的人，大家围着一张竹床坐着,大多数人手里都拿着一把扇子,一来扇风,二来赶蚊子。堂前的电视机正在播放着电视剧,人们在外面可以看电视节目,又可以纳凉、谈天说地,好不快活。这对于整天劳碌的人们来说,是一种快乐的享受。

杨世达手里拿着一把白棕叶扇慢慢地走了过来。余春光吩咐他的女儿给他端来一把竹椅子招呼他坐下。

余春光问他:“明举还没回来?”

“是,出去了三四天,人没回来连个电话也不打回来,不知道他到哪里去了。”杨世达对余春光说。

“他那笔校服钱还没到手?”余春光的女儿一边给孩子喂奶一边问姑爹。

“还是上回七搞八搞弄到那么几千块钱。那几千块钱什么事也没做就花光了。现在那边又来电话催要货款,这边女儿又病得厉害,明举这回也着实急了。”杨世达有些伤感地说。

“现在都放暑假了,校服肯定早就发下去了。学生是不可能欠钱的,不交齐钱老师绝对不会发校服给他的。这些校服的钱弄不好是一些老师挪用抵了工资,等夏粮入库乡政府补发了拖欠老师的工资时再来还给明举哥的。”杨明举的表妹余秀珠这样猜测。

“假如真是你说的那样,那些老师也真是的。唉!现在的事还是难办呐。”杨世达又长长地叹了一口气。

“姑爹,你又不晓得,现在乡级财政特别紧张,拖欠教师工资的事是到处都有。云岗乡今年上半年只给老师发了一个半月的工资。现在都放暑假了,老师们急着要钱用,他们把学生交来的校服款先用来发工资,等以后乡里拨了钱再来还账也是有可能的。”余秀珠根据她的丈夫今年上半年只领到一个半月的工资来分析校服款的事,还真是有点道理。

“假如真是你说的那样,又能有什么办法?可是那些服装厂等不住啊,三天两头来电话催逼货款。现在一分钱货款都没拿到,学校方面也实在不像话!”杨世达非常焦急地说。

杨世达在家里等了好几天都不见杨明举回来。他实在急了,心里恨着明举,那是一个父亲对儿子的恨,恨铁不成钢。

杨明举喜爱虚荣已经到了令人担忧的地步。前几年他赚了些钱,每次回来总要将他所穿的衣服、皮鞋,所用的香皂、洗发露等大吹大擂炫耀一通,告诉别人这是名牌服装,一两千块钱一套;这皮鞋是国内名牌,几百元一双;这香皂是进口的,当前国际上流行的香型,要几十块钱一块;这洗发露也是进口的,虽然不是最高档的,也要七八十元一瓶,而且这种瓶子可以当蜡烛来点,对环境没有污染……他这样的吹嘘一开始人们还有些羡慕,后来听多了,人们就感到厌烦。

就在大家对杨明举的多日去向不明作各种猜测时,这天太阳快要下山的时候,杨明举骑着一辆崭新的踏板式摩托车回来了。他将新车推进院子里,余春敏见面就问他:"你怎么又骑了一辆新车回来?这是谁的车?你的车呢?"

"我的车放在二哥那里。这是我今天买的新车。"

"你买这车干什么?花了多少钱?那个校服款收到了?"

余春敏一见面就提出一连串的问题,让杨明举觉得有点烦。他极不耐烦地回答说:"妈,你管这些做什么呀?这车是我买来给你和爹爹两个人骑的。你们老年人骑这种车又轻便又安全,跟骑自行车差不多,很好骑的。"

"校服款弄到手了?昨天厂家那边又来电话催货款,叫你尽快将成本款汇过去。"余春敏还是不厌其烦地说。

她的话使明举感到烦躁,他将新车放好,没好气地说:"那校服款弄到没弄到与买这辆车又有什么关系?说实在的,我就是一分钱都没有,也可以在云岗任何一家摩托车店推辆新车出来。这两千块钱的车算个什么事呀?就是大哥那样的钱江摩托车要八九千块钱,我同样可以赊得来!我说你就别管那么多,好吗?你照样骑就是了。要是没钱加油你到云岗加油站去加就是了,只要在发票上签个名字就行了,我都安排好了,等我一起跟他们结账。”

余春敏也不再说什么了,她知道说得再多也是枉费口舌。她在那里站了一会儿就到厨房去准备晚饭了。

现在杨明举想做的第一件事是舒舒服服地淋个冷水澡。他在外面这么多天,钱没收到一分却累得每天臭汗一身!他打算洗了澡以后就边吃晚饭边看电视,然后早早地睡个好觉。他这些天在外面一直奔波,没睡好觉。

杨明举赊了一辆新摩托车回来,杨世达不闻不问,像没这回事一样,仍然做着自己的事。一切由他去吧!在他看来,有一辆这样的车还不知是祸是福。

晚饭后,杨世达他们三个人在一块看电视。余春敏对明举的货款还是不放心,尽管知道儿子讨厌她的唠叨,可她还是禁不住问道:“举儿,这些天你在外面干了什么事呀?这么个大热天一连几天都没换衣服,亏你过得去啊!那些货款那边有答复吗?”

出乎意料,杨明举这次并没有讨厌她的唠叨,而是认真地回答了他妈妈的问话:“妈,你放心吧。学校的老师是没有问题的,他们按时交了货款。关键是那个姓江的从中搞了鬼,他想要我赔本,断了我的生意。据学校老师和乡教办的人讲,货款被姓江的结走了,他们出示了姓江的亲笔收据,现在学校只欠两千块钱。现在的问题是那个姓江的连个人影也找不到。唉,真是人心难测啊!”

“姓江的?是哪个姓江的?听你这样说,他这种行为是诈骗,依照法律来讲是犯法的,起码是不道德的行为!”杨世达听明举这么一说,插上话来。

“你晓得个什么呀?开口法律,闭口法律,一点破事动不动就法律,谁会听你那一套。去去去!你人老眼花,又不知道现在世界上的事,好好地待在家里就行啦,别去管那么多事!”杨世达一句话惹得杨明举发火了。他与杨世达的观念完全不同,他认为父亲不该什么事都这么认真,这么认死理,这样怎么适应现在的社会?

“依你说,那个姓江的就没有王法来管了?”杨世达非常气愤地说。

“老江是一个乡供销社营业所的干部,八十年代与大哥同在一个农场里工作。当时大哥是这个农场的团委书记,老江是这个营业所的团支部书记,那时他们之间的关系非常密切。后来大哥调到云岗乡来了,老江还在那个营业所工作,后来当了营业所的副主任。这次做这笔校服生意是大哥与他联系好的,通过他我才做成了这笔生意。我们真不知道他会使出这样的手段来,真是知人知面不知心啊。”杨明举将事情的原委详细地对爹妈说了。

杨世达听完儿子的叙述以后什么话也没说。他无话可说,只是一个劲地摇头,心想:一个国家干部,为了一点钱竟然干出坑害朋友的事来,太无耻了。

“你没把情况告诉大哥吗?”余春敏关心地问儿子。

“我已经告诉大哥了,大哥还不相信姓江的会做出这样无耻的事来,可是大哥也无法跟他联系上,真急死人呐。要是能找到他的人事情还好办一些,可是现在连个人影也找不到,你有什么办法?”杨明举焦急地说。

“你们有协议吗?”杨世达又问儿子。

“都是乡里乡亲的,又不是生人,还有什么协议不协议的。有没有协议都一样。”杨明举对父亲的说法不屑一顾。

“这你就错了!现在你无凭无据的,即使找到了他,他不理你也是枉然,因为你们之间的经济关系是不受法律保障的。你还不明白这些道理吗?亏你还在外面混了这么多年,要是你认真一点的话,姓江的也不敢这样做。”杨世达认真地对儿子说。

“我看情况也不会有你说得那么严重吧。”杨明举不同意父亲的看法,他对姓江的突然消失还心存侥幸。

最近几天,杨明举一直都在云岗,在那里搓麻将赌钱。云岗街头有几个混混,他们整天围着麻将桌转。这些赌友中杨明举是最受大家欢迎的,因为只要他上桌，不把钱输完是不会罢休的。他在云岗的派头就像是个大亨，下饭馆、上酒楼、进舞厅，进出都是一大群人围着他前呼后拥的，好不气派！而且，无论在什么地方都是他做东。不知道的，以为他是大富翁，可他实际上是个负债几万元的穷小子，完全是打肿脸来充胖子。

杨明举现在成了杨世达、余春敏两人的一块心病，他们无时不在为明举的事业、前途担忧。自上次送了一辆摩托车回来后，二十多天杨明举又没有回过家。那个姓江的也不知道找到了没有？前几天杨世达到云岗去了一趟，他到云岗宾馆去找明举，没找到。据云岗宾馆的胡老板说，明举前几天到县城去了，很可能是去找那个姓江的去了。

杨世达在云岗几乎待了一整天，可就是不知道明举在哪里。吃晚饭时，他把没找到杨明举的结果告诉了余春敏。这顿饭他们吃了好长的时间。杨世达近来血压有些偏高，他本来喜欢喝酒，现在不行了，喝了点啤酒觉得头有点晕。他放下手中的筷子和酒杯倒在木沙发上。他没有喝醉，而是在冥思苦想挽救明举的办法。他对余春敏说："我看这样吧，给明杰打个电话，将明举好多天不见了的事告诉他，看看他有什么办法找到明举。"

杨明杰办公室的电话无人接听，呼机没关机，但一直没有回复。杨世达和余春敏都无心看电视，他们的眼睛时不时瞄一眼桌上的电话机，希望听到电话铃声。快到十点钟了，晚上黄金档的电视剧都差不多快播完了，他们还在等待。

十点多了，等候多时的电话铃终于响起来了。余春敏一把抓起话筒，大声地对杨世达说："达子，快，是杰儿打来的电话！"

杨世达接过话筒，电话里传来明杰的声音："爹爹，我是明杰呀。晚上我在开会，这么晚找我有事吗？"

"还是明举的事，这孩子真让我们牵肠挂肚呀！"杨世达愤愤地说。

"明举又怎么啦？"明杰焦急地问。

杨世达把明举最近一段时间不见人影，和他那些酒肉朋友天天赌博,服装厂三天两头催货款,江副主任携款逃跑这些事一五一十地给明杰说了,并说了他们的担忧,希望明杰想办法找到明举,帮助他走出困境。

杨明杰告诉父亲,明举的事他知道一些,也正在托人找他和江副主任,把这笔生意上的事妥善了断。至于明举赌博的事,杨明杰说,如果见到明举,他要狠狠骂他一顿,争取让他清醒过来。明举也不小了,大道理应该懂,人生的路要他自己走。他安慰爹爹妈妈,请他们别为这些事担心。

电话通了很久,有了明杰的开导安慰,杨世达和余春敏焦急不安的心情稍稍平静了些。

通完话,杨世达实在困了,倒头很快就睡着了,余春敏却一时难以入睡。她回想起明举的成长过程,应该说,这个孩子本质上是好的,前面一段路走得也还正,要说变化和转折,一切都由那封挂号信起……

8

杨明举到外面打工,开始两年由于缺乏技术,加上机遇又不好,走了不少弯路,没赚到钱,每年回家过年都是两手空空地回来,春节过后杨世达还要为其准备返城的路费。

那时候的杨明举是一个很本分的孩子。他在外面会经常给家里写信,在外面广交朋友。几年来他虽没挣什么钱回家,可他在外面结交了很多朋友。

后来几经周折,杨明举终于在一家私营企业当上了一名中层管理人员。那时他也着实地干了一阵子,老板和同事们都非常喜欢他。

杨明举所在的这家公司是一家港商投资的独资企业,主要生产各种休闲鞋。这位港商由于事情太多,工作太忙,他自己无法顾及这里的事,就委托一位本地的亲戚全权管理这家企业,他自己两个月或是一个季度来这看看。这位亲戚原先在家里种田,只有小学文化,不过,他的一个助理是这位港商的一个亲外甥女,大学本科毕业,学经济管理专业的,这里的一切对外业务、内部管理等,都是这位外甥女打理,这位外甥女是实际上的总经理。

在一次商品订货会上,前来参加会议的新老客户都聚集在本市一家五星级酒店的茶座里。作为东道主,杨明举和几个中层干部自然来得早一些,接待各路来宾。老板和那位女助理坐在那里陪客人一边喝茶一边聊天。今天他们还带了一位女人来,这女人是公关部的经理小叶。这位叶经理二十出头的年纪,大专文化,樱桃嘴,柳叶眉,身材苗条,皮肤白嫩,长发披肩。她上穿一件碎花白底圆领短袖衬衫,下穿紫色短裙,白色皮凉鞋配上肉色丝袜。她是今天订货会上的一个重要角色,她一出现在哪里,哪里就引起一阵骚动。

老板把女助理、叶经理和杨明举叫到一旁,商量着午宴的安排事宜,这时,服务员带来三个商人打扮的人,服务员向这三位商人介绍说:“先生,这位老板就是今天的东道主。”

三位来者是本市的一家新客户,他们是第一次来参加这样的订货会。三个人中的一位高个子是这家企业的总经理,姓谢,他从公文包里掏出四张名片来,一一递给东道主,并笑着说:“各位老板,我们终于走到一块来了,还望你们今后多多关照!”

第一次经历这样的场合,杨明举双手接过名片有些不知所措,这时,坐在他身边的小叶注意到了杨明举的尴尬样子,她赶紧站起来打圆场,满脸笑容地对谢总他们说:“啊,不好意思,我还没给你们介绍。这位是我们公司的总经理吴有才先生;这位是我们公司的总经理助理叶飞女士;这位是我们公司材料科的经理杨明举先生。我是公司公关部经理叶清风。大家都不要客气,请坐下来喝茶。我们今天能聚在一起真是有缘,谢总,你说是吗?”

"是的,是的,能有幸和贵公司合作,我谢某深感荣幸!"谢总说。

自从那次订货会以后,叶清风主动和杨明举接近了,常常无事找事出入于杨明举的办公室。一遇休假,他们更是整天泡在一起,逛街购物,游山玩水,其乐融融。时间长了,他们成了一对情侣。

叶清风是浙江人,家庭条件比杨明举要好得多。她父亲在家里办了一个小型皮蛋厂,年收入十几万元,她完全可以不出来打工。她家里人少,劳动力不足,每到皮蛋生产旺季,她父亲总要招收两三名临时工来帮忙。叶清风大专毕业后,她父亲本想把她留在家里帮忙管理皮蛋厂,可她偏偏要走出家门去商海闯荡一番,父亲拗不过她,也只好随她去。

一开始,叶清风从家里带了一万余元到上海去炒股。由于经验不足,捉摸不透股市行情,没几个来回,这一万多块钱就差不多全亏空了。按说经过这次失败以后,她应该安下心来在家里帮助父亲照料皮蛋厂,可她还是不甘心,想靠自己的努力来实现人生价值。她从父亲手里接过几百元路费,离开家乡,来到福建开创自己的新生活。

不知是巧合还是天意,她和杨明举几乎是同时进这家公司的。经叶飞提议,吴有才将杨明举安排在材料科负责,将叶清风安排在公关部当公关经理。因为两个部门之间没有什么业务联系,开始他们彼此都不大熟悉,经过这次订货会以后,他们的关系快速升温,不久就同居了。

转眼又到了一年一度的新春佳节, 在外打工的人都忙着回家过年。本来杨明举和叶清风都可以不回去,然而他们约好,今年各人回自己的家过年, 过完年叶清风就到杨明举家里来, 将他们的关系确定下来,然后,两人一同去见叶家父母,把他们商定的结果告诉叶清风的父母,再回公司去上班。叶清风对杨明举说,她回家后和父母商定了就给他写信,把具体情况和来他家的日子告诉他;杨明举接到信后立即回信,她就过来。

叶清风回家后就把她与杨明举的事和她的父母说了,因为还未见过杨明举,不知道杨明举是个什么样的人,所以她父母当时没有明确表态。于是叶清风在除夕前一天就给杨明举写了一封长信, 因怕信件丢失,她用挂号信直接寄给在云岗乡当乡长的杨明举的大哥杨明杰收转。

可是一直等到过了元宵节，杨明举也没收到叶清风寄来的挂号信。正月都快要过去了，他们双方都没得到对方的任何消息，相互间自然产生了猜疑。分手时的信誓旦旦言犹在耳，可就是等不到盼望中的来信。

那时候农村的条件非常差，老百姓家里没有电话，想打个电话得到乡邮电所去打。杨明举在家里一直等到正月底都没接到叶清风寄来的那封挂号信，更不见叶清风的人来。他认为叶清风可能有什么情况，他不能再等了。为了避免那种见面时的尴尬，他决定不再到原来的公司去上班而到他三哥杨明山那里去。

命运给杨明举开了一个天大的玩笑！

就在杨明举出门的第三天，一封破了信封的挂号信转到了杨世达的手里。他接到这封信后立即将原信转寄到杨明山那里去了。从信封上看，是从浙江寄来的，应该是叶清风的信，可是这封关系一对年轻人幸福和命运的挂号信历时一个多月才转到收信人手里，彻底改变了杨明举的命运。

杨明举在三哥杨明山的引荐下，很快就在那里找到了一份工作。一个星期后的厂休日，杨明山将父亲转寄来的那封挂号信交给了杨明举。当他迫不及待地将信打开，看到叶清风在信中说叫他接信后立即回信，并叫他一定要在家里等她来。可是，从写信的日期和邮戳的日期来看，时间超过了一个月！他想，叶清风的信是前几天才收到，大哥正月初四就到云岗乡政府去上班了，那大哥是什么时候才收到这封信的呢？他大脑一片空白，想不清问题出在哪里。他清楚大哥的为人，而且春节前他到家就给大哥打了招呼，说是春节期间有封很重要的挂号信寄给他，要大哥一收到就立即转给他。可是这封信到底是在哪里被滞留了？而且连信封都弄破了！杨明举陷入了深深的痛苦之中。但现实毕竟是现实，杨明举面对这无情的现实显得茫然不知所措。他再也不想在这里干下去，尽管这里的工作还可以，可他的心早已飞到叶清风的身边去了。

杨明举下定决心要去找叶清风，把事情说清楚，只有找到她将这场误会当面说清楚自己才能解脱。他希望叶清风这时候还在家里。

晚上杨明山下班回来，看到弟弟一副魂不守舍的样子，就问："明举，你今天是怎么啦？是哪里不舒服还是工作不顺利？"

"不，哥，我没哪里不舒服，也不是工作不顺利，只是这封信来得太迟了，太迟了！"杨明举手里拿着那封迟到的信，几乎要哭了。

"信是哪里来的？这封信有这么重要吗？"杨明山问弟弟。

"是浙江小叶寄来的。从邮戳上看信已发出来一个多月了。看爹爹的来信说，他接到这封信的第二天就赶到云岗去将这封信转寄过来了。我真弄不清楚，这封信为什么在路上耽误了这么久啊？真是害死人啊！"杨明举几乎气疯了。

"现在已经成了现实，你就是再着急难过也无法改变现实的。现在的邮电部门真是太不负责了！"杨明山也气愤地说。

"哥啊，你知道这封信对我有多么重要吗！假如我找不到叶清风，不能消除这封信引起的误会，今后的路我真不知道该怎么走啊，哥！"杨明举几乎要崩溃了。

"你急也没有用啊，冷静下来想想办法，看看能不能挽回。"杨明山开导弟弟。

"哥，我要打电话去问问大哥是在什么时候才收到这封信的。我不想去上班了，我要去找叶清风，向她解释清楚这件事。"杨明举下决心要去找叶清风。

杨明杰在电话里告诉明举，他收到信的当天就托人将信带给了爹爹；而爹爹又及时地将信转寄来了，这个环节上并没有耽误。那么，就是在当地邮电所耽误了。他真不知道云岗邮电所是怎么搞的，他们的工作效率是很值得打个大问号。尽管如此，杨明举对叶清风还是抱有很大的希望，因为他还没有与叶清风见面。他认为，无论什么样的结果都要等见到叶清风之后才能确定。

杨明举在叶清风家里吃了闭门羹。他在叶清风家里不但没见到叶清风,还遭到她母亲的一顿臭骂!他无心在那里久留,搭当天下午最后一班车走了。

杨明举再也无心去工作，身边的钱也越来越少了。他只有一个念头,能尽快找到叶清风。

听说她去了上海,杨明举就将身上仅有的一点点钱买了去上海的火车票。可在大上海的茫茫人海中漫无目标地要想找到叶清风谈何容易。他现在莫说是住宾馆,身上连吃一碗面条的钱也没有了。窘迫之下,他猛然想起还有个外公在上海。他从衣袋里掏出电话卡来给外公刘义泉家里打了个电话,叫外公来接他。

半个钟头以后,刘义泉来了。他们爷儿俩自去年清明节在曲庄见面后已一年多没见过面,今天在上海相逢,外公却吃了一惊:今天站在外公面前的杨明举不再是去年那个风度翩翩的外孙了,他满身尘土,衣服皱巴巴的,神情恍惚,目光呆滞,蓬头垢面,无精打采。外公见他这等模样,快步走了过去叫他说:“明举,是你吗?你是什么时候来的?”

“啊,外公,我是昨天下午动身的,还是刚下火车。”杨明举低声地对外公说。

“孩子,你遇到什么事了?怎么成了这副模样!”外公有些怜悯,同时也有点惊讶。

“唉,外公,一言难尽呐!”杨明举唉声叹气地说。

“走吧,到家里去洗个澡,好好休息一下。叫你外婆弄点好吃的给你吃。”看到外孙为难,刘义泉把话题岔开,他们朝公交车站走去。

杨明举在外公家里几乎睡了一整天,到吃晚饭的时候还是外婆叫醒了他。饭桌上,杨明举向外公、外婆倾吐了自己的烦心事。

知道外孙的来意,刘义泉对他说:“你也不想想,上海这么一个大城市,要想找到一个没有一定落脚点的姑娘,恐怕比大海捞针还要难十倍呀,你说叫我带你到哪里去找呀?”刘义泉很为难地对外孙说。

“据说她是来上海炒股,我想到证券交易所去转转,或许会碰到。要是她真的在上海的话也许会找得到的。”杨明举对找到叶清风还是抱有希望的。

繁华的南京路、热闹的外滩、改革开放的新区浦东……上海市几乎所有的证券交易场所、车站、码头都留下了杨明举和刘义泉的脚印。他们无心观赏这大都市的热闹与繁华,也无心光顾那五光十色的商场,杨明举跟着外公在上海街头漫无目的地寻找叶清风。可是接连三天过去了,没见到叶清风的影子。刘义泉累得精疲力尽,杨明举也感到心灰意冷。

晚上,刘义泉把杨明举叫到身边对他说:“明举啊,这几天累了吧?我们找了那么多地方,什么收获也没有。在上海想找一个不知道住处的人真难呐!”

“外公,您说现在我该怎么办?上海这么大,我们跑了两三天,该找的地方都找了,再这样找下去恐怕也是白费力了。”杨明举垂头丧气地对外公说。

“明举啊,我看没有必要再找了,一切随缘吧。”刘义泉感慨地说。

“外公啊,我们再这样找下去恐怕也是毫无结果的,我也不想再找下去了,您老人家也累了。我想走,可是我身边一点钱也没有了,您老人家能不能拿点钱给我做盘缠?”杨明举十分无奈地对外公说。

“你需要多少钱?”刘义泉显得有点为难的样子。

“目前我还没决定要去哪里,需要多少钱我也不知道。随便吧,反正我要离开上海。”杨明举像是掉了魂的人一样,无精打采地对外公说。

“我看你应该先回家去看看有没有小叶的消息,这样比较好一点。你那样无目的地在外面到处跑,我看也不是好办法。在家里冷静地考虑清楚之后再做打算,好吗?”外公为明举提出了一个下一步的行动计划。

“也只好这样了。”杨明举答应了外公,并要求明天就走。

第二天下午, 刘义泉给了杨明举一张硬座火车票和一百块钱现金。他对外孙说:“这点钱你就带在路上用,拿着吧。回家后振作起来,不要再为小叶的事失魂落魄了，那是不值得的，知道吗？自己的前途要紧呐！”

杨明举从上海回到家的第二天就接到了叶清风母亲寄来的信。这封信依然是他大哥杨明杰转交的。他拆开信封一看，几乎当场晕倒了。信不长，短短几句话却像是一把钢刀向杨明举刺来！

信是这样写的：“我的女儿清风已经有了男朋友，可能下半年就结婚。希望你不要再来捣蛋！我的女儿不喜欢你，你就死了这条心吧！再见。”

这当头的一棒给杨明举的打击太大了。他从此一蹶不振，日渐消沉。后来他去了厦门，在十分无奈的情况下草草地与李巧云结了婚。从此杨明举成了另外一个人，他经常出入于歌舞厅、酒吧间、发廊、浴室和赌场，整日花天酒地，醉死梦生，挥金如土，浑浑噩噩。他成了一个破罐子破摔的人，家人和亲友好言相劝也无济于事……

余春敏一个晚上翻来覆去地想这些事。作为母亲，她是看着明举长大的，她清楚自己的孩子本质是好的。他初中毕业就去商海闯荡，也是为了能闯出一方天地，为家里多赚点钱，试图尽自己的微薄能力帮助家庭摆脱贫困的局面。生在穷人家的孩子，过早地肩负起生活的重担。即便现在明举看上去有点玩世不恭破罐子破摔，但他还从未去祸害过别人，也没有干出那些坑蒙拐骗的违法犯罪的事来。别人坑了他，他也只是无奈，也没有去报复。从他对父母的孝顺这一点来说，虽然方式上做得有些不着调，依然能看出他的憨厚淳朴，百善孝为先，这孩子还不坏。只是她无论如何也想不通，一封迟迟到来的挂号信竟毁了这孩子的一生！这到底是谁之过？

这样想着想着，也不知什么时候，她慢慢地睡着了。

杨世达治病

1

腊月二十三日中午吃午饭时，杨世达突然感觉自己的嘴角和鼻子向左边歪斜，左眼疼痛难忍，左腮帮肿大，吃饭都很困难。开始他自己也不知道得了什么病，认为只是一般的病，打几针吃点药就会好的。后来他到一家私人诊所去治疗，才知道自己是患了面神经炎，中医叫面瘫。

吃了几服中药打了几天针，杨世达的病不见明显好转。

时近年关又是雨雪交加，外面寒风刺骨，家里炉火通红。杨世达按照医生的吩咐，这几天都在家里吃中药，每天还要到邻村去打针。外面风大、雪飘，他哪里受得了这样恶劣天气的折磨。针是无法去打了，要是平日，还可以请医生到家里来打针，但现在这种天气，要去请医生比请县大爷还要难上十分。没有办法，农村目前就是这个样子。杨世达无奈，停止了打针，在家里硬撑着，心想等过了年再说。

无法打针，只能每天熬中药吃，而且医生对他有交代，吃中药要忌口，不能乱吃东西。可这时偏偏又到了过年，杨世达不能吃油腻和辛辣的食物，只能吃香油炒的素菜。过年家里客人多，有时候余春敏根本就忙不过来，顾不上给杨世达开小灶，杨世达只好自己动手炒菜吃，要不就只好吃白饭了。

没几天，他的中药吃完了，杨世达只有干耗着，等待天气好转再去打针开药。

元宵节过后孩子们都走了，只有杨明举还待在家里。他能往哪里走，连他自己也不知道，只好整日待在家里看电视。现在他手头一点钱也没有了，那些扑克、麻将场所他也只能是向往而不敢前往，真个是“身边无钱自戒赌”。那些昔日的赌友和酒肉朋友都觉得这地方根本就没有杨明举的存在，这使得他感到万分悲凉，憋了一肚子气也只能在家里唉声叹气，或借着喝点闷酒摔盆子打碗，闹得家里不得安宁。

杨世达本想到外地去看病，可是一年一度的春运还未过去，春运期间票价高，人又挤，他几次想动身都未能成行，只好在家里艰难度日。由于明举还待在家里，家里经常冷战不断，闹得他和余春敏的生活三天两头不平静，使得他的病情又有所加重。他又急又气，就在春运结束前两天，他丢下杨明举一个人在家，和余春敏一起到外地就医去了。

春运已进入尾声，出门坐车的人还是不少。杨世达和余春敏好不容易挤上了车。车上哪里还有座位，挤得连落脚的地方都没有。一路上还在不断地上人，整个车厢内挤得水泄不通，有些人的脚根本就着不到地而是悬在那里，车子严重超载。

杨世达和余春敏挤在车厢靠前一点的地方。那里离发动机很近，加上人又多，车内温度很高。他们手里提着行李，身子被挤得动弹不得，几乎连气都透不过来，杨世达那带病的身体更是难受极了。但又有什么办法呢？他是个病号，可车内的人连自己都顾不上，又有谁会来关心你、给你让个座呢？

那些女人和小孩更难受了，有的小孩都被挤哭了。车内的吵闹声从未停止过，埋怨声也不绝于耳。

经过近一个小时的艰难行进，汽车终于进了站。人们争先恐后地下了车。杨世达和余春敏两人站在车外的空地上不知该怎么办。这里离公交车站还有近一华里，这大风寒冷的天气对杨世达来讲真可谓是寸步难行。正在他俩不知所措的时候，与他们同车的两个云岗人向他们走来了。一个中年胖子问："你们两个到什么地方去呀？"

"我们要到火车站去。"余春敏回答说。

"那好，我们同路，我们也要到火车站去，那我们四个人合伙叫一辆昌河面包车吧，每人两块钱，比公交车贵不了多少，既方便又安全。"他们中间一位瘦高个子说。

"行，我们正在发愁不知道该怎么办呢。"杨世达喜出望外，高兴地说。

四个人上了一辆昌河面包车,讲好了总共十块钱。可是车出了城就往边远的地方开。他们四个人都不是第一次来这里,对这一带的路线都是比较熟悉的,他们发觉这车走的路越来越偏僻,路面越来越窄,有点不对劲,中年胖子就问司机:“司机同志,请问你这车到底往哪里开呀?”

“往火车站呗。”司机答了一句,继续开他的车。

“哎,这回走的路与往日走的路大不一样,你为什么不往大街上走啊?”瘦高个子也觉得有点怪。

“你们只管坐你的车就是了。这个城市又没有第二个火车站,我保证送你们到火车站就是了。”司机有点不耐烦地对他们说。

路越来越小,街道越来越冷清,来往的车辆和行人都很少。他们四个人也没有办法,任由司机开着车走,反正这个城市是个熟地方,即便遇到什么麻烦他们也不怕,何况还有四个人。

车又进了一条小巷,这条小巷一辆昌河通过都显得有点窄,而且尽是上坡路。过了一会儿车在一棵老柳树边停下了。

“到了,你们下车吧。”司机先下了车,开了车门后对他们四个人说。

“这是什么地方啊?我们不是要到火车站吗?”瘦高个子问司机。

“往上走几步就是火车站了,总共也不到一百米远。”司机用手朝上面指了指,然后对他们说。

“这怎么行呢?我们是到火车站的。你大路不走专走小路,还把我们丢在这里,这车票钱我们不能给,因为你没把我们送到目的地。”胖子有点生气地说。

“哎呀,同志呀,我实不瞒你们说,我这车没交税,没有营运执照,我只能走偏僻小道,请你们可怜可怜我吧。”司机哭丧着脸向他们说明了实情。

“钱我们可以给你,不过你没把我们送到火车站,你说该扣多少?”胖子又说。

啊。”余春敏有些抱怨自己。

“我还以为医院都是轮休的。没想到医院也是五天工作制，要是遇到急诊怎么办呢？”杨世达对此也是十分的不理解。

“现在大多数医院都是这个样子。不过急诊还是有人的。像你这样的慢性病就是另外一回事了。”杨明星向父亲解释。

“等两天，其实我一天都不想等了，这半边脸痛得实在是好难受啊！”杨世达说。

“明星你在那里干什么呀？还不快来，宝宝要睡觉啊！”杨敏在房里大声呼叫。

“好啦，我就来，我就来。”明星一边答应一边起身要走。他回过头来对爹妈说：“你们也早点休息吧。星期一我带爹爹去看病。我过去了啊！”

“你快去吧，等会宝宝哭了。”余春敏挥了挥手，无奈地说。

儿子走了以后，两个老人在房里也不言不语，只是默默地坐在那里，坐了很久。

3

星期一上午刚到八点，杨明星带着父母，打的来到医院。医生们刚来上班，一位中年男医生走了过来，和杨明星打过招呼后就带他们进了医生办公室。因为刚到上班时间，有的医生连工作衣都还没穿好，有的刚从抽屉里拿出听诊器、体温表、血压器、处方笺等，准备接待患者。

带杨明星他们进来的医生四十上下年纪，从胸牌上看是心血管科的主任，又是主治医生。他叫杨世达在一把木椅子上坐下，问：“你这病有多长时间了？”

“差不多一个月了。”杨世达回答。

“你在乡下诊过没有？”

“诊过,吃过几帖中药。后来眼睛越来越不行了,还有两帖中药没吃就停了。”

“你目前的感觉怎么样?”

“现在就是眼睛痛得难受,左边的腮帮子也不消肿,左边的牙齿不能吃东西,感觉特别难受。”

医生停止了问话,转身朝门外走出去了。一会儿医生手里拿着几支棉签进来了,棉签上也不知道沾了什么东西。他先用一支棉签在杨世达的舌头上擦了擦,然后问他:“你知道这是什么味道吗?”

“这是菜汤,又咸又甜。”杨世达如实地回答。

医生又将另外几支棉签一支一支地放进杨世达的口腔,叫他说出每支棉签上的味道来,杨世达都准确地说出来了,无一差错。

医生对杨明星说:“小杨,看来你爹的病不属于脑血管科,他的感觉神经还是挺好的。这样吧,我带你们去找神经内科主任陈大夫。你看如何?”

血管科主治医生带着杨世达他们三人上了三楼,进了一间挂着神经内科牌子的房间。

这里是一间单人办公室,一位五十多岁的老医生看到血管科医生进来,高兴地和他打招呼:“哦,是胖医生来了,请坐。”从他的胸牌上知道他姓陈,人们叫他陈主任或者是陈大夫。

胖医生向陈主任说明了来意。陈主任站起身来,叫杨世达站在他跟前来让他瞧瞧。杨世达从椅子上站起身来,走到陈主任跟前。陈主任这时倒像是一位教练,他用手摆了摆,让杨世达两脚并拢,脚跟稍向外脚尖稍向内,这样反复了几次;然后陈主任又叫杨世达以立正的姿势站立,头不许扭动,两只眼睛看着他的手,一会儿左,一会儿右。陈主任喊着口令:“喂!看这边,看这边。看着,啊,看着!”

杨世达的两眼顺着他的手势转来转去,这样反复了多次。后来陈主任用手在他的额头上摸了摸,又翻转他的两只眼皮瞧了瞧。这样反复测试检查了十几分钟，最后陈大夫示意杨世达坐下，自己也回到椅子上坐下。胖医生走了过来，他问陈大夫："陈主任，这位老人家的病情怎么样？"

"总的来讲没什么大问题。他这个病是慢性病，恐怕一时还不容易好起来。这是神经上的毛病，需要慢慢地恢复。"陈主任地回答。

"陈主任，我爹的病需要用什么药啊？"杨明星问。

"你爹这个病是神经上的病，中医叫面瘫，西医叫面神经炎。一般药物对这种病是不会有什么效果的，只能是辅助治疗，特效药目前还没有。"陈主任向他们解释。

"适当用点药可以缓解一下病情吗？"胖医生问陈主任。

"你要用点药呢也只能用些维生素了，再用一点血管扩张药，其余就没什么了。"陈主任既是回答胖医生，又是说给杨明星他们听的。

"请问陈主任，还需要做其他检查吗？"杨明星有些不大放心地问陈主任。

"没必要，这种病症状很明显了，可以确诊。再做其他检查，我认为是浪费。"陈主任回答得很肯定。

出了医院，杨明星叫了一辆出租车送爹妈回家，他自己回医院上班去了。

中午，杨敏从医院带了好几瓶西药回来。她对杨世达说："爹，明星叫我把这些药带给你吃。"

杨世达拿起药瓶看了看，是一些维生素和扩张血管的药，是上午陈主任开的药。

余春敏还是每天照样做家务。屋子里照样还是冷冷清清，没有电视声，没有广播声，杨世达被这样的冷清憋得透不过气来，他巴不得立马就回家。曲庄老家与这里完全相反，只要他在家，整个屋里整天都是闹哄哄的，收音机、电视机轮番播放，很少停止过。他在这种热闹的环境中生活惯了，现在突然过起一种像深山寺庙一样的冷清日子，他感到极不习惯。他打定主意，明天就回曲庄去。

晚饭后，杨世达忙着收拾自己的行李。本来他们想在这里多住些日子，把病治好，可现在医生确诊他患的是慢性病，开了药慢慢治疗，加上儿媳妇对他们的到来持一种不冷不热的态度，让他感到很不舒服，他觉得没有必要在这里继续住下去了。可他想到在自己的儿子这里还没住上一个星期，就又要收拾行李回去，这又使得他的心情很沉重，毕竟是自己儿子的家，毕竟还有一个活泼可爱的小孙女儿，古话说，儿孙绕膝，天伦之乐，这是人们普遍向往的一种安逸恬适的生活，已经过上了这样的日子了，杨世达你还有什么不满足呢？可这里环境和人心的那种冷清氛围，像一张无形的网，把他紧紧包围，让他感到十分的憋屈和压抑，这种憋屈和压抑在胸中结成了块垒，让他时时想大吼几声让块垒散发出去。然而他无法吼出来，又没什么办法来改变这种情况，只能长长地叹一口气。还是回曲庄，他想通了，本来就是来这里治病的，并不是来这里过日子的。

明天，明天回曲庄老家去。

4

离清明节还有十几天，杨世达和余春敏到曲庄老家差不多半个月了。这近半个月的日子他们过得也不舒畅。由于明举把女儿送回来让两个老人带，有个小孙女在身边，捆住了他们的手脚，也占去了他们许多时间，他们连几个好朋友的家里都没去走动过，整天待在家里。

杨世达的病没什么好转，还是吃药打针。他回到家里的第三天，小弟杨世强用摩托车带他到白云乡卫生院去看病。

白云乡中心卫生院在一处林木掩映的地方，要不是“白云乡中心卫生院”几个大红字招牌显露在那里，人们还很难发现。

杨世强把大哥杨世达带上三楼，走进院长办公室。院长姓吴，早先在一家国营工厂的职工医院当医生，后来工厂倒闭，他就回到白云乡老家开了一个私人诊所。那时候乡下医院少，尤其缺少科班出身的医生，所以，吴院长的私人诊所名气就慢慢大起来了，以致方圆十几二十里的人都会跑来找他看病。后来白云乡成立了，经上级批准，以他的私人诊所为基础组建白云乡中心卫生院，由他担任院长。

“吴院长，这是我大哥，他从云岗来，想请你给他看下病。”杨世强站在那里对吴院长说。

“好吧，你们都坐下来说吧。”吴院长站起来招呼他们坐下，又倒来两杯开水放在茶几上，招呼他们喝茶，然后又回到自己的办公桌边坐下，问杨世达：“老杨啊，你哪里不舒服啊？”

“唉，说来话长。去年腊月二十三日，我正在吃中饭，不知为什么左边的牙齿慢慢地不听话，那些饭粒落在左边就存在那里不动，后来越积越多，不能吃了，没办法只好用手指头伸到嘴里去掏出来。然后我用镜子一照，吓了一跳！发现我的人中、鼻子、嘴唇都往左边歪了。我从来都没见过这种现象，也不知道是什么原因，反正知道这不是什么好事。当时不痛不痒的，可是到了第二天左眼红肿疼痛难忍，像是火烧一样，点了些眼药也没用。没过几天眼里充满了血，有些地方还成了黑色，连东西都看不清楚。现在快两个月了。”杨世达向吴院长自诉病情。

“你吃过什么药吗？”吴院长问。

“吃过。在家里我吃过十几帖中药，可是一点效果也没有。后来还吃了一些维生素和血管扩张的药，也不见好转。”杨世达无可奈何地对吴院长说。

“你目前的感觉怎么样？”吴院长又问。

“我现在是左眼特别难受。那个中药是吃不得的，越吃眼睛越痛，受不了！还有两帖中药我根本就不敢吃，白白地浪费了几十块钱，真没办法。”杨世达万般无奈地对吴院长说。

“好吧，我来试试看。你这种病叫面神经炎，我接诊了好几个，基本上都好了。你的病治疗时间要长一点，我估计有一个星期也差不多吧。”吴院长非常自信地说。

吴院长从椅子上站起来,用手向坐在沙发上的杨世达招了招,示意他坐到他身边。吴院长伸出手来在杨世达的腮帮上摸了摸,翻开他的眼皮仔细地瞧了瞧,接着又在杨世达的脸上左右轻轻地拍打了几下,然后问:“我这样拍打你觉得两边的感觉有什么不同吗?”

“没什么不同,我觉得两边的感觉都差不多。”杨世达回答。

吴院长又要杨世达做两眼一开一闭的动作。杨世达反复做了几次,结果发现右眼开闭时,眉毛上部的皮肤可以连动;左眼开闭时,左边眉毛上部的皮肤一点动静也没有,只是左眼皮在那里上下翻动,而且与右眼的动作是同步的。

见此情况,吴院长又问:“医生给你扎过针灸吗?”

“扎过,是一个刚开业不久的乡村医生扎的。”杨世达说。

“坏了!针灸也是能随便扎的吗?可能伤了神经。”吴院长对扎针灸的医生产生了怀疑。

“那怎么办?”杨世达吃惊地问。

“你也不要惊慌,等我慢慢地来找原因。不过针灸是不能随便乱扎的,要是弄错了穴位,不但没有效果反而还会加重病情,严重的会使人致残或者是局部致残。针灸是不能随便扎的。”吴院长虽然只是从医学角度来分析扎针灸的利弊,但杨世达听了,精神上更加紧张。

“吴院长,我这病在你这里能治好吗?”杨世达对治病还是充满期待,可对这家医院和吴院长的医术不十分了解,只能是抱着试试看的态度。

“中国有句古话:‘有病就有药’,要是说你这病不能治就不对了。可以这样说,你这病可以治,但要时间,因为你的病史比较长,又错过了最佳治疗时机,现在治疗起来时间相对来说要比别人长一些。请相信我,我给你做电疗,好吗?”吴院长非常耐心而又认真地说。

“唉,反正我这次来主要是治病,不妨就在这里试试吧。”杨世达还是抱着试试看的心态。

“好，承蒙你看得起，我会尽力而为的。”吴院长笑着说。

电疗室在一楼。吴院长叫杨世达在房间的一张病床上坐下，他从一个小纸盒里拿出几支纤细的银针，夹在两指缝间来回抽动几下，又从一个小玻璃瓶里钳了一块酒精药棉将针头擦了几下，接着在杨世达的脸上扎下了四针，然后将治疗仪与针连接，打开电源。这时仪器开始工作，并发出很有节奏的声音。杨世达觉得脸上有点麻，有时候还有点痛，有一种说不出来的感觉。吴院长做完这些之后对杨世达说：“这个电疗一般需要四十分钟。如果没有什么异常反应你就安心坐着不要乱动，听到什么杂音你就叫我一声，我就在隔壁。”

杨世强也跟着吴院长出去了。

电疗室里只有杨世达一个人，整个房间静悄悄的，除了那台电疗仪发出有节奏的声响外，这里没有其他的声音。外面不时传来捣药的声音，也有人们交谈说话的声音。杨世达一个人坐在冰冷的病床上，觉得有些冷。过了二十来分钟，治疗仪发出了不规则的声响，杨世达有些害怕，他大声地呼叫：“强子！强子！叫吴院长赶快过来！这仪器的声音不大正常，叫他快点过来呀。”

杨世强听到大哥的叫喊，立刻叫了吴院长一起赶来了。

“什么事呀？这样大呼小叫的！”吴院长急步走到杨世达跟前问。

“你听啊，这仪器发出这样一种怪声音，我好怕呀！这电器家伙要是出了问题是很危险的。”杨世达心有余悸地对吴院长说。

吴院长从床头柜上拿起那台不知是哪个年代出产的电疗仪，仪器还在运转，声音仍然不正常，时大时小，有时还发出一种可怕的轰鸣声。吴院长解开绑在仪器上的绳子，从各个角度试了试，然后又拨弄着上面的几个按钮。这台仪器实在太老旧，上面一个字也看不清楚，外人根本就不知道那些按钮是起什么作用的。

吴院长在那里一边拨弄一边问杨世达：“你现在的感觉怎么样？”

“还没有开始的时候那样正常，还是轻重不匀，快慢不一。”杨世达根据自己的感觉说。

吴院长继续拨弄着,又过了十几分钟,仪器才慢慢地恢复到原来的样子。吴院长用绳子将治疗仪捆绑好放回床头柜,他两手往后面一背,侧着头对杨世达说:"还有十几分钟就要拔针了。我这台仪器旧是旧了点,可不会有什么问题的,你绝对放心好了,别再大喊大叫的。你这么一叫喊差点把人都吓死了!你做这个电疗至少要一个星期,天天要来,以后千万不要这样,好吗?"吴院长说完就朝外面走了。

杨世强一直插不上话,等吴院长走后他也坐在病床上对杨世达说:"哥,没办法的事。我们农村目前就是这个样子,只有这个条件。你不要以为这里和城市的医院一样。白云乡这家医院在我们农村来讲各方面条件还算是比较好的。"

"什么?这样的医院还算是比较好的?"杨世达有些怀疑弟弟说的话。

"哥,我说你的要求也不要太高了。我们都是农村土生土长的,目前我们农村就是这个样子,有些地方还不如这里呢!"杨世强安慰他的大哥。

"我哪有什么要求啊!我又不在这里过一辈子,管他条件怎样,只要能治好我的病就行。"杨世达感到无奈。

"天色不早了,你还要打针,我去叫他们抓紧点时间,不然要摸夜回去呢。"杨世强说。

吴院长给杨世达拔了针,又把他带到注射室,注射室里一个人也没有。吴院长叫杨世达坐下,然后说:"你在这里等一下,我去叫人来替你打针。打了针你就可以回去,别忘了还要带点药去。"

吴院长出门,在大院里大声地叫喊:"小梅,快来打针呀。"

不一会儿工夫,从外面走进来一位年轻女人,她没有穿白色工作服,手里拿着两只药瓶,一只无色的,一只红色的。她一句话也不说,直接走到桌子边,拿起了一支一次性注射器。这是一支已经除了包装的注射器,可能是已经用过了的。她用酒精药棉将注射器的针头擦了擦准备抽药水。她的举动杨世达看得很清楚,见她就要抽药水,杨世达就急切地问她:“喂,这针是给我打的吗?”

“是刚才吴院长叫我来替你打针的。你看这里除了你还有谁呀?”那女人口气有点烦。

“啊,这针我不敢打了。”杨世达很坚决地说。

“为什么?”吴院长刚好走进来。

“你是当院长的,你看这注射器是一次性的,这位小姐不是拿原包装没有拆封的注射器,而是在桌子上随便捡了一支没有包装的注射器,我也不知道这支注射器用没用过,就是没有用过的没了原包装的注射器也不能用。那包装上说得很清楚,包装破了的都不能用,这个没有包装的还能用吗?要是已经用过的就更不能用了。所以我不敢打这个针。”杨世达向吴院长解释。

“哎呀,我做医生也做了半辈子了,病人也看了无数,可是从来也没见过你这样啰唆的人。你也太讲究了,我们农村都不是这个样子吗?你以为是在城市的大医院啊。”吴院长皱着双眉说。

“不管怎么说,你不重新拿来没有拆封包装完好的注射器,我是不会打这个针的。”杨世达仍然坚持自己的意见。

“哎呀,我也真拿你没办法。你以为我是为了节省一支注射器吗?那只不过是几毛钱的东西。不过我得提醒你,就是未拆封没有破损的注射器也未必就安全保险。据抽样检查,这种一次性的注射器不合格的产品多得很呢,所以就是换了原包装未破损的注射器也未必就一定保险。”吴院长有点强词夺理,语气生硬地说。

“即使像你说的那样不保险,我认为比在桌上捡起来的还是要保险些,起码可以肯定这是没用过的,没有病人之间的交叉感染,这个险总是保得住的。”杨世达还是据理力争。他与吴院长展开了一场唇枪舌剑的辩论,互不相让,几乎到了面红耳赤的地步。那个来打针的护士小梅站在那里呆若木鸡。

杨世强有点急,他看到两个人还在各摆各的理,相持不下,于是走到他们中间笑着说:“我看时间不早了,你们也不要为这点小事闹得人仰马翻的,反正一支注射器也不过是几角钱的事。我说老吴啊,你就换一支没有拆封的注射器不就了事了吗?”

“哎呀,强子啊,你也说得真轻巧,要是我接诊的病人都跟你大哥一样,我们一天二十四小时就不要做事了。算了,算了,小梅,替他换一支没拆封的注射器算了。接了这样一个病人算我们倒了霉。快一点,给他打了针让他们早些回去。”吴院长怒气冲冲地走了。

第二天,杨世达一个人坐短途车又来到了卫生院,除了一个三十来岁的男人在那里看电视,整个医院静悄悄的不见一个人影。杨世达走上前去很客气地问:“同志,请问吴院长在家吗?”

“不在。”那男人冷冰冰地回答,头也不抬,继续看他的电视。

“请问吴院长到什么地方去了?”杨世达又问那个男子。

“不知道。”

“还有其他的医生吗?”杨世达问。

“你是来干什么的?”那男人的语气像冰棍一样又冷又硬。

“我是来找吴院长看病的。他叫我今天下午还要来,我要在这里做一个星期的电疗。”杨世达对那位冷血男人说。

“今天吴院长不在家,他又没交代别的医生,你去找他的儿子吧。”那个男人用手朝外指了指。

“我不知道他在那里,你帮我叫一下行吗?”杨世达说。

“哎呀,吴院长的儿子这时恐怕还在睡觉呢。我带你去看看吧。”听说是吴院长约好的病人,那个人的态度似乎升了一点温。

那人带着杨世达向大院左边进门的第一间房走去,房门关着,他轻轻地敲了几下,说:“吴医生,我是小赵。有人来找你老爷子看病,你给他看一下好吗?他昨天下午来过,是你老爷子给他看的。”

一会儿房门开了,走出来一个二十几岁的小伙子。小赵介绍,这就是吴医生。

吴医生把他们带到电疗室，给杨世达做电疗。

吴医生把针扎上，把电源插上就走了，房里仍然只有杨世达一个人，安静得有点可怕，唯一能听到的还是那台老掉牙的电疗仪发出的声响。杨世达心里祈祷着老天保佑这台老电疗仪千万不要出问题，要是出问题那就完了。今天不比昨天，昨天还有三弟强子陪伴，吴院长还在隔壁工作，出现异常只要呼叫，吴院长就会过来的。可是今天吴公子这时候不知道跑哪儿去了。杨世达一直怀着一颗忐忑不安的心，提心吊胆地盯着那台电疗仪。电疗仪的指示灯在不停地闪烁，他希望时光快一点过去，他的精神紧张极了。他想叫人，但知道这里无人可叫。唉，没办法，他只能是自我安慰：既来之则安之，一切听天由命吧。

时间在一分一秒地过去，这四十分钟好长好长。正在杨世达焦急等待时，吴医生终于来了，他走到杨世达跟前笑着说："你今天的感觉怎么样？比昨天好些吗？"

"我感觉不出来，心里好害怕。"杨世达一副苦不堪言的样子，皱着眉头说。

"哎，你也真是，这怕什么呀？"吴医生说。

"我怕这个家伙！"杨世达用手指了指那台正在工作的电疗仪对吴医生说。

"哈，这台电疗仪是我们这里的老功臣了，从来也没出过什么问题，不用怕。"吴医生边说边拔掉了电源，拔掉了针头，然后又对杨世达说："你还要打针，打昨天一样的针。我叫小赵过来替你打。"

"叫小赵给我打针？"杨世达用怀疑的口气说。

"怎么？小赵难道不行吗？"吴医生反问道。

杨世达十分不情愿地来到注射室，小赵早已过来了。当杨世达走进注射室时，他已经将药水抽入了注射器。杨世达对屋子扫视了一番，将目光停在角落里的那只垃圾桶上。他走过去向桶内瞧了瞧，没发现任何次性注射器的包装。他的目光又集中在那长方桌上,只见桌上有两支没有包装的注射器。他心里咯噔一下,心想:今天又是与昨天一样的情形,一次性注射器重复使用。他什么都明白了。于是,他走到小赵跟前很客气地对他说:“赵医生,这个针我不敢打了。”说完,他就朝门外走去。

“为什么不敢打呀?”小赵追上来问杨世达。

“为什么?难道你当医生的真不明白吗?”杨世达边走边反问小赵。

回到家里,杨世达的心情久久不能平静。他想:一支一次性注射器只要几角钱,但却关系到人的身体健康、生命安全,可是这家医院为了省下那几毛钱,拿病人的安全不当一回事,真是令人费解。这是什么医院?那不是医院,倒像是一处玩命的场所。

杨世达越想越气,走到电话机旁拨通了医院的电话。接电话的正是吴院长。

“喂,是吴院长吗?我是达子。”

“啊,你好!今天的情况怎么样啊?比昨天好些吗?”吴院长在电话里笑着说。

“没什么变化,还是原样子。不过我要告诉你,我不会再到你那里去了。”杨世达说。

“为什么?”吴院长惊讶地问。

“不为什么,就是我害怕,不敢再去了!”杨世达也不想多说什么。

“我看你应该相信我。我跟强子也是好朋友,对你的病我会尽力的!”吴院长很认真地说。

“我看没有必要把话挑明了,无论怎么说我就是不会再去了。好吧,再见!”杨世达把电话挂断了。

杨明阳失业了

1

胡惠珠的病情越来越严重了，医院的诊断结果是一定要手术治疗。本来她的病在前几年就该动手术，为这事当时杨明山还从国外打来电话,让刘玉芬用美元到银行兑了五千元人民币,让余春敏过年的时候带回家,由杨世达亲手一张一张数给胡惠珠的。可是后来杨世达和余春敏到厦门去住了近半年的时间,这件事他们就没再过问,由杨明阳处理。正准备进医院动手术时,胡惠珠的病情又有了一点好转,动手术的事就又拖了下来。可是杨明山拿来的五千元治病的钱也没有了。前段时间杨明山打来电话问到胡惠珠的病情,杨世达告诉他,惠珠的病情非常严重,到了非动手术不可的时候,可是目前杨明阳根本就拿不出动手术的钱。杨明山就问,他给明阳的五千块钱到哪里去了?杨世达在电话里告诉他,由于杨明阳是村支书，这五千块钱在 1999 年被明阳拿到云岗乡政府去抵了村委会的上交财贸任务,这笔钱至今还悬在村委会的账上,成了“纸黄金”。杨明山一听气坏了,他说,二哥怎么这样糊涂,这是我给二嫂的救命钱呀。他那个村支书不当也罢了,难道还要自己垫钱去买个村官来当不成？现在各地村级财政都很困难,想要回这五千块钱恐怕是非常非常的难。唉,真没办法,二嫂的病这么严重,大哥的处境也不太好,正为儿子酌泉的高考筹集资金。真是急死人了,不管怎么样还得想办法,治病救人要紧!

一年一度的高考又来了。杨明杰又在为钱的事发愁。酌泉学的是美术专业,前两次高考都没考好,总是差个一两分,杨明杰为这事大伤脑筋。他想:如果儿子高考成绩太差,差个几十分也就算了,可现在考了两次,都只是差那么一两分,连老师也说,这样的成绩,努把力也就考上了,放弃人可惜了。作为父亲,杨明杰何尝不是这样想。想想自己,当年家里那么困难,父母亲咬着牙也要供六个儿女尽量上学。所以,在这样的信念支配下,杨明杰这段时间在想方设法再为儿子筹集资金,让他去上海参加全国统一的专业考试。

就在这时,杨明杰又接到杨明山的电话,告知惠珠的病情严重,急需要动手术,但目前手术费还没着落,据医生估算,这次手术费用总共在两万元左右。这钱虽不能说是天文数字,但对杨明阳来说却是一笔巨款。而且,在这交通闭塞,经济欠发达的云岗山区,要在短期内筹集两万元现金也并非易事。为了筹集这笔手术费,杨明阳急得像热锅上的蚂蚁一样,整天骑着摩托车在外面奔波。虽说杨明山在两年前就给了他五千元现金垫底,可是现在那笔钱成了镜中花,至今还在村委会的账上。这笔钱再加上杨明阳历年的工资,村委会共欠杨明阳一万多块钱,他在办移交时,现任村支书和村主任打了欠条给他。现在看来,这是一张很难兑现的白条。

明杰听了明山的电话,心里又焦急又内疚。按道理,明阳是自己的亲弟弟,俗话说:"亲兄弟,兄弟亲,打断了骨头连着筋。"弟媳妇缺钱治病,当哥哥的无论如何也得出把力,他也不是小气的人。可现在他的确是没钱,不仅仅是没钱,而且他也同样缺钱,自己也在为钱的事愁肠百结。

为了给胡惠珠治病,杨明阳到处借钱。幸好亲朋好友们都纷纷解囊相助,胡惠珠打工的单位给了一部分,但缺口仍然很大。没办法,杨明阳又在云岗信用社贷了三千块钱。

为了保证手术的成功,经商议还是去上海做手术。刚好杨明杰也要送儿子到上海去参加第二次考试,他在杨明阳动身的前一天就到了上海。

杨明阳、胡惠珠在上海住了两天宾馆,每天要花一百多元。几番周折,总算在一家医院挂上了号。可是这家医院的大夫讲,像胡惠珠这样的病至少要花三万块钱才能出院。听医生这么一说,杨明阳当时就吓了一跳,两万块钱都没法凑齐,现在又要三万块钱!他的心几乎凉了。

杨明阳一时无助,他想到大哥明杰也在上海,就到电话亭拨通了杨明杰的手机。当晚，杨明杰同儿子一起来到杨明阳的住处。兄弟俩讨论了一番，两个都是急需钱用的人，还能有什么办法，最后决定，还是叫三弟杨明山帮忙想办法。

很快，杨明杰就打通了杨明山的电话。杨明山告诉大哥，他现在正出差在外，叫二哥马上转院到他工作的那个城市里去，他在那里已经联系好了一家医院，就在那里做手术，费用不会超过两万，他会尽快地赶回去。

就这样，杨明阳和胡惠珠第二天就从上海赶到了杨明山工作的城市。由于杨明山事先联系好了，胡惠珠当天就住进了医院。杨明杰由于儿子还未考完，在两天后才到了那里。

胡惠珠住进医院后，医生就给她做各项手术前的准备工作，安排第三天就给她做手术。

杨明山还在外地出差。他接到大哥杨明杰的电话，知道了胡惠珠的手术日期，他心里着急，事情没办完也顾不上了，在胡惠珠做手术的当天坐飞机赶回来了。

这天下午五点多钟，杨世达在家里写他的小说，余春敏带着孙女在竹床上玩。桌上的电话铃响了，杨世达拿起电话，听到电话里传来一个亲切而又熟悉的声音："喂，爹爹，我是明山，我在医院里，告诉你一个好消息，二嫂的手术非常成功！一切都很顺利！请你们不要挂念。"

"快点！是山儿的电话。惠珠已经下了手术台，手术非常成功！一切都很顺利！"杨世达十分高兴地叫老伴过来接电话，一颗悬了几个月的心也终于落了地。

余春敏抱着孙女走过来，从杨世达的手上接过听筒，说："是山儿吗？"

"妈妈，我是山儿。妈妈，告诉你一个好消息，二嫂的手术很成功！一切都很顺利，你们不要挂念。"杨明山高兴地对妈妈重复说了一遍之前的话。

“什么时候动的手术？”余春敏又问。

“刚下手术台。手术共进行了三个半小时。为二嫂的手术我特地从南京请了一位专家来会诊，给二嫂做手术的医院是南京设在这里的一家分院，是一家很有名气的大医院。”

“大哥还在那里吗？”

“大哥上海那边还有事，昨天下午他又赶到上海去了。”

“山儿，你跟二哥讲，叫他千万别让二嫂那么早出院，让二嫂在医院里多住几天。本来她的身体就差得很，这次大手术又流了好多血，恐怕一时都难恢复过来。”余春敏在电话里叮嘱明山。

“是的，我会安排好的，你们放心好了！”杨明山懂得母亲的意思。

杨世达从书桌边站起身来，深深地吸了一口气，从余春敏的手上接过小孙女。他在小孙女的脸上亲了又亲，然后将小孙女举过头顶，嘴巴都笑得合不拢了。小孙女也被他逗得哈哈大笑。三个人都在笑，而且笑得特别的开心！

2

由于乡里有事，杨明杰不能在外面多耽搁，弟媳动手术他都无法亲临照看，等酉泉一考完，他就赶回了白云乡政府。刚好县里正开展夏季计划生育工作，他一天也不敢耽搁，在回来的当天就投入了紧张而又繁忙的计划生育工作。

包括这次在上海考试，杨酉泉一共考了三次。前两次都因相差一两分而未被录取，这次考得怎么样谁也不知道。据酉泉自己讲，这次考得还可以，问题不大。问题不大并不是没有问题，事情往往是这样。但由于当前计划生育工作是压倒一切的中心工作，杨明杰没时间顾及儿子考试的事，只有等分数出来后再说了。

胡惠珠恢复得比预计的要快,在手术后第七天就出院了。出院后他们就住在杨明山家里。刘玉芬不在家,她回娘家去了一个多月还没回来,杨明山也是整日在外忙碌。杨明阳夫妻住到他家后,对不会料理家务的杨明山来说,照顾手术后病人的饮食起居,简直是赶鸭子上架。由于玉芬这个家庭主妇不在家,家里陷入了一片混乱状态:一个多月都没人住,整个屋子里有一股难闻的气味;卫生间脏得要命,抽水马桶的水箱坏了,大小便后还要用人工冲刷;电灯也坏了,又没开窗户,进去是漆黑一团;厨房里灶台上、地下到处都是灰尘,窗纱分不清经纬,光线都难以进来,通风差不多失效;大厅的餐桌上落满了灰尘,碗碟东倒西歪;六把高背木椅也是散落在四周;玩具满地都是;四面的墙上贴了许多剪纸花,还有好多儿童识字卡片不规则地贴在那里;窗户玻璃上也积满了尘埃。

杨明阳和杨明山兄弟俩进屋后赶紧打扫卫生,收拾整理房间。胡惠珠连坐的地方都没有,只好到外面的树荫底下去坐了。

杨明山和二哥忙碌了大半天,现在总算可以将就着住下。杨明阳铺好床,到外面把胡惠珠扶了进来,让她躺在床上休息。杨明山骑自行车到菜市场买菜去了。

由于天气炎热,但房间里看不到电风扇。等杨明山买菜回来,杨明阳就问他:"老三,你家没有电风扇吗?"

"啊,有一个小的微型吊扇,还是1997年爹妈在这里的时候实在热得受不了才买的。我在国外两年,玉芬她母女又不用,不知放在哪里,等我来找找看。"杨明山边洗菜边对二哥说。

"除了那个就没有别的电风扇吗?"

"除了那个小吊扇就是客厅里那台大吊扇,别的就没有了。我是一个真正的无产者啊!"杨明山开玩笑地对二哥说。

"让我来洗菜吧,你去找电风扇。这个鬼天气,真要把人热死了。"杨明阳边洗菜边嘀咕着。

杨明山几乎将所有的柜子都翻了个底朝天,后来在一个衣柜的衣服中间翻到一片白色的塑料叶片,还有两片叶片和电机不知放到什么地方去了,八成是女儿把它拆了藏起来了。他又将所有的抽屉都抽了出来,也翻了个底朝天,找到了几个固定叶片的螺丝钉。继续找下去,最后终于在走廊的杂物堆里找到电机和另外两片叶片。杨明山把那些拆得七零八落的零件倒在地上,找了一块抹布一一擦干净上面的灰尘,再组装好,接上电源一试,风扇转动起来,送出一阵风。他将电风扇吊在床头边的铁支架上,这台小吊扇为躺在床上的胡惠珠送去阵阵凉风。

端午节即将来临,杨明山又要到外地出差,不能待在家里陪二哥二嫂。看到胡惠珠慢慢恢复起来,征得医生的同意,胡惠珠在端午节前几天回到了云岗。

胡惠珠回到云岗的前几天,余春敏接到杨明星打来的电话,告知胡惠珠出院回来还没拆线。这下把余春敏惊呆了。她认为一个做了手术的病人还没拆线就离开医院回家,这不太危险了吗? 她埋怨杨明阳不该这么做,为什么不在医院里多待几天呢?本来胡惠珠的体质就差,加上这次又是大手术,免不了要流好多血,短时期难以恢复,再者胡惠珠是动过两次大手术的人,这次带线出院实在是太危险了。这一夜,余春敏没睡好,第二天一大早她就坐班车赶到云岗去了。

早上八点多钟,杨明阳、胡惠珠下了火车,杨明星将他俩接到家中。杨敏今天也与人换了班,在家里等候二哥二嫂的到来。当明星领着二哥二嫂到家时,她早已做好了早饭。

早饭后,杨明星和杨敏二人在家里为胡惠珠拆了线,一切都很顺利。上午十点多钟,杨明杰从白云乡政府打来电话,他告诉杨明星,接胡惠珠的车要到下午才能来。

下午五点多钟,杨明阳、胡惠珠回到云岗。他们刚下车,余春敏就急匆匆迎上前问:“还没拆线你们就急着要回来呀? 又是明阳催吧? ”

“不是,不是,这是医生的意见。医生说拆了线怕在火车上震动刀口,那样会有危险的。到了家再拆线要安全得多。按照常规,手术拆线后还需在医院里观察几天才能出院，所以只好到小弟这里来拆线了。”胡惠珠很吃力对妈妈说。

“啊，原来是这样啊！差点把我急坏了。”余春敏如释重负，笑着对他们说。

时间不早了，司机急着要赶回白云。看到儿媳妇平安无事，余春敏也放心了，就同车回曲庄了。

余春敏一下车，杨世达就急忙问她：“拆了线吗？为什么不在医院拆线，要回来拆线？”

余春敏放下手中的东西，然后将胡惠珠说的话对杨世达说了。他听了哈哈大笑起来，说：“我说嘛，难道会有这么糊涂的医生吗？这么说来，胡惠珠回来拆线是对的。”

3

端午节前几天，杨世达和余春敏两人搭便车到白云乡去了一趟，办了些事。因为事先没有跟杨明杰打电话，两人到乡政府才知道杨明杰到县里去开计划生育工作会议要到下午才能回来。

下午四点多钟杨明杰回来了，连公文包都来不及放下就来找他的父母。他把两位老人接到自己的办公室，招呼他们在一张长沙发上坐下。

杨世达从口袋里掏出茶杯放在茶几上，然后问明杰：“你从上海回来时没到惠珠那里吧？”

“酌泉考完了我们就搭晚上的火车赶了回来。县里的计划生育工作抓得很紧，我赶紧回来了，没时间再去看他们。听明山在电话里说她的手术做得非常好，这样我们一家人都放心了。”杨明杰说。

“明山和玉芬他们三个人目前还好吧？”杨世达又问。

“他们都还好。玉芬到娘家去了一个多月还没回来，明山到山东去工作了。”杨明杰将杨明山跳槽到山东去的事告诉了两位老人。杨世达听了感到有些突然，他急切地问道：“那是一个什么样的单位？”

“那是一家外国人办的独资企业，主要生产电器和电子产品。目前明山是那里的采购部经理，和他原来的工作差不多。”杨明杰向爹妈解释。

“他去新单位上班了吗？”杨世达又问。

“去了。他与原来的单位已经脱离了关系。他离开那个单位也不容易，还向单位交纳了两万块钱违约金。等他自己搞好了以后，刘玉芬也要离开那里。”杨明杰耐心地说。

“他们都走了，那房子怎么处理？”余春敏问。

“房子可能要卖掉，不过要亏几万块钱，只能卖到原来的房价，装修的几万块钱可能要丢了。不过那房子也确实弄得不像个样子，水电都坏了，而且脏得很，人家见了都有些反感，可能卖不到好价钱。”杨明杰将那房子情况大略向父母说了。

他们正在谈论有关杨明山跳槽的事，有个电话打进来，杨明杰接了电话后对两位老人说：“爹，妈，你们在这里休息一下，下面有些事找我，我去处理一下就回来。”

“你忙去吧，我们也要走。”杨世达和余春敏从沙发上站起身来，三个人一起出去了。

杨明阳最近可谓流年不利，妻子动了大手术，花的几万块钱还是东凑西借来的。自从丢了村支书的官衔以后，他一直意志消沉，一筹莫展。开春以来他没办成一件事。他想做木材生意，由于木材市场的放开，竞争非常激烈，加上他在这方面又没什么门路，更没什么经验，最终没做成。他整日无所事事，家中的责任田抛荒在那里，总共两亩多田还转给别人种。他半年时间没有一分钱收入，一家人的日子怎么过？光靠胡惠珠每月三百来块钱的工资，来维持一家四口的生活是远远不够的。

最近一段时间，杨明阳整天待在家里不出门，有时一个人在家里喝闷酒，长吁短叹，香烟一支接一支地抽。他像是一只驶入茫茫大海的小舢

还要干得好！”杨明阳笑着对胡惠珠说。

“明阳，你看我的瓦做得怎么样？”胡惠珠笑着问杨明阳。

“行啊，你做的瓦不是与他们这些男人做的瓦一样卖钱吗？”

“是啊，不但是一样的卖钱，还是一样的价格。我的工资也是一样的计件工资。”

“你一天能做多少瓦？”

“这不一定。一般一天要做一千多片瓦，不过也不是绝对的。瓦泥也有好做的，也有不好做的。再者天气太热了也要少做点，人不舒服的时候也要减点产，反正不一定。”

“惠珠呀，我们自云岗中学毕业以后一直都没见过面。今天真是太巧了，没想到在这里见到你。”

“哎，我们不但没见过面，连谁做什么去了都不知道。”

“看来，生活在捉弄着每一个人，其中也包括你和我。你说是这样吗？”

“好啦，好啦，不说这些啦。我们既不是‘诗圣’也不是‘酒仙’，在这个大棚里发什么感慨呀，谁会听你说这些？老同学多年没见，今天相逢真是难得，也许是老天的一个特意安排吧。今天我提前下班，晚上在我家里吃晚饭，我们好好聊聊吧。”胡惠珠不容分说作了安排。

胡惠珠收拾好自己的生产工具，将那一小堆没做完的瓦泥用塑料薄膜盖好，这样，这些瓦泥就不会干，明天照样可以用。接着，她朝旁边的一位五十多岁的老师傅走过去。老师傅发现了惠珠站在他面前，停止了手中的操作，问：“惠儿，你站在这里做什么呀？还没到下班的时候，还不快去做事。”

“爹，我是来向你请假的。我在云岗的一位老同学来了，我想带他到家里去坐会儿，晚上留他在家里吃晚饭。我想请假提前下班，行吗？”胡惠珠有点不好意思地对父亲说。

“啊，老同学来了，还是云岗的，远客！你快去吧。叫妈妈去弄点菜，等会我和你哥哥下了班就回去。啊，快去吧！”老人笑着对女儿说。

“好哩！”胡惠珠笑着说。她又来到杨明阳他们面前，未开口先红了脸，低声地对杨明阳他们说：“走吧，我爹爹是这里的车间主任，他准了假。现在到我家里去吧。”

他们从大工棚里出来，沿着一条渠道朝西走去。杨明阳与胡惠珠并排走着。他们一边走一边谈着分别后各自的经历。

这一天杨明阳在胡惠珠家里玩到很晚才离开。和胡惠珠的这次相遇，改变了杨明阳的人生轨迹。

从胡惠珠家里回来以后，杨明阳下决心不再待在家里守着那些责任田，他想到外面的世界去闯一闯。然而，他空有一腔热血却苦于没什么路子。后来，还是他那个在农场当团委书记的哥哥替他谋了个苦差事，让他到这个农场的一个林业分场去当护林员。

护林员是一份苦差事，但不管怎么样，在杨明阳看来总比在曲庄种责任田要强得多。从此，他迈出了这个小山村，离开了养育他二十余年的这块土地，带着行李到林场上班了。

转眼工夫，杨明阳在林场已经待了两三个月了。他来的时候还是盛夏季节，现在已是秋高气爽的金秋。这一天，场长叫他到总场去办点事，他也想借此机会到哥哥那里去走走。

深秋时节，大山里昼夜温差很大。为了避开中午的炎热，杨明阳使劲蹬着自行车，想尽量早些赶到场部。他想早点赶到还有另一个原因，因为要经过胡惠珠做瓦的那个他已经熟悉的大工棚。每次经过大工棚，他都要进去和惠珠说说话，或是到她家里去坐会儿。想到这一节，他加了一把劲，自行车在路上行走如飞，不一会儿他就到了胡惠珠的工棚里。

因为要到总场办事不能多耽误，杨明阳在工棚里稍做停留之后又继续赶路。像每次来一样，胡惠珠都要送他出来，看着他骑上车走了，才依依不舍地回到工棚。

杨明杰手里拿着一包文件同几个年轻人一道从总场的门口走了出

来,像是刚散会的样子。他走到住的地方,发现门口停着一辆自行车,他认得这是明阳的车。他还未进门,杨明阳就从里面走了出来,叫了一声"哥哥"。明杰很高兴看到弟弟来了,拉着明阳的手一同进了屋。

"那里怎么样?你还过得惯吗?"杨明杰一边在椅子上坐下一边问弟弟。

"过不过得惯倒没什么,只不过是苦一点吧。哥哥,我有点害怕。"杨明阳面有难色地说。

"怕什么?你都是二十几岁的大人了,又不是小孩子,有什么可怕的?"杨明杰有点不解。

"哥,我不是怕吃苦,也不是怕生人,我是怕蛇,怕老虎。那个鬼地方的蛇真多,有时我们巡山还遇到老虎。那山上又没路,我们巡山要在那些密不透风的树枝茅草篷里钻进钻出,有时候那些大大小小、长长短短的蛇就像是豆角架上的豆角一样挂在那些树杈上,那些大的蛇就在树上盘个大饼,我看到这些蛇就害怕。前几天我在巡山回来的路上碰到一只大老虎,看上去有两百多斤重。老虎不怕人,我们都吓得连大气也不敢出,只好待在那里等它慢慢走开我们才敢走。真是吓死人呐。"杨明阳向哥哥诉说。

"那怎么办呀?无论什么工作都是有困难的。没有困难、没有问题就不叫工作。工作就是要去克服困难,解决问题。你目前正是吃苦的时候。俗话说,'吃得苦中苦,方为人上人',你必须在那里坚持下去。护林员是一份苦差事,你要在那里做出成绩来。"杨明杰尽力开导自己的弟弟。

明阳沉默了,气氛有点尴尬。

这时,吴梦云从厨房里走出来,打破了这沉默尴尬的局面,她对杨明杰说:"饭菜都做好了,吃饭吧。"

四个人在小方桌边坐下。小酌泉拿着一把筷子,给每个人发了一双。杨明阳将小酌泉抱起来放到自己的腿上坐着。因为明阳是临时来,所以午餐的菜很简单,一盘青菜、一盘豆腐、一碗鸡蛋汤。

吃过午饭,吴梦云收拾了碗筷带儿子到外面玩去了。杨明杰兄弟俩还在谈工作。杨明阳将今天场长派他来的任务对哥哥说了。杨明杰一边听弟弟说话,一边思考有关林场的事情,然后对明阳说:“离中秋、国庆节还有一个月,时间还充裕。你回去跟吴场长讲,总场对那里的干部职工过节的事有安排的。今天石场长到县里去开会了,等他回来后我再把吴场长的意见告诉他,让他早做安排。两个星期后,你们再派个人来,到那时给你们一个明确答复。”

4

由于工作需要,杨明阳从护林队里调出山来了,经场党委研究决定将其安排在综合厂当推销员兼采购员。从护林员到推销员,在使用和级别上是没什么区别的,可是工作环境却有天壤之别。虽然哥哥那天对他进行了一番安心本职工作的思想教育,但毕竟是哥哥,在事关弟弟前途的大事上,还是会尽力帮他的。明阳对哥哥的全力帮助十分感激。

杨明阳进的这家综合厂,是总场的一家骨干企业,这个厂生产的酱油在这方圆几十里内都是比较有名的,还有不少销往外省、外县,这一年光销往大西北的就有两个火车皮。可是问题也来了:上半年酱油已经火车站托运过去,对方很快就寄来了那么多收货单据,除了正常损耗外全数照收。但后来综合厂通过当地银行去办货款托收,被对方退回来几次,理由是产品卫生不合格,要求降价处理。这真是见了鬼了!打死狗来论价,主动权现在在人家手里。

转眼就到了冬天,各单位都在准备年关总结和决算。可是综合厂由于这一大笔货款还没到位,年报也没法做了。经反复研究,决定派人到大西北去催收这笔货款,但派谁去,一时又找不到合适的人选。因为那里地处中俄边境,冰天雪地,气候异常寒冷,南方人到那里去难以适应,加上那地方又是少数民族集居的地方,语言不通,难以交流,这些实际问题让领导们发愁。派两个人去当然好,路上互相有个照应,遇事也有个商量,可是由于路程太远,开支太大,派一个人去最好。可谁能担当这副重任?

在石场长的办公室里,总场场长石明海,场党委委员、副场长、团委书记杨明杰,综合厂党总支书记曹大海,综合厂推销员杨明阳四个人为这事商讨了一整天。最后,石明海大声地宣布:“事情就这么定了,中午我与张书记商量了。本来我们打算让曹厂长自己去一趟大西北,可是目前恰逢年关,他要留在家里处理一些日常事务,他要走了,整个综合厂的运转都会受影响,又找不到其他合适的人。我们商量,还是派杨明阳同志去一趟大西北。他年轻有为,又有吃苦耐劳的精神。场党委就这么个意见,看你们三位还有什么意见?”

杨明杰说:“既然场党委这么定了,我也同意让明阳去大西北跑一趟。困难当然是有的,路程远且不说,光是那边的气候和生活习惯和我们这里就截然不同。但不管怎么说,总得有人去呀。我看明阳也不要再考虑了,这是场党委对你的信任,也是对你的考验。我看我们来研究一下在那里可能遇到的一些问题,好让出去办事的人也有个思想准备。大家的意见如何?”

“好吧,我们就将一些具体的细节问题详细地分析一下。俗话说‘在家无商量,出外无主张’,是得先商量一下,有个心理准备。”曹厂长如释重负,高兴地说道。

他们对派杨明阳到大西北去付债的事进行了认真的分析和研究,做了极详细的安排,直到太阳快要下山的时候才各自回去。

杨明阳的婚期快到了。他去大西北讨债已有一个多月,家里是一点消息也没有,只是杨明杰收到了他的一封信。信中说那边的食品公司一方面说产品卫生不合格,另一方面又说产品已经销售一空,就是不肯按合同价付款,要我们降价处理。这可不是一个简单的问题。假如将产品降了价,哪怕是每公斤降一分或半分钱的价,就等于承认这批酱油的不合格,弄不好还会引出大问题来。再说,对方又拿不出卫生部门的检验报告来,而且当地群众食用那批酱油期间,没有发生过一起因食用酱油引起的食物中毒或不良反应，况且原有的产品对方一份样本也拿不出来,光凭口说在法律上是站不住脚的。现在,双方都在那里僵持不下。杨明阳急了,他叫场里赶快发电报过去,明确告诉他场领导的意见。

前几天杨明杰为明阳的婚事抽空回了一趟家。他对明阳能否按期赶回来结婚也没有把握。他让家里做两手打算:要是明阳在婚期前能赶回来,哪怕是前一两天回来,婚礼还是按时举行;万一赶不回来就只有将婚期推迟。为了工作,这也是无奈的事。

杨世达这时也没了主意。他一方面为钱的事发愁,另一方面又担心儿子误了婚期。他何曾忘记,为了儿子在大西北不受冻,他想给儿子买一件军用棉大衣手头都没有钱,他咬着牙卖了一百斤议价谷。可是一百斤议价谷与一件军用棉大衣的价格还差好多,没办法,还是余春光凑齐了钱才将大衣买了回来。现在要给儿子办婚事,那开支比买一件棉大衣的钱不知要多多少倍。面对这样一笔巨大的开支他整天在发愁。偏偏这时候又是放寒假的时候，杨明山他们几个在校念书的都还欠学校的书钱、学费和柴款,学校在一个劲地催。前几天小霞回来要书钱学费,爹妈没有钱给她,还惹她伤心地大哭了一场。这时候的杨世达真想找个地方躲起来。

杨世达苦苦地熬了几天之后。一天中午,乡邮员程天喜骑着邮车来了,他取出一封电报给杨世达,说:“这封电报是今天上午收到的,是你家老二从乌鲁木齐发来的,他说他明天动身回来。”

杨世达急忙抽出电报,匆匆扫了一眼,脸上一下子由阴转晴。他手拿电报高兴地大声叫着说:“明阳明天就要动身回来了,我们按原定日期举行婚礼!”

余春敏从杨世达手里接过电报一看,也高兴得跳了起来。她已是四十多岁的人了,还高兴得像个孩子一样。

杨明阳回来了,带着货款的托收单回来了。他的回来,让全家高兴,因为他的婚礼可以如期举行;他的归来,让全场高兴,因为一大笔货款催回来了,可以给全场职工发一些过年的福利和奖金。他回来的那天,场部派了专车到火车站接他,而且是石场长亲自去接的。当天晚上,场部为杨明阳举行了一个欢迎接风宴会,场部领导全部到场。宴会上,领导们纷纷向杨明阳敬酒表示佩服,佩服他孤身一人到千里之外的大西北去追款的勇气和胆量;佩服他不辱使命把这笔欠了快一年的巨款给追回来了。频频举杯间,大家最为感兴趣的,不是那里的北国风光、异域风情,而是他一个人怎么就把这笔希望渺茫的款给追回来了。

这事说来也巧。就在杨明阳在那里待了一个来月,对方扯皮,每天追款无望,准备打道回府的时候,一天在招待所吃早餐时,杨明阳的沮丧、唉声叹气的神态引起了同桌两位穿法官制服的人的注意,他们主动问杨明阳是不是遇到了什么难处。杨明阳说了来这里催款的前因后果,法官们一听十分气愤。俗话说,无巧不成书,这两个法官也是江西人,是来这里办案子的,听了杨明阳的诉说,他们决定帮这位老乡一把。

早餐后,杨明阳带上有关材料,领着两位法官一起到欠款的市副食品公司,找到了公司的法人代表、总经理。总经理和杨明阳见面不是第一次了,但今天看到两位法官陪着他一起来,神情就有些不自然了。

杨明阳再次重申了己方的回款要求和理由。之后,其中一个法官说话了,他指着杨明阳带来的那一叠材料问:"刚才这位杨先生所说的是事实吗?"

那位总经理点了点头,说:"是事实。"

法官说:"既然是事实,那么贵公司就应该按合同把货款如数支付给人家,而不应该无理拖欠。经商最讲究的是诚信,不讲诚信,贵公司以后还怎么在商界立足,因为人人都不愿和不讲诚信的人做生意,对吧?何况,这个官司一打,你们不但要全额回款给人家,诉讼费还要你方承担,最为重要的是,事情一闹大,别人以后都不会再和你做生意了。你的生意断了,那你们的损失就大了。如果是这样,那贵公司占小便宜吃了大亏,是得不偿失。老总是商界精英,这个道理不会不懂的。”

法官的一席言之凿凿的话语,让总经理听得头上冒出了汗。他用手帕擦了擦额头上的汗,然后说:“谢谢法官的开导。实在对不起,因为年关本公司资金出现了一点小问题,耽误了回款,请原谅。我这就去安排,今天就开托收单,按合同全额付款。不好意思,让你们久等了。”一笔拖延了近一年的货款,就这样收回来了。

经过几天紧张的忙碌,杨明阳、胡惠珠的婚礼按原定日期举行。虽然受各方面条件的限制,婚礼极其简朴,可不管怎么说,杨明阳和胡惠珠毕竟是完婚了,杨世达和余春敏又了却了一桩心愿。婚后不久,杨明阳小两口就搬到单位上去住了。胡惠珠也不再在砖瓦厂做瓦,而是在家里做家务,杨明阳还是在综合厂上班。

随着中国改革开放的不断深化,市场经济体制逐步确立、不断完善,各级企业在不断升级改造,以适应市场发展的需要。这样的大规模升级改造,对大型企业来说,能够承受,但对于一些中小企业或乡镇企业来说,就要面临一个巨大的资金难关。综合厂生产的酱油、料酒、饮料等产品由于资金短缺,设备不能更新,产品质量无法提高,产品的更新换代和质量与快速提高的人民物质生活水平不能同步发展,他们的产品在市场上渐渐地失去了竞争力。不到半年时间,综合厂这块金字招牌就这样无声地倒了,员工们都自找门路去了。杨明阳被安排到新组建的总场农工商供销经理部,仍然干推销、采购工作。

一年后,县委一纸调令将杨明杰调到云岗乡工作,他不再担任团委书记,而是担任乡党委副书记。

又过了近半年,杨明阳所在的农工商供销经理部由于经营不善出现严重亏损,最后资不抵债宣布倒闭!

杨明阳失业了!

5

后来经过多方面的努力,杨明阳也回到云岗来了。他在云岗街上租了一间门面,开了一家小小的副食品商店。可是由于资金不足,赊销过多,资金难以周转,经济效益差,小店开业不到一年就关门了。这时的杨明阳已是四口之家,大女儿到了上小学的年龄,二女儿也要进幼儿园,然而他和胡惠珠一分钱收入也没有,他们连起码的一日三餐都无法保障,哪里还有钱来供女儿上学。

为了生计,杨明阳与胡惠珠不得不加入到打工族的行列。开始是杨明阳一个人去外地打工,胡惠珠在家里做点农副产品生意。然而做生意要成本,胡惠珠手头没有本钱,真是生意有路人无路。没有办法,最后胡惠珠也到杨明阳那里去打工,将两个女儿留在家里由父母照管。

社会上流传着这么一句话:"钱难挣,屎难吃"。无数的农村青壮年离乡背井到外地去打工,都是想去挣钱。但现在这个社会,人人都想挣钱,可要挣到很多的钱谈何容易,要么你要有技术,要么你要有资金,要么你要有背景。然而,这些挣钱的要素杨明阳夫妇都没有,只有一些弱点,那就是胡惠珠体弱多病,杨明阳性格怪异。他们在外面打拼了近一年时间,看不到前景,难以长久立足,最后还是退出了打工族的行列,又回到了云岗。

杨明阳回来以后一直都在家里待着,整日无所事事,一筹莫展,意志消沉。这样苦闷地过了一段时间以后,一个偶然的机会给他的命运带来了一个转机。

根据广大群众的要求,云岗乡对村民委员会的规模建制进行调整。原来的村民委员会规模太大,群众负担重,不便于管理。陈庄村委会原来有二十多个村小组,经上级批准又另组建一个先锋村委会。开始,杨明阳被先锋村委会聘用为村委会文书,几年后,杨明阳由一个聘用文书升任为先锋村委会党支书记。正当杨明阳打算好好干出一番业绩的时候,由于外出打工的人太多，农业税收不上来，完不成上交任务，杨明阳被云岗乡党委就地免职。

杨明阳又一次失业了。

杨明阳被免职后思想包袱越来越严重。他也是个快到不惑之年的人了，可是他除了一个寒酸的家以外什么也没有。他的两个女儿已是云岗中学的初中学生，而他现在每天要为柴米油盐发愁，更要为女儿的书钱学费担忧。他睁大双眼朝前方搜寻，想在茫茫大海中找到那迷失的航标，但到目前为止，展现在他面前的仍然是水天一色一片迷茫。

“啊，是这样，同志，我们是江西来的。请问这里有个南方小学吗？”杨世达又问。

“什么？南方小学？我没听说过。啊，莫不是岩峯小学？你们不妨到那里去看看。从这里往前走不到一公里路，你们到那里去打听打听就知道了。惠安县没有南方小学，可能是汉语谐音造成的误会吧。”那位男士很耐心地对他们说。

“好，谢谢你！”杨世达又坐到车上去了。

这下他们心里都有了底，又在雨中继续穿行。不一会儿，杨世达看见路边楼房前墙上有几个醒目的大字——“岩峯村委会”，他大声地叫着：“停车，停车！我们到了。”

“你看这不是岩峯村委会吗？我想岩峯小学一定就在附近。我们去打听一下就知道了。”杨世达说。

果然不出所料，他们在岩峯村委会前方两百米左右的一条弄口找到了岩峯小学。他们到收发室问清了李巧云确实就在这所学校任教，他们一颗悬着的心终于放下了。此时他们身上的湿衣服还在往下滴水。

杨世达从旅行袋中取出两只茶杯在收发室倒了两杯开水，他们就站在收发室喝着热开水，等李巧云下课。

两杯热开水喝完，两个人身上有了点热气。这时，下课的铃声终于响了。李巧云是最后一个走出教室的老师，她身后还跟着几个小学生向她问这问那。她并没有忘记公婆这时候应该到了，她快步走向收发室，看到淋得浑身湿透的杨世达和余春敏，她惊讶地说：“爹，妈，让你们久等了。哎哟，怎么都淋得一身湿透？快！快到房里去换衣服。还没吃午饭吧？”

李巧云向她的学生说了几句杨世达他们听懂不的闽南话，然后提起行李，领着两位老人朝她的房间走去。

杨世达和余春敏这时都觉得特别的累，加上身上又是湿漉漉的，他们进门后第一件事就是洗个热水澡，然后换上干爽的衣服，好好地睡了一觉。他们昨天晚上在车上根本就没睡，实在是太辛苦了。

杨世达和余春敏醒来的时候早已是万家灯火,他们洗了个冷水脸后到操场上去散步,直到现在他们才觉得舒服点。啊,疲劳,这个与他们相处了大半辈子的老伙计,到现在还与他们形影不离。在过去那艰苦的岁月里,他们几乎天天都在和贫困、饥饿与疲劳这几位伙伴打交道,在那赤贫线上拼搏的日子里,这几位伙伴无时不在他们身边。现在孩子们都长大了,都有了自己的家庭,有了自己的事业,可是有些时候,这位叫"疲劳"的朋友还要来缠绕他们,使他们真感无奈。

杨世达在岩峯小学住了几天以后,因为放不下家里的一大摊事又回到了曲庄老屋里。

余春敏在这里过了一个多月。本来她带着一个孙女应该过得蛮轻松的,可是,在这里最大的不适是语言不通。虽说这里是一所学校,可是老师和学生都是讲闽南语,李巧云虽说与她不讲闽南语,可她的语言里面有一半是闽南的土话,她们婆媳之间在语言方面也难以沟通。加上附近的老百姓和菜场、商店售货员都是用本地的方言土语,使余春敏像是到了异国他乡一样,有时连菜都买不成,因为双方都听不懂对方在说什么,更不用说讨价还价了。

除了语言方面的原因之外,还有生活习惯上的差异。这里的气温比他们家乡的气温要高得多,余春敏在李巧云那里还没过上两个月,由于水土不服病倒了。李巧云无法照顾婆婆和女儿两个人,没有办法,最后还是写信叫她母亲来带小孩,让余春敏回去了。

余春敏离开李巧云那里后,没直接回曲庄,而是转到明星那里治病。经医院检查,她患有严重的肺部感染,X 光片上显示她的左肺有阴影。经过半个多月的治疗后,她总算是好了,然后才回到曲庄家里。

3

余春敏又要去山东带孙子了。

杨明山离开原来的电机厂到山东一家外资企业上班已有几个月。刘玉芬在这年7月又生下一个小男孩,她没法上班,也离开了她原来上班的那家电机厂,到山东去了。

山东那地方比南方冷,加上又没装暖气,杨明山担心孩子太小受不了,于是就让刘玉芬母子三人提前回曲庄。

在山东刘玉芬虽说没上班,但一个人带两个小孩,还要做家务,也实在忙不过来。后来他们请了一个保姆,月工资四百元。保姆毕竟是保姆,有些事做得还是不能尽如人意。没办法,他们熬到年关,在回曲庄前就将保姆辞退了。

2002年春节过后。节日鞭炮硝烟的余香还在空气中飘荡,人们还沉浸在节日的欢乐气氛中,杨明山在农历正月初六一大早就启程到山东去了。

元宵节后,余春敏将家中的东西洗的洗,晒的晒,过几天她也要同刘玉芬一起到山东去帮助带小孩,料理家务。由于家里还有些事没处理好,加上天气又很冷,杨世达就留在家里,等到暮春时节,天气暖和了他再去山东。

春天是一年中比较舒适的季节。人们脱掉了棉衣,换上了各式各样的春秋衫,温度适宜,不冷不热,杨世达决定在这个时候去山东。可他毕竟是一个六十多岁的老人,一个人单独出门,儿女们都有几分担心与牵挂,孩子们纷纷打来电话提醒他在路上千万要注意安全,保重身体。动身那天是杨明杰用小车送他到火车站上车的。

山东是杨世达一直都很向往的地方,他早就想去。他并不只是想到山东去旅游,他想去两个地方,一个是临沂,一个是曲阜。特别是临沂,他在少年时就很向往这个地方,他想他要是有机会到山东去,第一个选择的地方就是临沂。临沂二字一直在吸引着他。他为什么想去这两个地方呢?

儿时的杨世达听阿爸说过,他们杨河村的杨姓发源地就是现在的山东临沂。据说他们杨姓原来是王姓,后来不知为什么成了杨姓。民间有一种说法是“无杨不姓王”,这里面的故事没有人说得清楚。不过现在一些王姓的村庄大都有一个“杨”字冠在前头,什么杨某某村,其实这个村的人不姓杨而是姓王。不过这些都是民间的传说,并没有什么东西可以作为这些传说的历史证据。

曲阜也是杨世达一生中最向往的地方。他小时候跟着阿爸念《三字经》时,每年正月开学,阿爸都要用大红纸写上“孔圣人之神位”的字牌贴在一个很起眼的地方,要他们这些蒙童向孔圣人下跪,礼拜圣人的神位。曲阜就是这位孔老夫子的故乡,那里有孔庙,藏有大量的原始文物,他很想去那里拜见一下这位千古圣人。

杨世达到了山东不久,就到了“五一”黄金周,全国放假七天。杨明山和刘玉芬商定,“五一”期间一家人都到青岛去度假。

杨世达本性喜欢游山玩水,而且还喜欢摄影。1997年在徐州,因余春敏阻拦没买成照相机,回来后他俩闹了几个月的别扭,后来还是在福建打工的杨明举替他买了一架傻瓜照相机,他们之间的紧张关系才慢慢地缓和下来。1998年杨明山第一次出国时,他交代杨明山说:“儿呀,你回国时什么都不要带,只要替我带一架最普通的照相机回来就可以了。”可是两年后杨明山从国外回来时并没有带相机给他,令他很失望。现在杨明举给他买的照相机闪光灯又坏了,一时又修不好。这次去青岛玩,他什么都不想,只想要一架普通的照相机,可是他身边总共也没有一百块钱,他的相机梦实在难圆。

一天夜里,一家人商量到青岛旅游的事,杨明山说:“嗯,出去旅游一架相机是少不了的,还是要买一架好。”

“买什么相机呀?没有相机还不是照样玩吗?”刘玉芬不同意。

在用钱的问题上，杨世达和余春敏插不进一句话来，因为他们的生活来源全靠孩子们提供，他们没有收入，没有半点积蓄。他们已经成了儿女们的包袱和拖累，他们还能说什么，唯一的选择只有沉默。

新照相机买不成，旧照相机闪光灯又坏了，加上这几天的天气又是连日阴雨，这样的天气是拍不出好照片的，杨世达有点沮丧，游兴大减，他实在不想去，余春敏也不想去，可要是他们两个老人不去，杨明山和刘玉芬也没法玩好。想来想去，他们决定还是去吧，自己委屈一点，让孩子们高兴玩吧，不要扫大家的兴。

到了青岛，杨世达和余春敏辨不清东南西北，只能跟着儿子儿媳妇转。儿子儿媳妇也不知道到哪里去玩，只能由孩子们带着大家去玩。他们没有话语权，这样的旅游对于他们来说是没有什么乐趣的，他们觉得委屈和无奈。

这几天都是阴天，有时还洒下几点小雨，加上这里又是海滨城市，空气清新，气候宜人，人们都有一种舒适感。然而杨世达和余春敏两人的心情并不怎么舒畅。他们认为，这是第一次到青岛，说不定就是这辈子的最后一次，由于身边没钱，出门坐车都难，想去的地方没法去；去了的地方，看到那些美丽的风景想拍张照片留个影都成问题。他们在"五四广场"玩了一上午，那高大的红色火炬造型建筑物特别吸引着他们，他们多么想在这里拍几张照片留作纪念，等到若干年后，这些照片会成为他们生活中一段美好的回忆。然而，因为没有相机，这个愿望没有实现。杨世达心中的失落感在不断地增加，他心里叹着气，唉，这次到青岛算是白来了。

几天来杨世达和余春敏都是一副闷闷不乐的样子，白天游玩时他们无精打采；晚上回到住地后，就是吃饭、洗澡、睡觉，连电视也不想看。

几天来，爹妈脸上的表情杨明山早就看出来了，他揣摩，可能老人手上没钱花是一个主要原因，于是，他给了爹妈四百块钱，弄得杨世达和余春敏哭笑不得。杨世达两口子的确没钱用，他们从家里带来的一点钱早已用完了，但他们要钱不是去买什么名牌服装、名牌皮鞋、名牌手表，也不是买什么高档保健品和烟酒,杨世达一直想买一架普通照相机,他打听清楚了,一款凤凰牌相机要五百余元,儿子现在给了四百块钱,还差一百多块钱。再向儿子要吗?不能了!杨明山曾经明确对他说过:“爹,出门旅游为什么非要有照相机不可呢?古代的李白不是到处游山玩水吗?他们这些文人墨客不是也没有照相机吗?他们不是也玩得很开心吗?”

儿子一连串的问话,让杨世达哭笑不得。他无法回答儿子的话,只能无语。

身上有了钱,杨世达的相机情结又被勾引出来了,他和余春敏商量,折中了一下,还是买了一架海鸥牌照相机,这是个老款式,不贵,才一百二十元。

相机买了,杨世达的游兴来了。一天晚上,他趴在地图上看到青岛海边上有个景点叫“栈桥”,他们决定,明天不管儿子儿媳妇他们去不去,他们两口子去栈桥玩。

第二天早饭后,杨世达对儿子儿媳妇说:“我们今天想去栈桥玩,你们去不去?”杨世达问杨明山。

“栈桥?那里有什么好玩的?没什么名胜古迹,也没什么奇特风景,更没什么人文景观,那样的一个海滩又有什么好玩的。”杨明山不想去。

“你们不愿意去,那我们自己到栈桥去看看,听说那地方很好玩。我们到这里已有四五天了,也没到什么风景点游玩过,天天跟公交车打交道,太没意思了。”杨世达轻声地对儿子说。

“你们两个自己去?你们晓得去吗?别走丢了啊。”杨明山笑着说。

“笑话!你当我们是没出过门的呀?你们放心好了,我们对着地图会找到栈桥的。既然我们自己可以去,自然回得来的。”杨世达边说边从沙发上站起身来,招呼余春敏朝门外走去。

杨世达和余春敏两人对着地图坐公交车,很顺利地到了栈桥。

栈桥原来是一个很大的海滩,一条大坝像是一只巨人的手臂一样伸向大海,大坝两边都是用条形石头砌起来的,上面是水泥地面,两边都有铁栏杆保护游人的安全。大坝上来来往往的人们络绎不绝,大家都是来这里领略海上风光,观赏周围的景点。大坝半途上还有一个很大的楼阁,是有名的迴澜阁。这迴澜阁的历史他们一无所知,只知道是一座古老的木结构楼阁,油漆彩绘,十分壮观。阁里面正在进行珊瑚展,进进出出的人们显得有些拥挤。门口的告示牌上写着:活珊瑚展,参观者每位三元。杨世达很想进去看一看,余春敏拦住他说:"达子,我们还是不要进去看。我们进去要花六块钱,加上来回的车票,即使我们什么都不买也要花上十块钱,还是省着点吧。我们现在是用儿子的钱,他们的钱也很艰难呀。我看我们就在这里拍几张照片留个纪念就行了。"

杨世达愣了一下,说:"是啊,我们的钱太艰难了。照相机内有胶卷,我们就拍些照片吧,将来看到这些照片也会引起我们一段美好而又辛酸的回忆。来来来,我先给你拍,等会你替我拍。"

杨世达和余春敏拍了照片,收好相机,继续跟着游人向前走,一直走到大坝的尽头。这里离海岸差不多有一公里远,海风很大,海浪拍打着大坝两边的条石,激起阵阵白色的浪花,发出有节奏的声响。海鸥在海上飞行,有时发出尖声的长鸣,一些载人气球也在空中飘浮而过,海上的摩托艇载着游人在海中破浪穿行,十分惊险刺激。

余春敏用手拢了拢那被海风吹乱了的头发,对杨世达说:"达子,那些小汽艇真快呀,简直像是在水面上飞一样!坐一次不知要多少钱?"

"每人每次十块钱吧。不过,我是不想去体验这种海上风险的。"杨世达支支吾吾地对余春敏说。

"我们没有钱,玩不起呀!那我们就多看一下吧。"余春敏有些伤感地说。

他们在大坝的尽头站了好一会儿,然后又跟着游人往回走。他们走到海滩上,这里有很多游人和一些小孩在海滩上拾贝壳,那些各种颜色各种形状的贝壳都十分好看。杨世达心里想:啊,我们也去捡些贝壳带回家,这是不用花钱的。家乡的白云河边也有不少的贝壳,不过没有这海边的那么大,更没有这些贝壳好看。

"啊,达子,这里的风景真好,快照张相吧!"余春敏在海滩停住脚步笑着对杨世达说。

"好啊!在这里拍照最理想。来来来,站好,啊,站好!"杨世达边说边举起相机对着余春敏轻轻地按下快门,"咔嚓"一声,闪光灯一闪,照片拍好了。两个人边捡贝壳边照相,玩得很开心。

快近黄昏了,海风渐渐地大了,游人也在慢慢减少,气温好像低了一些,海鸥在海边上飞行发出刺耳的尖叫声。今天是杨世达和余春敏到青岛来这些天里玩得最开心的一天,他们也不知道时间为什么会过得这么快。天色已晚,该回去了。

杨世达有些累,他对余春敏说:"你看天色暗下来了,大伙都往回走,我们也回去吧。"

"早点回去好,免得儿子他们担心,这里不比在熟地方,这是我们从未到过的地方。走吧,我们这就回去。"余春敏边说边同杨世达往回走。

虽然时间已晚,两个人也都有点累,但他们决定不打的,还是坐公交车回去,能省的钱尽量省。他们粗粗估算了一下,这一趟旅游,全家六个人的费用总共不会少于两千元。两千块钱啊,差不多够两个老人在乡下一年的基本生活费了,两个人有点心疼。

杨世达和余春敏在大街上到处找回去的公交车。半个多小时过去了,他们怎么也找不到原来下车的地方,于是他们就向路上的行人打听。可问了好几个人,他们也不是这个城市的人,所指的方向并不一致,弄得杨世达和余春敏不知听谁的好。他们走到路边一个报刊亭前,杨世达走过去向报刊亭的年轻女人打听,终于问到了正确的地点,找到了他们要乘坐的公交车站台。

4

快乐的时光过得真快，黄金周就要结束了，杨世达他们一家人坐上了去儿子工作的地方博山去的车。

回到博山以后，杨世达对于这次青岛之行虽说还有些遗憾，一些他们想去的地方没有去，但他和余春敏还是感到高兴，因为这是他和老伴第一次正儿八经和儿孙们一道去旅游，欣赏了海上的风景，享受了天伦之乐，多少有些收获，在老家曲庄有几个人能有这样的福分？知足了！回来后的第二天，杨世达在日记中写了一首诗，对这次青岛之行作了一次概括，诗是这样写的：

青岛旅游有感

“五一”黄金周，我们一家三代六个人从淄博市博山区到青岛旅游。从4月29日到5月8日历时十天，八天游玩，途中往返两天。本来可以尽兴游玩，可是老天不太作美，总是阴雨陪伴。此次旅游收获不小，但也留下了一些遗憾，回来静思有感而作。

青岛旅游七八天，晴风雾雨总相间。
五四广场没留影，中山公园玩半天。
石老人前观大海，栈桥风光印心田。
崂山不知何处在，想来重游待何年？

2002年5月作于山东博山

回到博山儿子家的第三天，即5月10日，农历三月二十八日，是杨世达六十五岁生日；再过一天，是余春敏五十七岁生日。这是他们有生以来第一次在外省过生日。这次他们在山东过生日别有一番风味。这两天，他们分散在全国各地的孩子们都先后给他们打来电话向他们祝贺，祝他们生日快乐，健康长寿。明山和玉芬为父母准备了丰盛的生日晚餐。原本他们还准备买一个很大的生日蛋糕，但杨世达和余春敏两人硬是不同意，他们认为过生日吃蛋糕也只不过是一种形式而已，一个生日蛋糕至少也要几十上百元，太不划算了。现在农村比较作兴这样的形式，小孩子过生日父母不但要买许多礼物，而且生日蛋糕是少不了的。父母过生日，孩子们不但要买生日蛋糕，还要买一些生日礼物作为贺礼。要是逢到五十、六十、七十、八十、九十这样的整寿，那场面就更为壮观了，他们的儿女们不但要定一个好大的生日蛋糕，还要杀猪宰鸡大摆生日酒席，邀请亲朋好友都来祝贺。杨世达六十岁生日时，杨明杰他们兄弟五个大摆酒宴为他贺寿；余春敏五十岁生日时，他们兄弟也办了几桌酒席以示祝贺，场面十分热闹，生日宴开席时燃放的爆竹皮都差不多盖满了他家门口的水泥地面。

今年，杨世达和余春敏在山东过生日比不得在农村老家，这里是城市，不许燃放爆竹也没有亲朋好友来祝贺，只是一家三代人欢聚一堂，一边说笑，一边吃喝，气氛也十分热烈。5 月 11 日是星期六，杨明山不上班，下午他带爹妈和两个孩子一块到附近一个叫樵前的风景区去观光游览。他们在那里玩了整整一个下午，到太阳快要落山时才兴致勃勃地回家。

杨世达的病

1

时令进入盛夏，气温逐渐升高。博山是个干旱少雨的地方，所以更显得热。杨世达对温度非常敏感，只要气温稍有点变化他都有感觉。这里的居住条件十分简陋，连个书桌都没有，于是餐桌就成了杨世达的写字台。

他每天都趴在餐桌上写他的长篇小说，有时也和余春敏一起到街上去走走，或者去买点东西，或者到电话亭去给家里的朋友亲戚打个电话。天气好的时候，他们也带着小孙子到一些娱乐场所去游玩，有时也会拍几张照片。他们的生活过得单调，然而并不空虚，还算充实。

杨世达的身体本来还可以，像他这个年龄段的老人，能有这样的身体素质算是比较好的。可是他知道自己有病，而且病情还比较严重，因为他的前列腺出了问题。他一直没去医院检查，不知道到底是哪一类的前列腺疾病。他知道的是，排尿的次数在一天天增加，而排尿量一次比一次少，膀胱的残留尿液也越来越多。他不敢上街，因为走不了二十分钟就要排一次尿，可是一次又撒不出多少尿来，过不了多久又要撒尿。每逢要上街去，他就禁止自己喝水，哪怕渴得要命，他都不敢喝一口水。因为在街上要是尿急了，想找个公厕一时之间并不容易找得到，即便找到了公厕，撒一次尿也要收费五角或一块钱，他一天要撒十几二十次尿，那么一天下来，他在街上支付的撒尿费就得花上十块钱，这样的尿实在是撒不起！所以，他尽量少上街或不上街，这样还可以节省一点不必要的开支。实在要上街他也只好不喝水，减少撒尿的次数和一些不必要的麻烦。

杨明山上班比较忙，只有星期六和星期日在家里，从星期一到星期五他很少在家里吃饭。一天晚上，他们一家人吃过晚饭后，杨世达对儿子说："山儿，你整日在外面忙得不可开交，我真想到医院去检查一下我的病。近日来我排尿的次数在不断地增加，还隔不了半个小时就要排一次尿，排尿时有灼痛感，还排不尽，残留尿很多。我晚上睡不好，白天不敢出门上街，要是坐长途汽车就更麻烦了。星期天你休息有时间，可是医院的医生也休息，只有一些普通医生在那里应付门诊。唉，真是矛盾。我想到附近的医院去检查一下，要是任其发展下去是会误事的。你看这事怎么办？"

"怎么办？星期六、星期天我有空，可医生又不上班。医生上班时我也要上班，叫我怎么办？"杨明山有些无奈地对父亲说。

“你没时间那我自己去呀。”杨世达也是一脸的无奈。

“你自己去?你拿什么去啊?到医院检查是要钱的,现在比不得从前,做个检查动不动就是上百元啊,有的还要几百上千元呢!你自己去检查,你有钱吗?”余春敏故意问杨世达。

“我身边能有几块钱?我也不知道到医院检查一下到底要多少钱。唉!我真弄不懂,这个病为什么专找穷人?”杨世达满脸愁苦地说。

杨明山听了父亲的话,一时语塞,满脸的无奈。

刘玉芬始终沉默着,她在专心看她的电视。没有谁说一句话,大家表情都很沉重,屋里的空气似乎是冻结了。几个人没坐多久,都早早地各自回房睡了。

早在6月中旬杨明山就对家人说,他7月份要到上海去上班,6月底要搬家,让爹妈趁早收拾东西,免得到时丢三落四的。从那以后,余春敏就开始收收拣拣,那些暂时不用的东西他们都分门别类地打好了捆。

杨明山到新单位上班的时间定了。他决定6月29日搬家,30日到上海,7月1日他可以准时到新单位上班。

到了上海以后,杨明山将一大家子人送到一家宾馆住下后就去接行李车。按照公司的安排,他们要在这家宾馆住上一个星期,可是每晚要支付一千元的住宿费。对于杨世达和余春敏来说,在这里住一个星期的开销,比他们一年的生活费还要高很多,这把他俩吓了一大跳!于是,在7月1日吃晚饭时,余春敏对儿子说:“山儿,我们住这地方太贵了!一夜工夫的开支,我和你爹在乡下可以过得半年的日子,太不合算。我看明天还是到那租的房子里去住吧,这样可以减少好多开支。就是公司出钱,我们也要凭良心呐,不必要的开支就省了吧。反正那边的房子已经租好了,住不住也还是照样算租金的,我们还是早点到那边去住。”

“那边的东西还没理好,屋子里乱七八糟的,我想等整理好了再搬过去。”杨明山说。

“东西没整理好,我们可以边住边整,反正整理都是我们自己的事。

你说呢？”杨世达也不想在这家宾馆住，他也叫儿子搬到租的房子里去。

“行啊，那我们明天吃了早饭就搬去。”杨明山也同意了。

杨明山在上海租住的房子在一个居民小区，是八十年代的建筑。这房子的房东是一个机关干部，里面装饰也还可以，两室一厅，有厨房和卫生间，家具和家电等设施齐全。

杨世达他们到了以后就着手整理房间。从山东运来的行李全是胡乱堆放在那里，似乎将所有的空间都占据了，他们要将它们一件一件地摆放好。刘玉芬带着两个小孩去外面玩，以免碍手碍脚的。余春敏开始扫地，拖地板，然后就是打扫厨房、客厅、卫生间，杨世达负责将物品摆放好。到杨明山下班回来时，原先杂乱无章的场面已不见了，呈现在他面前的是一个干干净净有条有理的家。

杨世达的病情似乎比原先还要严重些，他一个小时内要排两三次尿，白天晚上都是这样，晚上他根本就无法睡。他非常着急和担忧，很想去医院诊治，可他又没有办法去，因为他身上没有钱，只能硬撑着。他非常清楚，像他这种病这样拖下去，总有一天会把他拖垮的。

8 月上旬，杨明山要到国外去，要到 8 月底才能回来。由于是盛夏，上海出现了历史上罕见的高温天气，最高气温一直在三十八度以上，人们坐在家里不动都要出一身的汗。这里的湿热，感觉比博山的干热更难受。

“天气这么热，气温这么高，还是开一下空调吧。”杨世达一边说一边去开空调。

“不要开啦，小孩子吃不消！”刘玉芬不同意开空调。

“这么个大热天，电风扇坏了，又不肯开空调，那不是要热死人吗？”杨世达不高兴地说。

“电风扇坏了，我去买一台新的来，空调还是不要开的好。”刘玉芬还是不肯开空调。

“我开我们房间的空调，不会影响孩子的。”杨世达还是想开空调，因为天气太热了。

“你们房间的空调也不能开,空调耗电量大,我们用不起呀。”刘玉芬还是反对杨世达开空调，她没想到杨世达是一个患有严重疾病的老人，她考虑的还是钱。

电风扇买来了,是一个落地两用扇,风扇很小,风力不大。杨世达这些天坐在电风扇边上一边吹电扇一边流着汗。他抬起头来望着墙上的空调机,又看着自己被汗水湿透的一身衣衫,无奈地摇摇头,希望这高温天气尽快地过去,更希望山儿早些回国。

杨世达的病情一直不见好转。从家里带来的药早已用完,他有时也到药店去买点同样的药,都是一瓶一瓶的买,他不敢一次买几瓶,只能是吊命似的省着服用。原来一天要服三次药,后改为一天服两次药,再后来一天只能服一次药,因为他身上的钱在一天天减少。除了买菜以外,他和余春敏一般是不出门的,因为出门坐地铁、乘公交都要花钱,不是他们舍不得花,而是没有那么多钱花。

8 月下旬,杨明山从国外回来了。他一到家就对上海的高温天气适应不了,他怪父亲没开空调,说:“爹,这么个大热天你都不开空调,你就不怕热吗?”

“不怕热?你以为我不想开空调吗?”杨世达无奈地对儿子说。

“那你为什么不开呀?”杨明山有些不解地问。

“不要再说了,反正没开空调我们也没热死!我想这个鬼高温天气总会过去吧。”余春敏怕把事情扯到刘玉芬头上,赶紧把话题岔开。

“唉,真是,这个鬼天气,这么热怎么受得了啊!”杨明山非常不解地说。他在大厅里转了几圈之后接着又说:“爹,你去把你房间的空调打开吧,这么热怎么受得了啊。”

“不要开了,电费吃不消啊!”刘玉芬说话了,她还是反对开空调。

杨明山听到妻子的话,愣了一下,很快明白了家里像蒸笼一般仍然不开空调的原因,他无语了。

这样又熬了几天，气温还是没降下来。一天吃过晚饭，他们一家人都在看电视，杨世达和儿子商量说："山儿，我想这几天就回去。我们在上海住了一个多月，在山东也住了两个多月，我们有四个多月没在家了，我想回去看看。你妈妈还留在这里帮你带孩子。你说呢？再说，我的病也是个大问题，在上海这样待下去是不行的，我想回去找医生看病。这里人生地不熟，找医生看病非常难。我知道我自己的事，再这样拖下去恐怕会越来越严重，我还是回去好。"

"等到年下回去不行吗？"杨明山劝道，他还是想让父亲在上海多住段时间，再找个机会带父亲去医院看病，尽一个儿子的责任和孝心。

"不行！我的病不能等到年下，我必须尽快地回去，不然，恐怕等不到年下我就会被拖死的。你知道吗？"杨世达说得有些夸大。

"有那么严重吗？爹，如果你真要回去准备哪天动身啊？"杨明山轻声地问。

"我准备月底动身。因为月底刚好是双休日，你可以送我上火车，要不然你要请假就又麻烦了。"杨世达将动身回去的时间定下来了。

"那我就去订8月30号的火车票，这时候的车票比较好买。你就准备30号动身吧。"杨明山说。

8月29号晚饭后，余春敏照例收拾了碗筷，来到客厅。杨世达这时从房间里走出来，对她说："明天我就要回去，我们到附近的超市里去买些火车上吃的东西吧。山儿，你能陪我们一起去吗？"

杨明山听父亲这么说，站起身来准备跟父母一同出去买东西，这时候刘玉芬却沉着脸说："你就不要去了，你在家帮我给小孩洗澡吧。"

杨明山听到刘玉芬这么说，先是迟疑了一下，然后从口袋里摸出一百块钱来递给父亲，无奈地说："爹爹，你们自己去买吧。"

杨世达接过钱，随手将钱丢在地板上，然后板着脸对余春敏说："我们走吧！"

余春敏也不说一句话，跟随杨世达走出去。

他们俩下得楼来，在小区出口处一棵大树下停住了脚步，谁也不说一句话，谁也不想再往前走。他们的眼眶里饱含着泪水，在路灯的照射下闪闪发光。他们都想不明白，乡下人得了重病都想到上海来就医，为什么杨世达生了重病，现在就住在上海，儿子还在上海工作，本来他的条件比较好，可为什么不带父亲去上海的医院治疗，而非要让父亲回到乡下去求医？

他们的心都凉了！

杨世达流着眼泪对余春敏说："唉，我万万也没想到我一个重病之人，身在上海不能进医院治疗，反而还要回到乡下去就医，我想我们的命是真苦啊！在孩子的心目中我们并没有多大的位置，恐怕我们今后的日子也不好过啊。"

"嘿，你现在才知道我们今后的日子不好过啊，弄不好我们今后还真没好日子过啊！"余春敏也边流眼泪边说。

"是啊，我明天就要离开上海，回去以后的第一件事就是到医院去做前列腺检查。我觉得我的病好严重，再不治疗恐怕要花一笔大钱。"杨世达无可奈何地对余春敏说。

"花大钱？我们拿什么钱花呀？叫山儿陪我们到医院去检查一下都不可能，到超市去买点在火车上吃的东西都不行，还想让他们花大钱替你治病吗？莫想啊！"余春敏还是哭个不停，她几乎控制不住自己。

"难道我就这样在家等死不成？"杨世达的眼泪成了断了线的珠子，一个劲地往下掉。

"一切听天由命吧，指望着老天爷保佑我们手脚强健，不生病痛就好。死是不值得怕的，人人都有这么一回，就是怕病魔啊！唉，这些都是命啊。"余春敏边哭边说。

老两口哭了好一阵，后来擦干了眼泪，到附近一家超市买了两桶方便面，一包卫生纸，其余什么也没买。从超市出来，一路上两人谁也不说话，慢慢地拖着沉重的脚步往回走。

杨世达叫开了门，是杨明山开的。只见杨明山手里拿着一本书，鼻梁上架着眼镜，两个孩子还是在地板上摸爬滚打，还没洗澡。刘玉芬一个人坐在那里看电视。

杨世达和余春敏换了鞋以后，准备回房睡觉，他们今晚上不想看电视。这时杨明山放下手中的书，抬起头来对爹妈说："爹，妈，你们今晚不看电视啊？孩子还没洗澡呢。"

"玉芬不是要留你在家里给孩子洗澡吗？"余春敏说。

"小东西太顽皮了，他们都不要我给他们洗澡。"杨明山无可奈何地说。

"唉，真没办法。来吧，小宝宝，奶奶来给你们洗澡好不好？快过来呀！"余春敏招呼两个小孩到卫生间去洗澡。

杨世达一个人在房间里整理行李，他的眼眶里含满了泪水，沉着脸一句话也不说。

"爹，你是明天下午五点钟的车，你急什么呀，明天还有一上午，还怕收拾不好东西？又没什么东西，休息一会吧。"杨明山来到父亲身边对父亲说。

"我不想看电视，我想睡觉。明天晚上在车上是肯定睡不好的，坐车会比较辛苦。你也早点休息吧，明天还有明天的事。"杨世达无精打采地对儿子说。

"现在还好热啊，你睡得着吗？这电风扇的风又不大，唉！"杨明山想关心父亲，但更多的是无奈。

"睡不着也得睡呀。电风扇的风不大我又有什么办法？我只能是这个命，也只有这个条件，躺在空调下一身臭汗，说出去真要被人笑话！唉，不说了，反正我明天就要离开上海。这一个夜晚的工夫是容易过去的，再热我相信这一夜也热不死我，这么多天不也熬过来了吗？你呀，什么都不要说了，休息去吧。"杨世达非常伤心地对杨明山说。

杨明山也没再说话，转身出去。一会儿他又回来了，从口袋里掏出一千五百块钱对杨世达说:“爹,这是一千五百块钱,你把一千块钱给二哥,这是两个侄女今年下半年的书钱学费,另外五百块钱你留着用吧。”

“我不要这五百块钱,五百块钱对我起不了什么作用。我的病这么严重,不在上海治,就是回去也没钱治,这五百块钱也救不了我的命。算了!算了!”杨世达非常气愤地对杨明山说。

“你要怎样才行呢?”杨明山问道。

“你二哥二嫂天天吵架,而且还整天泡在麻将桌上,他们除了赌博就没事做,这样的人你给他再多的钱也是搬山填海,你有这个能力吗?这一千块钱我不带去,你自己直接汇去好了!”杨世达说。

“那,这钱就由你来支配使用吧,钱你还是带去。”杨明山低声地说。

“还是直接给二哥二嫂好啦,又何必多此一举呢!”刘玉芬突然走过来说道。

“那你们就汇过去吧,我还省得劳这个神!”杨世达又将钱丢在桌子上,上床睡觉去了。

余春敏从卫生间出来,把两个小孩送到刘玉芬身边,然后她也回房去睡了。

一夜无话。

2

第二天上午杨世达老两口什么地方也没去,只是待在家里慢慢消磨漫长的时间。余春敏今天的午饭也提前做好了,她认为万事宜早不宜迟,提前吃了午饭稍微休息一会儿就动身去火车站。杨明山和妈妈一道送父亲到火车站去,刘玉芬留在家里带孩子。

杨世达他们三个人坐地铁直到火车站下车,出地铁站他们就进入候车室找了位子坐下来。三个人各有心事,都不说话,他们都不想再说什么，只是默默地坐着。时间似乎过得太慢，杨世达过不了多久就要去一次卫生间，回来时总要抬头看看墙上的那只大挂钟，他怀疑那大挂钟有问题。他们就那样在那里慢慢地受着时间的折磨！

检票的时间终于到了。杨明山提着行李招呼爹妈一起挤在排队检票的人群里，慢慢地向检票处移动着脚步。进了站台，杨世达上了车，杨明山将行李送上车安顿好后跟父亲打了招呼就下车了。

离开车还有十来分钟，杨世达脸朝窗外表情严肃，他只是望着余春敏，眼里含着辛酸的泪水。这时杨明山将一个牛皮纸信封塞给妈妈，用低沉的声调说："妈，你把这个交给爹爹吧，总不能让他就这样两手空空地回去呀！家里什么都没有，什么都要花钱呀。我也没办法，说起来工资高钱多，可开支太大了，我们的日子也不好过呀。"

余春敏知道那信封里装的还是那一千五百块钱。她想老头子如果坚持不要这个钱，恐怕在他离开上海后儿子儿媳妇之间会发生一场较大的风波。还是让达子带回去吧，达子这么重的病，到了上海得不到治疗，反而还要回到农村去治，真是。唉，算了，算了，还是我们自己受点委屈吧。于是，她拿着这个信封，朝车窗口走去。她眼含泪水，低声地对杨世达说："达子呀，这个你还是带回去吧，免得生出许多事来。我们就受点委屈吧，要不然儿子儿媳妇间又会闹出一场风波。唉，没办法，这都是我们的命啊。车快开了，不要再犟了，再犟下去也改变不了什么，谁叫我们现在已经老了。回去后要尽快地把病治好，这是头等大事啊！"

杨世达见与自己同甘共苦四十多年的妻子这等模样，心中有一种说不出来的味道。他深深地叹了一口气，从妻子手里接过那个沉重的信封，他的眼泪终于无法控制地掉了下来。他朝妻子凝视了好一会，什么也没有说，也说不出来什么。

就在他们两对泪眼相望时，一声长鸣的汽笛让他们回过神来，火车徐徐启动了。余春敏先是跟着车走，后来终于跟不上了，就站在那里向车窗口的杨世达频频挥手，车上杨世达的一双泪眼始终盯着余春敏，直至渐渐模糊。

天刚亮，杨世达坐的那趟车就到了景德镇火车站。他提着行李走出车站，来到车站广场上。虽说天刚亮，广场上的人却不少，都是各种来拉客的。杨世达一过来，七八个人就立即围上来，问他去哪里，要不要车。杨世达好不容易冲出人群回过神来，心想，这些人真讨厌，我要坐车自然会招呼的。唉，走吧，反正到明星那里也没有多少路。他提着行李慢慢地朝明星家走去。

杨世达提着行李走到明星住的小区，他一口气爬上五楼，叫开了门。开门的是杨敏不是明星，杨敏没说什么，看样子还刚起床。小孙女玉屏还在床上睡觉。他放下行李，一边换鞋一边问杨敏："明星还没起来呀？"

"他昨晚值夜班，在医院没有回来。"杨敏回答。

"哦，他昨晚上没回来，今天什么时候回来呀？"杨世达又问。

"不晓得呀。"

杨世达这时急需洗一个澡，他一身汗臭味弄得他自己都怪难受的。

洗完澡从卫生间出来，杨世达看了看手表，时间还早，他不想在家里吃早饭，在晾好衣服后就对杨敏说："杨敏，我到明星那里去，不在家里吃早饭啦。"

"吃了早饭再去呀。"杨敏说。

"不吃了，我怕时间来不及。要是可能的话，我今天下午想赶回家去。"杨世达说。

"今天你还要赶回家？在这里住一晚不行吗？你等下回来好好地休息一下，昨晚上你坐了一整夜的火车肯定没睡好啊。"杨敏关心地说。

"好啊，等会看情况吧。我走啦。"杨世达边说边朝门外走去。

医院里，杨明星他们正在吃早饭，他没想到父亲这么早就到了，而且还到他的医院里来了。他忙放下手中的碗筷站起身来。

"爹爹这么早就到了，你在这里坐，我去打粥来给你吃。"杨明星安排父亲坐下后就到厨房去了。

“那一些伪劣药品为什么还这样走红呢？”杨世达还是弄不清楚。

“这些都是上面政府的事啊，我们是无能为力的。像药品监管、工商管理他们不认真抓管，我们这样一个乡级卫生院还有什么能力来管这些药店，我们只能是履行自己当医生的职责，好好替人看病，认真给病人开药，其余的就无能为力了。”曹医生颇为无奈地说。

“那你们医院的效益肯定差，是这样吗？”杨世达还是问个没完没了。

“效益吗，这要看哪个方面的效益，是经济效益还是社会效益？”曹医生反问道。

“当然是经济效益呀。”杨世达补充说。

“医院的宗旨是救死扶伤。我们不是属于商业盈利性的企业单位，我们只要保本经营就行了。可是近年来医院的挂号费都难收到，经济收入大受影响，有时候连工资都难发出来。难哦。”曹医生说。

“啊，原来是这样。”杨世达心中的一个疑团解开了，但他又有另一个疑团：为什么会出现这样的情况？

4

杨世达回到曲庄后，他自己煎中药，料理自己的生活。他以为在云岗医院经过一个来星期的治疗，他的病情应该是稳定下来了，不会有什么大的波动，于是，他一颗忐忑不安的心暂时放了下来。闲下来时，他不由得思念远在上海的余春敏。回曲庄以后，杨世达给余春敏打了几个电话，每次都有说不完的话。余春敏也非常担心他的病情，但她远在上海，不能照顾他，只能是通过电话道几声问候。

没想到的是，杨世达在从云岗回到曲庄的第三天夜里，病又发作了。这一夜他根本就没睡，过不了几分钟就要拉尿，可是每次又拉不出几滴尿来。膀胱里的尿越来越多，胀得他实在忍受不了，感觉膀胱都快要爆裂了。他拿起电话拨通了一个熟悉的号码:“喂,是刘师傅吗?我是杨世达呀。”

“哦,是杨师傅啊。这么晚了还打电话来,有什么事需要我帮忙吗?”刘师傅非常客气地说。

“是的,我病得好厉害,我想请你送我到县人民医院看急诊。请你帮帮忙啊,我实在受不了!就我一个人在家里,你能不能快点过来呀?”杨世达焦急地对刘师傅说。

“啊,现在我不能来呀。”

“为什么?”

“因为你那边一段路不好走,晚上车子不好开,要来也要等到天亮才能来。我看这样吧,等天亮我就开车过来接你,好吗?”

“这样啊,我只好等到天亮了。”杨世达无奈地放下话筒,又赶紧朝厕所跑。

天大亮的时候,一辆黑色大众轿车停在杨世达的大门口,等杨世达上车后,小车就朝县城的方向驶去。

杨明杰早已在县人民医院门诊部等候。因杨明山陪同一位外宾到本县来办事还没走,他也和大哥一起到了门诊部。泌尿科的胡主任也在这里做好了应急处理的准备工作。

上午八点多钟,小轿车驶进了县人民医院。杨世达一下车,就直接进了急诊室。

经过胡主任做导尿处理后,杨世达轻松了许多。昨晚又胀又痛,一直没睡觉,现在轻松了,舒服了,杨世达躺在急救室病床上睡着了。

住院手续办好后,杨世达在病房住下来。

第二天,由于工作的需要,杨明山和那位外宾离开了县城。杨明举和杨明星都请假赶到县人民医院来了。

这时正值国庆节期间,县里召开体育运动会,县委书记、县长都参加了比赛,全县各乡镇、直属机关、学校、事业单位、企业等都派出了体育代表队，其规模之大、参赛人数之多，超过了历届县体育运动会。

身为体育局局长的杨明杰，此时分外忙碌。他一方面要主持这次运动会，还要及时处理各个赛场传来的报告，协调各个体育代表队的赛事安排，他也惦记躺在医院病床上的老爹。白天他根本就没时间到医院去看老爹，只有晚上九点钟以后才匆匆赶到医院去看望一下，有时刚进病房手机就响了，他又不得不去应付。幸好这时他的两个弟弟都从外地赶了回来，他才稍稍喘了口气，可在内心深处，他时时挂念着躺在病床上的老父亲。

一天夜里十点钟后，杨明杰还是到医院来了。他进门看见明举、明星还在陪父亲说话，心里非常高兴。杨世达抬起头来，对他凝视了好久后，关切地对他说："杰儿，这么晚你还过来。这几天你也够累的，要注意身体呀。"

"大哥，这些天来，爹爹的病情不见有什么好转，而钱又花了不少。我查看了这几天医生开的药，都是一些刚投放市场的新药，还都处在试验阶段，这些新药价格又贵，效果并不好。我认为再继续用这样的药，效果不好。我想从明天起叫医生不要开这些试验药品，还是用点常规药。你看行吗？"杨明星对大哥说。

"这个我不懂，你是做医生的，你跟医生沟通一下就行。我不管什么新药、老药，只要能治好病就是好药，以治好病为原则。这几天花了多少钱？"杨明杰说。

"到今天为止，入院八天共花去一千三百五十二元，这全是药费，还不包括各项检查费用。"杨明星说。

从第二天开始，杨明星向值班医生建议，他爹不再用那些新药，改用常规药治疗。这样几天后，杨世达的病情有所好转，而且药费也降了一大半。尽管病情有所好转，可胡主任还是不肯取下导尿管，他一再建议进行手术治疗，他说只有做前列腺切除才可以根治。杨明杰担心手术风险大，怕手术中父亲有个什么闪失那就糟了，他不好做这个决定。明举、明星也拿不定主意，明山出差在外，明阳还在云岗。他们一时也下不了决心。

中秋节到了，杨明杰特意在县城一家酒楼订了一席酒宴。酒席有两个意思，首先是过节，这中秋是中华民族传统节日中仅次于春节的一个团圆节；其次，他们的父亲已决定做手术，手术的日期就在中秋节之后。所以，这次的酒宴除了他们父子四人，还邀请了几位在县城工作的老乡和几位要好的朋友。

杨世达的家庭是一个大家庭，全家共有二十多口人，六个子女都分散在全国各地。前几年杨明山在国外工作，他们家逢年过节都难得团聚。今年中秋节还算可以，他们父子四个在一起过。晚上在席间，杨世达接到了余春敏从上海打来的电话、杨明山从上海打来的电话、小霞从广东惠州打来的电话。杨明杰还特意买来了父亲最喜欢吃而在乡村又不容易吃到的葱酥饼。酒席上，每个人的脸上都堆满了笑容。

杨世达是个细心的人，他心里非常清楚孩子们此时的心情：他们都在为他的手术担心。他发现老大明杰在席间频频举杯劝酒，然而在眉宇间却流露出深深的忧虑；在端杯饮酒时，他的脸上虽有一种极不自然的笑意，但他的眼眶里却是泪光闪闪，还不时用餐巾纸擦拭着眼睛。

老四杨明举，天生是个乐天派。他性格活泼，体格健壮，杯中之物是他的一贯所好，而且能言善辩，每逢酒席场上他总是一个很活跃的人。可是今天，他像换了一个人似的，除了很斯文地陪几位老乡、朋友喝几口酒外，就是陪父亲喝果汁，很少说话。

性格内向的老五杨明星，今天更是格外的沉静，从开始到现在还未开口说过话。他坐在父亲的身边，只是间或向父亲的碗里夹菜，招呼父亲吃喝。他的眼里也含满了泪水，只是没让泪水掉下来。

几位老乡和朋友今天都像是有什么心事一样，表情严肃，动作、说话都有点不自然，没有往日那么多说不完的闲话。他们的每一个细微动作，杨世达都看在眼里。

一向善于察言观色的杨世达，今天将席间每一个人的表情都看清楚了。他心里非常清楚,大家都在为自己的手术担心。他心里非常明白,上手术台不管是大手术还是小手术,风险总是存在的。他知道自己的病要想根治,唯一的办法就是做切除手术,这样风险比较大,可是如果保守治疗,自己总有一天要被尿涨死的。长痛不如短痛,他自己决定进行手术治疗,可是孩子们还是下不了这个决心,他们担心他年纪大,手术风险大。杨世达下了决心,心里倒坦然了,他认为人只要活在这个世界上,就少不了病痛,免不了衰老,逃不了死亡。人生在世,生老病死人皆有之,你怕也不行,躲也没用,要来的总是要来,唯一的办法就是直面冷对!于是,他端起桌上的一杯果汁,站起身来笑容满面地对在座的人说:“我今天非常高兴,能有这么多人在一起过中秋节,我今天的心情特别好! 我要告诉大家,我决定做手术,希望你们不要为我担心。我相信手术会百分之百的成功。来来来,为预祝我的手术成功干杯!”

场面顿时活跃起来了,大家都频频举杯,互相祝贺,当然说得最多的祝词是:祝老人节日快乐!祝老人健康长寿!祝老人手术成功,早日康复!

这天夜里,他们在这家酒楼一直聊到晚上十点多钟才散去。

5

第二天上午,杨明举陪着父亲到各科室去做手术前的检查。上午查房时,胡主任有意将杨世达的导尿管拔了,让其自然排尿,好在做 B 超时能测出他的膀胱里到底还有多少残留尿液。

最后一项检查是 B 超。这时离上午下班的时间还有半个多小时,做个 B 超也不过十几分钟,时间还来得及。而且胡主任也吩咐过一定要在上午检查完毕,下午他要会同各有关人员讨论与这次手术有关的问题。

杨世达刚进 B 超室,就觉得尿撑得受不了,于是他对做 B 超的李医生说:“对不起! 李医生,请等一下,我要去小便。”

“哎,你也真会挑时间,早不小便,晚不小便,偏偏在这个时候小便。等你到楼下去小便,我们都要下班了。快快快！你到那专用厕所去小便吧,这是钥匙。你快一点啊!”李医生紧皱双眉绷着脸,态度生硬地掏出厕所的钥匙递给杨明举,叫他快点带他爹去小便。

杨世达从厕所回来,双手还提着裤子,李医生又催促他说:“快点快点,我的老爷呀！你没看见人家都在准备下班吗？”

李医生以最快的速度替杨世达做完了 B 超，这时离下班的时间还有十多分钟。李医生一边收拾东西又一边催杨世达父子赶快离开 B 超室。杨世达提着裤子,和明举匆匆离开了 B 超室。

晚上九点多钟,杨明杰又到病房来了。今天他似乎比较轻松,心情也比往日好多了。他将公文包往床上一放便倒在床上,接着又双手抱着后脑从床上起来,清了清嗓子,对父亲说:“爹,今天我与胡主任商量好了,你的手术时间定在本周日上午。省里的潘教授会坐早班车来,大概十点钟以前就可以到。这里做好一切手术前的准备,等他一到就进行手术。你还有什么意见吗？”

“我没有什么意见。我的身体素质好,完全可以经得住这次手术,你们可以绝对放心。”杨世达非常镇静而又非常自信地对儿子说。

第二天晚上十点多钟,杨明杰带着胡主任来了。他对父亲说:“爹,明天上午就要做手术,你千万别紧张啊,一些具体事项等下请胡主任向你介绍。”

胡主任面带笑容地对杨世达说:“老先生，我们决定明天替你做手术,将你的前列腺切除掉,这样你的病就可以根治。你不要过于紧张、害怕,这也不是什么大手术,只不过比一般的小手术难度要大一点而已。像这样的手术我们医院做过好多例,都是百分之百的成功,绝对没有什么风险,你可以放心。况且,我们还在省里请来了一位资深的专家为你主刀,更有把握成功了。你明天要配合我们医生,千万不要有恐惧心理,只要配合得好,我保证你的手术是绝对成功的。”

杨世达听了胡主任的话从病床上坐了起来。其实他并不害怕。他小时候跟着妈妈学过一些中医知识，知道像他这种病，要是在旧社会只能靠吃中草药来维持，不但不能根治，而且也维持不了多久，病人就会因尿毒症而死亡。今天医学发达了，像前列腺这样的疾病可以通过手术来达到根治的目的，所以他不但不害怕而且还有些高兴。他笑着对胡主任说："胡主任，谢谢你对我的关照！你们替我做手术是帮我排除体内的地雷，还给我健康，我还有什么好担心的，我高兴都来不及呀，你们放心好啦，我会尽最大的努力配合你们。"

9月23号上午，杨世达的前列腺切除手术如期进行。

手术室里。杨世达的手术在潘教授的主持下紧张有序地进行。一个半小时后，手术结束。

等候在手术室门口的杨明杰兄弟，看见父亲从手术室出来了，都一下子围了过去问这问那。

胡主任走到杨明杰跟前高兴地对他说："小杨啊，老爷子的手术非常成功，他本人也配合得非常好，现在你们兄弟可以放心了。要不了几天，老人家就可以康复出院了。"

"谢谢，谢谢你们各位！"杨明杰兄弟三人向潘教授、胡主任他们连声道谢。

一辈子操劳为哪般

1

杨世达出院后在县城的那幢杨家小楼休息了几天，余春敏也赶过来了，在这里照顾他。手术很成功，排尿不尽的毛病没有了。八天后拆了线，伤口愈合得还不错。又过了两天,他们离开了那幢他们亲手建造起来的房子,又回到了曲庄的老屋内。

午饭是在余春光家里吃的。昨天下午余春敏就估计到家里一定是乱七八糟的,无法开火做饭。她是2月初离开家去山东、上海的。现在是10月了,她有八个多月时间没在家,杨世达也有四五个月没在家,家里到处都是灰尘、老鼠屎,没有一两天是收拾不好的。虽然在县城带了些菜来,可她没办法做啊,于是她就给弟弟打了个电话,叫他准备今天的午饭。

屋里来了许多人。曲庄村里的人听说杨世达和余春敏回来了,而且杨世达还是刚开了刀回来的,都先后赶来探望。这些人都是他们平时要好的朋友,有些还是亲戚。不一会儿,他们的小屋子里挤满了男男女女老老少少,杨世达和余春敏简直应酬不过来。杨明杰在那里不断地给大家递烟,有些年老的长辈,余春敏还要端茶倒水招呼他们,一些小孩也跟着大人来了,余春敏就分些糖果、水果给他们吃。

小屋里非常热闹,杨世达和几位亲友在说话。余春光的老婆进来了,她笑着对余春敏说:"姐,姐夫还好吧?饭好了,叫明杰带大家都过去吃饭吧。"

午饭后,杨明杰在小屋里又陪着客人坐了一会儿,然后他看了看表,站起身走到父亲身边,轻声地说:"爹爹,时间不早啦,三点多钟了,我该回去了。你好好保养,千万不要用力,不要喝酒,有什么事就打电话给我。天气还这么热,这段时间千万不要洗冷水澡。你也是快七十岁的人了,这次又做了这么大的手术,身体还没完全恢复,千万要注意自己的身体呀!"

"你们早点回去吧。我没事的,你放心好了。"杨世达若无其事地对儿子说。

杨明杰回去以后,余春敏就开始忙碌起来。她先是收拾好卧室的床铺,让达子早点休息。接着对厨房进行了个大扫除,今天晚上要自己做饭吃。

杨世达休息好了以后，首先要做的事是将电视线接好。他最喜欢看电视、听广播。这四五个月来，他住在明山那里电视看得少，广播没得听，他快要被那种庙里一样冷清的环境折磨死了，可又毫无办法。明山那里有电视，刘玉芬就是不让看，说是为了节省电费，即便是看一下，也是无声的，说是怕吵，这使他大为扫兴，十分憋屈。今天他们又回到了曲庄的老屋里，在这里他们是主人，这里是他们的天地，他们可以无拘无束地看电视、听广播。难怪他们的邻居都说，只要杨世达回来了，我们这一带前前后后就热闹起来了。这话一点也不夸张。杨世达平时写作的时候收音机总是响着。他有一个怪癖，他无论写点什么东西或思考一个什么问题的时候，要是不打开电视或收音机，他简直连一个字都写不出来，什么问题也考虑不清楚。他的这种怪异性格，有时连余春敏也觉得讨厌。

总算安顿下来了，要过上舒坦的日子了。但这样平静舒坦的日子没过几天就到头了。

一天夜里，余春敏和杨世达正在看电视，忽然桌上的电话铃响了。余春敏拿起电话，里面传来胡惠珠的声音："喂，妈呀！爹爹近来还好吧？没什么事吧？我们准备后天动身到外面去打工，你明天最好赶到云岗来过夜。嗯，我们都准备好了。啊，就这样，就这样啊！爹爹？他自己还不能管自己呀？这个我有什么办法？我这里两个小孩总要有人管呀！叫爹爹克服一下吧，要不叫爹爹一块到云岗来也是一样的。啊，不行！那边我已经联系好了，不能误事的。妈呀，你一定要来呀！好，就这样。"

余春敏还想说话，对方已经放下了电话。她看着杨世达，欲言又止，眼里含着泪花。

老伴和儿媳妇的通话，杨世达听得很清楚，他显得很平静，慢慢地对余春敏说："他们到底还是要走了，这也不是什么大不了的事。我早就知道这一天迟早是要来的，现在终于来了。现在你应该知道胡惠珠为什么以死相逼，要你从上海回来的用意吧。他们要出去打工，两个小孩需要有人关照，这也是我们的一份责任啊。不过她不应该用这样的下流手段，她应该与明山夫妻俩商量，兄弟之间要加深理解，在我们家里没有解决不了的事。胡惠珠这样做是不道德的，明阳又是一副不争气的样子，轻活做不来，重活又不愿做。但他们总要生活呀，你明天还是去吧，我一个人在家里没有事的，反正也不远，有空就回来看看。没办法，我们就是这种劳碌命啊！”

为了照顾两个孙女，余春敏还是到云岗去了，留下杨世达一人在家里自己照顾自己。她也是无奈之极呀，不然，又怎么舍得在这个时候让达子一个人留在家里呢？他还是一个需要人照顾的病人啊！于是，她跟当年在云岗中学念书时一样，星期五下午赶回曲庄，星期天下午或星期一早晨又赶回云岗去。回到家里她也没得闲，洗衣、做饭、种菜，有时还要上山去砍几捆柴。她非常辛苦，可又有什么办法？本来她和杨世达可以静下心来过日子，可儿孙们一有事，他们又得忙碌起来。他们的时间、精力、喜好、身体，甚至生命，都不属于自己。

杨世达的身体刚刚恢复，又继续写他的小说。从1989年开始，除了生病以外，他没有停止过写作。他的书稿总是随身带着，现在快要写完了，他更是抓紧时间夜以继日地写。可是余春敏到云岗去了之后，他每天要料理自己的生活，因此用去了他不少时间，他感到十分惋惜，可又毫无办法。

2

春节过后，杨世达的孩子们大多数都回工作单位上去了，杨明阳没找到合适的工作还待在云岗没走。曲庄又只剩杨世达和余春敏两个老人了。天气还冷，他们决定什么地方也不去，等春暖花开的时候再看情况到外面去走走。

今年的春天与往年有些不同，雨水特别多。杨世达和余春敏什么地方也去不了，只好天天待在家里。杨世达天天照样写他的小说，余春敏每天操持家务，还做些针线活，他们的生活过得清闲自在，就是手头的钱在一天天减少，一时又得不到补充，他们心里都有些着急。

眼看就到清明节了。一天晚上，余春敏收拾了厨房以后来到堂前看电视，她对杨世达说："达子，看来今年我们什么地方也别想去了。你看电视、广播天天都在讲'抗击非典'，有些地方交通都中断了。我看这样吧，我们还是在家里种几分田，反正闲着也是闲着，种下去了总会有收获的，我们自己吃的总有啊。即使没有钱用，我们有饭吃也就不会饿死呀。我们的一点生活费又来得不容易，这样在家里硬撑下去也不是办法呀。现在什么都要钱买，我们哪来的钱啊！"

"我们的日子是不大好过啊。在外面的人看来我们是过神仙一样的日子，可事实上我们过的是朝不保夕的日子啊。我们心中的苦又有谁知道，只有我们自己明白。再难过这日子我们总还是要过的，种那几分田又能解决什么问题？农民们都说现在种田亏本，加上我们又是外行，赔得起吗？"杨世达说。

"达子啊，我们都到了这把年纪，你以为我想种田啊？我是说现在的田好种，什么都用机器来搞，插秧又不用一棵一棵地插下去，只要抛下去就行了，也不用耘草，撒点除草剂就没事了。春上雨水多，早稻是没问题的。二季稻也不会有什么大问题。再说面积也不大，只有三四分田，一般年景两季也能收到七八百斤粮食，我们俩一年都吃不完。"余春敏慢慢地分析道。

"真要种也不是什么难事。我担心等我们弄出个头绪来，孩子们又要打电话来叫我们去，到那时真是两头不照应啊，别的事我没什么好担心的。要种现在就要育秧，可我们秧田都没有。"杨世达说。

"不管那么多了，我们也只好走一步看一步了。我现在就去买秧盘，看看春光的田里可不可以放得下去，总共也只有二十几块秧盘，也占不了好大的地方。叫惠珠捎点谷种来，我们就可以浸种催芽了。"余春敏来了一股子劲,她是一个一刻也闲不住的人。

他们说干就干。在准备种那四分水稻田的时候,还请人将那抛荒多年的八分旱地也耕整了,他们计划在旱地里一半种大豆,一半种花生,这样,他们稻谷黄豆花生样样都有了。在春天孕育希望的季节里,他们看到了秋天的收获。

春天过去了,雨还是下个不停,旱地里由于积水太多,光照时间少,有些作物都浸泡死了。

一天上午,杨世达和余春敏从花生地里拔草回来,路过一块大田,看见田里的水好深,草也很多。这也是他们家的责任田,面积有两亩多,由于杨明阳不愿在家种田,前几年都是转包给别人种,今年没人种,抛荒在这里。余春敏见到这种状况,心里有了一个新打算。

中午吃饭的时候,她问杨世达:“达子,你看我们的那块大田怎么样?”

“大田还不是大田,还能怎么样?”杨世达一下不知余春敏的意思,随便应道。

“我想,要是将那块大田也栽上一季晚稻,说不定也有一千多斤谷的收成啊!”余春敏说。

“我就知道你是一个永远都不知足的人,吃着碗里还要望着锅里的。这样吧,反正晒一筐谷要赶鸡,晒一担谷也还是要赶鸡,种四分田是种田,种四亩田也还是种田,种就种吧。我们今年种一年田也不会有什么坏处的,还可以改善我们的生活,起码我们不用掏钱买米吧。至于种田需要的化肥、农药、种子、人工和机耕费这些开支,我们可以用卖农产品的收入来支付。吃是吃不了那么多东西的。”杨世达说。

杨世达和余春敏在家种田的消息传到他们的儿子那里,孩子们纷纷从各地打电话来责怪他们,让他们哭笑不得。

杨明举是第一个打来电话反对的,他在电话里说:“爹,妈,你们为什么现在还要在家里种田啊?要是弄出个什么毛病来我可不管了,谁叫你们闲得不自在，待得不耐烦呐，硬要找事做。真是的！”

杨明杰也在电话里说：“爹，妈，你们也不想想，都这把年纪了，爹爹去年又动了那么大的手术，身体还不是很好。没想到今年你们还在家里种起田来了，这叫我们这些做儿子的面子往哪里放啊？我们就是再困难也不能让你们再去受苦啊！”

杨明星在电话里说：“爹，妈，你们现在还种什么田啊！现在农民们都说种田没划算，弄不好还会亏本。”

杨明山在电话里说：“爹，妈，你们的日子难道真的过不去吗？怎么又突然种起田来了？”

“山儿，我们过得去过不去你还不清楚吗？说起来好听，你们兄弟五个每人每年给我们一千块钱生活费，可是我们又得到了多少？除了你和明杰，其他人的都是问题。明举今年还没有给钱，说是要等到下个季度，去年他一分钱也没给我们；明星自己的工资低，去年又生了一场病，请了几个月的假，减少了好多收入，家里的事他一个人也做不了什么主；明阳是分钱不给的，去年我的手术费用他一分钱也没承担，他连自己都难保。这样算起来我们一年又能有多少钱花？在家里还有人情往来，加上日常生活，你算算看，我们这一点点钱能开销得来吗？”杨世达在电话里对明山说。

“那两亩多田又收得到多少东西呀？”杨明山问道。

“管他收得到几多东西，反正我们自己吃的总收得到吧。”杨世达说。

“你们一年又吃得了多少粮食？”

“我们一年一千多斤谷总要吃吧。”

“一千多斤谷也不过几百块钱的事。”

“几百块钱也是钱啊。我们有时连电费、电话费都没钱交，你知道我们的日子过得多难吗？”

“难道他们都不管吗？”

“他们要管也只能是这样啊，你认为我们好过吗？”

……

杨明山不好再说什么了,他也无话可说。

一天夜里,余春敏接到杨明星打来的电话。他说杨敏去年参加国家公务员考试被县里一家单位录取了,五月份就要到新单位去上班。他自己由于考试前生了一场大病,耽误了复习没有考好,仍然在原单位上班。现在的问题是,杨敏走后女儿上幼儿园没人接送,他想叫妈妈去帮助他照顾一下女儿,等放了暑假他就将女儿送到外婆家里去,这样妈妈就可以回到曲庄来割禾了。

余春敏放下电话沉思了片刻,然后对杨世达说:“达子,你看这事怎么办呀?杨敏要到县里来上班,明星叫我去照顾玉屏。我走了家里的事就全落在你一个人身上了。你种田又不在行,加上去年又动了手术,身体也吃不消。明星那里不去又不行,去了家里的事我又丢不下,唉,真难呐!”

“这有什么为难的。到明星那边去是为了人,在家里是为了田地。万事以人为本嘛,你还是去吧。不过我不能去,我要在家里照看田地,虽说我不能做什么,到田地里去看看也还是可以的。假日里你能回来就回来看看,万一不能回来也不要紧。反正我们只能顾到一头,两头都顾到恐怕不容易。”杨世达对余春敏说。

杨世达和余春敏虽说自己的日子不好过,对儿子们钱给得少有些怨气,但听说儿子有困难还是义无反顾地站了出来。就这样,余春敏又到杨明星那里带孙女玉屏去了。

天气开始一天天热了起来。

每年开始进入夏季后,杨世达就要开始淋冷水浴,可是今年不行,一则久雨低温现在还很冷,二来去年他做了一次手术,伤了元气,身体还没完全恢复。他早就想淋冷水浴,可是他又不敢淋,怕万一弄出个什么毛病来,不但自己吃苦,还给孩子们添麻烦。他早就想做一个洗澡间,买一个热水器,可是全家人喊了两三年也没见到洗澡间的影子。他在端午节前到云岗去了一次,他的一个朋友是搞水电安装的。他找到了这位朋友,想请他帮忙赊一台燃气热水器给他。他的要求是农历十月结算还钱,因为那时候农产品都已上市,他的计划是卖了花生、二晚以后来还钱,况且也只是三四百块钱的事,数字不是很大。这位朋友满口答应了。

杨世达回家后将买热水器的事在电话里对杨明山说了。他没接触过这些东西,对其质量、性能都不了解,想问问明山,了解一下情况。

杨明山在电话里说:“那么便宜的热水器质量可靠吗?安全有保障吗?”

“这个我哪里知道。不过目前云岗大多数人家都是用这种热水器的。他能赊给我还是人家给的面子呢。”

“我看那样的热水器还是不要的好。一般的热水器要五六百块钱,好一点的要一千多块钱,再好一点的要几千块钱。我看这种热水器不能要,即使是赊来的,到时候也还是要给钱的。”

“这个赊来的又不能要,我又没有那么多钱买好的,那热水器怎么办呀?”

“爹,你还是先别急,反正现在天气还不那么热,用不着天天洗澡。我看再等一段时间吧。”

几天后,杨明杰要到上海去,杨世达想叫明杰在上海带一台比较好一点的热水器回来,买热水器的钱叫明山想办法,万一热水器不好带就叫明山拿点钱来。半个月以后,杨明杰两手空空地从上海回来了。

这样的结果是杨世达始料未及的,他从此彻底打消了做洗澡间的念头。他不明白做一个很简单的洗澡间为什么会有这么难,难道这洗澡间会是他们永远也圆不了的梦吗?杨世达不相信,他坚信自己的梦想一定会成为现实。

进入盛夏以后,天气酷热难耐,杨世达顾不得许多,照样淋冷水浴。他硬是这样挺过来了。

3

暑假里,余春敏又回到了曲庄。

到家以后,余春敏又开始忙碌了。暑假是农村一年四季最忙的季节。他们虽说只有两亩多水田,几分旱地,可也够她一个人累的。这些日子她天天在田地里干活,杨世达也帮不上什么忙。

余春敏回来以后,没有好好地休息过一天。有时候天气稍微凉快一些,她就到山上去砍柴。她认为烧柴最划得来,因为柴不用花钱去买,只要有力气去砍就行。而煤、煤气和电都要花钱去买。她不让达子烧煤球,她认为一两个人烧煤球与三四个人烧煤球没什么区别,但人越少烧煤球越划不来。一壶水要一个煤球才能烧开,而七八只热水瓶要烧两三冲壶水才能灌满,恐怕要烧两个煤球。要是大灶烧柴,一大锅开水也要不了几根柴,一捆柴可以烧七八天,一个月也只要三四捆柴就够了。于是,余春敏规定,每天早晨用柴烧一大锅开水,将家里的热水瓶全灌满,这样他们全天用的热水都有了。烧饭用电饭煲,炒菜用煤气,早晨用微波炉热菜。这样一来,能省下不少钱来。

杨世达过日子不会有那么精明,他是不会这样精打细算的,难怪余春敏总说他是“消费大王”或是“浪费大王”,反正杨世达也习惯了,随她叫去吧。

余春敏就是一宗事舍得花钱,那就是买收音机,看电视。她在这方面舍得花钱,舍得用电。至于打电话她很少打长途,她要打孩子们的电话也是先打过去,等接通了以后就立即挂断,再等孩子们打过来。她认为这样多少可以省点钱。杨世达对她的这种做法不屑一顾,他认为打过来打过去都是自家的钱,孩子的钱也是自家的钱。有时为了打一个电话两个人还要吵上几句。

短暂的暑假又快要过去了。开学后,杨敏为了减轻婆婆的负担,不让老两口分居两地,决定将女儿带在身边念书。可试了两星期实在不行。她除了双休日之外,天天都要去上班。这里是机关,没有原先的单位自由,最大的问题是每天早、中、晚接送女儿的事需要有个专人来负责才行。她不能不要工作,明星也同样要工作,而她现在的工作流动性比较大,几乎有一半时间在下乡。没办法,她与明星商量,还得请婆婆来。

余春敏走后,杨世达的生活乱了套。有时早晨起来很晚,要到上午十点多钟才起来。等他做好早饭以后,人家又快要吃午饭了,他往往是早中两餐饭并作一餐来吃。晚饭有时很早,有时又特别晚。他的生活没有了规律,时钟对他也没什么作用,他体内的生物钟完全乱了。

晚上夜深人静的时候,杨世达非常想念余春敏。他们结婚四十多年,余春敏也劳累了四十多个春秋。现在儿女都长大了,可他们还是不得清闲,还是在那条赤贫线上苦苦忙碌着,他也不知道他们到底在追求什么,更不知道他们到最后又将得到什么。

他们的早期目标是将他们的儿女完成国家规定的义务教育——初中毕业,不管砸锅卖铁,都要达到这个目标。至于今后升学的事让孩子们自己去争取,他们从来都不在这方面限制子女的进步,只要孩子们能考得上,能升学,能有继续学习的机会,他们就是再苦再累也要把孩子们送去学习。他们所定的底线达到了,而且超越了,作为家长的责任和义务他完成了,而且比别人完成得好。现在,他们早已到了退休的年龄,到了该享福的年龄,可他们依然还在操劳,依然过不上几天清闲自在的日子,而且现在的日子还越来越不好过,有时还要借钱来买米、交电话费和电费。今年,他们这把年纪还在家种田,也是出于无奈呀!谁是天生的贱骨头,有福不晓得享呢?

这些年的伤心事一幕幕在杨世达的脑海里浮现,他好久睡不着。

天气越来越热,杨世达无心写书,而是整天坐在电风扇下看电视、听广播,想借此来打发那漫长的时间。过了一段时间,杨世达的心情逐渐有些好转,他又开始写他的小说了。他的生活刚刚有点规律,一个不幸的消息又传来了。

一个炎热的上午,天空中一丝云彩也没有,太阳就像是一个燃烧的火球,将它所有的能量都倾泻到地球上来。在外面劳作的人全都汗流浃背,像是刚从水里钻出来一样全身湿透。在家里的人虽说电风扇在不停地转动,可是那送过来的风都是热风,人的身上也没干过汗。这秋老虎发威了。余春敏昨天回来过双休日,一大早提个篮子到菜园里去了。杨世达则在家里写作。

大门外传来一阵摩托车喇叭声。这么热的天还有谁来呢?杨世达放下手中的笔从后堂走了出来,只见从门外走进来一位似乎面熟而又叫不来名字的年轻人,他的衣服都被汗水湿透了。杨世达赶紧倒来一大杯凉茶放在桌子上,然后又去开堂前的大吊扇。他回过头来对年轻人说:"好热啊,坐下来喝杯凉茶吧。"

"嗯,姑爷啊,我是来向你报福的呀。"年轻人坐下后很沉重地对杨世达说。

"报福?"杨世达吃惊地重复了一句。

"是呀,昨天晚上快十二点钟的时候,我家大妈突然发了急病走了。"年轻人低声地说。

"这是怎么回事啊?前几天我到那里去看她不是好好的吗?又没病没痛的,怎么好端端的就突然走了呢?"杨世达还是不大理解。

"真的。近来由于天气很热,我们都把电视机搬到外面来看。昨天晚上大概十一点多钟吧,我还在同大妈一块看电视,大家都有说有笑的。当我回家睡了以后还不到一个钟头,就听到门口有汽车声,我走出来一看,大妈这边的人进进出出,哭哭啼啼,从他们的说话中才知道是大妈又发病了,叫车送到云岗卫生院去抢救,可是车还没到卫生院大妈就在车上咽了气,走了!这是神仙也难料到的事啊。"年轻人详细地对杨世达述说事情的经过。

"啊?怎么会是这样啊?"杨世达轻声地自言自语地说。

那位来报福的年轻人休息了一会以后,站起身来对杨世达说:"姑爷,我还要到春光表叔那里去。”

“去吧,等会在我这里吃午饭。你表姑昨天也回来了,现在她到菜园里去了。你等会叫春光一起来吧。”杨世达低声地说。

那位报福的年轻人走了一会儿,余春敏提着一篮子蔬菜满头大汗地回来了。杨世达将胖表嫂突然发病去世的消息告诉了她,只见余春敏待在那里半天说不出话来。后来她慢慢地走近桌子旁,在一把椅子上坐下。大吊扇还是在不停地转,她衣服上汗渍斑斑,脸上流淌的不知道是泪水还是汗水。她叫达子替她倒了杯凉茶来,两口就喝光了,然后长长地叹了口气,自言自语地说:“唉!人啊,这辈子真没意思!”

“是啊,人啊,仔细想想真的一点意思也没有!”杨世达附和着说。

余春敏抬头看看那壁上的大挂钟,快到十一点了,她要开始做午饭了。她来到院子里,用手压井的水洗菜,忧愁地对达子说:“达子啊,这下可好了,我们又不知道到哪里去弄钱来吃豆腐饭。也不知道是怎么搞的,今年的豆腐饭怎么吃到一堆来了。前些日子为你二哥的事急得团团转,后来还是明杰想办法我们才过了那一关。可眼下这道关真不知道怎么过啊?”

这一带的风俗是,老人过世了,亲朋好友、邻里乡亲都要送礼,以表示对过世长者的尊重,而事主家则要摆白喜宴,席上必有一盆豆腐,俗称豆腐饭。

“这的确是一个大问题。我们的生活费总是到不了位。这些人情世故红白喜事,是我们的事,也是他们兄弟几个的事,可是他们兄弟又不把这人情世故当作一回事。我们不去管,对我们这个大家庭的影响又不好,外面的人会说我们杨家不明事理不讲人情,我们要管又没钱。唉,原来儿子小,指望他们长大了挣钱养家,现在儿子养大了,我们还是不好过啊。”杨世达心里许多无奈,许多伤感。

“没有办法啊,等晚上我们再打电话。明阳是没指望的,明杰我们再也不能难为他了,为二哥的事他拿了上千块钱来,我们不能再问他要钱了。”余春敏一边洗菜一边对杨世达说。

明山、明举、明星在同一天晚上都接到了父亲打来的告急电话,他们在电话里都异口同声地说:“您尽管放心,到时候我们会想办法的,决不会叫你们两个老人丢脸。”

时间一天天过去了,胖表嫂出殡的日子就在明天。杨世达现在连买香纸的钱都拿不出来,又和他二哥出殡时一样急得团团转。借,他是不会去借的,哪怕不去送葬也不会去借钱。虽说胖表嫂生前某些方面对他有点刻薄,可事情已过去了多年,况且现在人已经死了,哪怕是再大的气也该消了,这次的豆腐饭是一定要去吃的。

晚上,杨世达又给几个儿子打了电话。

明山和明星都明确表示,他们实在拿不出钱来,这对杨世达和余春敏来说无异于挨了一颗重磅炸弹!只有杨明举答应第二天上午银行上班后去办汇款手续,叫父亲明天早晨到云岗银行去等。因为明举的钱是他当天下班前半个小时才弄到手的,等他赶到银行时,人家已经下班了,他没有办法,只好等到第二天再到银行去办汇款手续。

第二天早晨,杨世达和余春光都起得很早,他们都骑摩托车到云岗去。

刚到七点,杨世达他们就到了云岗,胡惠珠已做好了早饭。吃过早饭还没到八点,杨世达就到银行去取钱。这副狼狈的情景是他有生以来从未有过的,他心里也不知道是什么滋味。

上班时间到了,银行的门开了,杨世达就排在窗口第一个。杨世达拿出银行卡,经查询杨明举打了四百块钱过来,他取了两百块钱出来。紧接着,他和余春光来到门外,骑上摩托飞快地朝胖表嫂的村子里赶去。路上坑坑洼洼,几次差点让杨世达翻了车。等他们赶到胖表嫂的村子时,两个人早已是一身臭汗,满脸灰尘。尽管紧赶慢赶,他们还是来晚了一步,人们为了避开中午火辣的太阳,提前出殡了。虽说还是上午九点多钟,胖表嫂的棺材已抬出了村庄上了大路,正在那里由几个道士在做法事。他们将车停在路边的树下，将带去的纸钱烧化了，然后将殡仪礼金郑重地交到表哥手里，才算是了却了一桩大事，杨世达这才深深地透过一口气来。

4

转眼又要开学了，余春敏下半年还是要到县城去照顾孙女玉屏。

这天杨明举从外面回来了，他给父亲买了皮鞋、钱包；给母亲买了一个真皮女式挎包。晚上，杨世达对他说起了那辆摩托车的事。他说："举儿，你买的那辆摩托车现在没法骑了。"

"爹，那车怎么样了？"杨明举问。

"没法骑了，还只骑了几百公里就坏了那么多地方，叫我怎么骑呀！"杨世达说。

"你没有叫小吴来修吗？"

"叫小吴来修过几回。有时坏在半路上真把我急死了，丢又丢不得，骑又骑不走，推又推不动，唉！真是，现在这些东西的质量真是太糟糕了！"

"爹爹，你说那车到底坏得怎么样？"

"还能怎么样？除了外壳以外几乎要报废了！"

"坏了好多零件啊？"

"何止坏了好多零件。买来时电瓶就不能充电，现在缸套、活塞全换了，化油器坏了，机油泵坏了，计速器坏了。你说这车叫我怎么骑呀？"

"现在你打算怎样处理这辆车呢？"

"我问过好多人，都叫我将这车拿去退货，让小吴自己去处理。你不在家我又跟他说不清楚。原先我以为你这次在家总有几天，叫你到云岗去处理这辆车，没想到你这么快就要回去。这车怎么办呐？"

"明天我给小吴打个电话，你还是想办法将车运到云岗去。既然坏了这么多地方,就是修起来也没什么用,还是退回去算了,等我有钱的时候再替你买一辆好一点的车。目前出门没车就克服一下。”

“那我就叫三轮车将这摩托拉到云岗去,让小吴去处理。”

“也只能是这样了。”

这段时间杨世达一个人在家,日子倒也过得清闲自在。田地里的事他按照余春敏在电话里的指点去做,倒也没出什么问题。

近来气温一直居高不下,久旱无雨,大家都在全力抗旱。曲庄这个自古以来就是靠天吃饭的地方,今年更是如此。人民公社时修的几座水库,因天长日久,现在已发挥不出当年的效益,而曲庄村又在下游,根本就放不到水。

曲庄村今年要兴建电力灌溉站,这可是一件惊天动地的大事。千百年来,曲庄人民为解决用水的困扰绞尽了脑汁,但还是山河依旧,美梦难圆。新中国成立后,虽然兴建了一些小型水利设施,灌溉条件有些改善,但终因地理条件的限制和其他因素的制约,还是不能从根本上解决曲庄村三四百亩水田的灌溉问题。现在,政府出台政策,由县财政出一部分钱,村民集资出一部分钱,建一座电力排灌站,从根本上解决曲庄村的农业用水问题。

村小组开始集资了,出资方案是按各家田地面积来分摊,这样比较公平。杨世达家田地少,摊不到多少钱。让村干部感到头痛的是那些田地多的大户人家,他们的钱一时不容易收上来。村民也有另外的担心,怕资金集拢了,村干部不办正事,结果集资的钱没有了。所以村民提出:要集资可以,先要保证把要办的事情办好,所集的资金不能放在村干部手里,另选一个可靠的群众来管理,让村里广大群众有监督管理的权力。

由于今年天旱,曲庄缺水更为严重,大家认识到建电力排灌站的重要意义,所以,曲庄这次集资比较顺利,除少数一些没人在家的农户以外,其余的都将钱交了上来,事情也就很顺利地办成了。电排站建成通水的那天,曲庄村人像过年一样,人人兴高采烈,奔走相告。当电排站的水通过水渠、管道汩汩流进各家田间时,田野里传出一阵阵欢呼声。

解除了田里用水的后顾之忧,杨世达静下心来写他的书,做自己的一日三餐饭,洗自己的衣服。可是一遇到出门办事他就头痛。这地方交通不便,人们出门都不容易。杨世达没有了摩托车,自行车又老掉了牙,虽然步行对身体有益,但由于天气炎热,加上他去年又动了一次手术,体力下降了不少,路途短还可以步行,要是路远就有些困难。他不敢逞强,不到万不得已他是不出门的,实在要出门他就赶大早,天不亮就爬起来赶到一公里以外的马路边去搭早晨的班车。冬天早晨冷,夏天早晨凉爽又好睡觉,怎么办,总不能不出门吧。他左思右想,想叫明山给钱买辆摩托车,便给明山打了一个电话。

“山儿呀,你有钱吗?我想买一辆车。”

“一辆轻便摩托车要多少钱?”

“一般都在三千块钱左右。”

“我看钱不是什么大问题。只是你们都到了这个年纪,加上农村的路又不太好,安全倒是个大问题。”

杨世达一听明山这样说就有点火了:“算了!算了!我想买摩托车你就提安全问题,做洗澡间买热水器你也提安全问题,我们叫了两三年,结果还是没搞起来。去年我师父死,我二哥病故,我表嫂去世,叫你拿点钱来应急,结果你一分钱都不给我,这也是安全问题?不要再说了,我全明白了!”杨世达气得将电话挂了!

余春敏去县城以后,杨世达一个人在家里生活过得很单调。他是一个喜欢热闹而害怕冷清的人,但现在想在村里找一个玩伴都难。有时他想到几位亲友家里去走走,但最终还是打消了这个念头,因为他实在没有办法去,走路又远,骑那破烂自行车比走路还要累,想买车又没有钱。他心里十分苦闷。

一天晚上,杨世达正在看电视,桌上的电话铃响了,他走过去拿起听筒,里面传来明举的声音:“喂,爹爹呀,我是明举啊。你又是一个人在家里?你要注意自己的身体呀。有时你也可以出去走走嘛,天天待在家里连个说话的人都没有,这多难过啊! ”

“是啊,这都是没办法的事啊。天气这么热,出门又没车,走又走不动,搭车又麻烦,买车又没钱,我不待在家里还能怎么样?”杨世达在电话里对明举说。

“这样吧,我手头上还有些钱,要不我明天给你打三千块钱过去。你看看有没有适合你们老年人骑的车,要是有合适的你就买一辆车。千万要注意车的质量,不要再上当了!你最好叫一个比较内行的人一同去,这样保险一些。千万要注意呀! ”

“等你的钱来了再说吧。”

“钱是没问题的。只要几分钟就可以到你的账上。现在是什么时代了,信息化时代!数字传输极其方便快捷。我打了钱就发短信给你。你最好明天到云岗去查一下,看看这笔钱是否到了你的银行卡上。”

杨世达放下话筒回到电视机前一边看电视,一边回想刚才明举的电话。他同时又想起了前些日子明山在电话里说的那些话。明山和明举都是自己的儿子,所不同的是明山受过高等教育,明举只是一个普通的初中毕业生;明山是一个年薪四五十万元的高薪白领,明举是一个收入无保障的打工仔。为什么他们对待父母的态度却是那样的不同? 这到底是为什么? 他想了好久,无论如何也找不出一个合理的答案来。

第二天,杨世达到云岗去了一趟,回来后心情特别不好。明举的钱已到位了,但那辆退回的摩托车还摆在那里。明举买车时没付钱给小吴,现在虽说车没骑上一千公里就坏了,按一万公里的保质承诺,退货也不是不可以的,问题是时间太长了,头尾两三年了,就这样将车退还人家连一点折旧费都不给,这也说不过去。再者小吴与明举又是要好的朋友,他的老婆又是小霞初中时的同班同学,而且关系也还不错。从这两方面来看,怎么处理那辆旧车使杨世达感到非常为难。

旧车没处理好,新车就暂时不能买。虽说杨世达的卡上现在有三千多块钱的余额,但那些钱是不能随便乱花的。前些日子,明杰打来电话特别提到了那三千块钱的事,在电话里再三叮嘱父亲说,那三千块钱是明举暂时寄存在他的账户上的,到时候明举还是要拿回去的。这事不用明杰提醒,杨世达心里也清楚,所以,这三千块钱他分文不敢动。车买不成,反倒成了一个保管员,对此,杨世达只有苦笑。

5

中秋节又快到了。杨世达想起了去年这个时候自己正躺在人民医院的病房里,是明杰安排他们在县城的一家酒店里过的节。今年的中秋节怎么过?他一时还决定不了。正当杨世达踌躇的时候,明举从省城赶来了,明星从医院赶来了,吴梦云、杨酌泉母子也来了,大家一起回家陪父母过中秋节。虽说没有全家团圆,也差不多有一半代表了。两个老人心里很高兴。

令大家感到意外的是吴梦云这次能来。她的心结是经杨敏开导以后才慢慢地解开的。去年杨世达住院时,吴梦云经杨敏几番开导、劝解,最后还是到病房去看望了一次生病的老人。杨世达和余春敏心里都非常高兴,他们感觉,吴梦云和一家人又和好了。

杨酌泉现在是一所师范大学艺术系的学生。由于学校的教室正在进行装修,学校决定推迟一个月开学,所以他今天跟妈妈一起来了。

依照杨明杰的安排,今年的中秋节不到酒店去,也不在家里过,而是到他单位的食堂里去就餐。大家觉得这个安排不错,很有新意,既达到了吃团圆饭的目的,又不讲排场,更重要的是解放了爹妈,让两个老人得到了休息。一大家人高高兴兴到食堂吃了团圆饭,过了中秋节,然后各自回家去休息。杨明举还是去住宾馆。

杨世达想在县城多待几天,他怕回到曲庄后又过着那冷清寂寞的日子。和余春敏在一块生活，哪怕日子过得再苦，他的心里也是甜的，就是在那“半载不知鱼肉味”的年代里，他们一家人也照样过得快活。如今孩子们都长大了，都有了自己的工作，有了自己的小家庭，他们本该是到了享福的时候，但现在余春敏要去照顾孙女上学，杨世达要留在家里照料田地，两人又得分居两地，这使得他们到了这把年纪还新增了相思之苦。所以，这几天杨世达就住在县城没走。

杨敏调到县城工作以后，由于一时买不起房子，就和余春敏暂时住在她娘家的一幢老屋里。这间老屋是一幢砖木结构传统式样的五柱屋，现在只保存了一个厅堂和一边房间，另一边房间在她家建楼房时由于地盘小而拆掉了。

在那老屋里，余春敏在房间里睡，在厅堂做饭。灶台是临时搭的，两头用砖头垫脚，上面放个骨牌凳，再在骨牌凳上搭一块两米多长的木板，煤气灶和厨房用具都放在木板上。凳脚下垫的都是些捡来的断砖头，很不稳当，炒菜、切菜时稍微用点力，凳脚就会晃晃悠悠，整个灶台随时都有倒塌的可能。看到这种状况，杨世达直摇头：这哪里像是过日子啊，倒像是小孩子玩过家家。他非常着急，担心总有一天会凳倒板翻，锅灶坠地。

等到杨敏去上班了，杨世达把他的忧虑跟余春敏说了，余春敏也有同感。于是，杨世达决心改变这种危险状况。

一天早饭过后，杨世达让余春敏从隔壁邻居家里借来一把木梯，他爬上杨敏家的阁楼，找到了一些旧木头棍子和一把锯子。杨世达看到这些家伙像见到久违的老朋友一样高兴，他兴冲冲爬下来，立即操锯锯木，准备做两个木头架子来替代那两条用断砖头垫起来的骨牌凳。忙乎了半天，杨世达把木头料全锯好了，准备下午钉起来，这样，晚上就可以用上新灶台。

中午杨敏下班回来，看到院子里横七竖八的锯了一些木头棍子，她用脚拨了拨，脸一下子沉了下来。她走到老屋的厅堂前闷声闷气地对杨世达和余春敏说:“你们这是干什么?我家里没人在家,你们就到处乱翻东西。这些木头都是早些年做楼房时我爹爹留下来的,都是有用的。再者,这些东西是我娘家的东西,又不是明星的,你们要用也要问过我家里的人啊!你们这么随随便便,也真是的!”

“哎呀,这也确实是我们马虎了一点。达子认为那凳子不稳当,怕打翻煤气灶引起火灾,又怕摔破锅灶,想用这些旧料钉两个木架子来代替那两条骨牌凳。他认为都是一些柴火料也就马马虎虎锯了,我们又不晓得这些旧东西你爹爹还有大用途。现在锯都锯了,接又接不起来,等以后我们到曲庄去弄些来就是了。这样的棍棍棒棒我们曲庄多的是。”余春敏出来打圆场。

“说得倒轻巧,要是没有用的东西我爹爹还会放到楼上去?还不早就烧了!”杨敏满脸怨气地说。

杨世达始终没说一句话。吃过午饭以后,余春敏收拾了碗筷,杨世达叫她今天中午不要睡觉,一起到街上去买些木头来赔偿。她当然同意,她也不愿意看杨敏的脸色,大不了赔你就是,算是做错了一回,总可以了吧。

傍晚杨敏下班回来,看到走廊上又整齐地放着三根木料,她一下子火又上来了,大声责问:“你们是怎么搞的?上午锯了,我叫你们不要随便乱翻东西,怎么你们下午又去翻了!你们也真是!”

“不是的,你不要以为我们就这样不识相。这是我们到街上去买来的,算是我们上午锯错了,现在我们买了木头来赔给你总可以了吧。”余春敏尽量克制着自己的情绪说道。

杨敏不说话了,沉着脸朝左边的楼房里走去。

这天是星期六,快要吃晚饭的时候,杨明星回来了。他一进屋,余春敏就将今天发生的事详细地对儿子说了。杨明星听了一声不吭,带着女儿玉屏去找杨敏了。

晚上,杨敏和往常一样没到这边来吃饭。余春敏来了一个多月,杨敏没在这边同她一起吃过一餐饭。今天晚上这边也只有杨世达、余春敏和杨明星三个人在一块吃饭。

晚饭后,杨敏和明星又吵了起来。余春敏还是做她每天必须做的事,杨世达坐在房里看电视。小两口的事,大人不便参与,但他们吵架的声音很大,一阵阵穿透过来,弄得杨世达电视也看不成了,他摇了摇头,就到一位亲戚家去串门了。

杨敏和明星差不多是见面就吵,吵得没完没了。看来,杨世达他们是无法待下去了,过了两天,他们就转移到明杰家里去了。他们是想给杨敏留点余地,如果杨敏到明杰这里来接他们,他们还是会回来照顾玉屏的。万一她放不下面子来接,就是给他们打个电话把话说明了,他们也不会计较什么,毕竟是一家人。可是两三天过去了,杨敏什么动静也没有,两个老人好失望,最终悻悻地回到了曲庄。

这件事以两个老人的离开而告一段落。其实他们也知道,明星和杨敏的吵架由来已久,只不过他们没看见而已,这次是因他们而起,现在他们选择离开,眼不见心不烦。

谁知一波未平一波又起,而且这事还牵扯到余春敏。原来,就在杨世达和余春敏回曲庄之前,由于他们当时心情不大好,收拾东西时有些丢三落四的,余春敏将她那只今年明举给她买的黑色女式背包落在了明杰家里。本来,作为一个母亲落下个背包在儿子家里也是一件极平常的小事,可是事情偏偏就那么凑巧,余春敏随身带的一个日记本也放在了那只背包里,偏偏吴梦云收拾房间时发现了那只背包。吴梦云看到婆婆丢下的包,如同发现了新大陆一样,迫不及待地打开来翻了个底朝天。里面都是一些女人用的东西,还有一百元现金。吴梦云并不在乎这些,翻到最底下,那个黑色的日记本引起了她极大的兴趣,她急匆匆拿着那个大日记本坐在大厅里看了个遍。她从日记本中发现了一个天大的秘密,那就是杨明杰瞒着她私下里给了家里一些钱。这些钱虽然数目不大,但每一笔余春敏都记得清清楚楚,绝对不会有假。看到这里,吴梦云气得两眼喷火！好哇，这个吃里爬外的家伙，背着我偷偷给他老娘那么多次钱，十几年的积怨一下子又涌上了她的心头，她恨不得将明杰撕碎才解心头之恨。她原本从去年杨世达住院时开始平静的心态，现在又掀起了万丈波涛。吴梦云又重新陷入了积怨难消的旋涡，她要发泄，她要找杨明杰发泄她的心头怒火。

一天晚上，杨明举从省城打来电话，是余春敏接的。明举在电话里对她说："妈呀，我真不知道你是怎么搞的，你怎么这样糊涂啊！你的日记上写了些什么东西，你自己还不清楚吗？这也是能随便乱丢的？现在好了，去年大哥花了九牛二虎之力，费了不少心血，好不容易争来的平静与和睦，现在又被你的几篇日记全给毁了！现在不但毁了这个难得的平静，难得的和睦，毁了一家人的安宁，同时也给你们自己留下一个后患——今后你们的日子怎么过？这里住不得，那里容不得。好在你们目前还能自己照顾自己，要是有朝一日你们动弹不得，而且又没一个儿媳妇向着你们，小霞又远在天边，到时候叫我们这些做儿子的怎么办呐！大哥目前的日子不好过，他都快被吴梦云逼疯了，他现在是大家不能顾，小家无法归呀！我们这些做弟弟的也帮不了什么忙。你也真是！"

"那又有什么办法，反正事情已经发生了，她愿意吵就让她去吵吧。反正我记的都是事实，是念着明杰的好。不过吴梦云随便翻老人的东西，偷看我的日记，是不道德的行为，在法律上她侵犯了我的个人隐私权。你大哥的日子不好过，他自己也有责任啊。吴梦云的事也不是一天两天的了，十几年来不都是这个样子吗？从结婚那年起，她对我们一家人的印象就不好，她就是这么个怪人！"余春敏非常气愤地对明举说。

这一个星期的日子也不知道是怎样过去的，杨世达一页稿纸也没写。他写什么？在这样窝心的环境中他能写出什么东西来？他的心里也在想吴梦云的事。都这么多年了，吴梦云也快四十岁了，儿子都上了大学，过些年她也要抱孙子了，她为什么还是这样一个尖钻刁蛮、心胸狭窄、自私透顶的人？她对杨明杰的家人猜忌防范之心太重，弄得杨明杰的家人、亲友和同事都不愿意到他家去。这对杨明杰不仅有影响,还有更多的伤害。

这次因为余春敏的日记本事件使吴梦云又大动肝火,他们一家人又陷入了一场家庭矛盾之中,处在这场家庭矛盾台风中心的人是可怜的杨明杰。

杨世达对杨明杰非常担心。他知道儿子是个性格内向的人,一般的事他是不会轻易对别人讲的,宁愿深深地埋在心里,所以外面的人都认为杨明杰是一个典型的"少年老成"的人。杨世达几次想跟儿子打电话,可他总是拿不定主意。考虑再三,他认为不该发生的事既然发生了,要来的还是挡不住,就应该冷静面对,一味回避不是办法。于是,他拨通了明杰的手机。

从电话里杨世达知道儿子出差在外。据他推算,儿子的差事可能也办得差不多了,可他在外面迟迟不回家也是一种无奈,估计是想借出差在外面避"家难",等时间久了,吴梦云的气自然会消些,粥冷自然稠嘛。然而,吴梦云并不是那种容易消除怨恨的人,她是一个记仇的人,有一点怨恨事就会恨你到死。这一点全家人是深有体会的,所以,杨世达对这次日记事件的后果是非常清楚的。

那是杨明杰结婚那年的腊月二十八日,天寒地冻,雪花飞舞。一家人喜气洋洋,在准备过年的东西。突然,一声惨叫从明杰的房间里传出来,接着又听到几声呕吐的声音。杨世达连忙放下手中的活推开房门一看,惊呆了:原来明杰和梦云两口子在吵架,杨明杰气得吐了血,地板上那一摊鲜红的血还在冒着热气。只见杨明杰脸色苍白,垂头丧气地坐在床沿上发呆。他见父亲推门进来就把头埋得低低的,像是做了一件见不得人的事一样。

杨世达见此情景,先是一愣,然后慢慢地回过神来说道:"都快要过年了,我们穷也穷个自在呀。这么多时间都过来了,还有什么过不去的呀?你们不要再吵了,让外人看了多不好啊。你们到底是为了什么要这么吵啊,气得明杰吐血?"

"爹,你去做你的事吧。我没什么,让我休息会。"杨明杰脸色苍白,双眉紧锁,对站在房门口的父亲说。

大哥这儿出事了,杨小霞赶紧跑过去告诉妈妈。余春敏听小霞一说,三步并作两步就走了过来。她见地板上一大滩鲜血就惊呆了,心痛地对儿子说:"怎么气成这样?怎么会气成这样啊?这到底是为什么呀?一家人连过年也过不自在呀。"

余春敏伤心得落泪,她用围裙的一角擦着眼泪,一边对杨世达说:"达子,要不要去叫个医生来看看?"

"不用了,杰儿是气伤了心才吐了血的,只要不再吐血就没事了。"杨世达很镇静地说。

一直坐在火桶上的吴梦云拉下一副阴沉的脸,一只脚踏在摇篮的边上轻轻地摇着摇篮里刚满两个月的儿子。她睁大双眼看着房门口站着的两个老人,一句话也不说。

余春敏对她说:"云儿呀,你们都是年轻人,今年是你们结婚的第一年,也是你第一次到这里来过年,我们都很高兴。我们家目前虽然很穷,可现在毕竟是过年啊。过年嘛,就要图个吉利,一家人应该和和气气、高高兴兴才好呀。没想到你们回来还没有三天,就鬼吵鬼吵的,要是让外人知道了,我们一家人的脸皮往哪里放啊?亏你们还是在外面走四方的人。到底是为什么事把明杰气成这个样子?他还说没有事,这骗谁呀!"

"不是没有事,肯定是有什么事瞒着我们。"杨世达大声地说。

"哎呀,你们还当真以为有什么大不了的事,其实也就是十块钱的事。"杨明杰终于开口说话了。

"十块钱就有这么重要,就有这么值钱?就是丢了、烧了也就是十块钱的事啊。你为了十块钱的事就气得吐血?这是十块钱的事吗?"杨世达非常恼火地说。

"这十块钱就是重要。是酌泉到外婆家去,他外公给他的过门礼,明杰前几天拿去买了瓜子回来过年。没钱买瓜子，不吃也可以呀，过年又有什么大不了，反正年年有年过。过年不吃瓜子就会死人？我就不信！”吴梦云有些强词夺理地说。

“好好好，不要再吵了。吵来吵去还不是为了十块钱的事吗？我还给你十块钱总可以吧？让我们一家人过个太平年好不好？”杨世达又气又无奈地说。

“不行，不行！”吴梦云连声地说。

“还钱不行，那我去把那瓜子卖掉总可以吧？”杨世达更加无奈地说。

“卖掉瓜子也不行！”吴梦云还是不肯让步。

“这就是你的不是了。还钱给你不行，卖掉瓜子又不行，你到底要怎样才行啊？”余春敏强压心头怒火大声地对吴梦云说。

“这就是你无理取闹了。打死了的和尚是偿不了命的。这也不行，那也不行，你简直是在刁难我们。好好好，这个年也无法过了，你赶快滚蛋吧，我们家容不下你这么个‘大千金’！”杨世达憋在肚子里的火终于被逼得忍无可忍，像火山爆发似的喷发出来。

“滚就滚吧，你以为我愿到你们家来过这个穷酸年吗？”吴梦云一边说一边从火桶上站起身来，从摇篮里抱起儿子用几件衣服包了就径直朝大门外走去。这时候大门外大雪纷飞，到处一片雪白，几个前来劝架的女人赶紧把吴梦云给拉住了……

自从那次过年吵架以后，杨明杰要是想给父母一点钱或者什么东西都要瞒着吴梦云。他这样做倒也省了许多事，可是余春敏一直有写日记的习惯，她的日记是一本流水账，什么事都记，这次就是因为日记泄露了明杰这个多年的秘密，让吴梦云抓到了报复杨明杰的把柄，结果两人又是天翻地覆地大吵一场。为了避免正面交锋，杨明杰采取了回避措施，利用出差的机会到外面去了，很久没有回家。

6

回到曲庄以后,余春敏又干起了农活。由于天旱,有一个多月没下过大雨,田里除了水稻以外,几乎看不到绿色的东西。旱地里的作物基本上都干死了,花生拔了,一晚割了,菜园里连草都干死了。余春敏几乎每天早晨都要到山上去砍柴,杨世达仍然写他的小说,他们的日子过得清闲自在。

一天中午,桌上的电话又响了。杨世达拿起电话,里面传来一个非常熟悉的声音:"喂,是达子啊,我是老陈啊。好好好!我问你呀,你们什么时候去上海呀?要是去的话我想同你们一块去。我们也都到了这把年纪啦,出远门有个伴总要好些啊,是吧?那好,我等你的消息。好。"

这位老陈退休前是县里某局的一位局长。六十年代初他是云岗区一个人民公社办公室的主任,当时杨世达是一个大队的主办会计,他们之间是上下级关系。"文化大革命"时老陈作为毛泽东思想宣传队的成员进驻云岗手工业社,那时杨世达已调到云岗手工业社工作,他们又在一起相处了将近一年的时间。他们之间的关系还不止这些。原来老陈年轻时患有肾脏病,而且病情严重,要到上海住院做肾脏切除手术,于是,当地领导就叫刘义泉的叔父带他到上海去治病。到了上海,准备做手术了,就是没有家属签字。刘义泉的叔父是不能签这个字的,他既不能代表单位,也不能代表家属,他只是一位普通的农村人民公社的社员。而老陈的病情不容再拖,再拖下去就有生命危险,最后老陈没有办法,于是就求刘义泉代表其家属签字。刘义泉此时来不及多考虑什么,救人要紧。他找到医院领导出示了自己的证件,亮明了自己的身份:上海市某厂的党委书记,原新四军某部独立营营长,抗美援朝后转业到上海工作。当医院领导问他凭什么担保时,他说:凭他的人格和党性担保!就这样,老陈的手术如期举行,最后康复出院。

从此,刘义泉成了老陈的救命恩人。此后他们几十年来一直以兄弟相称,书信往来不断,电话频繁。如今刘义泉已八十多岁,离休在家;老陈也快七十岁,退休在家,加上去年刘义泉又生了一场大病,住了一段时间医院,老陈想去上海看看这位救命恩人。

上半年由于各地都在抗击“非典”,杨世达和余春敏也没到外地去过。自去年从上海回来以后有一年多了,他们也想去一趟上海,去看看叔叔、婶婶,去看看儿子、儿媳妇,去看看孙子、孙女。他们认为自己现在年龄也不算太大,身体也还可以,还能走得动,吃得下,睡得着,除了花费孩子们一点钱以外,他们自己的生活还是不用孩子们照顾的。于是他们决定陪老陈一起去一趟上海。

杨世达和余春敏的上海之行日期终于定下来了。这几天他们又在忙着收拾东西,这对于他俩来说早已成了习惯。在动身的前两天他们给明山打了一个电话。

“你们到上海来有路费吗?你们哪里来的钱啊?卖谷?谷又能卖到几个钱?哦,有了买火车票的钱。那你们从家里到火车站怎么来呀?坐班车,那多辛苦啊,为什么不打的?没钱?啊,没钱?”明山在电话里说。

放下电话,杨世达的情绪一下子低沉下来。听明山这样说,他们真不想到上海去。要不是和老陈已经约好了,而火车票也订好了,他们真想取消这次行程。

杨明山今年只给了他们一千块钱生活费;杨明杰给了一千四五百元;杨明举还是在外面打工,他今年给的钱、物加在一起有两千余元。杨明星给的钱和买的药也超过了一千元。他们早就料到明山的态度,也预计他们去上海会遭到冷遇。不过,叔叔和婶婶两位老人在上海,他们去看看他们是应该的。他们这次去上海是做了最坏的打算,也做好了充分的思想准备的,所以不管明杰和明举如何反对,他们还是去了上海。

一切都在他们的意料之中。但因为他们早有思想准备,所以能坦然面对。

杨世达和余春敏到上海还不到一个星期,杨明星因买房子,他将自己所有的积蓄都拿出来了，还不够首付的钱，没办法的他也只好向三哥求援了。这一万块钱在杨世达他们到达后的第三天，杨明山就汇过去了。

事情真是接二连三地来，每一件事都与钱有关。一天吃晚饭的时候，杨明山接到一个电话，是老家杨河村的一个堂妹打来的。从电话里得知堂妹是头天晚上到上海的，她小夫妻俩在上海一个郊区农村租了一块菜地，准备在那里种菜。由于刚起步，租地租房子添置家庭用品，手头的钱不够，想从堂兄这里借点钱周转一下，等日后卖了菜就还给他。他们借钱数目也不大，只需两千块钱就够了。

杨明山与刘玉芬商量后，家里当时只有一千九百元现金，离两千元还差一百元，他们认为堂妹也不至于因为一百块钱误事。第二天早饭后，杨明山要去上班，叫堂妹过来他们又不熟悉路程，于是他还是叫父母将这些钱送过去。

又过了几日。一天早饭后，刘玉芬将一张一百元的人民币给了余春敏，叫她和杨世达今天到东方明珠去玩。他俩去了，到那里一看，他们哭笑不得。本来到东方明珠去玩是件令人向往的事，当他们走到售票处一看，只见那上面写着：每位五十元，他们口袋里只有那一百块钱，买了两张门票就没有了吃饭的钱了。不上去看看又感到遗憾，今天好不容易到了这里，以后还不知道有没有这个机会。抬头仰望那高耸入云的东方明珠，他们心里真不是个滋味，游兴一点也没有了，只是连声叹气。杨世达低声说："唉，算了吧，我们不要上去了，就在这下面看看也好。我们村里还有许多和我们一样年纪的人，他们莫说想登东方明珠塔，恐怕连东方明珠为何物也不知道啊。我们还算幸运，还到了这塔脚下看了。我们今后有机会再上去吧，没什么好遗憾的。"

"也只能这样自己安慰自己了。我们休息一下，拍几张照片回去留个纪念，也不枉此行啊。"余春敏也有些沮丧。

他们只有一架普通的照相机，没有广角，无论从哪个角度来取景都不能将东方明珠和金茂大厦的全景拍下来。没办法，他们只好找这里一些个体流动摄影者给他们拍摄。经过一番讨价还价,以十五块钱拍两张照片成交。一张是以东方明珠为背景的,另一张是以金茂大厦为背景的,都是杨世达和余春敏的合影。

杨世达和余春敏今天什么吃的东西都没带,只带了两杯茶。一些好一点的食品他们是不敢想的，许多摊点上的食品价格也让他们摇头,一碗普通面也要五至八块钱,要是在他们乡下,花上五至八块钱可吃一顿丰盛的午餐,然而在大上海只能买到一碗普通的面条。他们不想吃,可中午总不能不吃一点东西吧。他们边走边找吃的东西,一位中年女子推着一辆铁皮手推车来了,车上是刚刚出炉的面包,香气扑鼻。这位女子刚把车停稳就有不少游客拥上去购买,一元钱一个,挺大的。杨世达也连忙摸出两块钱来,挤在人群中去购买面包。他好不容易才买到两个面包,笑呵呵地朝余春敏走过去。

午餐问题总算解决了。他们坐在那里一边吃面包,一边喝着从家里带来的茶水,不知不觉已过了半个多小时,这时候他们拍的照片也冲洗出来了。一位小姐手里拿着两张照片朝他们走来,将照片交给他们,并笑着对他们说:“你们这两张照片拍得挺好的呢,完全是你们密切配合的结果。谢谢你们合作,欢迎你们再来!”

“嗯,拍得好,拍得好,谢谢!”杨世达也客气地说。

他们付了钱,收好了照片,自己也拍了一些照片,然后就坐地铁回家了。

天气渐渐地变冷,已是深冬季节,要是在曲庄,杨世达早就烤炭火了。可这是在大上海呀,想烤火是不可能的。不但没有木炭,连烤火的家伙也没有。一般人家都是用取暖器取暖,有钱的人家开空调取暖。杨明山家租用的房子里有三台空调,本来他们一家人取暖、防暑都不成问题,可是刘玉芬坚持不肯开空调,理由是小孩子吃不消,容易得感冒,而且付不起电费。和去年夏天在上海一样,杨世达又是坐在空调底下冷得全身发抖。

杨世达和余春敏在另外一个小区内住。这是杨明山在上海落实户籍时买的二手房。这套房子很小,只有四十几个平方,里面除了一张旧床以外就没什么别的家具,更不用说什么空调了。

杨世达毕竟是六十多岁的人了,本来他对气温变化特别敏感,如余春敏说的那样:还没冷起来就要烤火,还没热起来就要开电风扇。的确也是如此,杨世达生性怕冷又怕热,他一年中感觉最舒服的季节是晚春、初夏、深秋、初冬,只有在这些时段里他才觉得舒服,炎热的夏天和寒冷的冬天他简直没法过。

杨世达他们来上海已有一个多月。虽说刘玉芬给了他们五百块钱,他们买冬衣和日用品已花去三百多元,现在手上只有一百二十余元。他们想买一台比较好一点的取暖器,并打算在上海时就在上海用,回去时就带回去用。现在农村的木炭也越来越少,炭价也越来越贵。政府号召大规模的封山育林,禁止乱砍滥伐,更不许烧木炭,要买到一点木炭还真不容易。幸好农村电网经过改造以后,农村的电价已实行同网同价,现在每度电只需要五角六分钱,比原先降了一半,一些家用电器农民们也还是买得起用得起的。

这天下午,他们来到一家大超市。这里的取暖器品种多,价格也不一样,二三十元到二三百元的都有。他们在那里看来看去,最后看到一台取暖器的标价是一百五十元。他们口袋里只有一百二十余元,钱不够,杨世达于是给明山打了个电话,在电话里杨明山还是叫他买,可是由于钱不够,他们还是空着双手回来了。

杨明山接到父亲的电话后,就打电话给刘玉芬,将父亲要买取暖器的事与她商量。但刘玉芬死活也不肯买,她认为家里已有两台取暖器,再买是多余的。爹爹这么大的年纪,怕冷也是正常的,要取暖器就拿一台过去用,买就不要买了。吃晚饭时,她把这个意思告诉了杨世达,他们觉得刘玉芬说的也不是没有道理。

这天是星期二。晚饭后杨世达问明山:“山儿,你去订了火车票吗?”

“没有。”

“干吗不赶紧去定呢？上星期六不是说好了吗，我们在上海过年，我想一个人回去安排一下就回来。目前的车也不太紧，再要晚了，春运开始了就是想回去也回去不了啊。”杨世达不高兴地说。

“你们要回去，自己不晓得去买票吗？”刘玉芬冷冰冰地插话道。

“你还不知道我们手头没有钱吗？”杨世达反问刘玉芬。

“你们没钱还想买什么取暖器呀？我没钱给你，我的钱都被你们的儿子、女儿用光了，我哪里还有钱给你呀！”刘玉芬发火了，大声地对杨世达说。

“我的儿女用了你多少钱？明杰他们用了你的钱，那是有借有还的！小霞用了你一点钱，是她结婚时明山给她陪嫁的钱，这个钱也要她还吗？我们两个又用了你们多少钱？明山回国以后这些年，你们的总收入至少也超过了五六十万，我真不知道你们是怎么花钱的！”杨世达也火了。

“我怎么花钱你管得着吗？我们买房子不花钱呀？”刘玉芬还在争辩。

“你们买房子要花钱，可你们的房子总价也不过十七万元，在银行按揭贷款十一万元，实际现付只有六万块钱，原来的房子卖了四万五千块钱，实际上你们只有一万五千元的缺口。这个账谁都知道算。你不要骗别人了，总是在叫‘没钱，没钱’，难道你的钱被鬼搬去了不成？”杨世达真的生气了。

“尽是些狗屁话，你们不想在上海待就滚回去！”杨明山火冒三丈，突然大声地说。

“我们不好，那你们还到上海来干什么？我又没叫你们来，是你们自己要来的，来了又和我们吵架。你们不愿在上海待就回去啊，我们又没有留你们。他们为什么不给你们钱花？”刘玉芬的火气更大了。

“你说什么？你有什么资格这样对我说话呀？我们是明山的亲生父母，我们到自己的儿子家来还要你批准吗？你也太自私了吧？亏你还是个大学生，人家农村的文盲也不会说出这种话来的呀。看来你的大学也是白念了，你也太没教养了。”杨世达气得浑身发抖。

尽管他们吵翻了天，余春敏却没有说什么，只是暗暗地流着眼泪。今天本来没什么事，现在好了，吵得没完没了，这往后的日子叫他们怎么过啊？她用卫生纸擦了擦眼泪，轻声地对杨世达说："你少说两句不行吗？这样吵下去能有什么结果？反正我们就是这个命。算了，不要再吵了，我们回去休息吧。"

再吵下去也没什么意义，只会更伤感情，杨世达也不想吵了。事也不是一天两天的事，也不是吵一两次架就能解决的。"冰冻三尺，非一日之寒"，形成今天这样一种局面，难道自己就没一点责任吗？儿子没教好，自己这个当父亲的是有责任的。于是他也不再说什么，跟着余春敏回到他们自己住的地方去了。

第二天杨世达不肯余春敏过去做早饭。他想今天到叔叔刘义泉家里去，听听两位老人的意见，准备回来时就到火车站去买回去的火车票。

7

上海苏州河边一座花园式的小区内，九号楼五零二室，刘义泉老夫妇在忙乎着。小保姆搞好了卫生，接着就动手烧中午的饭菜。他们家今天有客人来。

上午十点多钟，门铃响了，刘义泉老两口知道是谁来了。开门一看，果然是杨世达和余春敏来了。

一落座，余春敏就把昨天晚上吵架的事向两位老人诉说了一番。

听完余春敏的述说，刘义泉沉思了良久，之后站起身来，态度严肃而又认真地对杨世达和余春敏说："我说达子、敏儿呀，你们自己也到了这个年纪，都是六七十岁的人啦，我看你们的观念一定要转变。你们的思想太过于陈旧了，也太保守了，像这样的事现在社会上多的是。我认为你们几个儿子都是好样的，几个儿媳妇也还不错。特别是明山那小子有出息，他的老婆也是可以的。我这个做外公的为有这样的好外孙和外孙媳妇感到高兴,感到自豪。你们是他们的亲生父母,更应该感到高兴和自豪,你们还吵什么架呀?还有什么吵呀?再说,你们也要考虑你们今后的日子怎么过,你们不要以为现在还能动,可是你们想过没有,你们总有动不了的时候,到那时候你们怎么办呀?”

“真到了那个时候再说吧。”余春敏不以为然地说。

“到那个时候就晚了。你看看,明山夫妻能接纳你们就算是不错了。不要以为你们是他的亲生老子娘,他们给你钱花,给你饭吃,是理所当然、天经地义的事。要知道,社会上每一个人都有自己的生活方式,都有自己的生活轨道,你们不要以为他们没有按你们的习惯生活,你们就看不惯,你们就反对,这样下去你们还怎么相处呀?”刘义泉语重心长地对他们说。

“过一天算一天吧。万一过不下去我们就回到曲庄去住不行吗?”杨世达憋着一肚子气说。

“有什么没法相处?他们少了你们的吃,还是少了你们的喝呀?”刘义泉说。

“吃喝他们是没少我们的,只是钱给得太少了。明山身边目前没什么钱,前几天还是卖掉一条中华香烟弄到三百多块钱来买菜。刘玉芬在我们刚来的时候就说:‘唉,你们这次来的又不是时候,我们身边又没有了钱。你们看呀,大哥他们拿去的钱又要不回来,前几天小弟又拿去一万块钱买房子,堂妹又拿去一千九。虽说明山工资高,可我们的日子也并不好过呀,我们是月月借钱用。’叔叔,你看她为什么要对我们说这些呢?”杨世达将一肚子的怒气倒了出来。

刘义泉倒了两杯茶放在杨世达和余春敏两人面前的桌子上,然后说道:“哎,你们也真是。说起来你们还是有文化的人,这点道理也弄不清楚。你们管他有多少收入啊,他们自己挣的钱自己花,你管他的钱到哪里去了?他们吃了、喝了、用了、丢了又关你们什么事。他们能给你们多少就是多少，你们千万不要指望儿子、儿媳妇能给你们好多钱花，现在的年轻人不都是这个样子吗?说实在的，像你们这么几个儿子这样对待你们，我认为还是挺不错的。反正有一条你们不必担心，不管怎么样，你们是绝对不会饿死冻死的。你们千万不要对儿媳有什么过高的要求，这样不但她们讨厌你们，而且一旦达不到你们自己的要求时，反而会给自己增加一些失落感。我看你们还是顺其自然，随遇而安地过吧。”

“叔叔说的当然是有一定的道理的。去年我躺在手术台上，刘玉芬都不肯出钱，后来还是春敏回去时才给了三千八百块钱，并且特别申明，这其中一千八百块钱是医药费，另外两千元是我们的生活费。当时我做手术共花了将近七千块钱。”杨世达对叔叔说。

“是啊，明山不是给了你们这么多钱吗？你们不是有五个儿子吗？他们都给了吗？”刘义泉笑着说。

“去年我生病时明阳一分钱都拿不出来，明举也没钱给，就只明星给了一千块钱，其余的全是明杰一个人承担了。明山的钱是后来给的。明杰的日子并不好过，他的儿子还在上大学，正要钱花。他一年的工资也只有那么几万块钱，一家三口，梦云又没有工作，他的日子并不怎么好过啊。”杨世达轻声地说。

“哎呀，你们也真是，我说你们不晓得怎么做老人家。老了，儿子大了，他们经济上、生活上你们可以不必去操心了，管多了反而不好。你知道吗，一般的年轻人最讨厌的是我们这些老家伙闲着没事做，整天唠唠叨叨的，他们听了都烦死了。你知道吗，像我们这些老年人只有该吃的时候就吃，该玩的时候就去好好玩，累了就好好地休息，孩子们的事让他们自己忙去吧。至于家务事，我们能帮就帮他们做一点，不能帮也不要紧，可就是千万不要唠叨，更不要去干预他们的生活。你们知道吗，你们越是唠叨，什么都不放心，什么事都要去过问，越会惹得他们年轻人讨厌你们。你们千万要注意这一点啊。”刘义泉耐心地开导他们。

“叔叔，我们想明天回曲庄去，您看行吗？”余春敏试探着问叔叔。

"回去？干吗要回去？你们来了多久啦？不想在上海待了？"婶婶一直没有说话，坐在沙发上一直在听他们说，现在听到余春敏说要回曲庄去，不解地问他们。

"不走不行啊，我们在上海的日子不怎么好过啊。外人看来我们是过得最舒服的人，其实我们过得并不开心，而且昨天晚上他们口口声声叫我们滚蛋，我们还要死皮赖脸地待在上海又有什么意思啊？"余春敏边说边掉眼泪。

"哎，你们也真是，为什么要滚蛋？不滚蛋看他们还能对你们怎么样？凭他们一两句话就滚蛋，世界上哪有那么便宜的事。你们给我听好了，他们越是叫你们滚蛋，你们就越不能随便走。你们想过没有，你们今后打算还来不来上海呀？你们今生今世还见不见面？你们知道吗，假如你们明天就这样随随便便地走了，对你们的儿子将造成多大的伤害呀，他今后还要不要在上海做人？你们也真糊涂。不能走，我们不同意你们就这样不明不白地回去，这样走对你们自己没有好处，对明山更没什么好处。听话呀，叔叔和婶婶还会害你们呀。"婶婶平心静气，审时度势地对杨世达、余春敏说。

"我们不回去，接下来怎么办呀？"杨世达抬起头来向两位老人讨教。

"好办，好办。中国有句古话叫作'亲者无怨，怨者无仇'。你们回到明山那里去，照样做你们天天做的事，带孙子玩玩，看看书，散散步。听说达子还喜欢弄点笔杆子，天气暖和的时候就写点东西吧。你们千万要与年轻人搞好关系，这一点对你们很重要，不然今后你们老了我真担心啊。我也不给你们评个谁是谁非，你们能有现在这样的日子过，我们认为还是很幸福的，你们千万要珍惜呀。假如你们这样无休止地闹下去，又能有什么好结果？家和万事兴啊！"

"你们千万不要以为明山的工资那么高，你们不知道，一个外地人要想在上海站住脚是一件非常不容易的事。他为了将一家人的户口迁到上海来，没办法才买了一套二手房，花了十几万块钱。他刚来上海又人生地不熟的,什么事都要花钱去打点,现在他们自己还是租房子住,他们还想买一套大一点的房子。在上海买房不容易呀,一般来讲都要三四十万块钱,好一点的甚至上百万元啊。他们的家庭开支又那么大,在城里生活睁开眼就要花钱呐,哪怕是上个厕所也要花钱,不像在农村。在大城市生活成本高,你们要理解,他们又能有几多钱呢?我们认为他们能做到这一步算是挺可以的,你们吃住在这里,还给你们零花钱用,你们应该满足,更应该理解他们才是啊。"刘义泉在客厅里踱来踱去,心平气和地对杨世达说。

屋子里静了下来。刘义泉走到桌子边端起茶杯喝了几口茶后坐了下来,用慈祥的目光看着侄女和侄女婿,温和地对他们说:"达子啊,敏儿呀,我看你们还要特别注意一件事,那就是以后千万注意不要动不动就向孩子们要钱买这买那的,尤其是一些非生活必需品,像照相机啊、摩托车啊什么的,这些东西又贵,而且对你们来说并不是非要不可。你们换位替孩子们想想,你们提出了要求,对孩子们来说就是一笔额外的开销,一次两次问题还不大,次数多了,他们就可能为难,给你们钱就可能有些困难,或者儿媳妇们一时又想不通,这就增加了孩子们两个的矛盾,一是经济上的,二是小两口之间的关系上的。你想想啊,你们过去生活多么困难,到了全家人连饭都吃不饱的地步,一家人却能够团结和睦,一条心来克服困难。现在应该说全家生活条件大有改观,孩子们都参加工作了,成家立业了,虽然还不是大富大贵,却也是冻不着、饿不着,还有房。你们当初那样拼命干活,不就是图能有个温饱吗?不就是图儿女们个个有出息吗?过去那么困难都能过,怎么现在倒过不下去了呢?我看,你们自己也得好好想想啊。你们想过没有,家里吵架难道你们就没有一点责任吗,啊?"

"再说,你们这些大人这么一吵,会给小孩造成什么样的后果呢?你们想过这些吗?现在的小孩都很聪明、敏感,大人之间的吵吵闹闹,会给他们幼小的心灵留下阴影,对他们的成长、发育、心理等方面都会造成负面影响,你们连这一点也没想到吗?"婶婶温和地对他们说。

杨世达和余春敏一边听着两位老人的谆谆教诲，一边反省自己以往的言行。他们终于明白了，他们和孩子们之间的关系应该是平等的，谁也没有凌驾于谁头上的权利。人世间的公平、公正、平等、互爱，这些社会公德也完全适用于每一个家庭。他们回想这十几年来，随着孩子们一个个长大成人，自己在逐渐地衰老，劳动能力在慢慢下降，依赖孩子们供养的局面也在慢慢形成，他们的心灵深处也产生了一种蜕变，从过去的吃苦耐劳变得到现在逐渐喜欢上了享受。有时他们也在想，这或许是一种规律，一个轮回吧。

他们认为，自己年轻的时候，为了维持这个家，为了孩子们的成长，付出了很多艰辛，忍受了一些常人难以忍受的痛苦与磨难。如今孩子们都长大了，都有了自己的小家庭，孙儿都要大学毕业了，而自己已经老了，性格确实也变了，特别是杨世达的性格变化更大。这也难怪，他少年失母，后来又在人生的道路上遭受种种不公正的待遇，使他对周围的人和社会上的事形成了一种不信任感。他总认为自己是正确的，别人是不对的。他总认为这一辈子别人都亏欠了他，而现在又无法得到相应的补偿，他只有将自己所有的希望都寄托在孩子们身上了。

杨世达终于有点明白了，他近二十年来有些被扭曲的心态，与他对物质生活的追求和向孩子们索取回报有关系。

杨世达和余春敏从叔叔家回来后，似乎有些变了，尤其是杨世达，变得安静了。他在自己的住处想了几天，想得有些通透了，心里也舒坦了，不像原来那样心里堵得慌。原来人要舒坦也很容易，自己想通了就行。

这天晚上，他和余春敏洗漱后就坐在被子里说话。这是他的一个“发明”，两个人坐在被子里既可相互取暖，又不费电，真是个一举两得的好办法。

杨世达说：“春敏啊，我这些天想通了，叔叔批评得对。我们都这么大年纪了，还和儿孙们怄什么气，为的什么事啊？不就是为了钱，为了我们自己过得舒服一点。有必要这样闹吗？你看啊，我们这一辈子什么苦没吃过，什么累没受过，那时候我们六个孩子，都要吃，要穿，后来还要上学读书，小学、初中、高中，还要上大学。很多人都说我们连人都养不活，还读什么书？也确实是这样，几个孩子读书也吃过不少苦，穿的衣服鞋子破烂就不说了，时常连饭都吃不饱。我那时也时常恨自己、怀疑自己，自己没有什么本事，为什么要生这么多孩子，生了又养不起，害得他们跟着我们受罪。还好有了你，你挑起了这个大家的重担，抚养孩子，操持农活，里里外外打理得有条有理，家像个家，孩子们也健康成长，都一个个成家立业，像叔叔说的那样，也算有了出息。你吃了多少苦，我们一家吃了多少苦！当初为什么吃苦，因为穷；当初我们为什么咬紧牙去吃苦，因为想摆脱穷，想过上富裕日子，这是我们一辈子劳累的梦想。是吧？”

余春敏说：“是这样的，一晃几十年了，吃了多少苦也无法算了。你说吧，达子，我听着呢。”

杨世达继续说道：“我们一家算是很不错了，儿女们基本上都是通过上学改变了自己的命运，没有到外地当农民工的。当农民工那是很艰苦的，劳动量大，收入低，而且干的是脏活、危险活。你看村东头大贵的女儿，在沿海一家什么鞋厂打了一年工，得了白血病，倾家荡产花了二十万，还是没保住这条命。还有那个全根，跟着建筑队去打工，从楼顶上摔下来，腰都断了，丧失了劳动力，年纪轻轻的就要家人养着。还有胡婆婆，生了四个儿子，现在儿子们都在外地打工，丢下她一人在家还不说，都快七十了，按理说她现在应该享儿孙福了，可她还得带孙子孙女，前年夏天，一个孙子到塘里洗澡淹死了，胡婆婆人都要疯了，可怜啊！你看啊，全国农村有多少人外出打工，还不都是为了多赚钱，摆脱贫困。想想这些事，我们应该为我们一家现在的情况感到满足啊！我们家现在应该说已经摆脱了贫困，而且孩子们个个健健康康，这就行啦。叔叔说得对，我们过去那么困难都能过来，全家和睦团结，吃糠咽菜心里都舒坦，现在怎么反倒有那么多不满足，有那么多磕磕碰碰的事？还不都是为了钱啊。我们吃得饱穿得暖，还要这要那的干什么？想想是有些过分啊，是吧？”

“嗯。”余春敏喉咙里发出含糊不清的应答声。

杨世达又接着说:“我这几天一直在想，这几十年我们经历了多少事,都和贫穷有关,但只有一个梦,只有一个追求,就是有钱过上好日子。这一辈子我们就在和那个贫穷搏斗,斗了一辈子了。现在想想,梦实现了吗？从小到老,一个又一个的梦想,都和贫困纠结在一起,打我小时候就开始了,饭吃不饱,书读不起。后来我们的几个孩子也有点像我那样。你看,这贫困就像一头怪兽恶魔,纠缠了我们一辈子,我们和他斗了一辈子。有时看看好像摆脱了这头恶魔,觉得把他给打跑了,但还没等你完全喘过气来舒坦一下,回头一看,这头恶魔又在你身边嗤嗤怪笑。我们两个老的是穷了一辈子,现在还是穷,花的钱都是儿女们的,可儿女们很有钱了吗?他们过上好日子了吗?他们是比我们过去好多了,可他们也有他们的难处,买房子缺钱,培养子女要一大笔钱,还不能生大病,还要积攒自己养老的钱,还要赡养双方的老人,也实在是不容易,他们也不富裕啊。这样看来,我们小时候开始的这个梦,我们这一辈还不能算完全实现了,贫困这头恶魔还不能算完全被打跑了。不过,我们现在是斗不动了,老了,也该休息了,就让儿孙们去接着斗吧。我相信,他们总有一天会把贫困这头恶魔彻底打跑的,你说是吧,春敏。”

没听到应答声,杨世达侧过头一看,余春敏已经歪着头睡着了。

杨世达心中有些释然,他长长地呼出一口气,说:“睡吧睡吧。”

这个晚上,他睡得很香。

2012 年 2 月 20 日完稿于南昌高校住宅小区